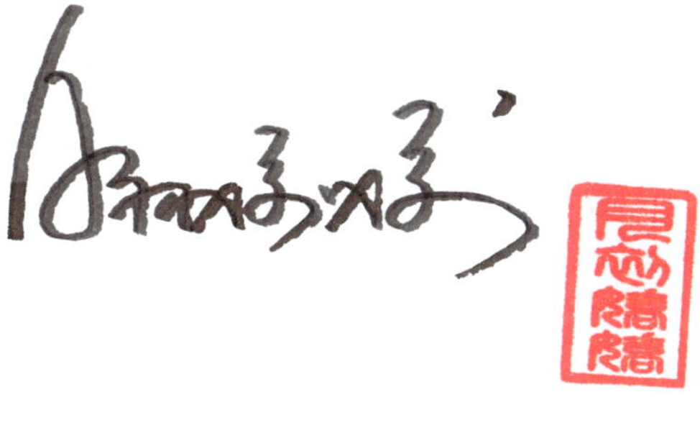

魅丽文化　　桃天工作室

心跳热风

月初姣姣

/ 著

江苏凤凰文艺出版社
JIANGSU PHOENIX LITERATURE AND
ART PUBLISHING

图书在版编目（CIP）数据

心跳与热风 / 月初姣姣著 . -- 南京 : 江苏凤凰文艺出版社 , 2022.9
ISBN 978-7-5594-6441-5

Ⅰ . ①心… Ⅱ . ①月… Ⅲ . ①言情小说 - 中国 - 当代 Ⅳ . ① I247.5

中国版本图书馆 CIP 数据核字 (2022) 第 004196 号

心跳与热风

月初姣姣 著

出版统筹　曾英姿
责任编辑　张　倩
特约编辑　曾　枰
封面插图　東夏卿卿
封面设计　黄　梅
出版发行　江苏凤凰文艺出版社
　　　　　南京市中央路 165 号，邮编：210009
网　　址　http://www.jswenyi.com
印　　刷　长沙金鹰印务有限公司
开　　本　880mm × 1230mm　1/32
印　　张　11
字　　数　383 千字
版　　次　2022 年 9 月第 1 版
印　　次　2022 年 9 月第 1 次印刷
书　　号　ISBN 978-7-5594-6441-5
定　　价　45.00 元

目录

C O N T E N T S

目录

CONTENTS

第一章

喜欢他时十九岁，再遇更喜欢

五月初，杂花生树，群莺纷飞。

康城，柏悦酒店包厢内。

服务生已是第三次叩门而入，把壶内半凉的茶水换掉退出房间时，又偷偷瞟了一眼端坐在右侧的女孩儿。

服务生把门轻轻关上，转身离开包厢，随即被几个同事拉到一旁，其中一个急切而小声地问道："魏少爷还没来？"

"没有。"

"这都迟到快两个小时了，就算对家里安排的相亲不满，那也不能把人姑娘晾在这儿这么久啊。不厚道，太不厚道。"

"你可别信口雌黄啊，谁说是相亲？也许只是普通的饭局。"

"这你就不知道了吧，魏夫人还特意交代经理，什么都要准备最好的，名为吃饭，实则相亲。不过魏少爷有喜欢的人了，肯定是故意不来的，我都替那相亲的姑娘尴尬。"

……

包厢外议论纷纷，包厢内的气氛同样微妙。

苏羡意低头喝了一口茶，模样温顺又端庄。

对面的妇人笑得和善："意意，你刚回康城，原本我是想着叫上你魏叔叔还有你屿安哥哥一起，请你吃顿便饭的。"

"伯母，谢谢您的好意，您不用这么客气的。"苏羡意笑道。

"不承想，你魏叔叔临时出差，我就特意叫了屿安的舅舅过来，结果他忙得脱不开身，不一定能来。没想到屿安也迟到这么久，他肯定是在忙工作……”

“没关系的，工作要紧。”

苏羡意的懂事体贴，让陆瑞琴既满意又内疚，同时暗恼儿子的不争气。

说起来，这次的相亲，还是两位妈妈辈的女人联手促成的。理由听起来有些啼笑皆非——当年的好闺密想通过做儿女亲家来延续彼此间深厚的情谊。

当年，苏羡意的母亲徐婕与陆瑞琴这对闺中密友，一个生了女儿，一个生了儿子，两人当即口头约定——以后做儿女亲家。

只是后来苏家夫妇的婚姻提前散场，苏羡意随母亲离开康城，一走就是十多年，这桩亲事便无人再提。

如今徐婕的女儿苏羡意一回到康城，陆瑞琴立刻积极主动地张罗这场饭局，名为叙旧，实则相亲。

苏羡意小口抿着水，看上去乖巧沉静。她面上不急不恼，心底却很清楚：这门婚事本就是口头约定，不作数。她应邀过来，是因为陆瑞琴与母亲交好且待她不错，不想驳陆瑞琴的面子，走个过场而已。

日后，再提及此事，她们母女也不至于落人口实。

对于魏屿安……

她毫无兴趣。

刚回康城，苏羡意就耳闻了不少关于他的事儿。

据说魏屿安喜欢上一个姑娘，两人在一起后，便一直风波不断，他甚至为了那姑娘跟人大打出手，最后还闹进局子。

魏家在康城也是有头有脸的人家，自从魏屿安和这个姑娘交往后，就没发生过什么好事，整个家族都被人评头论足。魏家长辈对此颇为不满，自然不同意两人继续交往，为此，魏屿安和长辈们剑拔弩张，关系甚是紧张。

彼时，魏家迫切地想给魏屿安寻个适婚对象，以缓解亲子关系，挽回家族颜面。所以，苏羡意一回来，就被陆瑞琴盯上了。因着当年和闺密的口头约定，陆瑞琴迫不及待地安排了饭局，竭力想促成这门亲事。

“意意，要不我们先点几个菜，边吃边聊。”陆瑞琴饶是着急上火、内疚无奈，也毫无办法，她叫来服务员，又把菜单递给苏羡意，“你看看喜欢吃什么。”

“您对这里比较熟，还是您来点吧。”苏羡意礼貌地将菜单递回去，“我都可以。”

小姑娘的表现让陆瑞琴越发满意。

待饭菜陆续上桌，陆瑞琴贴心地率先给苏羡意盛了碗豆腐羹：“这是这家店的招牌，你尝尝。”

“谢谢伯母。”苏羡意忙起身接过碗，道谢。

她刚拿起搪瓷勺，包厢的门被人推开了。

屋内两人本能地看向门口，陆瑞琴喜出望外：“屿安，你可算来了！”

门口站着的男人身穿熨帖整齐的西装，五官标准硬朗，虽算不上什么美男子，倒也英气潇洒。

苏羡意放下勺子起身，冲他微微颔首，以示礼貌。

“你看你，我早就说了，工作是忙不完的，意意可是等了你很久……”陆瑞琴的笑容在瞥见男人身后的人时，僵在唇边。

“抱歉，让你等这么久。”魏屿安看向苏羡意，客气地说道。

“没关系。”苏羡意轻笑着回应。

魏屿安一脚踏进包厢，紧随他进入的，是个模样姣好的姑娘。

姑娘生得肤白貌美，纤细袅娜，着一袭清新的碎花连衣裙。

进门后，两人就十指紧扣，一副情比金坚的架势。

“伯母好。”丁佳琪的声音和她的人一样，很温柔恬静。

陆瑞琴只闷哼了一声，脸上早已是一片铁青。

“这是苏羡意，我常和你提起的妹妹，小时候经常一起玩，都十多年没见了。”魏屿安侧头为身边的姑娘介绍，然后他将视线转向苏羡意，“这是我女朋友，丁佳琪。”

“你好。”苏羡意笑着打招呼。

她不过是应长辈要求应付下差事，需要搞得这么尴尬？

……

四人坐定后，气氛更诡异了。

今天的饭局，名义上是请客叙旧，实则就是相亲，不出意外，今天只会来四个人，陆瑞琴特意订了个四人包厢——两人并排，面对面的格局。

陆瑞琴本想安排苏羡意和自己儿子坐一起，让他们近距离接触，如今倒好，她自己坐到了苏羡意身边。看着对面两人眉来眼去，陆瑞琴气得差点儿背过气去。

“实在不好意思，佳琪身体不好，为了照顾她，就错过了约定时间。她知道自己害你等了很久，说什么都要来亲自道歉。我想着，反正就是吃个饭，就带她一起来了。”魏屿安看向苏羡意，解释道，“你不会介意吧？”

“没事的。”苏羡意笑着说道。

都这样了，她还能说什么。

魏屿安话里的信息量很大。

我呢，有女朋友，而且彼此间感情很好；今日呢，只是个简单聚餐；你呢，别自作多情。

苏羡意受不了的是这自以为是的口吻，真是绝了！

体体面面吃完饭，各自奔天涯不好吗？

这是担心她仗着有陆瑞琴撑腰，对他死缠烂打？

还真把自己当小说男主角，以为所有女人都爱他？想多了吧？！

“苏小姐，真是抱歉，因为我让你等这么久。”丁佳琪笑得温柔，“你和屿安描述的一样，善良可爱。”

苏羡意：“……”

这说话的口吻……

太配了！

“伯母，来得比较突然，也没带什么礼物……”丁佳琪笑着看向陆瑞琴。

陆瑞琴这心里的白眼差点儿翻上天，只是碍于苏羡意在场，又是公共场合，魏家最看重脸面，不便发作，只说了一句：“确实很突然！”

丁佳琪一怔：“……”

接着，陆瑞琴语气平静地敷衍：“什么礼物不礼物的，不需要。毕竟……非亲非故的，我可不敢随便收礼。”

今日这事搞得难堪，两人是故意给陆瑞琴吃软钉子，打她的脸，她说话自然也不客气，直接表明态度。

“妈——”魏屿安自然见不得喜欢的人被为难，皱着眉。

“行了，赶紧吃饭吧，菜都凉了。”陆瑞琴直接把所有话茬堵死。

……

用餐期间，对面两人一度想开口说些什么，都被陆瑞琴不动声色地打断了。

直至有服务员进来送餐，丁佳琪忽然看向苏羡意：“苏小姐今年大四？”

“嗯。”苏羡意点头。

“回康城是准备找工作吗？”

“差不多。”

“有没有男朋友啊？”

苏羡意无语，陆瑞琴安排这次饭局是为了什么？明知故问。

虽然心底无语，但她还是笑着摇头。

“你长得这么好看，肯定很多人追，喜欢什么样的啊？我认识挺多优秀的男孩子，要不要帮你介绍？”丁佳琪模样好似贴心姐姐。

陆瑞琴气得咬牙，果真是有手段啊，哄得自己儿子团团转，不请自来，现在还想当红娘？这是准备把自己这条路堵死啊！真是委屈意意这孩子了，居然让她面对这样尴尬的局面。

正当她准备开口时，苏羡意却忽然冲着丁佳琪笑了笑：“你真的要给我介绍吗？”

丁佳琪知道魏屿安今天要相亲，故意装病，又执意让他带自己过来，无非就是宣示主权，顺便看看眼高于顶的魏夫人——看不上她，又能瞧上个什么货色！

对面的姑娘细眉亮目，乌发红唇，穿一袭柔粉色的连衣裙，露出精致漂亮的颈线、锁骨，肩平腿长，软腰不盈一握，不顾盼亦生姿。有句话说，有些人长得漂亮，那是老天爷赏饭，而她的模样，说是老天爷喂饭吃的类型，也毫不夸张。

丁佳琪心里已然升起危机感，巴不得苏羡意赶紧找个男朋友，就顺口问了一句，没想到苏羡意居然来了兴趣。这让她大喜过望，恨不得赶紧给苏羡意塞个男人。

丁佳琪随即笑道：“你如果真想谈恋爱，那我就给你介绍呀，没有开玩笑，你喜欢什么样的？或者有什么具体要求？”

“要求？”苏羡意故作沉思，“其实我小时候就觉得屿安哥挺好的……”

这话成功让对面两人齐齐变了脸。

陆瑞琴却喜不自禁。

还有戏！

“是……是吗？”丁佳琪笑得勉强，魏屿安帅气多金，哪个女孩子不喜欢？

“丁小姐，你别紧张啊！”苏羡意冲她笑了笑，“你放心吧，我不会跟你抢的，那都是小时候年幼无知，现在我不喜欢他这类型的了。”

对面两人刚松了一口气，就听她又说道：“我啊，现在喜欢那种……眼光好，有脑子的。”

苏羡意瞳仁漆黑，眼尾微微上扬，睫毛极长，翘出一抹弧度。她看着对面两人，抿唇一笑。纯真可爱，却偏生还有点儿勾魂夺魄的味道。

她这话成功让魏屿安的脸黑透，而丁佳琪更是被噎得脸都白了。

从见面到现在，苏羡意一直表现得大方得体，任谁也没想到她还能说出这种刻薄话。

讽刺魏屿安眼光差，没脑子，还笑得那么人畜无害。

陆瑞琴这心里是又苦又涩，又悲又喜。

对面两人的心思，苏羡意十分清楚。她对这次所谓的相亲也没抱希望，只是应长辈邀约，他带女友来，她也不在乎，大家体体面面吃完这顿饭，给长辈一个交代就行。

只是魏屿安之前那副绿茶男的口吻，她本就听着不舒服，现在丁佳琪又一副白莲花的模样，说着“心机婊”的话，迫不及待地给她塞男人，实在难忍。

既然他们俩不想要这份体面，那她也不会客气。

毕竟这人啊，忍一难忍二。

无视对面两人难堪的神色，苏羡意低头喝着豆腐羹，虽然汤羹有点儿凉，可她心情舒畅。

就在包厢里的气氛再度陷入僵局时，有人叩门而入。

以为是服务员，苏羡意并未抬头，直至听到那声“抱歉，我来晚了”。

记忆中，那人有一副极好听的男嗓，沉而不腻，还带着点儿京腔，发儿化音的时候，总是懒懒散散的。

好似一颗石子忽然落进湖里，悄无声息地，却瞬间在她心头掀起狂风巨浪。

苏羡意只觉得被人捏住了命门，呼吸都跟着急促起来，捏着勺子的手微微收紧。

心跳在顷刻间停了半拍，这声音好像他。

只是声音而已，她却轻易中招，被摄住了心神。

她僵着脖颈，扭头看向来人。

那人穿着白衬衫，西装裤，扣子一丝不苟地系到领口处，骄矜而内敛。

他戴了副窄边的金丝眼镜，镜框在鼻梁两侧落下半寸阴影，镜片下的黑眸深邃、神秘，似是微微压着，内敛锋芒。

端的是一副宠辱不惊、诸邪难侵的模样。

“轰”的一声，苏羡意只觉得耳边巨响，心神激荡。

那张熟悉的脸猝不及防地闯进视线，狠狠撞击着她的心脏，四肢百骸都好似酥麻得瞬间失了知觉。

“你不是说工作忙没时间过来吗？”陆瑞琴没注意到苏羡意的异常，

早已笑着起身。

“刚忙完，你们结束了？”

“还没有，你先坐，我叫服务员过来，再点几个菜。”

“不用麻烦，够吃的。”

“那你坐……”陆瑞琴皱眉，原本安排的四人位，此时多出了个人，自然少了把椅子，“你先坐我的位子，就在意意旁边，我去叫服务员加把椅子。”

“嗯？”他似乎在询问谁是意意。

“就是我跟你说过的，我闺密的女儿苏羡意！”陆瑞琴笑着介绍，又转而看向苏羡意道，“意意，这就是我跟你提过的，原本就要来吃饭的人，屿安喊他舅舅，你也跟着这么叫吧。”

“意意？”男人呢喃着。

这称呼从他口中说出，莫名有点儿温柔缱绻的味道。

苏羡意轻轻咬唇，只觉得他说的话，似乎无论是什么，落在耳边，都足以让她耳尖发烫，面热心慌。

苏羡意僵硬着起身，巨大的心理冲击已经让她不知道自己在干什么了。

她僵着身子，声音在嗓子眼儿里震颤，低低地喊了声：“舅……舅舅好。”

男人应了一声，客气又疏离。

两人目光相撞，他居高临下，神色寡淡。

苏羡意愣了一下，心跳不断加快……

她从未想过还能再见到他。

喜欢上陆时渊那年，她十九岁。

此时所有人的注意力都集中在陆时渊身上，自然无人发觉苏羡意的反常。

“你刚下班，赶紧坐，我去找服务员，他们之前一直在外面候着的，怎么突然不见了……”陆瑞琴说着就往外面走。

陆瑞琴离开后，包厢只有一把空椅。

苏羡意还没回过神，那人已经在她身边坐下。

离得近些，还能闻见他身上淡淡的消毒水味。

魏屿安与丁佳琪早已起身，许是没想到他会来，魏屿安神色有些忐忑不安。男人只淡淡地打量了对面的两人一眼。

丁佳琪是初次见他，却被他这一眼看得心神颤抖。

眼神轻飘飘的，却极具威压。

其实陆时渊的长相很有压迫感和侵略性，只是戴了副眼镜，加之眉骨柔和，弱化了周身的凌厉，反而多了几分雅痞禁欲。

“小舅好。”魏屿安被他看得心发慌，声音堵在嗓子眼里，半晌憋出一句，“这是我的女朋友丁佳琪。”

丁佳琪抿了抿唇，换上最好的状态笑了笑，随了魏屿安的称呼，唤了声“小舅”。

男人只淡淡地应了一声，却偏头，微仰，看向苏羡意：“不坐？”

苏羡意心底一颤，她都不知道自己在干什么。她心慌意乱地坐下，大脑放空，好似在做梦一样。

苏羡意低头，疯狂地喝豆腐羹。

一碗豆腐羹几下舀完就见了底。

正当苏羡意准备再添一碗时，瞧见勾芡后的豆腐羹已经凉透变稀，她捏捏勺子，又默默地停下了动作。

陆时渊只状似无意地看了她一眼。

……

此时服务员拿了把椅子进入包厢，陆瑞琴也紧随而入：“时渊，我再去加两个菜吧，这些都凉了，你想吃什么？他们家的黄牛肉不错。”

“不用。”陆时渊看了那盆豆腐羹一眼，“弄个豆腐羹吧，这个已经凉了，不好喝。”

苏羡意：“……”

陆瑞琴一笑：“你可真会选，这可是他们家的招牌。”

不消片刻，一盆热乎乎的豆腐羹端上来了。

苏羡意也盛了一碗，低头喝羹，安静装死。

“医院工作很忙？早知道你要过来，我们就等等你了。”陆瑞琴对陆时渊的态度，不像姐姐对弟弟，似乎有些讨好的意味。

苏羡意这才恍然想起，母亲与陆瑞琴关系很好，自己小时候逢年过节也经常去魏家拜访，没听说陆瑞琴有兄弟姐妹啊，魏屿安哪儿来的什么舅舅？

不过再转念一想，这现在回了老家，见到三岁小孩儿都不敢随便逗弄。毕竟你逗弄的小孩儿，保不齐辈分就比你高。陆家也算大家族，即便不是亲舅舅，有个什么堂舅、表舅的也正常。

她只是感慨，这世界太小，也不知道陆时渊记不记得自己。

毕竟仰慕他的女孩子数不胜数。

“当医生太辛苦了，你也要多注意身体。”陆瑞琴笑得温和。

“还行，最近可以休息两天。”

陆时渊吃东西的动作都格外得体，举手投足都看得出教养与风度。

“对了，丁小姐最近身体不好，今天屿安就是为了照顾她，让我和意意等了好久。难得你在，待会儿能不能帮她看看？”陆瑞琴笑得慈祥，好似对丁佳琪十分体贴爱护。

丁佳琪脸色微变：“还是不要麻烦……”

话没说完，就被陆时渊截断：“好，没问题。”

……

用完餐，服务员清理干净桌子，摆上水果、甜点和茶水。

苏羡意拿着二齿叉，吃着盘内的戚风蛋糕，看着陆时渊给丁佳琪瞧病。

“小舅很厉害的，不到三十岁就当上了副主任医师。你别紧张。”魏屿安看丁佳琪脸色不好，还以为她是紧张，一直在一旁安抚。

丁佳琪勉强笑着，她本就没病，对面这人是专业医生，她担心自己装病的事儿被揭穿。

“丁小姐，跟我说一下你的病情，哪里不舒服？”陆时渊直截了当地问道。

“就……就经常觉得头晕。”

丁佳琪知道，某些人单看气场就知道惹不起，而眼前这位，看似温文儒雅，但肯定不好应付。陆瑞琴和他说话都赔着小心，自己必然要更加谨慎。

“只是头晕？说具体点儿。”

“就经常头疼、头晕，有……有时还会伴随神经痛……”

“脑袋受过伤？”

“没、没有。”

魏屿安忽然开口：“小舅，她曾经头疼到昏倒过。”

苏羡意叉了一块蛋糕放进嘴里，这丁佳琪分明是心虚害怕了，没想到魏屿安还来添火，真是一出好戏。

头疼昏倒？只怕装晕博同情的成分更大。没想到魏屿安居然吃这套。

“昏倒？这类情况多吗？”

陆时渊看着丁佳琪，似乎在观察病症，眼神却犀利深刻，好似能轻易击穿她的伪装，直抵人心。

丁佳琪本就是装病，这会儿更加心慌，不敢直视他的眼睛，轻轻摇头，磕巴着说：“不……不多。”

“吃过什么药？具体有哪些？有没有效果？”

“反正是治头疼的，具体名字忘了，好像……没什么用。”丁佳琪这话说得心虚，毕竟这种把戏忽悠魏屿安可以，绝对糊弄不了专业医生。

“之前看过医生吗？诊断结果怎样？做过什么检查？”

“没……没有……”

苏羡意微抿着唇，只怕他再问下去，这位丁小姐要当众表演昏倒了。

“小舅，她这到底是什么病啊？”魏屿安一脸焦急，好似丁佳琪得了绝症，迫不及待地追问。

陆时渊就不是个好惹、会帮人打掩护的人，魏屿安这是急不可耐地要把丁佳琪往火坑里面推啊！

苏羡意只负责看戏，陆瑞琴倒是早已料想过这出，很平静地喝着茶。

在魏屿安殷切的注视下，陆时渊开口了：“她这病……我看不了。”

“为什么啊？很严重？连您都看不了？”魏屿安一脸急躁。

“我建议丁小姐去医院做个全面检查。”

魏屿安急得上火：“小舅？”

“我听这位丁小姐的描述，她这头晕发昏的毛病，不是一天两天了。她描述得不具体，如果吃药也不管用，可能病得不轻，我不好轻易下结论，还是去医院做个脑部 CT 比较稳妥。

“毕竟……

“脑子有病，得趁早治。”

他说话不疾不徐，如春风清泉，却又字句如刀割，看着眼前的人，眼神更是犀利如刃。

苏羡意看向陆时渊。她从未见过有人如此淡定、如此正经地说一个人脑子有病，还不会被打的。

多损哪！

陆医生还真是一如既往地厉害，杀人于无形。

虽然，她也被某人“杀”过，不过这次，她只觉得非常解气。

陆时渊说完，丁佳琪的脸唰的一下完全白透，魏屿安焦急紧张，说要立刻带她去做检查。

“我……我先去个洗手间。”丁佳琪声音有些发颤。

她不敢再待下去，害怕这个男人再开口，自己那点底儿会被扒得一干二净。

丁佳琪慌慌张张，充耳不闻魏屿安要陪她的话，推门而出。

陆瑞琴轻哂，腹诽：心机太深，偏又藏不住事儿，果真是上不了台面。

“佳琪。”魏屿安以为她是被陆时渊的话吓到了，急忙起身要追出去。

“屿安，你站住。”陆瑞琴急声叫住儿子。

“妈，我不放心她，我去看看……”

“有什么好看的，你没听你舅舅说，她是脑子有病。”

“所以这时候我更该去看她。”

其他人：“……”

苏羡意低着头，她现在觉得，魏屿安脑子也有病。

不顾母亲阻拦，他还是执意追出去，陆瑞琴担心丁佳琪又搞什么扮柔弱、装哭、假晕三件套，急忙追了出去。

包厢内突然只剩下了苏羡意和陆时渊两个人。

苏羡意垂头吃着蛋糕，却一直用余光暗自打量着身侧的人，陆时渊正伸手给自己倒茶。

他的手很好看，骨节纤细，关节凸显分明，显出手背上的骨骼，匀称而漂亮。

果然是自己喜欢过的人，哪儿都好看。

苏羡意看得愣了神，突然听到一声：“要喝茶吗？”

房间就他们两个人，这话自然是问她的，苏羡意心头一紧，也不知是怎么了，手跟着抖了下，手肘碰翻一边摆放的两齿叉，叉子从桌边滑落。

苏羡意本能地伸手去抓，只是身侧的人却快她一步抓住了叉柄。

而她则抓住了他的手。

苏羡意呼吸猝然一滞，他的手是温热的，灼烧着她的掌心，好似明火，能把她的手心烫穿。

只一瞬间，她觉得好似有股电流，带着他手背上的热度，流窜到她的四肢百骸，浑身的每个细胞都在鼎沸叫嚣。

始料未及，心脏狠狠地颤了下。

下一秒，她猝然收回手：“对……对不起。”

“没事儿。”陆时渊把叉子放回原位，又往里面推了推。

那时候喜欢陆时渊的女孩子很多，每天都不乏变着法儿地想引起他注意的，而她只和他说过几句寻常话，连一句喜欢都没敢说出口就落荒而逃……

若是和他叙旧，人家根本不记得自己，只怕更尴尬。

苏羡意抿了抿唇，捏着叉子，拨弄着盘内的蛋糕。

陆时渊喝着茶，瞥了她一眼：这蛋糕怕是上辈子造了孽，这辈子才会被她如此糟践，戳得千疮百孔。

苏羡意只觉得碰过他的手背后，浑身都开始不自在，干脆起身：“我去趟洗手间……”

直接尿遁！

她觉得自己挺没出息的。

可是在喜欢的人面前，谁不是又卑微又窝囊？

苏羡意一直觉得都过去这些年了，再遇到他，自己肯定能微笑着跟他打招呼，那些心灵鸡汤不是都说“时间是治愈情伤最好的良药”吗？

现在看来，都是骗人的！

她现在看到陆时渊，还是会心动发慌，无法控制！

陆瑞琴最后还是没能阻止儿子，回到包厢后，见只有陆时渊一人，微微皱眉：“意意呢？”

“去洗手间了。”

陆瑞琴点了点头，颓然地跌坐在椅子上：“你今天也见识到了，那女人真的不一般，屿安就像被她洗脑了，我说什么都不听。今天原本可以好好吃顿饭，还要把她带来，这不是成心让意意难堪吗？”

“她今天过来，也没落得好。”陆时渊喝着茶。

陆瑞琴想起这事儿，笑道：“这还多亏了你。意意这孩子啊，也挺可怜……

“父母离婚后，她爸又娶了一个，如今早已有了一双儿女，她回去肯定尴尬。听说她母亲也要再婚了，我跟她母亲关系好，就想着多照顾她一点儿……”

陆时渊神色淡然：“所以想撮合她和屿安？”

陆瑞琴自然也有私心，想靠苏羡意拉儿子回头，只是这种话，她不好意思说出口，只笑了笑：“是啊，本来请你来，也是想让你帮忙看看她怎么样的，毕竟你眼光好，看人向来不会出错。”

“你同情她，想照顾她，无可厚非，却不应该用这样的方式。况且屿安的心思不在她身上，勉强在一起，谁都不会幸福。”

陆瑞琴笑了笑，语气无奈：“如果没有那个女人在，她和屿安也挺合适……”

“不合适。”

“嗯？”

陆瑞琴似乎没想到他会这么说，神色微怔，以为自己幻听了。

“我说，他们不合适。”

陆瑞琴面色微僵，刚刚发生那样的事儿，自己儿子确实做得过火，也无从辩驳，只能在心底默默叹气。意意跟自己儿子明明挺般配的啊！若是意意和屿安成不了，真不知道要便宜谁了。

“对了，你在康城还要待多久啊？什么时候回燕城？”陆瑞琴对他谦逊讨好，根本不似平辈之人。

“看医院那边的安排。”陆时渊素来说话语气很淡，给人一种疏离感。

“我前些日子托人买了些东西，你如果回去，顺便帮我带给老爷子。也不是什么值钱的玩意儿，算是我的一点儿心意……”

陆瑞琴压根儿没想到他今日会来。平素根本约不到他，偶尔碰面说话，似乎很好亲近。可她心底清楚：儿子喊他小舅，是讨了便宜，占了好处；他应了，只是客气。自己和魏家，未必入得了他的眼。

陆时渊喝着茶，似应了，又好像没应。

苏羡意从洗手间回来后，又同陆瑞琴聊了会儿天。

陆时渊全程没说话，却也没走，宛若一尊大佛，岿然不动地坐着，让苏羡意心底发慌。

正当苏羡意酝酿借口，准备离开时，陆瑞琴手机响了，她接起来：“喂……你说什么？这些媒体简直是胡说八道，什么新闻都敢乱写……”

她语气很急，就连音量都提高了几度。

苏羡意与陆时渊同时看过去，陆瑞琴大抵也觉得过于失态，跑去包厢外接电话了。

她回来时，神色匆匆：“意意，不好意思，我要去处理点儿事情，没办法送你回家了，我让司机送你吧。”

“没事的，您有事儿就去忙，我现在搬出来住了，不回家。”

“主要是我手头有急事儿，没法送你……”陆瑞琴看了一眼陆时渊，面露难色，却还是开了口，“时渊，要不你帮忙送一下意意？”

“伯母，不用，我自己打车也行，真的不需要。”苏羡意连忙说道。

她的抗拒，却让陆瑞琴觉得她太懂事，不愿麻烦人。

其实陆瑞琴也不敢麻烦陆时渊，只是试探着开口。

今天的事，陆瑞琴本就过意不去，再让司机送她，总觉得过于敷衍：“意意，你不要把自己当外人，对我，你不用客气的。”

“我真的没客气，我只是不想麻烦别人。”

我本就是个外人，我不想掺和你家任何事儿！你还是让我把自己当个外人吧。

苏羡意简直全身写满了抗拒。

陆时渊看着她，抬手推了推鼻梁上的眼镜：“其实……也不麻烦。”

苏羡意：“……”

可是我觉得麻烦！

因为你，我现在整个人都不正常了，我觉得你快麻烦死了！

三四分钟后。

刚才还全身抗拒的苏羡意，已经坐上了陆时渊车子的副驾驶座。

她原本想坐后排的，可是围着车子绕了一圈，发现两侧车门拉不开，敲车窗也没反应，最后只能坐到他旁边。

苏羡意坐得规规矩矩——腰背绷直，双手抓着放在膝上的包，目视前方，活脱脱一副要奔赴刑场、英勇就义的模样。

陆时渊偏头看了她一眼。

坐得还挺端正。

“你住哪里？”陆时渊问道。

苏羡意还没去过新找的住处，拿出手机看了一眼：“帝景苑。”

陆时渊心下微动，握着方向盘的手慢慢收紧，发动车子。

车子刚启动，就响起了嘀嘀声，苏羡意这才注意到自己太紧张，安全带没系，又是一阵手忙脚乱。

……

五六分钟后，她手机振动起来。父亲打来电话——无非是询问相亲见面的情况。

“我相信屿安只是一时被迷了心窍，以后肯定会明白谁才是适合他的人。”苏永诚语气无奈，“这孩子是我看着长大的，人品能力没的说，就是那女人太有手段……”

苏羡意只敷衍着应付了两句。

她爸的意思不言而喻：还想继续这门亲事。

苏家这些年越来越不景气，魏家的生意却蒸蒸日上，只是自从徐捷和苏永诚离了婚，这些年苏家就是想巴结魏家也总吃闭门羹。

好不容易有这样的机会，苏永诚自然不想错过。

所以他竭力帮魏屿安说好话，还是希望苏羡意能嫁进魏家。

“反正啊，我觉得屿安这孩子挺好，你千万不要错过。他和那个女人不可能，就算她有孩子，魏家也不会让她进门。”

“孩子？”苏羡意皱眉。

“记者都拍到两人去医院产检了，现在魏家上下都疯了，正在花钱公关，还没几个人知道。”

苏羡意低声应着，难怪陆瑞琴方才那么着急。

那两人应该是去医院看脑子的，某些记者真是单凭一张照片就开始胡编乱造了。

“好，我知道了。”苏羡意回答得漫不经心。

与陆时渊同处一个空间，她觉得空气中都弥漫着他的气息。这种味道对她来说，致命般危险。她说话都压着声音，自然没心思应付父亲，八卦魏屿安。

苏永诚似乎并未察觉她声音里的异常。

“那你今晚回来吃饭吗？”

“不回去了，刚找了房子，需要收拾一下。”

“你这孩子，家里那么多房间不够你住啊，你有什么不满意的可以跟我说，你要是觉得离市区远，出门不方便，我可以给你安排司机，再不行，给你在市区买套房。”

“爸，不用麻烦了，房子是我妈找的，都找好了。”

听说是前妻找的，苏永诚自然不好再说什么。

“房子在哪里啊？那边治安环境好不好？条件怎么样？需不需要我帮忙？缺什么尽管说。”

“爸，您就别操心了，我都这么大的人了……”

“在我心里，你永远是孩子。”

挂了电话，苏羡意才长舒一口气。

其实父母离婚这么多年，她与苏永诚见面的次数屈指可数，毕竟他重新组建了家庭，现在有儿有女，感情终究是疏远了。

苏羡意收起手机，又偷偷瞄了一眼陆时渊，车内没开电台和音乐，又无人说话，气氛总是有些压抑。

充满他气息的压迫感，鼓噪着她的心脏。

苏羡意实在受不住，偏头看了一眼窗外，起了个话头：“那个……这么多年没回来，康城变化挺大的。”

“嗯。”陆时渊应了一声。

“许多地方都变了样，都快不认识了。”

某人这次只有嗓子闷“嗯”了一声，连嘴巴都没张开。

苏羡意抿了抿嘴：“刚才伯母那么着急，好像是有人拍到屿安哥和丁小姐去医院，猜测是怀孕了，伯母应该是去处理这件事儿了。”

“是吗？”陆时渊的回答，平静得令人发指。

你不是他舅舅吗？你外甥出事儿了，你就这点儿反应？果然不是亲舅舅。

真的是如假包换的陆时渊，还是这么处变不惊啊！

苏羡意暗忖，这世上有人或者事情能让他紧张吗？

经过一轮尬聊后，苏羡意再也没开口，只是时不时会点亮手机屏幕，查看时间。

帝景苑在市区，吃饭的地方也在市区内，之前她还特意查过地图，饭店离帝景苑不算远，这都快半个小时了，按理说也该到了。

“我们这是到哪儿了啊，大概还有多久能到？”苏羡意低声询问。

“快了。”

苏羡意抿唇，这个回答，还不如不说！

又过去了十多分钟，苏羡意看了一眼手机：“毕业论文真麻烦，导师又给我发消息了，说是要修改，我得赶紧回家看一下邮箱。”

陆时渊没作声。

苏羡意咬牙，他到底有没有听懂自己的言外之意啊？

实在没忍住，她干脆直接说道：“我们吃饭的地方离帝景苑很远吗？怎么还没到？”

此时正好遇到路口红灯，陆时渊停车，偏头看她：“你是觉得我开的车……很慢？”

苏羡意眼睛睁大：“嗯？”

这话怎么听着那么诡异？

后来苏羡意才知道，某人如果飙车，那车速，天下第一快！

自从和陆时渊讨论过车速的问题后，苏羡意就缩在副驾位置，再也没开口说过一句话。直至瞧见帝景苑的标志出现在眼前，才好似看到了救星，眼睛都亮了几分。

“您把车停在门口就行，我自己走进去，您工作应该挺忙的，不能再耽误您时间了。”苏羡意语气温柔贴心，就像个懂事乖巧的晚辈。

陆时渊直言：“已经耽误了这么久，不在乎这一时半刻。”

“……”

“住几号楼？”

“16号。”

陆时渊握着方向盘的手再度收紧了几分。

车子进入帝景苑后，苏羡意还在留意各幢楼的楼号，房子是母亲找的，她是第一次来，根本不知道16号楼在哪里。

可车子径直停在16号楼的单元门口。

“你对这个小区很熟？”终于到了，苏羡意长舒一口气。

陆时渊低声应了一句。

“经常来？”

“不是。”

“那是……”

车子停好，苏羡意解开安全带，胸前束缚感消失，整个人都觉得轻松不少。

“我几乎天天来。”

“嗯？”

什么意思？天天来？

“我也住这里。”

“……”

苏羡意内心那股窒息鼓噪的感觉又回来了，似乎还有点儿小激动。

妈妈呀，你怎么给我找了这么一处房子？你女儿要完了！

苏羡意心脏狂跳。上学时，喜欢一个人，恨不得连用的笔都和他的同一个牌子。现在呢，竟然是住同一个小区，在接近千万人口的康城，概率还是很小的。

她压着狂乱的心跳，看了一眼陆时渊：“就……就还挺巧的。”

陆时渊只低低地应了一声。

他的表现，用苏羡意的话来形容，只能是：淡定得厉害。

果然，喜欢和没感觉，差别就是这么大。

按捺着激动乱跳的小心脏，苏羡意准备下车，却看到陆时渊停好车后，居然直接熄火，解开安全带。她纳闷道：“您不用下车，送到这里就可以了。”

“不是送你，我也要回家。”

“……”

苏羡意此时还想着，可能他就住附近的哪栋楼吧，若是住太远，车子停在这里也不方便。

下了车后，苏羡意冲他笑了笑：“那……再见，您慢走。”

陆时渊应了一声，从后侧座位上取了包，约莫是装着电脑或者文件一类。

苏羡意觉得自己再和他待下去，怕是真会疯掉，道别后，便快步走到了16号楼的大门口。她走到门口才发现，想要进入，需要输入大门密码，或者是刷卡。

母亲只告诉了她房子的位置以及开门的密码，可没有告诉她单元楼大门的密码啊！

她不敢乱按，正准备给母亲打电话时，一只手从斜后侧伸过来。

“嘀嘀嘀——”伴随着按键的声音，苏羡意的心脏突突直跳。

他每按一下，都好似按压在她的心口。

“记住了，单元楼的密码是160257。”

苏羡意呼吸一沉，原来他们……住在同一栋楼？

春日的风灌满她的心口，将她裙摆吹得微微鼓起。

一瞬间，四面来风，还是热的。

单元楼门应声而开，苏羡意急忙道谢后钻进去。

走到电梯口，按下上升按钮后，苏羡意便乖巧地站在一侧，看着电梯上不断变小的数字，她又偷偷瞄了一眼陆时渊。

午后的阳光透过单元楼门的玻璃射进来，灌满了这个小小的空间。

阳光倾泻而下，陆时渊就站在那里，如春日沐雨般，芝兰玉树，光华内敛。

他是真的好看。

恍惚间，苏羡意想起以前自己总是看他，偷偷摸摸地，很少有这么近距离而且只有他们两个人。

“叮——”电梯门应声朝着两侧缓缓打开。

陆时渊绅士，自然是想等苏羡意先进去，可是等了半天，她好似在木然发呆。

他出声提醒：“电梯到了。”

苏羡意回过神，慌张地往电梯里面钻，只是她发呆时间太长，一脚踏进电梯时，两侧电梯门已经缓缓关闭。

她心头一沉，莫不是要被夹一下了？

难不成要在陆时渊面前这么丢人？

简直要疯了！

就在她以为自己肯定会被夹一下时，有只手从后侧伸过来，替她挡住了关闭的电梯门，门感应到后，又朝两侧打开，而他的手，却还停留在她肩侧。

隔着一层轻薄的衣服，被他触碰过的地方，如烧红的烙铁，滚烫滚烫。

“注意安全。”

他的声音，如常般温润，透着点儿沙哑。

苏羡意背对着他，看不到他的人，可是透过声音，感觉他离自己很近，近到他的声音、呼吸，都在厮磨着她的耳朵。

陆时渊略一垂头，便看到身边的小姑娘耳尖染了红。

“谢谢。”苏羡意觉得自己蠢透了，慌忙钻进电梯里，按下自己要去的楼层。

陆时渊紧随其后，看到被她按亮的楼层，不动声色地站好。

苏羡意被自己蠢到了，不敢看他，进电梯后，只将目光集中在内置广告上。

本小区的宣传图。

帝景苑位于市中心，周围有全市最好的小初高，康城最贵的学区房就在这里，又毗邻三甲医院，靠近地铁站，如此优越的位置，难怪这里的房价居高不下。

苏羡意抿了抿唇，正感慨如今的房价，电梯已经应声抵达了她所在的楼层。

一共十楼，母亲给她找的是顶楼，此时电梯已经到了顶层，而陆时渊居然还没下去！

难不成……不会这么巧吧？

“你也住这一层？”

陆时渊看向她，觉得她太后知后觉，点头应了声，在电梯门打开时，径直走了出去。

苏羡意是第一次过来，当她踏出电梯时，整个人都傻眼了！

一层仅有两户，门对着门！

陆时渊就住在她对面。

此时陆时渊已经打开门，关门前又看了她一眼，微微颔首，算是道别。

门一关上，镜片后，男人漆黑的眼里闪过一丝笑意。

……

苏羡意则呆愣在原地，震惊于住在他隔壁的同时，还莫名有些激动，心脏怦怦直跳，好似又回到了几年前，那么那么……那么喜欢他的时候。

苏羡意还沉浸在与陆时渊做邻居的难以置信里，一进屋，又被室内极致奢华的装修震撼到。

东西都是全新的，这样的房子，怎么会有人出租？

站在屋里，苏羡意给母亲打去电话，询问房子的具体情况。

“怎么？是房子不好吗？”徐婕反问。

“是装修得太好，而且东西都是全新的，我都不太敢用。”

“其实这是你谢叔叔家的房子，一直空着没人住。他听说你想搬出去，又担心提前告诉你实情你不好意思住，所以让我瞒着你。”

谢叔叔就是母亲即将二婚的对象。

徐婕二婚，她很支持。

父母离婚这么多年，母亲独自抚养她长大，如今她大学都快毕业了，没理由阻止母亲追求自己的幸福。

谢叔叔她也见过好几次，人不错，丧偶，带了个比她大两三岁的儿子。

“原来是谢叔叔的房子，他怎么会在康城买房？”毕竟他常住燕城。

“其实屋子是你谢哥的，他可能是买来投资的。你谢叔叔就让我告诉你，不要有任何负担，想住多久都行。”

“那你帮我谢谢叔叔，也谢谢谢哥。”

“你谢叔叔让我问你，房子怎么样，还满意吗？”

“满意。”

她都快满意死了！恨不能激动地原地转圈圈。

虽然只见过几次，但谢叔叔待她很好，不过谢叔叔的儿子她并未见过。只听说因为打小没了母亲，全家宠着惯着，是个顶骄横的主儿，用谢叔叔本人的话来说，就是个典型的二世祖。

不过看装修风格，品位倒是很好。

能把房子买在这里，说明他投资眼光也好啊！

挂了电话后，苏羡意又在公寓逛了一圈。

房子是复式结构，四室两厅，面积很大，阳台装着一大扇玻璃窗，阁楼顶部有一半采用了弧形的玻璃结构，若是晚上，躺着也能看星星。

应该是谢叔叔提前让人来打扫布置过，屋内整洁干净。

屋子装修好，大抵从未有人住过，没有一丝生活过的痕迹，锅碗瓢盆、油盐酱醋一样没有，许多东西需要添置。

苏羡意上网搜索了一下附近超市的位置，把所有窗户打开通风后，便出了门。

苏羡意今天只买了急需的东西，回家后，刚坐到沙发上，就听到“喵喵”的叫声，有只猫趴在她的窗边。

虽然窗户开着，但还有一层纱窗，它进不来。

小猫不大，看着就几个月的模样，通体白色，眼睛却如漆墨般黑。

这里是十楼，若是掉下去，后果不堪设想。苏羡意走到窗边，小猫也注意到了她，眼神警觉，四只爪子紧抓着外面的一截横杆，身子弓起，尾巴翘得直挺挺的，从嗓子眼发出低呜，似在警告她。

“你别怕，我不伤害你。”苏羡意小心地打开了纱窗，然后往后退。

小猫却没进来，仍旧维持着那姿势，过了十几秒，似乎发现苏羡意没有恶意，方才纵身一跃，跳进她的屋子。

“小东西，你是从哪里爬过来的啊？”苏羡意看着它问道。

小猫很干净，看得出来是有人精心养护的。

“你要不要喝点儿水？”

苏羡意这里没什么可以给它吃的，它太小，她不敢胡乱投喂，便拿了小碗，倒了点儿纯净水放在地上。

小猫很警惕，隔着一段距离观察，又试探了几次，才放心大胆地跳过去，舔了两口。

苏羡意这里没有吃的玩的，本想着它玩腻了就该走了，所以窗户和纱窗一直没关。

待她将购置回来的东西归置好、房间整理完毕，已是傍晚时分。

金色的天光透过窗户，给房间笼上一层薄金色。

微风轻拂，舒适又惬意。

苏羡意伸了个懒腰，发现那只猫居然窝在她家阳台边的地毯上睡着了。

直至晚上八九点，都无人来找，这猫看样子也没打算走！

苏羡意正不知怎么办时，有人按响门铃，她透过猫眼观察，来人穿着制服，像是小区管理人员。

“不好意思，打扰了。你是新搬来的吧？我是小区物业工作人员。”男人笑道。

“你有事儿？”苏羡意询问。

“我们要给你做个登记，需要你配合填写一些资料，这是社区要求。”她这也算小区暂住人口。

“没问题，你请进。”

所谓登记，就是填写个人信息，苏羡意填写好后，看了看物业工作人员，斟酌道：“有件事儿想请你帮忙。”

“你说。”

“有只猫跑到我家了，可能是小区哪户人家的，你能不能帮忙找一下它的主人？”苏羡意指了指阳台的位置。

“这个……”物业工作人员皱了皱眉，“如果真是我们小区的，我可以在业主群发个信息问问。”

“那真是太谢谢了。”

物业到阳台给小猫拍了张照，又在业主群发了信息，让猫的主人联系苏小姐，并留下了苏羡意的手机号。

苏羡意便一直在家等消息。

时间已过晚上十点，此时的小猫和苏羡意已经处得不错了，她坐在沙发上看电视，小猫就趴在她腿上。

正当困意袭来时，手机振动起来，屏幕上显示出一串陌生号码。

苏羡意按下接听键，还没开口，听筒那头就传来一道熟悉的声音：“喂？是苏小姐吗？是你捡到了我的猫？”

比起白天，男人此时的声音更加低沉，也许是透过电话听筒，那股子沙哑感被无限放大……

苏羡意的心脏突突地狠狠跳动两下。

她垂头看向趴在她腿上的猫，这是他的猫？

苏羡意曾经想过，这猫会不会是陆时渊的？毕竟他们房子的阳台只隔了一堵墙。可是转念一想，他似乎不是会养猫的那类人。

“喂？”陆时渊久未得到回应，清了下嗓子，“苏小姐？”

夜色昏沉，周围寂静无声，他的声音却越发清晰，字字句句砸在她心上，清晰得不真实。

无人应答，正当陆时渊准备挂断电话时，对面的人开口了：“我……

我是。”

“你是……”

电话那头，忽然传来低低的笑声，压在耳边，近得不真实，像是在她心上挠痒痒。伴随着一丝沙沙的电流声，苏羡意听到他低低地唤了一声：“意意？”

他这一声称呼，差点儿把苏羡意的魂儿喊飞了。

她对陆时渊的声音本就毫无抵抗力，恍惚间，她似乎听到了自己的心跳声。

那般剧烈，跳得她脑袋发昏，呼吸发紧。

苏羡意攥紧手机，低低地应了一声。

那头却没了动静，恍惚间，她好似听到隔壁传来开门声，然后，她的门铃响了。

电话那边，仍旧是熟悉的声音：“我到你家门口了。”

……

原本趴在苏羡意腿上的小猫，闻声跳下地，舒服地伸了个懒腰，而苏羡意则飞快地窜到洗手间，对着镜子简单地理了下头发。

还好，能见人。

她打开门时，陆时渊就站在门口，打招呼道：“你来啦。”

不同于白天的穿着，此时的他着一身极简黑的家居服，衬得身材颀长清瘦，完全不见白天的优雅禁欲，整个人看上去悠闲慵懒。

“我的猫跑到你家来了？”他低垂着眉眼，看着她。

“嗯。”

苏羡意心底闪过大胆的想法：要不要请他进屋坐坐？毕竟机会难得。可是夜已深，孤男寡女，好像又不太好。

短短一瞬，大脑飞速运转。

直至听到一声猫叫，她方才回过神。

小猫听到主人的声音，越过苏羡意脚边，蹭到陆时渊腿边。

他弯腰单手把猫捞进怀里，看向苏羡意：“谢谢你照顾它，我忙着看一些资料，刚注意到业主群的消息。它给你添麻烦了吧？”

“没有，我挺喜欢猫的。”苏羡意面对他，总是有些手足无措。

看着在他怀里蹭来蹭去的小猫，她心底忽然酸酸的。

这猫真幸福，可以在他怀里如此肆意。

“这猫多大了？”苏羡意低声问。

“三个多月。”

“叫什么啊？”

“小胆儿。我捡到它那会儿，它胆子特别小。”陆时渊说儿化音，咬字时有种特别的味道，说不出的好听。

“名字挺特别的，也很可爱，不过翻窗出来太危险了。”

苏羡意没想到这猫居然是捡来的。

“刚抱回来两天，原本明天休假请了师傅装加密护栏。它平时胆子小，连窗边都不去，没想到趁我不注意居然翻窗出去了，是我疏忽了。”

“看起来胆子也不小啊！”苏羡意笑道，居然名不副实。

陆时渊伸手给猫顺了顺毛：“太晚，我就不打扰了，谢谢。”

道别后，苏羡意关门回到屋里，整个人才泄气般跌坐在沙发上，居然就说了这么几句话？

其实她也没什么事儿，不算打扰。

洗漱完躺在床上，苏羡意拿着手机，盯着陆时渊的手机号码看了很久，认真备注保存好。

睡前点开微信，发现系统根据通信录识别，自动给她推荐了可添加的好友——陆时渊。

苏羡意咬着唇，要不要加他？会不会太突然？如果他不同意怎么办？

做了许久的心理建设，她还是点击了添加。发送完好友验证申请后，她心跳得极快。可等了许久，那边都没有回应。

他是看到了不愿加她好友，还是已经睡了？

随着时间流逝，从满心期待到心如止水，苏羡意叹了口气，正准备收起手机睡觉，忽然发现微信上跳出来一个消息提醒。

他同意自己的好友申请了！

苏羡意从床上坐起来，心脏怦怦地跳，一下比一下有力，几乎快要从嗓子眼儿里跳出来。

她觉得自己就像是濒死之人，忽然回光返照，甚至兴奋得想尖叫。

当年她可是连一个电话号码也没要到，如今居然加上了微信好友？

苏羡意整个人都紧张起来，甚至无端清了清嗓子，想着是不是该说点儿什么。

发个表情包？或者说句“你好”？

就在她犹豫不决之时，时间分秒流逝，转眼已过零点。

现在找他聊天会不会太晚？他如果问自己加他干什么，该怎么说？

顾虑太多，苏羡意叹了口气，还是有点儿胆怯。

不过加了好友，那就可以看他朋友圈了。

陆时渊的头像就是陆小胆，通体雪白，奶里奶气的。

苏羡意点了点头像，她从没想过，自己有一天可以看到他的朋友圈，有种即将窥视他生活的刺激感。

莫名兴奋紧张……

她点击一下，不知是手机触屏反应慢还是其他原因，没反应，她就下意识多点了两下。

诡异的事儿出现了。

没点进朋友圈，手机却振动了一下，对话框提示：我拍了拍“陆时渊”。

苏羡意彻底傻了眼！

此时已经夜里十二点多了。

我是谁，我都干了些什么？

深更半夜，陆时渊该不会以为她是故意的吧！

不对，冷静！

微信的拍一拍好像是可以撤回的，苏羡意深吸一口气，正打算将拍一拍撤回，手机再度振动起来。

陆时渊：“嗯？”

苏羡意咬牙，他居然还没睡觉？

如今再撤回，只会更尴尬，总不能说想偷窥他朋友圈吧。她抿了抿嘴，回复：“这么晚还没休息啊？”附加一个卖萌的表情包。

陆时渊：“有些资料要看。”

苏羡意：“这么晚还在看，当医生真辛苦。”

“还好，你有事儿？”

“没什么事儿，你快休息吧，我就不打扰你了。晚安！”

苏羡意紧盯着屏幕，好在陆时渊没有再回复，方才松了口气。

回看两人的聊天记录，她觉得自己简直是脑子进水，这对话无论怎么看都像故意要引起他的注意，太尴尬了，不应该是这样的。

此时的陆时渊看着聊天记录，勾起嘴角。

她这是什么意思？

大半夜的，这小姑娘拍了他之后又说没事儿？故意的？

他余光瞥了眼已经熟睡的陆小胆，有些无奈，平时胆子小得很，今天怎么敢翻窗去隔壁？干脆改名叫陆大胆得了。

……

苏羡意躺在床上，看着天花板，感觉自己蠢透了。

自从再次遇到他后，她都干了些什么，差点儿被电梯夹，又干了这件蠢事，而此时手机忽然振动，提示陆时渊发了条微信消息。

她点开后，发现居然是一条语音。

苏羡意咬着唇，提着口气，忐忑点开，小心贴在耳边。

“今天的事儿谢谢你，你也早点儿休息，晚安——”

语音很短，他声音低低沉沉，最后的尾音拖得有点儿长，落在耳边，居然滋生出了一丝缱绻的味道，无端又溅起一阵热风。

苏羡意裹着被子，觉得呼吸都是热的。

她仔细听了几遍，闷闷地傻笑，点击了“收藏”。

这么多年，她觉得自己对他，大概就是情窦初开时的乍见之欢，此时才发现，她对他的喜欢，似乎从未改变。

甚至，更喜欢了。

第二章

这是我家的小孩儿

一声“晚安”，让苏羡意彻底睡不着了。

她午夜时分给好友发了条信息，不承想对方也没睡，直接打了个电话过来。苏羡意清了下嗓子：“你怎么还没睡？”

“在准备论文答辩的PPT。倒是你，说去相亲，结果一天没消息，怎么样，对方帅不帅？看上没？”

“没有。”

“那你怎么这么晚还不睡觉？想什么呢？”

“我看上他舅舅了。”

电话那头沉默两秒后，忽然爆发：“苏羡意，我就知道你是个干大事的人。”

“……”

“我最近沉迷大叔文，他舅舅是不是浑身散发着成熟男人的魅力？大叔好大叔妙，成熟隐忍易推倒，历经沧桑有味道，大叔的滋味呱呱叫。”

苏羡意头疼得厉害，好友都在哪儿学的这些玩意儿。她出声打断：“他舅舅是陆时渊。”

“嗯？”对方愣了好几秒才说道，“你那个初恋？”

“是啊。”苏羡意叹了口气，把今天发生的事儿细细地和她说了一遍。

对方听完后，认真分析：“所以你这么晚不睡觉，该不会是想趁他睡着，翻窗去隔壁，来个午夜偷袭，把他扑倒吧？”

“我没有！”苏羡意崩溃，好友脑子里都在想什么？

“我觉得可以尝试。”

“……”

“都好些年了，还能遇到他真是神奇，那他结婚没？有没有女朋友？该不会连孩子都有了吧……”

苏羡意被这话问住了，她沉浸在和陆时渊重逢的喜悦中，却忽视了最关键的——他是否还单身？

这话又不能问他本人，更不好向魏家人打听，她这一夜的情绪像坐过山车。

蒙眬中，她梦到了几年前的陆时渊。

鲜衣怒马，意气风发，浑身都透着股缚不住的野。

与现在的雅痞斯文模样大相径庭。

她甚至梦到自己化身为猫，在他怀里蹭来蹭去，喵喵直叫。

翌日，苏羡意是被隔壁封窗的动静吵醒的。

醒来时已是十点多，昨晚没拉窗帘，阳光直射进卧室，有些刺眼。

她摸起床头的手机看了一眼。有几通未接来电，有父亲苏永诚的，还有陆瑞琴的。

陆瑞琴无非是觉得昨天招待不周，想弥补一番，请她到家里做客。

“伯母，我刚搬新家，有点儿忙。要不过两天我再去拜访您？”苏羡意婉拒她的邀约。

“那也行，有什么需要帮忙的随时告诉我。”

“谢谢您，让您挂心了。”

陆瑞琴挂了电话，又忍不住唉声叹气，惹得一侧的魏屿安皱眉：“妈，我不喜欢她，您就别白费劲了。”

一听这话，陆瑞琴气不打一处来：“你还真把自己当香饽饽了？她当时说的话你没听懂？人家根本看不上你！”

“看不上我，那她昨天去干吗？”

“你小子谈个恋爱连脑子都谈没了？！我现在才发现，你跟那丁佳琪也挺配，一个没脑子，一个脑子有病。”

魏屿安被噎得脸色发青。

陆瑞琴又说道：“她是识大体，不好驳我的面子才去的，要是她妈知道自己女儿受了委屈，肯定要跟我讨说法。单就你的所作所为，给她赔个不是不过分吧？

“你小舅昨天的态度你也瞧见了，这件事儿你要是处理不好，咱们魏家以后会如何，还真不好说。”

提起陆时渊，魏屿安才严肃起来：“平时想见他都难，他昨天怎么突然就出现了……”

陆瑞琴瞧他终于认真起来，才继续说道：“我们家这些年能发展成这样，个中原因不用我多说。虽然他是医生，但在陆家有多大的话语权你也清楚。别让他觉得你是个恋爱脑，难堪大用。”

魏屿安点头，恋爱和前途，孰轻孰重，他心里有数。

帝景苑。

陆时渊今日休假，正好叫师傅过来把窗子封上。陆小胆对于封窗一事儿似乎意见颇大，站在窗边喵呜喵呜叫个不停。

“你就这么想爬窗去隔壁？”陆时渊笑道。

“喵呜——”陆小胆在窗边走来走去。

外面似乎有什么吸引住了它，它正寻找空隙出去。

陆时渊走过去将陆小胆抱到怀里，这才注意到苏羡意正在楼下，应该是刚买完东西回来。

“喜欢她？”陆时渊抚摸着猫。

“喵——”

“去她家不一定非要爬窗，以后我们可以走正门，或者……”陆时渊盯着楼下那小小的身影，“让她过来。”

陆小胆似乎很赞同这个说法，使劲往他怀里钻了钻。

……

苏羡意因为没睡好，一整天都头重脚轻，精神恍惚。去超市补充一些日用品，其间不是哈欠连天，就是喷嚏不断，难不成是感冒了？

浑浑噩噩度过白天，晚上她发现自己脖颈处居然起了些红疹。

她原本并未在意，只是一觉睡醒后，红疹未消，反而更多了些，就连手臂都出现了一些，还有些痒。

在猝不及防地又打了个喷嚏后，她微微皱眉，自己该不会是过敏了吧？

苏羡意并不确定红疹是因何引起，于是隔天下午去最近的市一院挂了皮肤科。

她戴着帽子、口罩，防护得严严实实。

市一院的肿瘤专科全国闻名，每天都有无数人慕名前来，此时接近下班时间，人已经不多了。

苏羡意按照路牌指示寻找科室。

只是没想到电梯门一开，苏羡意就看到了一个熟悉的身影。来人戴着口罩，露出半截高挺的鼻梁，戴着金丝边眼镜，眉眼狭长微扬，内勾外翘。身上的白大褂衬得他越发清冷淡然。

此时他也注意到了苏羡意，虽然她今天戴着帽子、口罩，可是那双眼睛格外惹眼。

好似含着细碎的光，温和又漂亮。

陆时渊目光落在她手中捏着的挂号单上，眼睛微微眯了下。

他身边还有一男一女，都穿着白大褂，均没戴口罩，看到陆时渊盯着电梯外的女生看，女医生声音温柔："是熟人吗？"

"嗯。"陆时渊点头。

男医生哂笑："我们认识这么多年，平时工作形影不离，还没见过你和哪个小姑娘熟，这是……"

苏羡意抿了抿唇，闷闷地喊了声："舅舅。"

这声称呼，直接把两人辈分和距离拉开。

两人愣住："……"

"没想到你还有这么大的外甥女。"女医生笑着看向陆时渊。

喜欢一个人的眼神是藏不住的，女人的直觉告诉苏羡意，这位女医生喜欢陆时渊，她又想起好友的话：他还单身吗？

陆时渊一行人走出电梯后，他才低声询问："怎么来医院了？哪里不舒服？"

语气虽然客气疏离，可他身边的两人都从这只言片语中听出了不寻常，尤其是那位男医生，他紧紧地盯着苏羡意，那灼热的视线，恨不能击穿她的口罩。

"应该是过敏了。"

"最近过敏的人很多，我估计你到了那边还要排队，干脆去你舅舅办公室，让他给你看看。他虽然不是皮肤科的大夫，但诊治小病小痛还是没问题的，不严重的话，拿点儿药吃两天就没事了。"

说话的是那个男医生，苏羡意又看了他一眼。

三十岁左右，是比较标准的浓颜系帅哥，与陆时渊的斯文雅痞不同，多了些随性自在，阳光爽朗，胸前的名牌上写着：麻醉科，肖冬忆。

"我已经挂了号，就不打扰你们工作了……"苏羡意不想打扰他们正常工作。

"不忙，刚开完会，正准备下班。"肖冬忆笑着看她，"你跟你舅舅还客气什么！都是一家人。是吧，时渊？”

陆时渊只淡淡地看了肖冬忆一眼，转而看向苏羡意：“走吧，去我办公室。”

苏羡意内心是不愿拒绝的，跟在他后面乘了电梯，随后进了办公室。

办公室整洁干净，桌上还有几份病历，苏羡意偷偷打量着，透着点儿小心翼翼。

“把帽子、口罩摘掉吧。”陆时渊说道。

“好。”苏羡意依言摘下后，又顺手理了理被压得软塌的头发。

因为过敏，她连护肤品都没敢怎么用，更别提化妆，整张小脸素得不行。只是被口罩闷久了，小脸还红扑扑的，呼吸间透着热意。

“原来你在这家医院工作啊。”苏羡意随意寻了个话茬。

“我不是这家医院的坐诊医生，过来有其他事儿。”陆时渊简单地回答。

苏羡意点点头，以他的资历，在军总都能排上号，就算离开那边，也有大把医院抢着要，她还奇怪他怎么会突然到康城的医院来。原来只是过来办事的。

“有什么过敏史吗？”陆时渊打量着她。

“应该没有。”

“皮肤有什么感觉？疼或者痒之类。”

“有点儿痒，主要是脖子这里，有些红疹。”

苏羡意今日穿的衣服衣领略高，说着她把衣领往下拉了一寸，微仰着头，想让他看得仔细些。

她的脖颈细长，颈部线条也好看，只是锁骨处已经起了红疹，被白皙的皮肤一衬，越发鲜红刺目。

陆时渊俯身弯腰，凑得近了些，他身上带着股淡淡的消毒水味。

陆时渊忽然靠近，让苏羡意呼吸一滞。

她好似隔着口罩都能感觉得到他的呼吸，忽轻忽重，落在她皮肤上，带起轻微的痒。

还有点儿热。

一瞬间，苏羡意的心跳突然变得很重。

陆时渊应该是在检查她脖颈处的情况，可她感觉他的目光慢条斯理，好像在她脸上逡巡，从额角、鼻尖一寸寸扫过。

忽然之间，她感觉到脖颈处被人轻轻地触碰了下。

他的手指从一处红疹处滑过。

指尖温热，触碰到她后颈的皮肤时，她身子本能地僵了下。

颈部是人最私密，也最敏感的部位。

就像命门被人攥住了一样，连呼吸都深沉了几分，苏羡意觉得自己的脸更红，身子更烫了，过敏症状好像更严重了。

陆时渊似乎并未察觉到她的异样："除了脖子，还有哪里起红疹了？"

"还有手臂。"

苏羡意将衣领往上一拉，捋起了袖子。

陆时渊检查完后，转身坐回桌前，拿笔给她开药。

"是过敏了，我先给你开点儿药，这段时间尽量避免外出，出门要做好防护，饮食上也要注意，不要吃热性过高的食物……"

苏羡意闷声应着，将袖管放下。

"辛辣的、刺激性的都不要碰，牛羊肉也最好不要吃。"

苏羡意认真听着，此时外面传来敲门声。

"时渊，能进来吗？"听声音是那个男医生。

"进来吧。"

陆时渊把药单递给苏羡意后，肖冬忆也推门而入，他换下了白大褂，穿得分外休闲。

"看起来确实是过敏了。"他瞄了一眼苏羡意的脖颈处，"不是很严重，吃几天药就好了。"

"知道了。"苏羡意笑着点头。

"你这是要去拿药吧？我陪你去！"

过分热情，必有所图。苏羡意瞬间警惕起来："谢谢，我自己去就可以了。"

"医院这么大，我怕你迷路。"肖冬忆笑得人畜无害，"你喊时渊'舅舅'，我跟他是同事好友，你就喊我一声'叔叔'。"

苏羡意嘴角一抽：他也就比她大几岁。叔叔？真是从未见过如此厚颜无耻之人。

"你去拿药吧，不用理他，待会儿在南门等我，一起回家。"陆时渊说得太自然，加上有个让她喊叔叔的热情怪人，苏羡意点头就跑了。

"我说陆时渊，你有情况。"肖冬忆双手抱臂看着正换衣服的人。

"有吗？"

"我们同事这么久，从燕城到康城，你家几口人我还不清楚？你哪儿来这么大的外甥女，还一起回家？你那车子除了你妈，坐过其他女人？连捡只猫都是公的。你不正常。”

陆时渊语气很淡：“你没看到，不代表没有。”

“那你觉得我做你外甥女婿怎么样？”

“你没戏。”他的回答笃定。

“她有对象，还是英年早婚了？”

“她有特别喜欢的人。”

“那也还有机会。”肖冬忆笑道。

陆时渊看了他一眼：“她喜欢我。”

肖冬忆愣了下，一副“我就知道”的表情：“那她还叫你舅舅，这是个什么情况？”

肖冬忆心想，还“特别喜欢”，你跟我强调这个干吗？

陆时渊并不理会他，换完衣服就要走。

“等会儿，你干吗去？”肖冬忆拦住他的去路。

“下班。”

“你还没交代清楚就想跑？以前下班也没见你这么积极。”

“不想让她等我，所以我去等她。”

肖冬忆显然是被某人的话惊到了：亏得医院那些小护士还说他是高岭之花，我呸！表面正经直男，其实背地里花样这么多。

肖冬忆正嘀咕某人自高自大，听到敲门声，循声看去，是刚才与他们同乘电梯的女医生。

“晓楠，有事儿？”

“陆医生……”祝晓楠看了一眼办公室，“他已经走了吗？”

“刚走，你找他有事儿？”

“他好像对之前开会时讨论的一些病历资料很有兴趣，我这里刚好有，想拿给他看一下，他既然刚走，那我还追得上。肖医生，明天见。”

祝晓楠说完就匆匆往外走，倒是肖冬忆直摇头。

他这么优秀无人问津，反观陆时渊……

真是旱的旱死，涝的涝死。

苏羡意拿完药，正朝医院南门走去，手机突然振动起来，是个陌生号码，她犹豫片刻，接通“喂”了声。

“是苏羡意吗？”

“我是，你是哪位？”

“我是魏屿安。”

苏羡意心底略略诧异，那天发生的事儿，他没给自己留面子，她自然也不想搭理他，没想到他会主动联系自己。

“你有事儿吗？”

“就是上次的事儿，我确实做得不对，这么多年不见，没想到第一次见面就……”魏屿安笑着道，“你什么时候有空，我想请你吃饭，给你正式道歉。”

“你的歉意我收到了，吃饭就不必了。”

“一定要的，时间地点你来定，我随时都可以。我妈最近天天骂我，我也知道那天确实对不住你，你要是不愿出来，肯定是心里还有气，我能理解。”

苏羡意并不在乎魏屿安怎么样，只是陆瑞琴待她确实不错。这些年，她与母亲离开康城，逢年过节，还能收到陆瑞琴寄来的一些礼物。

魏屿安为什么要道歉，原因可能很多，不过他愿意道歉示好，苏羡意看在长辈面子上，也不会把事情搞得太僵。

“我最近有些不舒服，不想出门，要不吃饭的事儿改天再说吧。”

“哪里不舒服？看医生了吗？”

魏屿安忽然的热情让苏羡意觉得浑身不自在，她拒绝道：“不用，就是小病。”

挂断电话后，魏屿安开始分析苏羡意的想法。

她并没把话说死，说明还是会接受他的邀请出来吃饭，只是推说生病缓几天，只怕是还在气头上，想故意晾他几天。

这都在情理之中，他能理解，既然要道歉，就要有诚意。

魏屿安叫来助理：“去帮我选几件礼物，要送人的。”

“你是要送给谁？”助理追问道。

“女生。”

“送给丁小姐？”

魏屿安皱眉，这件事关系到陆时渊对他的看法，担心助理选的东西不好，他道：“算了，还是我自己去选吧。”

自从上次魏屿安和丁佳琪去医院被捏造成怀孕后，为了避风头，两人有段时间没见了，助理听到这话，自然以为他选礼物是要送给女友的。

亲自挑选，足见用心。

世上没有不透风的墙，消息很快传到了丁佳琪那里，她满心欢喜，特意约闺密上街买了几套新衣服，等着赴约。

苏羡意自然不知道这些，应付完魏屿安就接着朝医院南门走去，还没到门口，就看到陆时渊正和之前碰见的女医生站在一起。

他手中拿着资料，两人站在车边说什么，离得远，听不清。

陆时渊长得帅气，女医生虽不算绝美，却很有气质，着一袭漂亮的长裙，站在他身边，知性优雅。

“你外甥女来了，那我先走了，明天上班见。”祝晓楠笑着，声音温柔，路过苏羡意身边时，她颔首打招呼，“你好。”

“你好。”苏羡意回道，下意识地攥紧手中装药的塑料袋。

两人擦肩而过，虽然只打了声招呼，但女生之间的危机感，大抵只需要一句话，一个眼神就能意识道。

“上车吧。”陆时渊很自然地替她拉开了副驾车门。

苏羡意道谢上车，心底却始终不自在，再也没有第一次坐他车时的喜悦。

同事，朝夕相对，又有共同话题。

自己即便住他对门，见面次数也屈指可数，怎么比啊？

她的闷闷不乐，陆时渊看在眼里，并未作声。

小姑娘好像不大高兴？因为祝晓楠？

对于哄小姑娘陆时渊没经验，他手指轻叩着方向盘，若有所思。

帝景苑离医院很近，车子很快开到了单元楼下。进了电梯，苏羡意又偏头看了陆时渊一眼：“今天又麻烦你了。”

她还戴着口罩，说话有些闷闷的。

“不客气。”他语气一直很淡，没什么情绪，“近期出门要注意，做好防护，如果觉得严重了随时联系我，我手机二十四小时待机。”

苏羡意闷声点头，抿了抿唇：“对了，小猫最近怎么样？封窗后应该没乱跑吧？不过它想跑也跑不出去了。”

“它这两天很乖。”

“那就好，高层养猫还是要多注意点儿的。”

苏羡意其实有私心。她原本想着，这只猫若是常来她家，她也能借此多和陆时渊接触，结果他把窗户封了，彻底绝了她的念想。

陆时渊点头：“你喜欢猫吗？”

“挺喜欢的。以前养过一只，后来跑丢了，我妈就不让我再养。”苏羡意说道。

“待会儿有其他安排？”

“没什么事儿。”

苏羡意不知道他为什么突然问这个，老实回道。

“小胆儿最近总在窗边转悠，看样子还想翻窗去找你，它似乎挺喜欢你的。”陆时渊偏头，金丝边眼镜下的黑眸盯着她，他微微俯低身子，靠得近些，又刻意压低了声音，“既然你也这么喜欢猫，待会儿又没事儿，要不要来我家看猫？”

声音沙哑，好似在诱惑她。

苏羡意还在想女医生的事儿，忽然听到这话，愣怔数秒。

“叮——”电梯到了。

“嗯？”陆时渊弯腰低头，将就她的高度，对上她的眼睛，轻轻一声鼻音，再度让她心神一颤，“要不要来？”

“去你家……方便吗？”苏羡意只觉得幸福来得太突然。

陆时渊笑道：“看猫而已，你觉得哪里不方便？”

苏羡意此时只庆幸戴着口罩，不然他肯定能看到她控制不住扬起的嘴角。

她竭力压着心里的躁动和雀跃，跟着陆时渊走出电梯，到了他家门口。

陆时渊按下密码，门应声而开。

屋子的格局与她的住处一样，只是他这里更严肃，主基调是烟灰色，一面墙上挂了许多黑胶唱片，设计感很强，四处摆放的几株绿植给屋子添了几分生气。

客厅角落里有一个淡蓝色的猫窝和一个灰色封闭式的猫砂盆，很惹眼。

陆小胆一看到苏羡意就从窝里跑了出来，却没敢靠近，只隔着一段距离看她，又看了看陆时渊，喵呜叫了两声。

“我这里没有女士拖鞋，你穿我的。”陆时渊递了双拖鞋给她。

苏羡意摘了帽子、口罩，闷了太久，出了点儿细汗，碎发贴在额前，她拨弄了下头发，试图将软塌的头发弄得蓬松点儿。

弯腰换鞋时，她状似无意地询问：“你一个人住？”

“嗯。”

“房子挺大的，我以为你会有室友，或者女朋友之类，担心产生不必要的误会。”苏羡意说得漫不经心，心底却格外紧张。

陆时渊偏头看她："我没有女朋友，也没结过婚。"

说完，他又补充了一句："这间公寓，迄今为止，你是唯一一个进来的异性。"

毕竟他家连猫都是公的。

苏羡意闷声应着，穿上他的鞋，绵软的触感好似踩在云端。

这么说，那位女医生和他只是同事，而自己还占了个唯一，苏羡意压抑了一路，终于能畅快地舒口气。

陆小胆此时蹭到了她的脚边，苏羡意弯腰将它捞到怀里，使劲揉了揉："你还认不认识我啊？"

"随便坐，你过敏了，就给你倒杯白开水？"陆时渊说。

"谢谢。"苏羡意坐到一张双人沙发上。

她刻意调整了姿势，甚至连双腿怎么放最好看都默默地调整过，手上撸着猫，目光却慢慢移到陆时渊身上。

他脱了外套，摘了领带，白衬衫的领口扣子松开两颗，露出一点儿锁骨，袖子卷至手肘处，禁欲又随性。

陆小胆感觉被忽视，使劲在她怀里蹭了蹭。

"好了，乖。"苏羡意急忙顺毛安抚。

陆时渊端水过来，只一个眼神，陆小胆便从苏羡意怀里挣脱，跑回了窝里。

苏羡意挑眉：还真是……训猫有方啊。

"你越是顺着它，它就会越放肆，别惯着它。"陆时渊把水递给她。

"谢谢。"苏羡意刚从他手中接过杯子，就听到手机的振动声，她下意识摸了下口袋。

陆时渊却已接通电话："喂，陈主任……好，我马上就过去。"

他要走？苏羡意默默地放下了杯子。

"我要回一趟医院。"陆时渊望向她。

"看过猫了，那我也该回家了。"

"你可以多待会儿再走。"陆时渊走得匆忙，离开时目光落在桌上的过敏药上，"注意饮食，按时吃药。"

陆时渊走后，苏羡意给陆小胆喂了吃的和喝的，又换了猫砂。恰好此时好友电话打了进来。

"你不是说过敏去看病？怎么去他家了？苏羡意，你终于开窍了，趁他不在家翻墙爬窗了？"

“我是从正门进来的。”

“哎哟，你出息了，你们这发展速度，我很欣慰。”

“……”

医院会议室内。

有个病人情况突然恶化，由肿瘤科牵头，请了各个科室的专家骨干进行会诊，商量最佳的手术方案。

陆时渊家离得近，抵达医院时，人还没到齐。

“我在停车场就接到了电话，看样子今晚是回不了家了。”肖冬忆坐在他身边，转动着手中的笔。

陆时渊没作声，正打开笔记本电脑，查看病人的病历。好像在思考什么。

“在想这个病人？”

“据说是多发性肿瘤，情况很糟。”陆时渊回道，手指轻扣桌子。

陆时渊忙起来，根本没时间回家。

有时一台手术结束，他才会想想苏羡意。

没有哄人经验，他还不确定那小姑娘是否还闷闷不乐。

从陆时渊家离开后，接下来一段日子，苏羡意没再和他碰过面。而康城也迎来了雨季，一连几天，日日阴雨，满天飘梧桐絮的季节便在雨水中结束了。

苏羡意的过敏症状也得到缓解，吃了几天药，红疹逐渐消退。

下雨加上过敏，苏羡意最近便没出门，却总是接到来自魏屿安的电话、短信，每日嘘寒问暖，从不间断。

苏羡意不知道他为何如此坚持要当面道歉，但事情总要处理，所以在过敏症状好转后，答应了他的邀请。

两人约在帝景苑附近的一家餐厅见面。

到了和魏屿安约定见面的那天，雾霾色的天空好似在酝酿着一场急雨。

苏羡意打扮简单，白T外套薄针织衫搭黑色长裤，戴着一顶黑色鸭舌帽，她刚进餐厅就看到了坐在窗边的魏屿安。

“不好意思，久等了。”

魏屿安今天穿得格外正式，西装、领带配皮鞋，衬得整个人挺拔利落，他起身帮她拉开凳子：“是我来早了。”

他没想到苏羡意会打扮得如此朴素，不免又多看了她两眼。

寻常他见过的女生，包括丁佳琪，穿着、妆容无一不精致，没一个像她这样。

难道真如母亲所说，她根本不在乎自己，所以见面也不在乎形象？

还是说晾了自己这么多天，准备另辟蹊径，吸引自己的注意？那她成功了。

苏羡意单纯是因为过敏刚好，担心化妆会引起皮肤不适，所以一切以舒适为主。

“二位，现在点单吗？”服务生给苏羡意端上杯温水。

“时间还早，要不先喝点儿东西？”魏屿安问道。

“都行。”

点完喝的，二人相对而坐，因为彼此多年未见，加上之前发生的事儿，难免有些生疏尴尬。

“你回康城有段日子了吧？感觉怎么样？”魏屿安开始找话题。

“挺好的。”

“康城这些年变化很大，你有空可以多出去转转，如果需要导游可以找我，再怎么说小时候你也喊我一声哥哥。”

苏羡意悻悻一笑。哥哥？

她最近是怎么了？前几天遇到个让她喊叔叔的，现在又碰见个让她认哥哥的。

“上次的事儿，是我考虑不周，我特意买了点儿小礼物，算是给你赔罪，这么多年不见，也算是补上见面礼。”

“上次的事儿我已经忘了，要是被我妈知道你请客，我这又吃又拿，她肯定会训我的。”

“阿姨最近怎么样？好多年没见过她了，还好吗？”

“挺好，就是年纪越大，越爱念叨。”

“我妈也这样……”

苏羡意来赴约，自然是想把之前的事儿处理好，对于他的示好也就没拒绝，两人说起小时候的事儿，还算相谈甚欢。

魏家在康城是大户，魏屿安出现在餐厅，很快就有人认出，甚至有人偷偷拍照发了朋友圈：偶遇魏屿安，本人比照片还帅一点儿。

……

“时间差不多了，你先看看菜单，我去一下洗手间。”魏屿安将菜单递给苏羡意。

苏羡意随手翻看完菜单，视线落在窗外。

天色已经彻底黑了下来，此时手机振动，预报提示晚些时候会有小雨，她原本想和他约午饭，但魏屿安推说有事儿，就约在了晚上。

这家餐厅可以看到市一院的大楼，她想起好多天没见到陆时渊了。

苏羡意余光瞥见有人站到她身边，抬头瞬间怔了一秒。

“苏小姐？这么巧，你也来这里吃饭？”

说话的不是别人，正是丁佳琪。

“佳琪，这是谁啊？”她身边还有个打扮时髦的女生。

“算是屿安的妹妹吧。”丁佳琪笑得温柔。

女生居高临下，以一种审视的目光打量着苏羡意，丝毫不掩饰眼里的轻蔑和敌意。

“就是那个青梅竹马的妹妹？”

“是啊。”丁佳琪看着苏羡意，“苏小姐是跟朋友一起来的？没想到我们这么有缘，又遇到了。”

苏羡意手指摩挲着菜单，康城地方不大，可若想偶遇也很难。看丁佳琪朋友的眼神，只怕是来找碴儿的。

“确实挺巧。”苏羡意笑了笑。

另一边，康城市一院。

陆时渊才从手术室出来，刚准备脱了蓝色手术衣，胳膊就被人抵了下。肖冬忆凑过来：“手术顺利，晚上陈主任请客，叫你一定来。”

“我要回家喂猫。”

“我已经替你答应了，你一个人回家也得做饭，多麻烦啊！”肖冬忆说着伸了下腰，“忙了这么多天，明天终于可以休息了。”

陆时渊没作声，脱了手术衣，消毒清洗完，回到办公室时，手机恰好在振动，看到来电显示，他皱了皱眉，还是接通了：“喂？”

“小舅。”魏屿安笑得讨好。

“有事儿？”

“你下班了？忙不忙啊？我想请你吃顿饭。”

“吃饭？”

“就今晚，在你医院附近的餐厅。”

“我可能……”

“上次吃饭，你来得迟，我招待不周，又走得匆忙，心里一直觉得不踏实。今天正好约了意意一起，你看要不要一起？”

魏屿安打的主意很简单，刚刚和苏羡意相谈甚欢，他也想在陆时渊面前表现一番，证明他能处理好事情，不是恋爱脑。

有什么证明能比亲眼验证更有说服力？

陆时渊挑了挑眉：“她也去？”

意意？叫得还挺亲热。

“对，就我们三个人。”

“地址给我。”

陆时渊挂了电话，发现肖冬忆正双手抱臂站在他办公室门口：“我已经答应了陈主任，你要跑？”

“不跑，有点儿事，我先去看看。”

“那我跟你一起去，反正陈主任还在和病人家属交代事情，聚餐时间也还早。”

聚餐是肖冬忆替陆时渊答应的，他自然担心某人忽悠他、中途跑路，跟着他最保险。

陆时渊只是笑了笑：真幼稚。

另一边，魏屿安给陆时渊发了餐厅地址，满脸兴奋。

平时约陆时渊太难，没想到这次他会如此爽快地答应，现在只要告知一下苏羡意就行，她肯定没意见。

今天不但处理了苏羡意的事儿，还能让陆时渊对自己改观。一次解决两件事儿，魏屿安觉得自己真是个平平无奇小天才。

他在洗手间内又照了照镜子，整理一番，争取以最好的状态面对陆时渊。

魏屿安回到餐厅，看到丁佳琪时有些蒙了。她怎么会来？却也立即明白了什么，脸色瞬间铁青，难堪至极。

魏屿安刚出现，丁佳琪就看到了：“屿安，你也在？”

“嗯。”他闷声应着，“你们怎么来了？”

“我们逛街累了，正准备吃饭，这不是巧了吗？今天和苏小姐出来的人该不会是你吧？”丁佳琪挽住他的胳膊，颇有些宣示主权的意味。

魏屿安此时恨不得原地爆炸。

他以前总觉得丁佳琪温柔、善解人意，可今天她干的这叫什么事儿啊！

“既然这么巧，那拼个桌，苏小姐不介意吧？”说话的是丁佳琪的朋友，蔡蕙敏。

苏羡意还没答应，蔡蕙敏已经擅自坐到了她身边。

魏屿安进退两难，公众场合，他总不能让女朋友滚蛋，只能憋着火，抱歉地看了一眼苏羡意。

苏羡意看到魏屿安那一脸郁闷的模样，就明白他不知情。

丁佳琪的出现引起了周围用餐人的注意，见她落座后，别人只当是普通朋友聚餐，偶尔多看几眼，也没过分留意。

可负责点单的服务员，站在餐桌边，后背尽是凉意。

丁佳琪指着菜单，看向身侧的人："屿安，我喜欢吃这个。"

"你喜欢就点。"

魏屿安回答得敷衍，他没有心情应付她。

他此时只懊恼自己刚才怎么就傻兮兮地给小舅打电话了，这不是自己挖坑埋自己嘛！

以小舅的脾气，若是真生气，看到他掉进坑里，非但不会施以援手，反而会觉得他蠢，然后在他头顶撒上一抔土，美其名曰：一抔土敬傻子！

蔡蕙敏却忽然笑道："还是魏少知道宠女友，真让人羡慕，我怎么就找不到这样的男朋友。"

"哪有。"丁佳琪面露娇羞。

"这么好的男朋友你可要看紧了，你都不知道现在有些小姑娘啊，心思可多了，见着优质男就不择手段想扑上去。"

"我相信屿安。"

"不怕贼偷，就怕贼惦记。有些小姑娘看着很单纯，手段可多了。"

"不会的，谁不知道我们在一起啊！你想多了。"

"结了婚都有人惦记，况且你们只是在谈恋爱。"

……

苏羡意坐在那里听着两人一唱一和，心想她们果然是来"捉奸示威"的。

魏屿安观察着她的神色，低头看了一眼腕表，坐立难安："蔡蕙敏，吃饭时候你说这些做什么？"

"就随便聊聊。"蔡蕙敏笑着，"佳琪就是脾气太好，容易让人欺负，我好心提醒一下。"

魏屿安心里本就积了火，刚想开口，丁佳琪忽然挽住他的胳膊："屿安，你看看菜单，还想吃什么……"

她的话还没说完，就被一道清亮的声音打断："总担心被别人挖墙脚，这是对男友不信任，还是对自己不自信？"

魏屿安伸手扶额，上次吃饭的时候他就领教过苏羡意的脾气，虽然全程规规矩矩，一旦开口说刻薄话，程度简直和小舅有的一拼。

最怕的终于还是来了！

蔡蕙敏冷冷一笑：“别人感情好是一回事，却敌不过有些人不知羞耻往上扑啊！”

从她们出现，苏羡意就知道，这顿饭肯定吃不好。平白无故，谁愿意被人冷嘲热讽，受这种委屈？

“不知羞耻的人我没见过，我只知道没经过同意就擅自拼桌的行为，挺没教养。”苏羡意眉眼一弯，笑容温和，甚至有点儿单纯无害。

蔡蕙敏就坐在她身边，闻言扭头看过去：“你说谁没教养？”眼眸里满是怒火，音量不自觉提高，惹来周围人频频侧目。

苏羡意只淡淡地笑着说：“公共场合，你现在的行为就挺没教养。”

“你别以为仗着魏夫人喜欢你，你就能勾引别人的男朋友。佳琪不好意思说，我可没那么好欺负！”

“蔡蕙敏！”魏屿安立即起身，“你到底在说什么？刚坐下就阴阳怪气。是我有事儿约她，她根本不愿意见我。”

“她不愿意？”蔡蕙敏冷笑，“魏少怕是不懂什么叫作欲擒故纵。”

魏屿安差点儿被气疯，这都是什么狗屁逻辑？

苏羡意却忽然笑出声，她单手托腮，看着好似已经捉贼拿到赃物的蔡蕙敏：“蔡小姐，你说这一男一女想做见不得人的事儿，他们是有多蠢才会选在人这么多的地方？连个包厢都不要，何其嚣张啊！”

蔡蕙敏被问得一愣。

“你说我勾引他，你是有人证，还是物证？”

“反……反正你们孤男寡女单独出来，那就是不正常。”蔡蕙敏没证据，只能嘴硬。

苏羡意点头：“这么说，就是没证据了？”

“你明知道他有女朋友，正常人都知道避嫌。”蔡蕙敏咬牙。

“我们约在这里，人来人往，还不够避嫌？我要真想勾引他，我可不会约他到这里。更不会给你们抓现行的机会。”苏羡意挑眉一笑，“我只会告诉他我家的地址，或者……某酒店的房号。”

魏屿安和丁佳琪听闻这话傻了眼，蔡蕙敏更是吓了一跳，她还真敢说。

而苏羡意此时看她的眼神满含轻视与不屑。

这边的动静已经引起了周围不少人的注意。

餐厅工作人员也都在观察这里的动静，时刻提防着，怕闹出什么事儿，压根儿没注意有两位客人进店。

“出什么事儿了？”肖冬忆戳了戳身侧的人，“那不是你家小外甥女吗？”

陆时渊抿唇不语。

“你……”蔡蕙敏从没见过如此嚣张的“小三”，气得胸口剧烈起伏，本能地抬起手，一副要打人的模样。

“蔡蕙敏，你别太过分。”魏屿安立即出声警告。

公共场合，蔡蕙敏也要面子，她知道自己今天碰到了硬茬，魏屿安态度明显，自己又没证据，再僵持下去，她讨不到好处，却也不想再和苏羡意同桌吃饭。她抓起包，起身要走。

苏羡意却忽然起身，抓住她的肩膀一把将她按回椅子上。

“骂完了，就想一走了之？”苏羡意居高临下地问道。

蔡蕙敏蒙了，就连对面的魏屿安和丁佳琪也齐齐傻了眼，他们怎么都没想到苏羡意会忽然动手，还如此强势。

太凶了！

“你……你想干吗？”蔡蕙敏满目震惊，肩膀被捏着，疼得要命。

“你欠我一句对不起。”

“苏小姐，你别生气……”丁佳琪急忙出来打圆场。

苏羡意轻笑：“你没被人污蔑成小三，更没被人说不知羞耻，你有什么资格要求我不生气？”

言外之意是，你可闭嘴吧！

丁佳琪没想到她一点儿面子也不给，转头看向魏屿安，扯了扯他的衣服，他却只说了句：“她该道歉。”

周围人的议论声已经断断续续地传来，蔡蕙敏知道事情发展下去，难堪的只有她，只能不情不愿地说了一句：“对不起。”

苏羡意按着她肩膀的手指一松，蔡蕙敏抓着包，挤开边上的服务生，垂着头，仓皇而逃。

肖冬忆咋舌：“之前在医院见她，唯唯诺诺，娇娇羞羞，没想到还挺凶。”

“凶吗？”陆时渊轻哂，“被污蔑，要一句对不起，不是应该的？”

蔡蕙敏垂着头，从两人身边擦肩而过。

……

“小……小舅——”魏屿安是第一个发现陆时渊的。

周围人的注意力本就在魏屿安身上，此刻纷纷顺着他的视线看向陆时渊和肖冬忆。他俩都是模样和气质极好的人，就那么站着就足够引人注目。

丁佳琪看到陆时渊时，脸都白了。

而苏羡意更是心虚又焦虑，恨不能把头埋进桌底，她头皮发麻，双腿发软，手指抠着身侧的衣服，简直是大型“社死”现场。

见他俩走了过来，她才硬着头皮打招呼：“呃……好巧啊，你们也来吃饭？”

“不巧，是屿安请我来的。”陆时渊回道。

苏羡意扭头看了一眼魏屿安：你是脑子进水了吗，为什么请他？是觉得现在的情况还不够难堪，特意让他来给你补一刀？

“小舅，你是什么时候来的？也不提前告诉我一声，我好出去接你。”别说苏羡意了，就连魏屿安都觉得自己是个傻帽儿。

“也没来多久。”陆时渊轻哂，“就刚好看了个热闹。”

“……”

“你不是说加上我就三个人？”他眼神很淡地看了一眼丁佳琪，却让她瞬间感觉头皮发麻。

“佳琪刚好在附近，就碰巧遇见了。”魏屿安讪讪地说道。

“原来是偶遇，我还以为你让我过来，就是想让我看看别人是如何羞辱、污蔑她的。”

陆时渊嘴角带笑，魏屿安却被吓得差点儿给他跪了。

小舅！苍天为证，我绝对不是这么想的！

丁佳琪立即解释：“其实我朋友刚才说的话，不是故意的。”

“你认识刚才那人？”陆时渊忽然看向苏羡意。

刚才还很凶的人，现在乖得不像话。听了他的话，她随即把头摇得像个拨浪鼓，又乖又萌：“第一次见。”

“那我相信她不是故意的。”

陆时渊说完，丁佳琪暗暗松了口气。

可他接下来的话，毫不留情地，把她的面子、里子都撕了。

“既然是初见，自然谈不上有什么恩怨，她若不是精神有问题，见人就咬，只怕是听了别人不少耳边风，早就心存敌意了。”

丁佳琪脸上的血色瞬间消失殆尽。

“这世上不是谁会装无辜、摆出一副受人欺负的可怜模样，谁就有理，也别自认为很聪明，把所有人都当傻子。”陆时渊说完看向魏屿安，“你觉得这顿饭还有必要吃吗？”

魏屿安想解释，却不知怎么开口。

“看在你今天约我过来出发点是好的，公共场合，给你留点儿面子，我就不多说什么了，希望你能处理好自己的事儿，别牵连无辜。”

“我知道。”魏屿安点头，他今天是既憋屈又无奈。

肖冬忆差点儿没忍住笑出声来。

陆时渊你也太能装了，这是别人给你制造机会，又让你当了回英雄哪！你外甥能有什么坏心眼？就是犯蠢被人利用了。

倒是苏羡意，因为喜欢的人为自己出气，正垂着头暗戳戳地开心。

当长辈就是好，训人都端着架子，气场足，有排面。

目送陆时渊带着苏羡意离开，丁佳琪脸上表情复杂。

她看了一眼身侧脸色铁青的魏屿安，刚伸手想扯他的衣袖，就被他甩开。魏屿安看向服务生：“埋单。”

周围看热闹的人不少，丁佳琪只能抓着包，跟着他离开餐厅：“屿安，今天的事儿真是个巧合。”

“蔡蕙敏说出那些话也是巧合？她根本不认识意意，你要怎么解释？”

魏屿安也清楚女生之间的心机，平时丁佳琪偶尔用点儿小手段，娇气矫情些，他都能担待。可这次她让他和苏羡意难堪也就罢了，还得罪了陆时渊。

魏屿安虽然不太聪明，却不敢拿魏家和自己的前途开玩笑。

丁佳琪被问得一愣：“她做的事儿，我……”

“你不会想告诉我，你什么都不知情吧？你是真觉得我很蠢？小舅都说得那么明白了，我们……暂时别联系了。”

魏屿安说完就上车离开，只留下丁佳琪站在原地发蒙。

他平时挺惯着她的，要不然怎么连相亲也带她去，这次是怎么了？

另一边，陆时渊车内。

苏羡意规矩地坐在副驾驶位上，背脊绷直，嘴角僵硬，一想到自己刚才的举动被陆时渊看了个清楚，她就恨不能天降几把刀插死自己算了。

天有些闷，她坐在车里，却有种摇摇欲坠的虚浮感。

形象全没了！

魏屿安，你个蠢货，害死我了！

坐在后排的肖冬忆佯装在玩手机，实则在观察两人。

“你很不自在？”下班高峰，路上有些堵车，陆时渊方才得空看她。

苏羡意愣了下：“没有啊！”

“头抬起来。”

他声音很淡，却有种莫名的威慑力。

苏羡意硬着头皮看向他，金丝边眼镜闪着若有若无的光，而镜片后的那双眼睛正直勾勾地盯着她，一股无形的压迫感瞬间包围了她。

苏羡意只觉得车里又闷又热，又摸不透他的心思，搞不懂他到底要干吗。

在他的注视下，她素净的小脸涨得通红，心慌不已。

“刚才吃亏没？”

肖冬忆咋舌：你家小姑娘那么凶，能吃什么亏？

“没有。”

“你和屿安经常联系？”

“啊？”苏羡意蒙了。

这是什么路数？难道他不是想问餐厅发生的事儿？

“听说你们从小一起长大，是青梅竹马？”

苏羡意担心他误会，反射般疯狂摇头：“那都是小时候，我们现在关系一般。因为上次相亲的事儿他想道歉，所以一直约我，结果搞成了这样。”

“一直约你？”陆时渊挑眉。

肖冬忆简直想给陆时渊鼓掌了：你可真会抓重点。

“可能是怕我不接受他的道歉，魏屿安时不时会给我打个电话。”苏羡意抿了抿唇，转了个话题，“我们现在去哪儿？”

陆时渊：“刚才的饭没吃成，我带你去吃饭。”

肖冬忆适时插了一句：“单位今晚有聚餐，你跟我们一块儿去吧。”

“你们是同事聚餐，我过去不太合适。”苏羡意尴尬地笑道，“要不前面停车让我下来，这里离我住的地方很近，我回家吃。”

陆时渊皱眉：这小姑娘今晚怎么回事？他车里是有什么会吃人的怪物？像是屁股上着了火一样直想溜。

肖冬忆笑道：“没关系，一起去吧。”

“我……”苏羡意抬手将帽檐往下压了压，“我今天没化妆。”

“哈哈……”肖冬忆没忍住，低笑出声，这小丫头还挺好玩。苏羡意却恨不能堵住他的嘴，这有什么可笑的？

早知道今天会遇到陆时渊，她就应该精心打扮一番。

半晌，才听陆时渊低声说了一句：“你这个年纪，不化妆也好看。”

会心一击。

苏羡意只觉得脸颊微微发烫。

肖冬忆则如遭雷劈。

他简直不敢相信，这小子居然会说甜言蜜语，真是绝了。

以前是谁信誓旦旦地说，这世上的人在他眼里没有男女之分？

“不过待会儿人可能比较多，介意吗？”陆时渊又问了一句。

苏羡意摇头：“我就是担心自己过去不合适。”

“没什么不合适的，主任他们肯定都是拖家带口。”肖冬忆笑着，“我给主任发个信息，让他们多留个位子。”

陆时渊却说：“有我在，不用担心。”

苏羡意点头应着。

陆时渊又说：“屿安私生活没处理好，下次别和他单独出去。”那语气，就像个和蔼可亲的长辈，不掺一丝私心。

“好。”

肖冬忆坐在后座，只想高歌一曲：我应该在车底，不应该在车里，看着你们有多甜蜜。

聚餐的地点离市一院不远，过两个路口就到，是一家中式餐馆。他们到包厢时，位子已基本坐满。

肖冬忆提前打了招呼，所以恰好留了三个空位。

可能没想到他俩会带个姑娘来，众人惊讶之余，不忘笑着询问：“这位漂亮妹妹是谁？以前没见过啊！”

“该不会是你俩谁的女朋友吧？”

“……”

“是陆医生的外甥女，上次来过我们医院。”说话的是祝晓楠，她身边有空位，估计是特意留给陆时渊的。她冲苏羡意笑了笑，“你还记得我吗？”

苏羡意点头问好。

祝晓楠大方一笑：“你要不要坐我旁边？正好有个空位。”

“我……”苏羡意不愿意和她坐在一起，谁想和情敌挨那么近啊！但她不好拒绝。

正当她准备答应时，陆时渊看了一眼另一侧两个紧挨着的空位，说：“我家小姑娘怕生，还是跟我坐在一起吧。”

他家小姑娘？

“怦怦——”苏羡意好似听到了自己心跳的声音，一下一下，急促而有力，却逐渐跳乱了频率，失了分寸。

肖冬忆蒙了：就三个空位，你俩挨着，那我岂不是要和祝晓楠坐一起了？

他一个单身狗，怎么莫名有种被卷入三角关系中的错觉？

苏羡意被陆时渊那声“我家小姑娘”臊得脸红，垂着头跟在他身后走到了相邻的两个空位边。

“要不还是坐我这里吧，你们一群大老爷们儿要是喝酒什么的，她一个小姑娘挤在中间也不合适。”祝晓楠笑得落落大方，“你还担心我怠慢她啊！”

“要不让她们女孩子坐一起吧。”有人附和。

“这样也行。”

很多时候，女人之间的战争是没有硝烟的。虽说两人以甥舅相称，祝晓楠却能感觉到，陆时渊待苏羡意与其他人都不同。

苏羡意看了一眼陆时渊：“要不我过去坐？”

说话间，他抬手握住她的肩膀，力道不轻不重，将她带到椅子边坐下：“就坐这里。”

陆时渊说着又看了一眼祝晓楠：“好意心领了，我刚才说了，小姑娘怕生，坐你身边，我担心她不自在，人我自己照顾就行。”

祝晓楠尴尬地笑了笑，其他人也多少嗅出了一丝不寻常的味道。

肖冬忆低咳一声，关键时候还得他出来热场：“菜都点了吗？今晚吃什么？”

“刚点完。”有人回答。

“这可不行，今晚陈主任请客，好不容易逮着他一回，我要再加两个菜，菜单在哪儿？”

……

开席前，因为有苏羡意这个生面孔，大家又做了番自我介绍。

闲聊时他们问及苏羡意的姓名、年纪，听说她正在读大四，又问了实习工作的事，后来聊起他们这次的手术，也就没人再问她话。

医学上的内容涉及许多专业术语，苏羡意听不懂，更插不上话，上菜前，只能低头一个劲儿喝水。

“水这么好喝？”因为是临时加的位子，所以彼此间挨得很近，陆时渊稍一偏头，说话的气息就能溅落到她脸上。

“还行。”

“过敏都好了？”

“嗯。”

饭菜陆续上桌，苏羡意看到有小龙虾，顿时馋了。

此时正是小龙虾陆续上市的季节，只是她前段时间过敏，需要忌口，一直没敢吃虾。

因为魏屿安这个蠢货，她在陆时渊面前已经没形象了，如果再在他面前嘬小龙虾，形象就全完了。

于是她就这么眼睁睁地看着那盆小龙虾在餐桌上转来转去，越来越少。

此时，陈主任起身：“这次的手术辛苦大家了，我以茶代酒敬大家一杯。”

众人共同举杯后，陈主任又特意给陆时渊敬了一杯：“时渊，这次的手术，多亏你及时发现问题，要不然我都没法跟家属交代。”

“都是我该做的。”陆时渊客气地回道。

“吃饭的时候就别聊工作了，说点儿轻松的。”说话的是陈主任的老婆，她打量着陆时渊，“陆医生，你还没有女朋友吧？你觉得我们康城的姑娘怎么样？”

“嫂子这是要给陆医生介绍对象啊！”众人调侃。

“肥水不流外人田，我们医院就有很多单身好姑娘，比如晓楠啊！”

“郎才女貌，我觉得挺合适。”

……

苏羡意嚼着嘴里的鱼肉，抬头看了一眼斜对面的祝晓楠。

祝晓楠被调侃得有些脸红，一脸娇羞：“你们就别拿我们开玩笑了。”

“我们很认真，要不你俩就凑合凑合吧，我觉得挺好。陆医生，你说呢？”说话的是位女医生。

许多真心话都是藏在玩笑里说出来的，苏羡意看得出来，席间有不少人是真心想撮合两人。

她忽然觉得嘴里的鱼肉都不香了。

陆时渊却只是拿起筷子夹了只小龙虾，他看了一眼那位女医生：“感情的事儿没法凑合，若不是真心喜欢，不仅是对自己不负责，对另一半也是种伤害。”

他们俩在医院算是金童玉女，大家偶尔也会调侃，这次同样是半开玩笑想撮合他们，却没想到陆时渊认真了。

餐桌上的气氛瞬时变得有些古怪，祝晓楠更是脸色微青。

苏羡意叹了口气，又是个被他伤害了的姑娘，她又想起了当年的自己，也算同病相怜。

此时，陆时渊忽然将自己面前的小碗递到了她面前，里面有剥好的大半碗虾肉。

“这个……”苏羡意不可置信地看着他。

陆时渊拿着纸巾，慢条斯理地擦拭着手指：“你不喜欢吃虾？”

“喜欢。”

苏羡意冲他笑了笑，满足地低头吃虾肉。

陆时渊这一举动落在不同人眼里，滋味就不尽相同了，有人觉得他很疼外甥女，也有嫉妒的，还有肖冬忆这种深感不齿的。

认识陆时渊这么多年，他什么时候伺候过人？

端茶倒水，亲自剥虾？要是陆家人看到了，还不得惊掉下巴。

平时让他帮个忙，这人是怎么说的：“我的手，是治病救人的，不是用来帮你干杂事儿的。”

好嘛，原来是我不配！

第三章

男朋友？那我可以吗？

陆时渊后来又帮苏羡意剥了几只虾，他靠近她，低声说了一句："我出去洗个手。"

"嗯。"

苏羡意点头应了声，看着他起身离开，一转头就看到祝晓楠也起身，两人一前一后走出包厢，她眉头微微皱紧，已经猜到祝晓楠想干什么。

此时包厢里也开始了敬酒环节，不少人离开自己座位，肖冬忆也趁机坐到陆时渊的位子上："陪我喝一杯？"

"好。"苏羡意端起茶杯。

"喝茶？太没诚意了吧！来点儿酒？"

"我喝不了。"

"你的过敏不是好了吗？只喝一点儿，这酒度数很低，没关系的。"

"真不行。"苏羡意拒绝了，她酒量不好。

肖冬忆太想知道苏羡意和陆时渊的事儿，某人的嘴撬不开，趁他不在，就准备从他家小姑娘这儿套话。

苏羡意百般推辞，奈何某个"怪叔叔"太过热情。

……

而此时陆时渊刚从洗手间出来，抬眼就看到了等在外面倚墙而立的祝晓楠。

"陆医生，我能和你单独聊聊吗？"

洗手间外总有人经过，不适合聊天，祝晓楠寻了个人少僻静的地方。

"你想跟我聊什么？"陆时渊淡淡地问道。

祝晓楠看着他，微弱的光线给他的眼镜镀上了一层细碎的金光，白衬衫挺括合身，袖管卷至手肘处，雅痞随性。

视线相遇，她还是会不自觉地脸红。

“陆医生，其实我……”祝晓楠紧张到有些结巴。

“嗯？”

数秒后，她终于鼓足了勇气：“我就是想问，你真觉得我们不合适吗？”

“不合适。”陆时渊说得直接，没有一丝犹豫。

这样的他，无疑是残忍的。

祝晓楠早已知道答案，虽然心碎难堪，却还是笑了笑：“你是觉得我配不上你吗？我知道你们陆家，那确实是我高攀了……”

“不是这个原因。”陆时渊打断她的话，“你有很好的学历和工作，是个不错的姑娘。”

“那为什么我们不合适？”祝晓楠一听这话便有些急了。

“你很好，只是我不喜欢。”

祝晓楠神情恍惚了一下，一句不喜欢，多扎心。她苦笑着道：“那你喜欢她？”

她没指明，陆时渊却很清楚，低低地“嗯”了一声。

“她不是你的外甥女？”

“不是亲的，只是小姑娘愿意这么喊。”

陆时渊一想起她喊自己舅舅的别扭劲儿，就觉得有些好笑，连脸上的表情也温柔了几分。

祝晓楠不死心：“我认识你两年多了，在燕城我们就是同一个科室的，我就跟着你过来了，家里人都不理解我，还为此教训了我好几次。你跟她才认识多久，就这么喜欢她？我为你付出了这么多，你怎么就一点儿都看不到？！”

喜欢两年多，祝晓楠一直没说，原因也很简单。

平时追求陆时渊的人虽然多，但他完全置之不理，两人又是同一科室的同事，朝夕相对，没人比她更便于接近陆时渊，自然有更多的时间可以攻略他。

可是苏羡意的出现，让她着急了，她不能再坐以待毙。

“陆时渊，我是真的很喜欢你，喜欢你两年了！”

就算已经知道结果，她也想再争取一次，也算给自己两年的感情一个交代。

祝晓楠这是在做最后的争取，她紧盯着陆时渊，眼神忐忑又充满期待。

陆时渊目光垂下来，只说了一句话，就彻底击溃了她。

他说："你为了我来康城，可是我来这里……是为了找她。"

无须更多言语，祝晓楠整颗心被撕得稀碎。

"如果感情可以按时间计算，我和她认识更久。"陆时渊抬手将卷起的袖子放下，抚平，接着道，"她像只猫，胆子小，得慢慢来。"

祝晓楠忽然就想起肖冬忆提过，陆时渊捡了一只猫，取名小胆儿。

胆子小？

她低头苦笑，眼泪却控制不住地往下落。

原来从一开始她就输了。

"我先回包厢。"

陆时渊说完，转身就走，没有给予一点儿安慰。

他不认为这时候的慰藉是种温柔。

他径直离开，刚拐了个弯就听到后侧传来女生低低的抽泣声。

许多人都说他有时候很残忍，可他觉得，给予他人希望，又不能给他人幸福，这才是真正的残忍。

陆时渊回包厢的途中又接了个电话，耽误了一些时间。待他回去，推门就看到正端着酒杯的苏羡意，还有正在劝酒的肖冬忆。

自己才离开多久，肖冬忆，你可真能干！

"陆医生，你回来啦。过来，我们喝一杯。"坐在门口的人注意到陆时渊，拉着他进屋。

肖冬忆循声扭头，视线猝然与他相撞，那眼神……能杀人！

他背脊瞬时一凉：我的妈呀，得溜了！再不走，小命难保。

"大家都喝得差不多了吧，忙了这么多天，腰酸背痛，我要早点儿回去睡觉了，陈主任，我就先走了。"

肖冬忆打完招呼就想跑，却在门口被陆时渊拦住了去路。

"难得聚餐，你还没跟我喝一杯，这就要走？"

"嘿嘿——我有点儿累了。"肖冬忆战术性傻笑。

"刚才劝她喝酒时，不是挺起劲儿的，这就累了？"

"有一点儿。"

陆时渊挑眉："男人怎么能说累？"

肖冬忆强忍着想爆粗口的冲动，低声说："我这不是看你和外甥女的发展有些着急吗？我虽然没有实践经验，但是理论知识丰富，我跟你说，你家小姑娘喝多了酒，特别惹人疼……机会我给你制造了，你要抓紧。放手搏一搏，单车变摩托！”

某人说完就溜之大吉，陆时渊却面色铁青。

他脸皮得多厚，才能说出放手一搏这种混账话。

陆时渊回到座位时，小姑娘已经趴在桌上，似乎是喝多睡着了。

“意意？”

“嗯？”苏羡意晃着脑袋，抬头看他，“肖叔叔，继续喝吗？”

肖叔叔？肖冬忆，你可真会给自己抬辈分！

“酒……喝酒……”苏羡意醉得有些厉害，在桌上随意摸了个杯子，就要拉陆时渊一起喝。

“别喝了，我带你回家。”陆时渊皱眉，“你还能站起来吗？”

“站……站起来？我可以啊！”苏羡意醉醺醺地起身。

她身子一晃三趔趄，根本站不稳，差点儿整个人后仰栽倒。

陆时渊急忙拉住她的胳膊，试图扶稳她。

苏羡意却顺势倒进他怀里，头抵在他胸口，小姑娘的额头被酒精烧得滚烫，隔着一层轻薄的衬衣，那股热意，好似要在他皮肤上烙个印。

“对……对不起。”苏羡意一只手抓着他的胳膊，试图起来。

只是人没能起来，而是再次跌到他怀里。

苏羡意的呼吸热切而急促，乱七八糟地拍在陆时渊的胸口上，惹得他浑身僵硬。

苏羡意用力抓着他，试图再次借力直起身子，待能自己支撑身体站立时，她手指一松，手从他手臂滑落时，却被他轻轻抓住，扣在手心。

她的手被酒精烧得很热。

软的，烧人的……烫得他手心发麻，只能更紧地攥住她的手。

陆时渊喉咙有些干涩，他吸了口气，压低嗓音，靠近她：“意意，我们回家，嗯？”尾音稍稍拖长，宠溺般诱哄着。

“嗯，回家？”苏羡意双颊酡红，两眼迷离，看着陆时渊，颇像个小醉鬼，“不喝酒了吗？”

陆时渊握紧她的手，低声说：“不喝了，我们回家。”

“好。”

苏羡意还算听话，任他牵着，陆时渊与陈主任等人打了声招呼就准备走。

“明天休息，再多待一会儿，我还没跟你喝一杯，你怎么就要走？”有同事劝道。

陆时渊笑着拒绝：“不了，小姑娘喝多了，我先带她回家。”

在座的都是工作数年的人，苏羡意虽然已经大四，但未入社会，还有学生气，大家也把她当孩子，看她确实喝多了，便没再多说什么，客套两句后，就由着两人离开了。

上车后，她倒是挺乖，靠在椅背上，头侧歪着，好似又睡着了。

车窗半开，苏羡意帽子早就掉了，风将她脸颊边的碎发轻轻吹起，一路上流转的灯光将她的脸衬得忽明忽暗。

肖冬忆目送两人离开后，方探头探脑地从一侧钻出来。

他今天是坐陆时渊的车来的，现在需要打车回去，结果等了半天也没看见空车，他刚叫了网约车，余光便瞥见一个熟悉的身影从餐厅出来。

“晓楠，你也回去？”

出来的是祝晓楠，天色暗，离近些才看到她哭红的眼睛。

她闷声点头，垂头避开他的视线。

肖冬忆能猜到缘由，也非不识趣的人：“你一个人……要不要我送你？”

“不用，谢谢。”

两人都没开车，就这么站在餐厅门口等车。

祝晓楠大抵又想到了伤心事，忍不住抽泣两声，肖冬忆本着绅士原则，给她递了纸巾，又出声安慰：“其实这世上好男人很多，你要把眼光放长远些，别盯着一棵树而忽视整片森林。”

“可我就喜欢他。”

“他嘴毒又刻薄，也就那张脸好看些，有什么值得喜欢的！”

“你是他朋友，你居然说他坏话？”

“……”

此时一辆出租车停在两人面前，司机探头询问：“是你们叫的车吗？”

肖冬忆尚未开口，就听祝晓楠脱口道：“我觉得他能为了一个喜欢多年的人来这里，就是个专注深情、值得我喜欢的好男人。你要是再说他坏话，我和你没完。”

说完，她便直接上车离开了。

留下肖冬忆一脸蒙：这……好像是我叫的网约车啊！

陆时渊，你到底给人家灌了什么迷魂汤……等会儿，她说陆时渊是为了一个喜欢多年的人来康城？

他是不是发现了什么惊天大秘密？

怎么办，好想找人分享！可是刚得罪了陆时渊，要是再把他的事情捅出去，可能明天上手术台的就是自己。但憋着又很难受！

肖冬忆就像一只寂寞的猹。

守着一大片瓜田，兴奋得上蹿下跳，却只能孤寂地独自吃瓜。

帝景苑。

车子停稳后，陆时渊叫醒了熟睡的苏羡意。

“嗯……”被吵醒，她皱着眉盯着他看，眼前却总是模模糊糊的，好似有几层人影在晃。

趔趔趄趄地进了电梯，苏羡意先是盯着电梯内的广告看了半天，又把目标瞄准了一侧的楼层按钮，伸手就要按。

“别动。”陆时渊拦住她。

“嗯？”苏羡意皱眉，对他的阻止很不高兴。

只是电梯此时已停在十楼，随着她踏出电梯，楼道声控灯应声亮起，她也东倒西歪地摸到了家门口，开始输入密码。

陆时渊就站在边上看着，内心感叹苏羡意醉成这样还能知道哪个是自己家。

伴随着密码输入，系统提示错误。

不对？

苏羡意大脑是混沌的，潜意识里想起了许多密码，什么支付密码、手机密码，想起哪个就按了，再次错误。

已输入两次，再不对，门就要被锁定，当她准备再次按密码时，陆时渊拦住了她：“你想好再按。”

“我想好了。”

苏羡意觉得这人太烦了，三番五次阻止她，果不其然，门被锁定，两个小时后才能重试。

门被锁回不了家，喜欢的人还被人告白，今天又遇到被人当小三的破事，苏羡意皱着眉，觉得人生糟糕透了。

“我就离开了一小会儿，谁让你喝这么多酒？”陆时渊看着她，一脸无奈。

“要你管。”

“嗯？”在陆时渊面前，苏羡意一直乖巧听话，忽然唱反调的行为，让他愣了下，但看着醉醺醺的小姑娘，他也只能无奈地说，“走吧，先去我家。”

“我不去。”

“为什么？”

“我不去陌生人家里。”那模样，倒像个耍无赖的三岁小孩儿。

陆时渊哭笑不得。

门被强制锁了，他不可能留她独自在这里，既然说不通，就直接牵着她的手，准备强行带她走。

“你要干吗？”苏羡意一脸警觉。

“难道你要在这里待两个小时？不怕生病？”

“你又不是我男朋友，凭什么管我？”

小姑娘表情倔强，似乎不用点儿强硬手段，她根本不会搭理他。

下一秒，陆时渊逼近。

苏羡意大脑混沌着，可身体本能地往后一缩，后背贴在防盗门上，微凉的金属触感让她的意识有了片刻清醒。

“你刚才说什么？”骤然低哑的声音，勾魂摄魄。

“我……我……我刚才……”苏羡意脑子晕乎乎的，哪能想起自己刚才说的话？

或许是本能的趋利避害，面对他的强势，她没了方才的嚣张放肆，反而像收起了爪子的小猫一样，就连声音都变得软软糯糯。

“嗯？想不起来了？”

酒精味横亘在两人中间，催化暧昧。

陆时渊那隐在镜片后的黑眸有倏忽的光亮闪烁，就像平静海面下翻涌的暗潮。

苏羡意被他看得心头发紧。

“如果是你男朋友就能管你了？”

他弯腰，压低了声音，灼热的呼吸从她脸上一寸寸滑过，让人心悸到麻痹。

“我……”

苏羡意完全忘了自己说过这话。

他靠得越来越近，苏羡意感觉到有股温热的气息从她脸上拂过，喉咙痒痒的。

喝多了酒，心跳本就极快，陌生气息的靠近，更是让她觉得供氧不足，整个人都开始失重。

楼道内忽然安静下来，声控灯倏地灭了。

苏羡意的心跳因此突然变得很重，她还没适应眼前的一片漆黑。绝对的黑暗中，他却低声在她耳边烧了一把火：“男朋友就行？

“那我可以……”

灯灭后四周一片漆黑，好似所有的情绪都被压在一处，耳边的气息清晰可闻。

苏羡意耳中的心跳声逐渐放大，“怦怦——”一次比一次有力，她甚至有些神志不清。

直至耳边传来低沉的一句：“意意？”

一声昵称，好似瞬间勾了她的魂。

这时外面响起一阵汽车鸣笛声，声控灯随之亮起。

苏羡意呼吸急促，不敢和他对视，他的目光好似有温度……烫得人心慌。

他的气场强势，无孔不入般，让人心颤。

她觉得，自己随时会被他吃掉。

“现在可以跟我回家了？”陆时渊不可能在她醉酒的时候要什么名分，纯粹是吓唬她。

苏羡意怕被吃掉，不敢放肆，乖乖点头。

下一秒，手被他牵住，苏羡意垂头，看着他修长的手指扣在自己的手腕上。

触感温热，极其真实，让人无法忽视。

伴随着开门声，陆小胆从门缝里探出脑袋，大抵是闻到了酒味，又戒备地往后退。

“你先坐一下，我去给你倒杯水。”

喝水可以促进酒精代谢，陆时渊刚给她倒了杯水，转头就发现苏羡意居然斜躺在他家沙发上睡着了。

又不是自己家，她真是连一点儿戒心也没有。

陆时渊走过去，俯身弯腰，将她的手搁在自己肩上，一只手穿过她的腿弯处，一只手搂紧她的腰，将她抱进主卧。

正当他准备将人慢慢放到床上时，苏羡意醒了。

原本虚虚搭在他肩上的手稍稍收紧，毫无征兆地，搂住了他的脖子。

她手指很热，搂着他的脖子，撩着火。

借着这股力道，苏羡意凑近了。

距离近到好似她眨眼时，睫毛都能轻扫到他，在他心上挠痒，让人无法自控。

“你好像一个人啊……”她仔细打量着，几乎贴着他的脸。

“像谁？”

“像我喜欢过的人。”

喝了酒，她神色迷离，嘤咛娇嗔。

“是吗？”

陆时渊声音逐渐变得粗沉。

喉咙滚了下，感觉理智正在她的注视与靠近下，被逐渐撕裂。

直觉告诉他，再这么下去……自己今晚怕是无法做人了。

苏羡意忽然冲他一笑，摇头：“不，你不是他。”

“我怎么就不是了？”

“他就是个到处招蜂引蝶又没眼光的臭男人。”

“……”

苏羡意搂着他脖子的手一松，倒头睡了过去。

陆时渊闭了闭眼，嗤笑一声：臭男人？喜欢过？那现在还喜欢吗？

替她脱了鞋，盖上被子，陆时渊站在床头看了半晌，才走到客厅给陆小胆弄了点儿猫粮。

陆小胆颠颠儿去吃东西时，陆时渊看了一眼手机。

魏屿安给他发了条信息，解释了一下今天的事儿。其他的消息全来自肖冬忆，他正在一个群里上蹿下跳，好不快活。

肖冬忆：“我有个惊天大瓜！我保证吃了我的瓜，就能忘了那个他。”

“前排板凳，吃瓜带我一个。”

“谁的瓜？保熟吗？”

……

众人期待半天，某人只说了一句：“我有一个小秘密，小秘密，就不告诉你，就不告诉你……”

结果陆时渊还没出手，肖冬忆就在群里引起公愤，被群起而攻之。

守着瓜田却不能和其他人分享，简直是种折磨，也不知道陆时渊把人带走，此刻又在做什么。肖冬忆叹气，他自己没谈恋爱，却为别人的爱情操碎了心。

正当他收起手机，准备睡觉时，手机振动起来，收到一条来自陆时渊的信息：“瓜甜吗？”

肖冬忆迟疑片刻，回复道：“你还没休息啊？小外甥女呢？”

“喝多了。”

“我不知道她酒量这么差，那她现在怎么样？”

“睡了。”

“你送她回家了？”

“在我床上。”

肖冬忆咬牙：禽兽啊！

“既然这样，那你也早点儿休息吧。”

陆时渊却一笑：“我家小姑娘酒量差，今晚没陪你喝好，等有空了，我找几个人，专门陪你喝。”

肖冬忆再也睡不着了。

陆小胆吃饱后，陆时渊将猫砂处理了一下，去卧室看了一眼，大抵是觉得热，方才盖好的被子被苏羡意踢翻，只盖住了身体的一半。

五月的康城，入夜微凉。

陆时渊又帮她将被子掖好，如此反复了几次，他干脆挪了把椅子坐在床头，守着她。

陆小胆坐在角落舔了会儿爪子，最后蹭到了陆时渊脚边，蜷缩着身子，挨着他睡觉。

这一晚，苏羡意做了许多梦。

她梦到了初见陆时渊的情形。

那时候，他不常戴眼镜。短发利落，眉眼轮廓深邃，即便穿着白大褂，也透着不羁。

他下班后偶尔会抽支烟，风好似能把那股烟草味吹到她鼻尖，她还曾为此偷偷抽过一支他爱的那个牌子的烟，却被呛得嗓子疼，咳得小脸涨红。

这一幕刚好被他撞见，他笑得放肆，懒洋洋地看着她：“小孩子不学好，跟谁学的抽烟？”

她至今记得，那天的风很大，他的衬衣被风吹得微微鼓起，稍稍贴着身，身上的线条若隐若现。

苏羡意被烟呛红了脸，心脏却为他狂跳不止。

后来她又梦到自己告白，问他愿不愿意做自己男朋友，陆时渊居然说可以，他的回答很真实，好像贴在她耳边。

苏羡意一个激动，居然就醒了。

她心底郁闷着，迟钝地不愿睁开眼，闭眼又回味了一下这个梦，刚翻身准备把这个梦继续做下去，却敏锐地察觉到了不对劲。

这个枕头、被子的触感……

她猝然睁开眼，这好像不是自己的房间。苏羡意表情有些茫然，意识也变得迟钝。

下一刻，她的手无意间触碰到了一小块毛茸茸、温热的东西，这是……她伸手捏一下。

紧随“喵呜——”着一声猫叫，苏羡意直接吓疯了！

她彻底清醒过来，陆小胆也已经跳下床。

一人一猫，面面相觑。

这是陆时渊的猫，所以这里是他家，昨晚她睡在这里？

啊啊——

苏羡意脑子里的弦瞬间崩断，她完全不知道自己是怎么从酒桌上睡到陆时渊床上的，第一反应是立马检查自己的衣服。

没有任何不妥，神经稍稍放松了些。

她努力让自己冷静下来，而此时卧室的门被人推开。

陆时渊仍旧是一身白衣黑裤，他站在门口，打量她：“醒了？感觉怎么样？”

感觉？她觉得自己快死了。

“我……我昨晚……”

“怎么？不记得了？”

苏羡意皱眉道：“我该记得什么？”

“你说呢？”

陆时渊镜片后的眼眸深幽漆黑，紧紧盯着一个人时，有股压迫感。

苏羡意莫名就㞞了，心虚地垂下头，开始回想自己昨晚到底对他干了什么。难不成自己对他霸王硬上弓，占了他的便宜？

“你洗漱一下，出来吃早饭，拖鞋是新的。”陆时渊说完，就贴心地关上了门。

苏羡意这会儿脑子乱七八糟的，只能故作镇定地掀被下床，床边摆放着一双浅粉色的女士拖鞋。

她酒量差，平时抿上几小口没问题。偏生昨晚肖冬忆连哄带骗，红白相掺，很快她就不省人事了。

上次喝醉，还是向陆时渊告白后。为了庆祝她身体恢复出院，几个室友请客，吃完饭又去唱歌。

KTV 包厢的桌上放了酒水，她心底郁闷，都说酒能消愁，就拉着室友准备一醉方休。结果喝多了，她抱着话筒喊了一整夜陆时渊的名字，还嚷嚷着为他点了一首《你没有好结果》，循环播了一夜。

第二天离开时，KTV 服务生还笑着对她说：“能让你这么伤心，这个陆时渊肯定是个渣男吧。”

自此以后，苏羡意路过那家 KTV 都绕道走，再也没敢进去。

……

他的房间格局和她的一样，主卧有洗漱间，新的牙刷毛巾早就准备好了，只是她此时心里一团乱麻，无暇顾及其他，拿着手机给肖冬忆发信息。

昨晚喝酒时，他们互加了好友。

“肖叔叔？”

“我在。”

苏羡意皱眉：“昨晚发生了什么？我怎么会睡到他家？”

“你喝多了，你舅送你回家。”

“他送我？”

“我又不知道你家住哪里。再说，我们非亲非故，孤男寡女的也不合适，你舅跟你是自家人，在他家睡一晚也没什么，还是说……发生了什么？”

“没有，我就随便问问。昨晚喝多了，有点儿记不清了。”苏羡意立即否认。

“是吗？你一大早来找我，我还以为出什么事儿了。”

肖冬忆叹了口气，居然什么都没发生？

陆时渊这么正人君子？

他到底行不行啊！

苏羡意仔细回想着昨晚发生的事儿，她依稀记得陆时渊在她耳边说要做她男朋友，可是和梦境纠缠在一起，她也不知到底是在做梦，还是真实发生过。

听他的口吻，难不成自己昨晚霸王硬上弓了？

还是占他便宜了？

苏羡意稀里糊涂地洗漱完，走出卧室时，早餐已经摆上桌，客厅的地上摆放着许多长度不一的木条、螺丝和一些工具。

“之前给小胆儿买的猫舍，一直没时间安装。”陆时渊解释，“昨晚喝了那么多酒，有没有哪里不舒服？”

“没有。”苏羡意摇头。

“吃饭吧。”

虽然早饭很丰盛，可苏羡意食不知味，不停地偷瞄坐在对面的人。

衬衣黑裤，领口松了几粒扣子，随意又精致。

许是她的偷看过于频繁，陆时渊放下筷子，看向她：“怎么了？是早饭不好吃？”

“没有，挺好吃。”

“那你不吃饭，总盯着我看什么？”

陆时渊属于长在她审美点上的人，仅仅一个眼神在她眼里都好似带着明目张胆的诱惑。苏羡意低头，再也不敢看他，倒惹得他嘴角不自觉勾起。

小姑娘还是和以前一样，不禁逗。

吃完饭，陆时渊很自然地收拾碗筷，苏羡意则抱着陆小胆靠在沙发上，如坐针毡。

太心虚，想回家，又觉得不合适，睡了一夜，又蹭了顿早饭，就这么跑了不太好。

她偷偷给好友发信息，寻求战术援助。

结果对方回复：“你在他家过夜，就是单纯地睡觉？”

“我不记得了。”

“苏羡意，以我对你的了解，你肯定对他做了什么，可能抱着他的大腿，让他带你回家。”

“……”

“放心，只要你确定没把他睡了，我觉得都可以挽救。”

此时手机响起，徐婕打来电话，陆小胆从她怀里跳下地，她接起电话“喂”了一声。

“睡醒啦？在家？过敏怎么样了？”

自从得知她过敏，徐婕每天都会打来电话询问。

“在家。不是和您说了嘛，前几天就好了。”

“还是要注意，再多忌口几天……”

陆小胆跳下地后，开始摆弄地上的螺丝帽，陆时渊从厨房出来，见状低喝一声：“陆小胆！”

陆小胆吓得蹿回窝里，可这声音被徐婕听到了。

虽然没听清说了什么，但徐婕能确定这是个男人，她立刻警惕地询问：

“你一大早和谁在一起？”

苏羡意慌了神，刚说了自己在家，说谁在她家都不合适。

脑子里忽然灵光一现，她说了句：“我爸，给我送早餐。”

徐婕想着苏永诚还知道关心女儿，也算不错，就没再追问。

挂了电话，苏羡意与陆时渊目光相撞。

金丝镜框折射出一丝暗光，陆时渊嘴角弯起，笑得漫不经心却又透着些许调侃：“我又变成你爸爸了？”

苏羡意认㞞地垂下头，心虚发慌。

她只恨他家封了窗，如果没封窗，从这里跳下去，肯定能当场挂了。

陆时渊弯腰，将刚才被陆小胆当玩具的螺丝帽归置回原处。

“刚才是我妈打电话，所以……”苏羡意试图向他解释原委。

“所以你觉得跟我在一起，很见不得人？”

“不是，绝对没有！”苏羡意急忙摇头。

“先是舅舅，再是爸爸，下次你准备叫我什么？”陆时渊那语气，好似是懂了什么。

苏羡意瞬间察觉到不对劲的点，愣怔数秒，脸突然涨红。

他该不会以为自己有什么特殊癖好吧？

“我其实……”

苏羡意想解释，又担心陆时渊压根儿没那个想法，那岂不是暴露了她邪恶的思想？

“嗯？”

“没……没事儿，你是要搭猫舍吗？需不需要我帮忙？”苏羡意急忙转移话题。

“你会这个？”陆时渊询问。

“应该没问题，我以前自己组装过书架，还有其他小东西，不过我需要先回家洗个澡，换身衣服。”

苏羡意此时还能闻到自己身上残留的酒味。

回到家，苏羡意稍稍舒了口气，颓然地跌坐在沙发上，随即给好友拨了个电话：“我该怎么办？我完了。”

“昨晚的事儿你还记得多少？”

“我不知道是做梦还是真实发生过，他说要做我男朋友。”

电话那头的人沉思两秒：“你在做梦。”

“……”

“不就是在他家睡了一晚吗？既然什么都没发生，你怕什么？”

“我刚才差点儿喊他爸爸，怕他误会。”

“你平时一声不吭的，真看不出来啊，还是你会玩。”

苏羡意在客厅发了会儿呆后，才拖着沉重的步伐，耷拉着脑袋回房洗澡。

她暗自咬牙发誓，以后再也不喝酒了。

约莫一个小时后，苏羡意敲开了隔壁的门。

陆时渊已经将猫舍的大致框架搭建出来，剩下的工作只是用螺丝将剩余的木条拧进去，不用动脑，都是体力活儿。

“我來吧。”苏羡意试图帮忙。

“差不多快好了，你帮我盯着猫，别让它再动螺丝。”

苏羡意想帮忙，也是想弥补昨晚的愧疚，看陆时渊今早的表现，自己昨天怕是对他做了什么。

她一边撸猫，一边观察他。

袖子卷至肘处，修长且骨节分明的手正拿着螺丝刀拧木条，从手腕线条到手指骨节，处处透着股艺术感。

此时陆时渊放在桌上的手机振动起来，他很自然地起身去另一侧接电话：“喂，妈……”

苏羡意百无聊赖，便蹲在猫舍前，看了眼一侧的说明书，开始拧螺丝上木条。

陆时渊接听电话的声音断断续续地传来。

虽然因为距离听得不真切，却也隐隐听到他提了“回家”“燕城”等字眼。

昨晚聚餐，苏羡意也大概了解了，陆时渊等人来康城是因为一些医疗科研项目，并不会久留，难道他近期就要走？

好不容易再相见，苏羡意哪儿舍得？瞬间有些心神不宁。

拧螺丝虽然是体力活儿，但也需要专注，她一只手扶正螺丝钉，另一只手拿着螺丝刀拧动，只是她心不在焉，手指一歪，螺丝刀从她手背上划过。

“嘶——”她闷哼一声，手背瞬时出现一道红痕。

“妈，我有点儿事，先挂了。”没等那边回话，陆时渊就匆匆挂了电话，走过去握住她的手打量。

她皮肤白，又敏感，划痕两边已迅速肿起，看上去挺严重。

“疼吗？”陆时渊低声询问。

他的手指从她火辣灼痛的划伤边缘轻轻擦过。

苏羡意手被握着，只觉得浑身僵硬，心脏骤停，耳朵脖颈处都泛着红，一张小脸越发生动娇俏。

“不疼。”她低声回答。

“坐沙发上，我去拿冰块给你敷一下。”

陆时渊动作很快，从冰箱内取了冰块，用毛巾包裹，递给她敷着患处，又叮嘱道：“家里没什么药，你等我一下，我很快回来。”

苏羡意觉得被划伤一下，又没破皮，没什么大碍，最多就是手背肿两天，可她还没开口，陆时渊就推门出去了。

到了小区单元楼下，巡楼值班的物业工作人员还笑着和他打了招呼：“陆医生，今天休息啊？”

“嗯。”陆时渊回答平淡。

长得帅，工作又好，物业工作人员自然对他印象深刻。

“上次在群里发的那只猫是你的吧？”

“是，不好意思，我还有事儿……”说完他就匆匆离开了。

物业工作人员盯着他的背影，喃喃自语：“什么事儿这么急？居然穿着拖鞋就出来了。”

寻常见到陆时渊，他几乎都是一身正装，今天怎么如此随意？

……

也就一刻钟的工夫，陆时渊就回来了，买了碘酒、消肿药膏，还有一些医用棉签。虽是医生，不过他到康城时间也不算长，大部分时间待在医院，家里并没备药。

“我觉得冰敷后已经好多了，不需要涂药。”苏羡意将手递到他面前说道。

“上药好得快。”

陆时渊说着已经拧开消肿药膏，苏羡意坐在沙发上，他很自然地弯腰半蹲，握住她的手，用棉签蘸了药膏，在划痕上涂抹。

他方才下楼去药店，匆匆忙忙，手心聚拢着热气，她的手却被冰袋浸透，俱是凉意。

一冷一热，他的动作轻柔缱绻，好似在呵护珍宝，激得她浑身发麻。

从她的角度，居高临下，可以看到他的侧脸。

鼻梁上的细边眼镜在他眼下落了层暗影，清朗俊逸。

“唔……”苏羡意轻哼了声。

“嗯？”陆时渊抬头看她，“我弄疼你了？”

“不是。”苏羡意微抿了下唇，她是想问昨晚到底发生了什么，却又担心问了之后，自己怕是没脸见他。

陆时渊仰头看她，这样的角度，让她的心跳莫名加快。

“意意。”

“嗯？”

他握着她的手，指腹在她手背完好处轻轻摩挲了下，好似在她心上轻轻剐蹭，让她瞬时心跳紊乱。

低沉的声音也随之刮进她的耳朵：“还真把我当舅舅了？”

这话好似盛夏晚风，吹在身上，热得人浑身燥烘烘。

苏羡意张了张嘴，一时不知该说什么，只觉得被这句话撞得晕头转向。

“扑通，扑通——”

心跳越发剧烈，像是要从胸口撞出来。

方才被冰块凉意浸透的手也开始升温冒汗。

被他轻轻攥着，手觉得热，就连脸也瞬时红透了。

苏羡意心慌又忐忑：谁想喊你舅舅，我要喊你老公，你敢答应吗？

“仔细算起来，我和魏家没什么关系，你没必要跟着魏屿安喊我一声舅舅，其实我们年纪相差不大。”

苏羡意点头，只是换称呼，却又不知该叫什么。

直接喊陆医生？

陆时渊知道她脸皮子薄，不禁逗，也不敢太冒进，见她不说话，只低笑一声：“难不成，你还真想让我做你爸？”

“没有，我绝对没有这个想法。”

“药上好了，现在感觉怎么样？”

“还行。”

……

陆时渊松开她的手，起身将棉签扔掉，准备将药膏收好时，手机振动起来，他按下接听键：“妈。”

“刚才怎么突然挂电话？医院有急事儿？”

陆时渊走到阳台上，没回答，也没否认。

“你准备什么时候回燕城？还真想在康城待一辈子？”

“会回去的。”

“你爷爷最近总念叨你，却不肯打电话给你，说担心打扰你工作。你抽空回来看看他，他虽然不催你，但其实很想看到你结婚生子。”

“好。”

“大院里那个张家儿子跟你差不多大，他都要二婚了，你看你连个女朋友都没有。”

“这么快又二婚？所以结婚并不一定好。”

“你就是嘴硬，如果结婚不好，那他干吗要结两次？”

“……”

陆时渊抬手推了推鼻梁上的眼镜，竟无言以对。

“对了，听说你谢叔叔也要再婚了，不过婚期未定，到时候你肯定要回来的。”

“知道了。”

陆时渊回答这话时，目光落在了苏羡意身上，她正蹲着，拿着逗猫棒在逗猫。

“听说对方还有个孩子，到时候啊，这谢家可就热闹了。”

陆时渊挂断电话后，便重新开始搭猫舍，苏羡意就蹲在一边看着，她手上有药膏，味儿大，陆小胆根本不愿让她抱。

猫舍完成时，时间已接近正午。

苏羡意刚准备回家，陆时渊寻常又熟稔地问了一句：“中午想吃什么？”

“中午……我还是回家吃吧。”

“你的手能做饭，还是点外卖？”

陆时渊说着已经将陆小胆捞起来，放进新搭建的三层猫舍里。

它胆子小，不愿意进去，在陆时渊怀里胡乱挣扎，甚至在他脸上蹭了两下，最后还是被强行塞进了猫舍。

“我的手其实没事儿。”

就是轻微划伤，又没破皮流血，只是看着有些吓人。

“你是医生？”

苏羡意摇头。

在这种事儿上，自然是医生最有发言权，苏羡意看着他洗手进厨房，动作利落地捋起袖子，打开冰箱取食材，里面倒是有不少东西。

苏羡意帮不上忙，就在边上看着陆时渊为她做饭，这种场景，她只在梦里见过。

能治病救人，会搭猫舍，还会做饭……苏羡意只觉得这世上再没比他好的人，她站在料理台边，时不时偷偷看他一眼。他低垂着头，额前的碎发有些凌乱不羁，神情专注且认真。

只是他头上好似沾了什么，苏羡意眯着眼，仔细打量。

好像是猫毛。

陆时渊转头想让她离开厨房，却发现她的视线聚焦在自己头顶。

“怎么了？”

“你头上……有东西。”

“嗯？”陆时渊此时双手都有水，自然没法拨弄头发，便道：“有什么？”

“好像是猫毛。”

“那你帮我弄一下。”

苏羡意比他矮些，偏生猫毛的位置尴尬，她需要踮一下脚。

只是下一秒，陆时渊忽然弯腰俯身。

两人视线齐平时，苏羡意抬眼就撞入他的目光中，心跳莫名快了些，他的眼镜镜片中，自己被映照得一清二楚。

苏羡意快速摘了猫毛，递给他看了一眼，表示自己没扯谎。

“陆小胆快四个月了，到掉毛的时候了。”陆时渊说道。

苏羡意点着头，迟疑着问：“我昨天晚上喝多了，到底是怎么来你家的？”

“你真的一点儿都不记得？”陆时渊擦干手上的水问道。

“我没对你做什么吧？”

陆时渊拖着尾音说道：“你说呢？”

苏羡意咬唇想：难不成自己昨晚真的兽性大发？如果真是这样，那自己岂不是亏大了？居然一点儿印象都没有。

“无论怎么样，昨晚肯定是麻烦你了，如果我弄脏了什么，我会负责清洗。”

“如果你对我做了什么，你要怎么办？也要对我负责？”

苏羡意心头激荡，表情微怔，却还是点了下头。

负责？她是挺愿意的。

只是酒后负责，总让她有种错觉——自己像个渣女，调戏了良家妇男后，说了句：“放心，我会对你负责的。”

却没想到下一秒，陆时渊忽然低笑出声。苏羡意感觉有手从自己发顶抚过，轻柔地揉了下她的头发。

他指尖刚沾过水，冰冰凉凉。

可被他触碰过的地方，好似有火烧起来，热得人头皮发麻。

“昨晚你喝多了，忘记开门密码，把门强制锁定了，我才带你回家。孤男寡女，我带你回来，要是被别人知道，只怕对你影响不好。”

“就算要负责……也该是我对你负责。”

陆时渊说完就继续做饭，苏羡意却觉得面红耳热。

从陆时渊家里回去之后，苏羡意一直心不在焉，睡觉前，她伸手揉了揉头发，今天被他摸了头。

她傻笑着，甚至开始纠结，今晚要不要洗头。

这一晚，她做了个奇怪的梦……

陆时渊穿着白衬衫，单手拉扯着领带，将领口的扣子解开两粒，露出精致的锁骨，俯身靠过来。

她坐在沙发上，无路可退，身子往后一仰，整个人就被他抵在沙发里。

“还真把我当舅舅了？”他声音沙哑，寸寸勾人。

“我……”

这后面的梦越发羞耻，直到苏羡意被一阵手机铃声吵醒，才戛然而止。

五月下旬，今日康城的气温已攀升到三十摄氏度，苏羡意被热出一身汗，看了一眼手机，是苏永诚打来的电话，便给他回了过去。

“爸？”

“不会还在睡觉吧？”苏永诚笑着道。

“昨晚睡得迟。”

“你什么时候有空回家吃饭？”

苏永诚这段时间经常找她，只是她前段时间过敏，没出门，她也不好总是拒绝：“我最近都有空。”

“那就今晚？我去接你。”

“我自己过去就行。”

……

挂了电话，苏羡意赶紧起床冲了个澡，想起昨夜那个羞耻的梦，臊得满脸通红。

不知道自己最近是怎么了？前天晚上梦到陆时渊要做她男朋友，昨晚又梦到了。

太邪恶了！

吃完早饭，苏羡意准备出门买点儿东西，虽说晚上是回自己家吃饭，可苏永诚早已重新组建家庭，还有一双儿女，空着手过去总不太好。

结果她一出门，就在电梯口碰见了陆时渊……

她此时还半张着嘴打哈欠，一时竟愣了神。

怎么能在他面前打哈欠！

瞬间，苏羡意整张小脸涨得通红："陆医生，早。"

经过昨晚的事，苏羡意没再见到他，客气地改称一声，陆医生。

"早。"陆时渊看了她一眼。

她今天头发盘着，穿着一件白色长袖，浅灰色的宽松裤子，搭配一双运动鞋，浑身还透着股青涩稚嫩的学生气。

两人进入电梯后，苏羡意才偷偷打量着陆时渊。

十分简单的白色薄衫配黑色长裤，头发似乎没怎么打理，随意打散，稍许遮了眉眼，换了副黑边眼镜，斯文又禁欲。

"你今天没去上班？"苏羡意状似寒暄道，她记得那日聚餐，只听说他们休息一天。

她压根儿没想到陆时渊会在家，要不然怎么都要收拾一番才踏出门。

"请假了。"

"请假？"

"我明天要回一趟燕城。"陆时渊说着，看了她一眼，"有件事儿想找你帮忙。"

"什么？"

"我可能要离开几天，想请你帮我照顾一下陆小胆。"

"好。"苏羡意欣然应允，别说照顾猫了，就是照顾他也没问题啊！

"猫粮、猫砂的位置你也都清楚，你可以按时去我家给它喂点儿吃的，把它带回家也行，看你怎么方便。"

苏羡意点头应着。

"我们家门的密码是六个'1'。"

"你这密码是认真的？太过简单了吧！"

陆时渊却笑道："嗯，都是'1'，我就比较喜欢这种简单的，至少不会忘。"

苏羡意的脸瞬间爆红，他不就是在影射自己喝醉按错密码的事儿吗？

出了单元楼，两人分道扬镳。

苏羡意去超市选礼物时，好友打来电话："你是第一次见你父亲再娶的这个阿姨吧？"

"是啊，以前看过照片，也不知道买点儿什么好。"

“我觉得你还是得小心点儿。”

“什么意思？”

“你这样的情况我在小说里见多了，通常来说，这后妈啊都很厉害，特别有手段，她自己还有孩子，可能以为你回家是去抢财产的，肯定会给你穿小鞋。”

苏羡意悻悻笑着：“不至于吧。”

“总之你给我打起精神，打扮得漂亮点儿，拿出架子，那也是你家，还能让她欺负了不成？”

“我知道了。”

“你没有害人之心，但她可能会给你下马威，我估计她那两个孩子也不是省油的灯，你当心点儿。”

……

苏羡意不愿待在苏家，自然有她的顾虑，她太久没回康城，父亲有了自己的小家庭，过了这么多年再回去，自己就像个格格不入的外人，同住一个屋檐下，谁都不自在。

所以她回康城后，在酒店住了两晚，然后搬到了帝景苑。

跟苏永诚后娶的妻子、子女都没打过照面。

女儿比苏羡意大一岁，是那位阿姨与前夫所生；与苏羡意有血缘关系的，只有一个同父异母的弟弟，据说十七岁了，今年高考。

傍晚。

苏羡意提着礼物打车到了苏家所在的别墅区，她没想到出租车进不去，访客进出还需要业主同意。

她本不想麻烦苏永诚，却还是迫不得已给他打去了电话。

“你过来也不提前说一声。”苏永诚语气嗔怪，“你等着，我去接你。”

苏羡意在门卫室等了几分钟，原以为会是苏永诚过来，却看到一个骑电动车、戴着头盔的少年飞驰而来。

电动车停在保卫处，少年看着苏羡意却不说话。

那眼神，有些凶狠。

白T恤，牛仔裤，摘下头盔时头发有些蓬松微卷，夕阳下泛着懒洋洋的柔光，就是他个子很高，与电动车格格不入。

这是自己那个同父异母的弟弟？

苏家实力还不错，他怎么说也算个富二代吧，怎么骑电动车？

这标配不对啊！

“是小呈啊，这是你家亲戚？”保安处的大叔认识他。

“嗯。”苏呈将车停好，走到苏羡意面前，别别扭扭地说，“我爸让我来的。”

整张脸上写着五个字：我是被迫的！

“麻烦你了。”苏羡意看了一眼自己手里的一堆礼物，又瞄了一眼他的小电驴，“东西可能放不下。”

“应该可以。”

苏呈将礼物挂在车把手上，还有部分放在脚踏板上。

这些都是礼盒，东西不多，却很占地方，将所有东西放好，这电动车就没法骑了。

苏羡意抿了抿嘴：“要不我们走回去？”

苏呈点头，闷声应了句“好”。

两人一路也没说什么话，苏羡意却敏锐地察觉到，这少年一直在偷看自己，只是他的偷看有些明目张胆。

苏羡意忽然看向他，目光相撞，她微微一笑，少年高冷地别过头。

苏呈推着小电驴，深吸一口气：我该怎么办？

他自认为平时挺能说会道的，嘴里的火车能跑上喜马拉雅山山顶，可现在紧张得半个字都吐不出来。

苏羡意则抿了抿唇，心想：看样子这个同父异母的弟弟不太喜欢自己啊！

殊不知，他此时内心慌得很。

而此时的苏家。

苏永诚正站在门口张望：“这浑小子自己主动要去接人，怎么去这么久？”

一路无话，难免尴尬，虽说这少年看起来有些高冷，好似不愿搭理自己，苏羡意还是试图和他沟通。

“你叫苏呈？”

“嗯。”

“今年高三？”

少年点头，没有丝毫多余的话，苏羡意只能感慨现在的孩子真难相处。

快到苏家时，隔着一段距离，早已等在门口的苏永诚便笑着朝两人走过来。他虽已过知命之年，却依然眉目俊朗。

“怎么走回来了？”

“东西有点儿多。”苏羡意笑着道。

“先进屋。”苏永诚拉着她往屋里走，留下苏呈，他看着挂满一车的礼物，有些头疼。

刚进屋，一个妇人穿着围裙从厨房出来。

她盘着头发，妆容素净，冲苏羡意笑着，非常和善，正是父亲后娶的妻子——柳如岚。

“岚姨好。”苏羡意率先打了招呼。

“意意是吧，赶紧坐，很快就能吃饭了。”

苏羡意把带来的礼物分发了一下，当她拎起补品时，苏呈一乐，看向苏永诚，料想是给他的，却没想到苏羡意把礼物递给了自己。

“我想着你马上要高考了，压力肯定很大。”

两大包补品，功效：安神补脑。

苏呈皱眉：“我不参加高考。”

那不屑的高傲模样，倒像个不学无术的富二代。

苏羡意只笑道：“高考怎么能不参加，是觉得压力大？”

“没什么压力。”

“其实这只是人生中的一个小考验，别有顾虑。”

“我被免试保送了。”

“……”

“燕城大学。”

“真厉害。”

苏呈没作声，耳朵却有些泛红。

“这小子就是运气好。”苏永诚虽然谦虚，却满脸骄傲。

她打量了一圈屋子，似乎少了个人。

“琳琳和你一样，今年大四，她在外地读书，不在家里。”柳如岚解释道。

苏羡意笑着点头，把礼物委托柳如岚转交。

吃饭时，餐桌上的气氛和她想的完全不同，苏永诚虽是她父亲，却很老派，话不算多，倒是柳如岚一直招呼她。

她们之间关系特殊，又是初次见面，聊天内容比较局限，大多和学习、未来工作规划有关。

“找工作的事，真不用我帮忙？”苏永诚知道她回来是找工作的，当父母的总想给孩子安排好一切。

“您女儿又不差，您还担心我找不到工作？”

“有出息。”苏永诚大笑。

苏羡意确实找了工作，有家公司还不错，也给她发了消息，让她等通知，她前段时间又过敏，也不便出去面试，就在家边等边看了。

苏永诚喝了点儿酒后，说起处对象交朋友，把话题扯到了魏屿安身上。

“意意，其实屿安这孩子不错，他父母喜欢你，你要是真嫁过去，以后不会吃亏的。”

在魏屿安这件事儿上，苏永诚的确有私心，但是不可否认，魏家确实不错。

苏羡意抿嘴笑着：“他有女朋友。”

“我听说他们之间出了点儿问题，以后怎么样不好说……”

柳如岚咳嗽两声，试图打断过几次，只是以她的身份，掺和苏羡意的事儿不合适。

倒是苏呈忽然开口：“爸，魏屿安有什么好的，只有嫁给他才会幸福吗？”

苏永诚皱眉：“小孩子懂什么！”

“我只知道强扭的瓜不甜。”

“你如果吃饱了就回屋看书，别以为被保送了可以不去学校，就整天吊儿郎当的。”

苏呈没理他，看向苏羡意：“他想法太老派，都什么年代了，还想包办婚姻。他说的话你一个字都别信。”

苏羡意还没开口，只听苏永诚急声道：“苏呈！”

“这是事实，你以前答应了我，只要我能被保送，就给我买PS5，还说要送我去学车，给我买跑车。结果呢，就给我买了辆电瓶车，还是以旧换新那种。”

“你还没到法定学车年龄。”苏永诚解释。

“反正那魏屿安配不上我姐，就知道装，一副有钱无脑的感觉。”

苏永诚差点儿被气到吐血。

苏羡意却憋得难受，险些笑出声。

看两人的对话模式，这种情况显然经常发生。

柳如岚压根儿不管，也让苏羡意别管，只一个劲儿给她添饭加菜。

“苏呈，我是不是太惯着你了！”苏永诚在苏羡意面前也要父亲的体面，被儿子顶撞，自然气不过。

“你要是真惯着我，就该让我学车，给我买大奔。”

“……”

苏呈说完之后，扭头看向苏羡意：“姐，我说得对吗？”

那模样仿佛在说：我说得很有道理吧，快点儿夸我！

苏羡意配合地笑着。

她原本都做好了应对家庭狗血大戏的准备，结果饭局以苏永诚吃降压药告终。

不过她和苏呈相处得还算不错，他看着挺高冷，其实并没坏心思，还挺傲娇。

饭后闲聊，苏呈向她炫耀自己获得过的奖杯奖章，苏羡意夸了几句，这小伙子还脸红了。待到她要离开时，他已经很熟稔地开始喊她姐姐。

柳如岚几次开口留她住在家里，被她婉言谢绝了。

因为她和陆时渊约好，明早把陆小胆交接一下。

苏呈是不愿她走的，因为他知道，只要她一走，自己肯定会遭到父亲爱的铁拳，免不了一顿“教育”。

翌日一早，陆时渊就把猫送来了。

“虽然家里没有封窗，但我会多注意的，肯定不会让它跑了。”苏羡意将陆小胆抱在怀里，郑重承诺。

“我三五天之后回来。”陆时渊笑着说。

陆时渊几乎将陆小胆的东西都搬了过来，一副要占地常住的架势。

“你放心，我会照顾好它的。”

送走陆时渊，苏羡意正拿着逗猫棒逗陆小胆，手机振动起来，是个陌生号码，她接起：“喂？”

无人应答。

“喂，你好？”

就在她以为是骚扰电话甚至准备挂断时，电话那头的人出声了：“是我。”

“小呈？”

“嗯。”

鉴于他昨晚帮自己说话，“怒怼”父亲的举动，苏羡意觉得这个弟弟也挺可爱，笑着说：“你找我有事儿？”

“我离家出走了。”

“……”

苏羡意不傻，潜台词就是：求收留。

苏羡意不能放任不管，毕竟他是个没成年的孩子。

约好了碰面地点，苏羡意立马打车过去。她本以为离家出走的人应该挺凄惨才对，没想到苏呈正在小公园，喝着豆浆，吃着煎饼果子，陪一群老大爷下棋。

他身边还有个行李箱，不像离家出走，倒像出来旅游。

瞧见苏羡意过来，苏呈立马笑着和老大爷告别，约好改日再战，拖着行李箱，颠颠儿地朝她跑过来。

“为什么离家出走？”

“昨晚你离开后，就你的终身大事，我跟老头子展开了激烈的讨论。”

苏羡意哭笑不得：“结果呢？”

“他输了啊，气急败坏。一把年纪了不讲武德，居然说要冻结我的零花钱账户，差点儿打我。明显输不起。”

“你被打了？”

“没有，我说他敢打我，我就告他虐待未成年人。”

“然后你就跑了？没跟家里打声招呼？”

“我给他们留了字条。”

“……”

苏呈可怜兮兮地看向苏羡意：“姐，你不会把我送回去吧？”

“吃早饭了吗？”

“吃了。”

“那先去我那里。”

苏羡意带他回家后，趁着帮他收拾卧室的间隙给苏永诚打了个电话。

果不其然，电话那头的人立马怒了，昨晚被苏呈气得半宿没睡好，苏永诚今早起得迟，自然不知道苏呈摸黑偷溜出去了：“这小兔崽子，真的欠收拾，你们在哪儿？我马上去把他揪回来。”

“爸，要不让他在我这里住几天，然后我再送他回去。”

苏呈没坏心思，离家出走能联系她，也是出于信任。自己如果出卖他，只怕他会记恨自己，但这事也要通知父亲一声，免得家人担心。

“这小子太不让人省心，会给你添麻烦。”

“没关系的。”

有了苏羡意做担保，苏永诚没有再追究什么。

挂了电话，苏永诚找到苏呈离家出走的字条，看到上面的字又气得青筋直跳，扬言要打断他的狗腿。

字条上写着：本人携包带卡，已离家出走，联系方式已拉黑，勿找。

苏羡意打完电话回到客厅时，发现苏呈抱着陆小胆，正在给它顺毛。

“姐，这是你养的猫？”

“别人寄养的。”

苏呈皱眉：“它好像在掉毛。”

“到了掉毛的月份了。”

陆小胆躺在他怀里，被摸得舒服，喵呜喵呜叫了两声，却听他咋舌道：“掉得太厉害了，它会不会变成一只小秃猫？”

陆小胆：“……”

“还是一只公猫。”苏呈看向苏羡意，“它长大了应该要做绝育吧。”

陆小胆猫躯一震，它甚至开始想念自己的主人了。

至少陆时渊还没想过在它身上动刀。

它还想做一只完整的猫。

苏呈的到来，给苏羡意的生活平添了许多乐趣，两人去超市选购了一些日用品，听说她回康城后都没怎么出去，苏呈自告奋勇要带她好好玩一圈。

苏羡意小时候也在这里生活过，对古迹景点没兴趣，两人出去一天，净吃吃喝喝。

直至华灯初上，皓月当空，两人才回家。

苏呈刚回家就嫌热，冲进房间洗澡，苏羡意则需要喂猫，顺便处理一下今天掉落的猫毛。

看这猫毛掉落的数量，她也不禁怀疑某天这只猫会秃。

手机振动起来，是陆时渊发来了信息：“今天小胆儿表现怎么样？”

“挺好的，它很乖。”

陆小胆纯粹是被苏呈吓的。

“在家吗？”

“在啊！”

“方便视频吗？”

“你等一下。”

苏羡意回完信息就冲到洗手间，好好整理了一下仪容。

视频接通后，入目就是陆时渊的脸，他仍旧穿着正装，精英且斯文，灯光在他眼镜边缘缀上层层金光，他看着她，眸光深邃。

“晚上好。”苏羡意觉得很紧张，甚至比见他本人还心慌。

陆时渊应了声，冲她笑了笑。

他的长相本就是她最中意的类型，镜头中，那抹微笑被放大，更是夺目耀眼，好似近在咫尺。

“没打扰你休息吧？”

“没有。你到家了？”

“下午就到了，跟几个朋友出来吃饭，我觉得挺累，他们又不肯让我走。”陆时渊说这话时，似乎有些无奈和烦躁。

他一只手拿着手机，另一只手勾扯着领带，松开几分后，衣领耷拉下来，很自然地露出脖颈及喉结，有些雅痞的性感。

苏羡意没想到视频还有这种福利，猝不及防，心脏好似塌了一角。瞬间觉得心跳很快，耳边也不自觉染了红。

怎么办？想截屏！不，她要把视频录制下来。

“怎么突然不说话了？”

陆时渊看她小脸泛着红，却一言不发，若非离得远，倒真想伸手捏一下。

“没……没事儿啊！”

“我能看看小胆儿吗？”陆时渊忽然说道。

他素来知道，什么叫作适可而止。

“可以，你等等。”

苏羡意将镜头调成前置，想来他要视频，也是为了看猫吧。

前后镜头交换，苏羡意也稍稍松了口气，开始在客厅找猫，刚才她用吸尘器处理猫毛，小家伙似乎找了个不碍事的地方藏起来了。

此时陆时渊这边，有人从包厢走出来，他把视频调成静音。

“我说陆时渊，今天是为了见你，大家才聚到一起，你跑出来干吗？跟谁视频？”

“看我家小猫儿。”

那人一脸蒙：我们一群大活人，还比不上一只猫？最主要的是，隔着一段距离，都能感觉到你笑得很骚气好吗？

“不就是看猫吗？需要这么高兴？”

“我家的猫儿太可爱。”

那人皱了皱眉，转身往洗手间走，却忍不住腹诽：从不养宠物的人，就是捡了只猫，需要笑得如此春心荡漾？不像看猫，倒像是谈恋爱了。

陆时渊关掉静音后，苏羡意已经找到了猫：“……你看到没？它一直躲着镜头，不太安分。”

“没事儿，看到就行。”

“它掉毛真的很厉害，刚才我处理了半天。”

镜头没有对准自己，苏羡意说话也不紧张，两人愉快地聊了起来。

此时苏呈刚洗完澡，没找到吹风机，穿着背心大裤衩就拉开了房门。

第四章

去抓爬墙的猫

"吱呀"一声，房门打开了。

苏羡意本能地看过去，手随身动，前置镜头一扫。

陆时渊的视线内，屏幕画面从陆小胆定格在一双穿着凉拖的大脚丫子上，然后是条灰色大裤衩。

苏呈不知道苏羡意在视频，挠了挠湿漉漉的头发。

"我想用一下吹风机，还是洗完澡舒服，你要不要也去冲一下？"

陆时渊没看到他的人，可"洗澡"一词瞬间引爆他的耳朵。

他紧抿着唇，抬手推了推鼻梁上的眼镜，再次掀起眼皮时，眸色深沉得望不见底。

苏羡意低头指了指自己的手机，苏呈随即会意噤声。

透过镜头，陆时渊只能眼睁睁地看着苏呈走到陆小胆面前，伸手捞起。

听声音年纪不大，这小子是从哪里冒出来的？

进了他喜欢的人的屋子，洗了澡，还要撸他的猫？胆子不小。

苏羡意此时已经将视频通话切换成语音模式，拿着手机钻进卧室。

苏呈看着她把门关上，若有所思：怎么鬼鬼祟祟的，该不会是在给他爸通风报信吧？

房间里，苏羡意低声说："喂？还在吗？"

"在。"陆时渊应声，问道，"你家里有人？"

"就一个弟弟，不打紧的……"

弟弟？

苏羡意敏锐地感觉到陆时渊聊天兴致没有方才那么高涨了。

她又不敢多问，担心他觉得烦，在他面前，自己还是表现得乖巧懂事些。

“陆医生，跟你说了这么久，差点儿忘了你是和朋友在一起的，那我就不打扰你了。如果你想看猫，随时找我。”

她自认为表现得非常体贴，挂了电话后，某人脸上却一片阴沉之色。

“视频结束啦？怎么还站在这里，进去啊！”

刚才去洗手间的那人也走了出来，瞧他挂了电话，拍了拍他的肩膀，示意他进包厢。

结果迎上他的视线，差点儿吓尿！

川剧变脸也没这么快的。这人不敢再说一句，颠颠儿滚回了包厢。

“我去，太可怕了。我刚才出去看到陆时渊，他还笑得满脸骚气，现在那眼神简直绝了。”

“之前老肖在群里说有瓜吃，八成就是他有情况。”

“有没有情况我不知道，反正他那表情像是感情受挫了。”

……

所有人都蒙了。

感情受挫这种事儿能发生在他身上？

这可是陆时渊啊！

能让他受挫，这姑娘得多牛啊？改天遇到，一定要拜拜她。

很快，陆时渊回了包厢。

他神色无异，可所有人都敏锐地察觉到他周身气场不对。

他身上好似有根导火索，此时谁有狗胆去拨弄一下，肯定会被炸得粉身碎骨。

人身安危固然重要，却比不过一群人八卦的热情。

面面相觑后，众人用眼神推举了一位壮士出来。

“时渊，你这……出去一趟，回来状态不对啊，太累了？还是医院有什么事儿？”

“都不是。”陆时渊语气听不出情绪，包厢寂静，只有他轻叩桌子的声音，“我要提前回康城。”

“你才刚回来，那边有急事儿？”

陆时渊轻哂：“是我的小猫儿……它好像趁我不在，要爬墙。”

什么玩意儿？猫要爬墙，你至于摆出一副要杀人的样子？还要提前回去？

在座的都是人精，都觉得他这模样……不像是猫爬墙，倒像是人跑了。

陆时渊憋屈纳闷，这个裤衩小子是从哪里钻出来的。自己刚走，他就无缝衔接住进了她的家，还敢撸他的猫！

苏羡意说是弟弟，他也不好深究。

毕竟目前他名不正言不顺，没那个资格。

据他了解，她确实有个同父异母的弟弟，可按年纪，他应该在学校，而且没什么联系，苏羡意又怎么会突然让他住到自己家？

那这又是谁……

聚餐后半场，几乎所有人都在关注陆时渊，他那表情，就好像在盯着手术台上的一个病人，在研究该从哪里下刀，挺瘆人。

原定通宵的聚餐，没到晚上十点就草草收场。

陆时渊到家时正好刷到了苏羡意刚发的朋友圈：夜宵王者，非小龙虾莫属。

配图是几张不同口味的龙虾的照片，这显然是在外面拍的，而且这龙虾分量一个人也吃不完。

她和那个裤衩小子还去吃小龙虾了？

苏羡意是真没受得住诱惑。

苏呈吹完头发，帮她处理了客厅的猫毛，就提议去吃小龙虾，她随即动摇了。

在犹豫了近一个小时后，她终究是没抵制住诱惑，跟着苏呈到了家龙虾馆。据说是家网红店，每逢旺季基本订不到位子。

他们来得巧，要到了个小包厢，点了一份清蒸、一份香辣和一份蒜蓉口味的小龙虾。尤其是蒜蓉味的，与蒜蓉熬煮后，上面还淋了一勺炒熟的蒜蓉，香气四溢。

龙虾刚上桌，苏呈没忍住，戴了手套就捏过一只龙虾，将虾头虾尾掰开，吸溜了一口里面的汤汁，烫得直伸舌头。

苏羡意笑出声：“慢点儿吃，没人跟你抢。”

“吃龙虾的精髓就在于嘬这口汤。”

“我知道的。”

“对了姐，你刚才神神秘秘地打电话，不会是给我爸通风报信吧？”苏呈试探着问道。

“没有，不是他。”

“那是我姐夫？”

苏羡意刚嘬了一口汤，直接被呛住了，惹得苏呈狂笑不已。

“我姐夫是不是姓陆？”

苏羡意睁大眼睛，难以置信地看着他。

怎么就姐夫了？姓陆也知道？

苏呈傲娇地看了她一眼：“你家那只猫用的东西一看就知道是男人买的，实用为主，毫无审美，女孩子肯定不会选。

“它叫陆小胆，主人肯定姓陆。

“还有你的反应，一副猫被踩了尾巴的样子。”

苏羡意被汤汁辣了嗓子，咳嗽着说不出话，只能听苏呈大放厥词。

“难怪你看不上魏屿安，我姐夫是不是威武雄壮、高大伟岸？”

雄壮？伟岸？这是什么形容词？

“我去下洗手间。”苏羡意被那口汤汁呛得不舒服。

苏呈冲她一笑：“只要你喜欢，不用担心我爸……姐姐勇敢飞，弟弟永相随。”

苏羡意恨不能捂住他的嘴：你可给我闭嘴吧！

陆时渊此时却无法冷静，他回家，爷爷今晚特别高兴。

如果连夜离开，老爷子嘴上不说，只怕要伤心许久，之前他执意去康城，老爷子就很不乐意，他也不能总让老人家伤心。

可想到苏羡意与异性同住一屋，他就躁得冒火。

终于打开抽屉，他捡起戒了两年的烟……

夜色茫茫，天空好似裹了浓墨，浓稠深沉，不见一丝星光。

院子内，木刻路灯光线昏沉，陆时渊半边身子倚在一侧柱子上，撕开烟盒，抽了支捏在手里，轻轻在烟盒上磕了下。

他把烟含在嘴里，微微偏头，“吧嗒”一声，打火机的光亮将他半边脸照得越发清晰。

只吸了一口，他便抬手把烟摁灭。

两年前的烟，早已变了味儿。

就好像他和苏羡意之间相隔这几年，或许感情也已变味。

“烟瘾犯了？”

陆时渊循声看去：“爷爷。”

老爷子穿着睡衣，夜凉，披了件外套：“工作上遇到烦心事儿了？”

“不是。”

活了一把年纪，何其精明，陆老打量着孙子：“难道说……你有感情生活了？”

那表情，几乎和活见鬼差不多。

“……”

陆老拢了拢外套：“恋爱嘛，都是有苦有甜的。”

“我还没谈恋爱。”

“哦——”老爷子意味深长地道，“你是单相思？”

陆时渊缄默不语。

老爷子从口袋里摸了半包烟塞给他，拍了拍他的肩膀，转身就走。陆时渊垂头看着手里的烟，哭笑不得，这小老头儿什么意思？

苏羡意早已吃饱，看着苏呈和面前的龙虾鏖战。

苏呈一边吃，还一边控诉这些年父亲对他的“施虐和暴行”，以及他的反抗。

“从小到大，他真打过你？”苏羡意一边低头帮他剥虾，一边问道。

“打过啊，第一次是在小学……反正那时候写作文，老师都爱布置写爸爸妈妈嘛，我就在作文里吐槽了我爸。”

“被他看到了？”

“可能是我描述得太凄惨，老师以为我被虐待了，特意来家访，旁敲侧击给我爸上了堂教育课。”

“后来呢？”

“我的屁股疼了半个月，他还逼着我写了一篇命题作文。题目就叫《我有一个好爸爸》，全篇都是对他的彩虹屁。”

苏呈说起这段经历，一脸绝望。

“还有我高中偷偷去黑网吧，其他家长是把人揪出来带回家，他直接去派出所举报，说他们给未成年人上网开辟绿色通道，把网吧端了。”

“斩草除根，真是牛。”

“扑哧——”苏羡意实在没忍住笑出声来。

她剥着虾，手指稍一用力，虾头里的汁水溅出，弄到了她的衣服上。

“我要去下洗手间。”

汤汁里有油，她担心时间太久，洗不掉。

“我陪你去吧，我吃饱了，正好去洗手。”

此时已接近凌晨，龙虾馆的生意反而越发红火，吃夜宵的人络绎不绝，两人刚从包厢出来，就迎面碰上了一伙人。

男男女女，七八个人。

苏羡意只抬头瞥了眼迎面而来的人，没上心，倒是那伙人先开了口。

“苏呈？”

“这不是我们的乖乖仔吗？好学生这么晚该回家，马上就要高考了，这么晚你还有空出来，回家喝牛奶睡觉吧。”

“你们是脑子坏了吗？人家是保送生，牛着呢！”

……

几人哄笑出声，苏呈倒是没理会。

这些话听得人心里不舒服，尤其是接下来这句：“哟，咱们好学生也带妹子了啊，长得挺漂亮啊！”

苏呈皱眉，目光骤冷。

此时有女生笑着从那群人中走出来：“你们胡说什么，他们是姐弟。”

苏羡意目光落在她身上，倒是熟人——蔡蕙敏。

目光相撞，她勾起嘴角，轻轻一笑：“好巧啊苏小姐，又见面了。”

“是挺巧。”

“那我们先走了，上次的饭没吃成，有空再聚。”

苏羡意只笑了笑。

待一群人离开，苏呈才凑到她面前：“姐，你怎么认识这群傻帽儿的？”

“……”

“我们可以与天斗与地斗，但是不能和傻帽儿斗。”

苏羡意清了下嗓子：“你和他们很熟？”

“不熟，康城就这么大，里面有几个家里条件不错，我跟我爸出去吃饭时见过，其余那几个就是跟着混吃混喝的。”

“听他们说话的语气，你们之间有矛盾？”

“你看我脑子好，长得还帅，家里条件也不错，简直是电视剧、小说里男主角的标配啊，谁不嫉妒我？”

苏羡意一笑，还真是低估了他的自恋程度。

这次相遇，苏羡意没放在心上，回去就睡了。苏呈则精力旺盛，深更半夜不睡觉，找人王者开黑。

约莫是后半夜，苏羡意被一阵敲门声吵醒，她急忙翻身下床，却瞧见苏呈捂着肚子，佝偻着背，一个劲儿喊疼。

“怎么回事？哪里疼？”苏羡意瞬间清醒过来。

“我也不知道。”

苏呈说不清，脸色格外苍白，唇上也毫无血色。

“去医院。”苏羡意当机立断。

此时已经凌晨三点多，两人出了小区也不好打车，幸亏值班的保安有辆小面包车，帮忙将他们送往了最近的医院，挂了急诊。

到了急诊室，值班医生稍稍按了下苏呈的腹部，他就疼得嗷嗷直叫，又询问他最近吃了什么，苏羡意这才知道，吃完小龙虾，他回家还偷喝了两瓶冰可乐。

“急性胃肠炎，我给他拿点儿药，吃完留下观察一阵，最好在医院住几天。”

苏呈一听住院，整个人都萎靡了。

苏羡意匆匆忙忙去拿药时，倒是意外碰见了熟人。

“小外甥女？这个时间来医院？”

“肖……叔叔？”苏羡意看向肖冬忆，“你今晚值班？”

“不是，有个手术做到了凌晨两点多，刚吃了点儿东西，准备回家，你身体不舒服？”

“不是我，是我弟弟。”

弟弟？

虽然独守着一大片瓜田，孤独又寂寞，但这无法阻挡肖冬忆吃瓜的热情，以帮忙为由，他陪同苏羡意取完药，又去探望苏呈。

苏呈吃了药，情况有好转，医生却还是建议他住院观察。

陆时渊今晚本就辗转难眠，刚闭眼眯了会儿，就被电话吵醒。

看到来电显示，他眼底寒意毕现，却还是按下了接听键：“这么晚，你最好有重要的事儿要说。”

肖冬忆“嘿嘿”一乐：“你之前不是信誓旦旦地说，你家小姑娘喜欢你吗？还强调特别喜欢，那你知不知道她身边有个小男生？”

“小男生长得还挺好看，俊朗阳光。

“年轻啊，朝气蓬勃，真是让人羡慕的年纪。”

……

陆时渊越听脸越黑。

鬼知道肖冬忆口中朝气蓬勃的少年，此时正躺在病床上，满脸苍白，毫无生气。

挂了肖冬忆的电话，陆时渊再也睡不着。

天色微亮，老爷子起来晨练，陆时渊就起床陪他锻炼。吃完早餐后，陆时渊才注意到老爷子的专属司机钱叔到了家里。

“爷爷，您要出门？”

“不出。”老爷子低头喝着茶，“我让老钱过来，是送你回去的，心思不在我身上，我留你干吗？”

“知道你昨晚没睡好，让你单独开车回去我不放心，让老钱送你，你在车上还能睡一下。”

陆时渊刚觉得爷爷贴心，结果老爷子话锋一转，嘀咕了一句：“大院老陈家的狗都生了三窝小崽子，你可算是有点儿情况了。”

“……”

康城市一院。

苏呈的急性胃肠炎搞得苏羡意担惊受怕，折腾了半宿。

早上七点多，肖冬忆送了早餐，还带了点儿水果。

苏呈睡得迷迷糊糊，起来喝了点儿稀粥。苏羡意委托肖冬忆帮她照顾弟弟，自己则回家洗漱一下，她身上还穿着睡衣，顺便给苏呈拿几件换洗衣服。

“放心去吧，医院这里你不用担心。”肖冬忆笑道。

“小呈，你乖乖听肖叔叔的话，我很快回来。”

待苏羡意离开，两人就开始大眼瞪小眼。

肖冬忆早就打听过了这姐弟俩的关系，却没告诉陆时渊。

他就是煽风点火，典型的看热闹不嫌事儿大。

上次聚餐故意让苏羡意喝多了酒，却没套出什么话，他抿了抿唇，或许可以从她弟弟这儿套话。

“你姐姐挺关心你。”肖冬忆笑着道。

苏呈点头。

“她好像刚回康城不久？你们平时联系多吗？”

苏呈警惕地看着他。

肖冬忆尴尬一笑：“你放心，我肯定不是坏人，聊天嘛，随便问问。”

“是吗？”苏呈一直觉得他很奇怪。

年纪不大，可姐姐喊他叔叔。

这要不是真的辈分大，那就是纯粹占他姐便宜，可能属于不太要脸那一挂的。

可他住院至今，这人不但帮忙办理住院手续，又送吃送喝的，特别殷勤。

说是他姐的熟人，可看着又不像很熟。

“肯定啊，你姐能把你托付给我，我能是坏人吗？”肖冬忆给自己倒了杯水，还没喝上一口，就差点儿被苏呈接下来的话吓吐了。

“你想追我姐？”

“我不喜欢你姐。”

“那就好，我姐也不可能喜欢你，我怕你在她身上浪费时间。”

我姐喜欢姓陆的！

肖冬忆哭笑不得，这小子到底是从哪里冒出来的！

“你知道你姐喜欢的类型？”

苏呈皱眉：“你又不追我姐，干吗总打听她的事儿？”

他打量肖冬忆的眼神仿佛在说：你不对劲！

肖冬忆低头喝水，没想到半大点儿的孩子这么难搞，戒心还挺重。

苏羡意回到医院时，已是上午十点多。

肖冬忆做完手术，又熬了一宿，实在撑不住，回家休息了。苏呈吃完午饭后也恢复了精神：“姐，对不起啊，给你添麻烦了。”

“你没事儿就行，要不然我都没法跟父亲和你母亲交代。”

“你告诉他们了？”

“没有。”

“我下次一定会注意的，我什么时候出院？”

“再住两天，听医嘱。”

苏呈点头：“姐，你说爸妈是不是不爱我？我离家出走都一天多了，居然不找我，我可能不是他们亲生的。

“人生病都很脆弱，如果你告诉我爸，说我住院了……他会不会为了哄我，给我买大奔？”

苏羡意冲他一笑：“你又不是发烧，怎么还把脑子烧坏了？”

“……”

苏呈仰面躺在病床上，一副“我很可怜，我很缺爱”的模样。

苏羡意见他暂时无碍，将陪护椅打开，窝在上面凑合着睡了个午觉。待她睡醒已接近傍晚，她走出病房，打算吹吹风，清醒一下。

暮色时分，医院人少，她走到一处窗子前，拿出手机看了一眼。从昨晚视频后，她和陆时渊就再没联系过。

他回家很忙？忙到不想看猫了？不过她今晚要留在医院，就算他想看猫，自己也没办法。

苏羡意打开和陆时渊的聊天界面，编辑信息："陆医生，我这两天有点儿事，可能没法让你随时看到猫，不过你放心，我会照顾好它的。"

点击发送后，身后突然传来"嗡"的一声手机振动声。

苏羡意发信息时格外认真，连标点符号都不忘仔细检查一遍，此时余光才发现身后有道阴影。

她下意识回头。

入目是一件白色衬衣。视线往上，男人衬衫领口扣子解开，露出一点儿锁骨，再往上，喉结，下颌，薄唇，挺鼻……

然后苏羡意迎上了那双幽邃含笑的眸子。

他猝不及防地出现，苏羡意呼吸一沉："你怎么突然回来了？"

陆时渊拿着手机，刚查看完信息。

迎着光，镜框被夕阳晕了层金光，他稍稍弯腰，与她平视："怎么，不希望我回来？"

"没有，只是觉得很突然，你回来是有什么急事儿？"

陆时渊盯着她，目光越发深邃，冲她一笑："是有急事儿……想我家的小猫儿了。"

瞬间，苏羡意呼吸微滞，心跳骤快。

周围太安静，这医院的走廊空荡寂寥，似乎一点儿声响都有回音，苏羡意恍惚听到了自己的心跳声，剧烈地在胸腔里激荡。

苏羡意觉得自己挺没出息，他冲自己笑，自己的魂儿都好似要被勾没了。

她甚至没出息地想着：好想做他的猫。

"离开一晚，忽然想起你家也没封窗，我就想着，这猫会不会偷偷爬窗溜出去，实在不放心，还是回来亲自盯着比较好。"

苏羡意点点头，闷声道："它很乖。"

"那就好。"

陆时渊只有看到她，才觉得安心。

此时有风从窗子吹进来，风里带着夕阳的暖，闻着都觉得掺了股甜味。

"我听说你弟弟住院了？"

苏羡意想着，肯定是肖冬忆说的，毕竟他俩关系好。

“急性胃肠炎，昨晚差点儿把我吓死。”

“是吗？”

“其实昨天视频时，他也出现过，你应该有印象的，他晚上住在我家。”

陆时渊“嗯”了一声，何止是有印象？那简直是印象深刻，尤其是那条大裤衩！

“我去看看他，作为长辈，既然知道他生病了，不去关心问候下，也不合适。”陆时渊说得理所当然。

他就想看看，肖冬忆说的阳光俊朗、朝气蓬勃的小男生，究竟是什么模样。

苏羡意犹豫再三，在进病房前还是说道：“陆医生，其实我和他的关系有点儿特殊……”

陆时渊点头：“我懂。”

“你懂？”苏羡意皱眉。

她一直没告诉陆时渊自己的家庭情况，父母离异这样的事儿，平常也没法开口，更不可能逢人就说。他怎么懂？是魏家人告诉他的？

病房门虚掩着，苏羡意推门进去时，苏呈正盘腿坐在病床上，抱着手机和别人王者开黑。听到动静，他循声看去，视线与陆时渊相撞，愣了两秒。

“小呈，这是陆医生，也是魏屿安的舅舅，你喊他舅舅也行。”苏羡意先跟他说了陆时渊与魏屿安的关系。”

陆？这个敏感字眼让苏呈瞬间提起了精神。

“舅舅好。”苏呈还是乖巧地喊了一声。

陆时渊皱眉，这孩子……成年了吗？

虽然苏呈高二时个子就超过了一米八，但毕竟是学生，气质与社会人明显不一样。

两人心底都暗藏心思，招呼陆时渊坐下后，苏羡意给他倒了杯水，既然他都知道自己与苏呈的关系，也就没什么可隐瞒的了。

“小呈最近跟我爸闹了点儿矛盾……”

“你爸？”陆时渊挑眉，抓住了关键字眼，他何其聪明，瞬间就明白了。

他忽然觉得自己一夜未睡，简直有点儿可笑。苏羡意做事素来有分寸，怎么会莫名其妙让一个男生住她家？吃了半天醋，结果是他未来小舅子？！其实验证他身份的办法有许多，陆时渊却担心了一夜，想来真的是越急越乱。

“是啊，然后他就离家出走了。”苏羡意哪里知道他在想什么，把水递给他，“喝水。”

陆时渊接过纸杯，打量苏呈的年纪，还有什么不明白的。

“他还是学生吧？”

“高三。”苏羡意回答。

“还有几天就高考了，你不上学？”陆时渊询问。

“我是免试被保送了，参不参加高考无所谓。”

“那挺厉害。”

“你呢？当年高考难不难？”

“不知道，我也是被保送的。”

苏羡意忽然有种她不该出现在这里的错觉。

苏呈点头，他就喜欢聪明人，说话不费劲儿：“那你是做什么的？”

“医生。”

“工作也好，就是比较辛苦。”苏呈冲他笑了笑，“当医生的，都比较有爱心。那你喜欢猫或者狗吗？”

苏羡意睁大眼睛，站在陆时渊后面，不停地给苏呈使眼色。

这孩子未免太精了。

“家里养了只猫。”

“该不会是我姐家那只吧？”

陆时渊喝了口水，点头应着。

苏呈的小表情，简直可以用精彩纷呈来形容。

这时陆时渊的手机振动起来，他说道：“不好意思，我出去接个电话。”

他刚走，苏羡意就警告苏呈：“你别乱说话，我和他还不是那种关系。”

“我知道，就你俩相处的状态我也看得出来……”苏呈咋舌，“连魏屿安的舅舅都敢泡，不愧是我姐。”

真牛！

苏羡意咬牙，她此时终于能体会到父亲的心情了。

苏呈背倚床头，跷着腿晃呀晃，冲着苏羡意龇牙咧嘴地笑。

“姐，眼光挺好，姐夫虽然看起来斯斯文文，不过聪明、有爱心，一看就知道是个好男人。”

斯文？

后来的苏呈才知道自己对姐夫的认识是多么浅薄且无知。

苏羡意时刻留意着门外的动静，生怕陆时渊突然回来。

“姐，需不需要帮忙？”

“我现在只需要你闭嘴！”

“……”

苏呈撇撇嘴没再作声，他此时是寄人篱下，该低头时就得低头。

陆时渊出去挺久，约莫半个小时后才回来，买了些水果，还拿了个PSP游戏机递给苏呈。

“这个……是给我的？”苏呈愣了下。

姐夫的关心来得如此突然，他都没有任何准备。

“给你打发时间用的。”

苏呈道谢接过，冲着苏羡意挤眉弄眼：姐夫太靠谱了。

“你怎么买了水果，他就住几天院，吃不了这么多的。”苏羡意说道。

“病人需要补充营养。”

他是医生，自然说什么都对。

“那这个游戏机……”

“老肖的，他最近忙，没时间玩，闲置着也是浪费。”陆时渊说得理所当然。

“这是白天那位肖叔叔的东西？”苏呈打量着PSP。

“肖叔叔？”陆时渊挑眉，这家伙真能往自己脸上贴金。

“这次小呈住院，肖叔叔帮了不少忙，我当时睡得迷迷糊糊，到医院时脑子也挺混乱，幸好有他在，有机会得好好谢谢他。”苏羡意说道。

陆时渊挑眉：“抽空我帮你约他。”

“那肯定最好啊，你们是同事，也清楚他什么时候有空。”

“确实该好好谢谢他了……”陆时渊手指随意搁在膝上，轻轻叩着。

这话说完五六分钟，病房的门就被人推开了。

“小呈，我来啦——”肖冬忆提着晚饭出现，满面春风。

在看到陆时渊时，他的笑容僵在了嘴角。

天还没黑，就活见鬼了？

“时……时渊？”

“好久不见。”陆时渊冲他一笑，肖冬忆吓得魂儿都飞了。

什么好久不见，我们前两天刚见过！

“肖叔叔，你怎么又给我们送饭，弄得我怪不好意思的。”苏羡意事先并不知道他会来送晚饭。

“别客气，我今晚正好值班，想着你们肯定还没吃，就顺路买了。”

肖冬忆余光瞥见苏呈手中的PSP，一眼就认出那是自己的，咬牙看向陆时渊。

你还真是会物尽其用、借花献佛啊，拿我的东西讨好自己的小舅子？

苏羡意忙着从肖冬忆手中接过餐盒，苏呈则一直在观察两人的互动，这个怪叔叔好像挺怕未来姐夫的。

他心底认定，这个未来姐夫，绝对是一条“大粗腿”！

这年头，抱对大腿很重要。

……

肖冬忆准备的晚餐很丰盛，好在有陆时渊在，也没浪费。

刚吃完，肖冬忆就像只勤劳的小蜜蜂，开始帮忙收拾餐盒，又询问苏呈需不需要热水，他可以帮忙打水，他恨不能立即远离这个是非之地。

苏羡意哪儿好意思让他忙活，定然要帮忙的，两人互相客气着，结果齐齐去了开水房。

房间里只剩下陆时渊和苏呈两个人。

苏呈打量着面前的人，他再聪明也缺少社会经验，看不透陆时渊。

他觉得陆时渊当他姐夫很好，最主要的是姐姐喜欢，他肯定要帮忙，却又不能表现得太直接。

总不能直接告诉他，姐姐喜欢他吧？

如果被他拒绝，那姐姐的面子怎么办？

既要替姐姐保守秘密，还得帮忙助攻，这可难死他了。

苏呈年纪小，这在他仅有的认知里简直是世界级难题，他叹了口气：帮别人谈恋爱好难啊！

“唉声叹气，你是哪里不舒服？”陆时渊询问。

从小到大，他都是被人讨好的那个，同样不懂如何与未来的小舅子相处，也在摸索阶段。

“没事儿。”苏呈摇头，乖巧得很。

“吃苹果吗？”

“嗯。”

苏羡意一直担心自己离开后苏呈会胡言乱语。结果推开房门，就看到两人一个在低头削苹果，一个在默默啃苹果。

苏呈吃完，陆时渊又递了一个过去。

苏羡意皱眉：这两人是和苹果杠上了？

苏呈也想傲娇一下，摆摆小舅子的谱儿，可他不敢啊！

平时他满嘴跑火车都无所谓，可眼前的人关系到姐姐未来的幸福，在没摸清对方状况时，他哪儿敢造次。

人都是这样，越在乎越小心。

吃了晚饭，自然就说到夜里陪床的事儿。

“姐，我身体没事儿了，晚上不需要人陪，你今晚就别待在这里了，回家睡觉吧。”

苏羡意关心他，苏呈自然也懂得心疼她。

“你一个人没问题？”经历了昨晚的突发情况，苏羡意定然是不放心的。

“老肖今晚值班，让他照顾着就行。”

陆时渊说完，肖冬忆蒙了。他刚才就是胡诌的，他今晚不值班。

肖冬忆心想：你家小舅子生病，我鞍前马后伺候着，又是送饭又是帮忙打水，你不说声谢谢，还让我陪床？不带这么欺负人的。

苏呈心疼姐姐，陆时渊又竭力推荐，结果就是：肖冬忆莫名其妙成了苏呈的夜间陪护。

帝景苑。

电梯抵达十楼时，苏羡意看了一眼身侧的人：“陆医生，你要把猫接回家吗？”

“我先去看看它。”

就这样，陆时渊进了苏羡意家。

陆小胆一见到他，就兴奋得喵喵直叫。

“你先坐，家里有点儿乱。”

昨晚临时把苏呈送到医院，今天匆忙拿了衣物就回了医院，来不及打扫，加上陆小胆掉的猫毛，确实有点儿杂乱。

苏羡意希望给陆时渊留下好印象，忙着收拾东西，弄了半天，居然都没给他倒杯水。

“陆医生，你想喝什么……”她扭头询问，话没说完就停住了。

陆时渊靠在她家沙发上睡着了，陆小胆则趴在他腿上，懒洋洋地闭目养神。

连续两日奔波，定然是累了。

苏羡意放轻动作，将客厅灯光换成不刺眼的柔光。

这个季节，白天热气逼人，晚间却凉风习习，她蹑手蹑脚地回屋拿了条薄毯，小心翼翼地盖在他身上。

她屈膝弯腰，俯低身子打量他。

他呼吸深沉，好似已经陷入沉睡之中。

也不知哪里来的勇气，苏羡意伸手，试探性地碰了下他的眼镜。

她心底早有想法：想看他不戴眼镜是什么样子……

医院里。

苏呈和肖冬忆正在打游戏。

他们都属于白天睡太多、晚上睡不着那类。

肖冬忆心里郁闷，把情绪都发泄在游戏里，频频出错，搞得苏呈眉头直皱："肖叔叔，你别主动送人头，你会不会玩啊？"

"你就没送过人头？"

"我那是失误！"

……

一局游戏没结束，两人就为了谁更菜争执不休，搞得其他队友很崩溃。

这两人都属于人菜瘾大，明明都玩得很垃圾，却又很自信。

"哎，肖叔叔……"苏呈凑到肖冬忆身边。

"你又想干吗？"

"你和舅舅关系很好？"

肖冬忆挑眉："怎么，你想打听他的事儿？"

"我……我才没有！"

他傲娇地别过脸，说到底还是个孩子，许多事儿都挂在脸上。

"少年，这世上有两种人，一种是正常人，一种是陆时渊。"

"说明舅舅是个特立独行的人？"

"何止啊，他可太特别了。"

苏呈看着他："叔叔，你知道一个叫加缪的法国作家吗？"

肖冬忆皱眉：这小子又在扯什么？大半夜的，难不成要和自己聊文学、谈人生？

"你想说什么？"

"加缪曾说过：一切特立独行的人格，都意味着强大。"

"……"

"总结：舅舅是个很强大的人！"

肖冬忆蒙了，这个逻辑，他竟一时无法反驳。

苏呈却暗自坚定了一个想法：未来姐夫很强大，是一条值得拥抱的“大腿”！

他拿出手机，给苏羡意发信息：“姐，姐夫很不错，入股不亏，你值得拥有。”

苏羡意屏着呼吸，手指轻触陆时渊的眼镜边缘，金丝边，冷硬微凉，激得她心头一紧。

可有些念头一旦从心底滋生，就会被无限放大，尤其是此时，月黑风高，太适合做点儿什么了。

“陆医生……”苏羡意低声喊他，他没反应。

陆小胆趴在沙发一角，睁着一双大大的猫眼，紧盯着她。

她的手指再度触碰到他的眼镜，中指与拇指捏住镜框上下两端，稍稍试了下，取下来似乎不难。

此时的苏羡意，紧张到了极点。

她都不知自己是从何处借的胆子，居然真的付诸行动了，可是刚取下一半，就听“嗡嗡”两声，她的手机忽然振动起来。

下一秒，手腕倏地被人攥住。

他动作极快，苏羡意甚至来不及反应就被抓了个正着。还是人赃并获那种！

陆时渊睁开了眼，原本盖在他身上的薄毯也有大半滑落到地上。

猝不及防地撞进他的视线，苏羡意的呼吸都乱了节奏。

眼镜摘了一半，她可以清晰地看到他的眼睛。

生得特别漂亮，眼尾微翘，天然带着股撩人的神态，眼底睡意未散，透着股懒散的勾人劲儿。

“意意？”

刚醒，他声音粗沉暗哑，厮磨得人耳朵发烫。

而他的手紧紧箍着她的手腕，掌心散发的热意贴着她手腕处的皮肤，好似将她皮肤都烧得微红。

“你在干什么？”

他开口说话时，呼吸都是热的。

“我……”

苏羡意没想到第一次干坏事就被抓包，又羞又窘，神经紧绷到了极点。

“嗯？”陆时渊声音暗哑，尾音拖长，似是逼问，却很勾人。

“你刚才睡着了，我担心你戴着眼镜睡觉不舒服，也怕把眼镜弄坏了，所以……”苏羡意虽然心慌，还是寻了个借口。

陆时渊“嗯”了一声：“那听你的，就摘了吧——”

他的手仍旧抓着她的手腕，紧紧箍着。他稍稍用力，带动她的手，牵引着她，将眼镜取下。

他的长相本就极具侵略性和压迫感，只是寻常戴着眼镜，被压着。此时摘下眼镜，拒人于千里之外的冷意、不羁洒脱的野性被完全释放，更多的则是，摄人心魄的魅力。

就好似脱离束缚的风，穿林打叶，遇火则燃。

“摘了眼镜，好像是舒服许多。”

陆时渊方才确实睡着了，连他自己都觉得惊讶——家庭环境影响，他并不是随时随地都能安稳入睡的人。

“那就好。”

苏羡意悻悻地笑着，可手腕仍旧被他扣着。

他不松手，她便不敢动。

她此时的姿势过于别扭，陆时渊背倚沙发，自然觉得舒服，可她弯腰半蹲，刚才被他的突然醒来吓得身子都软了，这要是撑不住，怕是会摔在他身上。

“好像从没见你摘下过眼镜，你近视度数很深？”

苏羡意干坏事儿心慌，自然想岔开话题。

陆时渊笑了笑：“还可以，你不用担心，戴不戴眼镜……我都能清晰地看到你。”

他紧盯着她，眸光深邃。

“怦”的一声，苏羡意好似听到自己的心脏狠狠颤了下。

陆时渊稍稍仰头，就能清晰地看到她的脸——泛着红，散着热，无措又温顺。

他目光沉沉，昏黄的柔光中，他的喉结明显滚动了下……

想亲。

苏羡意觉得，他好似靠得越来越近了。

漆黑的瞳孔里，她甚至可以看到自己的影子，慌乱无措。

待近到他的呼吸轻喷到镜片上，瞬间在上面晕了一层轻薄的白雾，随着他的呼吸，雾气忽隐忽现，苏羡意的心跳也随之加快，腿软得几乎要支撑不住。

他……他……想干吗？

眼前的人离自己越来越近，苏羡意觉得自己整个人都慌了。

下一秒，陆时渊忽然抬起手臂，朝她伸过来。她本能地往后仰，只是手腕被扣紧，挣不开。

而他的手指已经轻轻撩起了她耳边的一缕碎发。

“头发乱了。”

睡意困顿在他的嗓子里，声线喑哑而厚重。好似砂纸在她耳朵里打磨着，痒痒的。

“嗯。”苏羡意点头应了一声。

只是等了数秒，停留在她脸上的那只手却并未抽离，反而将她的头发轻轻别在耳后，指尖无意蹭到她的耳朵……温热，柔软。

本就处于高度紧绷状态的苏羡意，就好似一只受惊的猫，想往后躲。

可陆时渊还攥着她的手。就这么一躲一扯间，猝不及防地，她的身子瞬时被往前带去，可陆时渊的眼镜还被她捏在手里，若是就这么扑上去，这眼镜腿儿怕是要被压折。

为了避免这种情况发生，苏羡意的手下意识地撑在他头侧的沙发背上。

苏羡意的想法是这样可以把身体撑住，不至于摔在他身上，可她忘了沙发背上有软垫。

手撑下去，便瞬间陷入了软垫，毫无支撑力，身体也随之往下沉。

来不及缓冲，她的唇碰到了他的额头。紧接着，鼻尖也蹭到了他的脸，最后停留在他的下颌处。

苏羡意大脑一片空白。

她能感觉到，陆时渊似乎也僵住了，她此时的角度，可以清晰地看到他的喉结，很明显地动了一下。

还有他滚烫的气息……铺天盖地，全落在她脸上。

急促而热切。

带着她紊乱如麻的心跳，让人心悸到令人窒息。

陆时渊眼底夹杂着暗色，两人此时的姿势，好像是他被苏羡意压到了沙发里。

“对不起……”苏羡意脑海里一片混乱，慌慌张张要起身。

陆时渊没有继续扣着她的手腕，只是她手忙脚乱，似乎都忘了手中还有他的眼镜，只听“咔嚓”一声，眼镜腿儿折了一条。

苏羡意欲哭无泪，真是怕什么来什么。

“抱歉，眼镜好像……坏了。”

陆时渊从她手中接过眼镜，那条眼镜腿儿摇摇欲坠，他伸手晃了晃，似乎是想检查损坏程度。

又是一声清脆的断裂声，那条眼镜腿儿彻底断了。

这是真的坏了！

“没事儿的。”他笑了笑。

确定了裤衩小子的身份，坏一副眼镜算什么。再者说，今晚还有意外收获。

“我赔你一副吧。”

“都行。”

“你没有眼镜，看东西走路肯定都不方便，你家里还有其他备用眼镜吗？我去帮你拿。”

“备用的……”陆时渊挑眉，“好像没有。”

苏羡意皱眉，她怎么记得他除了金丝边的，还有黑框的？只是他非说没有，苏羡意也不好多说什么。

此时陆时渊起身，似乎是准备回家，可他眯着眼，那模样，就好似根本看不清东西。

苏羡意皱眉：“你这样回家没问题？”

陆时渊点头：“应该没问题，毕竟是自己家。”

言外之意就是，就算看不清，也没问题。

苏羡意的认知里，肯定是近视程度不低才会常年戴眼镜，他一个人回去，她总觉得不放心，便试探着提了一句：“要不你今晚睡小呈卧室？”

“方便吗？”

“也没什么不方便，你别嫌弃就行。”

“那就麻烦了。”

苏羡意简单打扫完卫生，躺在床上时还觉得有些蒙。

陆时渊居然睡在她家里？

刚刚沙发上那一擦一蹭使她脑子变得混混沌沌，之后发生的事儿，她总觉得像是在做梦。

事情发生在短短一瞬，她甚至来不及仔细感受，此时努力回想，很多细节都被放大，他哈出的气息似乎还缠绕在她周身。

她居然把陆时渊压在了沙发上。

疯了！

又胡思乱想了一阵儿，她才想起查看手机，之前那声振动是苏呈给她发了信息。

苏羡意无视他的信息内容，给他回了消息，叮嘱他好好休息。

苏呈却回复："姐，我觉得以你的魅力，只要你肯加加油，姐夫尽归你所有。"

而睡在隔壁的陆时渊下意识摸了摸额头，拿起断了一条腿的眼镜，无声地勾了下嘴角。

他给肖冬忆发了信息，询问苏呈的情况。

肖冬忆刚在游戏里被虐，收到信息，更是怒火中烧。

"陆时渊，你是人吗？我昨天熬了个大通宵，知道你不在，给他们送完早饭送晚饭，你就这么对我？"

"谢谢你。"

肖冬忆看到道谢信息，有些蒙。两人师出同门，认识很多年，他从来没有这么客气过。

"算了，也不是什么大事儿。"

"为了感谢你，改天请你吃饭。"

"你说这话才像个人！"

"上次聚餐你没喝好，这次好好陪你喝一杯。"

肖冬忆咬牙：陆时渊，我去你大爷！你丫做个人吧！

苏呈正在玩PSP游戏机，余光瞥见肖冬忆咬牙切齿地发信息，皱了皱眉，以为他在游戏里又被虐了……

原本肖冬忆还信誓旦旦，说一起玩游戏，带他虐菜带他飞，结果他俩才是被虐的菜鸟。

一把年纪了，人菜瘾还大！

"肖叔叔，你有对象吗？"

肖冬忆在心里戳小人诅咒某人，忽然被问到这个问题，愣了下："没有。"

苏呈点头："你有三十岁了吧。"

"怎么了？"

"你平时工作那么忙，不要沉迷游戏，终身大事还是得上上心啊！"

肖冬忆瞠目结舌：你一个未成年的小子，用一副老父亲的口吻跟我说话是怎么回事？

肖冬忆在游戏里被虐，收起手机，又被苏呈拉着谈心。

“叔叔，你说我都离家出走快两天了，我爸为什么不找我，他是不是真的不爱我？你说为什么大人爱骗小孩儿？从小骗我压岁钱，长大不给我买大奔。不打电话，不发信息，他是想让我在外面自生自灭？”

“……”

“你说我如此优秀，他为什么总对我要求那么严格？我是不是富二代中的一股清流？他为什么还不找我？”

肖冬忆快疯了：你刚才一副老父亲的口吻训我，现在搞什么东西？突然就变成无辜小可怜了？

原来表面看着无拘无束、叛逆不羁的少年，也有敏感脆弱的一面。

毕竟苏呈还是个孩子，肖冬忆就开始劝慰开解他，告诉他，父母很爱他，让他别胡思乱想。

肖冬忆这一夜被折腾得够呛，陪聊陪玩还得陪谈心，他好歹也算青年医师中的骨干吧，怎么就沦为二陪了？！

翌日。

苏羡意一大早就接到了苏永诚的电话，无非是询问苏呈有没有给她添麻烦。

“小呈挺乖的，您就放心吧。”

“马上就要高考了，他的准考证还有许多书都在学校，那边作为考场要清空教室，老师特意打电话过来了，你让他抽空回去一趟。”

苏羡意一一记下。

“你不要惯着他，这小子最喜欢蹬鼻子上脸，上次差点儿把我气死。”

“他说，你们在讨论我和魏屿安的事儿？”苏羡意询问。

苏永诚咳嗽两声，说：“你跟他接触了几天，那小子是好好讨论的人吗？只会人身攻击，难怪当年被学校辩论队开除了。”

“辩论队？”

“老师说他上台不是辩论，是跟人吵架的，还把反方小姑娘气哭了。”

苏羡意强忍着笑意。

挂电话前，苏永诚似乎是犹豫了很久才开口：“意意，想撮合你和魏屿安，我的确有私心，那晚和小呈吵过之后，我也仔细想过了……这种事儿决定权肯定在你手里，我只是提供一个参考方向，不强求。”

苏羡意点头：“我明白。”

……

苏羡意要做饭、去医院，还得帮陆时渊配眼镜，挂了电话就匆匆起身，随手将头发绾起，熬粥做小菜。

陆时渊起床，刚推开门，就闻到了米粥的香味。

“你起来了？”苏羡意冲他笑了笑，“早饭马上就好。”

“嗯。”

她穿着棉麻材质的暖粉色连衣裙，系着围裙，绾着头发，半开放式的厨房让整个屋子充满一股米香。

陆小胆在她边上转悠着，喵呜叫着，伺机讨要食物，那种温馨感觉很微妙。如果以后和她一起生活，那感觉应该很好。

陆时渊卷着袖子走过去：“有什么需要帮忙？”

“不用，你眼睛不好，还是去沙发上坐着吧。”

“……”

陆时渊站在她身后，不走，就这么看着，苏羡意正拿着筷子搅和各种调料拌小菜，被他看得有些紧张。

“这个菜看着挺好吃。”陆时渊凑过去看了一眼。

“我是根据自己的口味调的，不知道你喜不喜欢，你要不要试试？”

“也行。”

他说完这话，熟稔地从她手中接过筷子，夹了一小口送到嘴里。

苏羡意盯着他，心底期待且忐忑。

“意意。”陆时渊吃完了，偏头看她。

“嗯？”

“有点儿甜——”

甜？怎么会？

苏羡意皱眉，似乎有些不信。

“要不你自己尝尝？”

陆时渊说着夹起一筷子小菜，递到了她的唇边，苏羡意一门心思想着自己做的小菜哪里出了问题，张嘴就吃下了。

因为他说话、动作，都太过自然熟稔，苏羡意没有觉得任何不妥，咬下的那一瞬间，她才后知后觉地发现……这个筷子，他用过了！

脸一热，耳朵尖也慢慢变得绯红，直至蔓延到脖颈，浑身都像着了火。

她不仅用了陆时渊用过的筷子，东西还是他亲自喂到她嘴边的！

“怎么样？”陆时渊个子高，为了视线与她齐平，一只手拿着筷子，另一只手撑着料理台，偏头看她。

他没有戴眼镜，眼睛眯着，带着笑意，微扬的眼尾天然有股子撩人的神态。

“好像……是有点儿甜。”

苏羡意此时味蕾好似失灵了，唇边散着热，根本尝不出这菜是什么滋味儿，反正心底情绪翻涌，甜得冒泡儿。

“那你继续做饭，我回家换身衣服，待会儿和你一起去医院。”

苏羡意又往小菜里加了些调料。

陆时渊回来后，说是在家找到了一副备用眼镜。他早餐只喝了一碗粥，苏羡意也随意对付了两口，打包了粥和小菜就匆匆往医院去。

陆时渊陪苏羡意到了病房后，就和肖冬忆匆匆离开，说是要去开会。

“肖叔叔，吃点儿早餐再走吧，我自己做的。”

“不了，会议比较急。”肖冬忆说完就走。

苏呈则笑了笑：“肖叔叔真是没口福，那只能我自己吃啦！”

姐姐做的爱心早餐，苏呈满怀期待。

喝了口粥，暖心暖肺，大大的满足，只是吃了一口小菜后，他差点儿被直接送走！

咸得齁人，她是把一罐子盐都倒进去了吗？

为了不辜负姐姐的爱心早餐，苏呈硬着头皮把小菜吃完，医生查房时，建议他出院。

“终于可以走了。”苏呈乐得不行。

“马上要高考了，你的书都在学校，抽空我带你回去一趟。”苏羡意这话说完，苏呈就沉默了。

聪明人，一点就透。

难怪家里一直不找他，原来他们早就通了气儿。

“生气了？”苏羡意询问。

苏呈抿了抿嘴：“没有，我挺开心的。”

“……”

“你不告诉我，肯定是怕我不高兴，说明你在乎我的感受。”苏呈冲她咧嘴一笑，“姐，你是不是很喜欢我？”

苏羡意原本还担心他会生气，没想到他自我调节能力如此强。

出院前，两人想和陆时渊、肖冬忆打声招呼，得知两人在开会，可能一时半会儿无法结束，托人捎了话就先收拾东西回家了。

第五章

开车和兜风，心跳与热风

为了不影响其他同学，苏羡意特意选了晚自习前带苏呈回学校。

市四中位于中心地段，加之许多学生出来吃晚饭，门口人流量挺大的。

苏羡意送苏呈到门口，因为校园里禁止携带手机，苏呈便把手机交给苏羡意保管。门口值班的保安大叔还笑着和他打了招呼。

“这不是苏呈吗？”

“叔叔好。”

苏呈进学校后，保安还冲着苏羡意笑了笑：“这孩子聪明。”

“你和他很熟？”

“熟啊，天天吹着小口哨优哉游哉地踩点来上课，每天放学第一批推着电动车跑出来的学生里也准有他，一点儿都不像个高三生。”提起苏呈，保安似乎有一肚子的话，“还偷摸去网吧，他爸来学校调过监控。对了，忘记是哪年了，好像还为女生打过架。”

苏羡意愣了下，满脸怀疑。

“你别不信，当时要不是我们发现及时，那晚准得出事儿。”

苏羡意笑着点头，余光瞥见学校附近有几家眼镜店，想着昨晚陆时渊那副折了腿儿的眼镜，说：“我去附近转转，如果苏呈出来，麻烦你让他在这里等我。”

当苏呈抱着一摞书到校门口时，保安大叔告诉他，他姐要他等会儿，只是他这性子待不住，便抱着书在校门口溜达。

学校门口的肉夹馍是一绝，苏呈想着买两个给苏羡意尝尝。

刚要了两个肉夹馍，他就发现自己身上一没手机，二没现金，好在老板认识他，看他一脸窘迫，大方地说：“免费送你吃。”

“我有钱，等我姐过来就给你……”苏呈连忙道。

话音未落，忽然有人将手搭在他的胳膊上。

苏呈还没扭头，就听那人笑嘻嘻地说道：“咱们保送生来学校了？”

“上回跟你一起的漂亮姐姐呢？”另一个人笑道。

这伙人即便穿着校服，也遮不住一身的流氓气。

“怎么是你们？”苏呈皱眉。

“上次见面也没好好说话，走吧，请你喝奶茶。”

苏呈手里抱着厚重的书，行动不便，一时也挣不开，被强行带着往不远处的巷子里走。

虽然周围不少同学瞧见了这一幕，但都不愿给自己惹麻烦，也都不敢上去帮忙。

夕阳昏沉，巷子里光线暗，通道略窄，几人按着他，七拐八绕，寻到了最里面的隐秘处。

地面遍布垃圾和干涸的污水，显得又脏又乱。

“包轶航，你想干吗？”苏呈皱着眉。

叫包轶航的男生笑了笑：“上次吃小龙虾时，跟你在一起的那个小姐姐蛮好看的，听说不是你亲姐啊？”

“你想问什么？”

“介绍给我认识认识。”

苏呈没作声。

“反正又不是你亲姐，你也没必要护着她。”

这群人是什么货色苏呈一清二楚，他只是好奇他们为什么会突然盯上他姐。

“说真的，你姐的手段你可一点儿都不了解。”

“你知道她这次回来是干吗的吗？”

苏呈抿了抿嘴：“你们知道？”

“我可是听说了，她刚回来就抢了别人男朋友，还让敏姐吃了亏，现在和你套近乎，就是为了图谋你们苏家的公司和财产，你可别被她忽悠了。”

这圈子就这么大，这人提起敏姐，苏呈就知道是谁了。

蔡蕙敏呗。

吃小龙虾那次，从她和苏羡意说话的语气就看得出来两人有过交集，只是苏呈没问。

“苏呈，其实你只要帮我们把你姐约出来就行，这样做对你也没有坏处，你说呢？”包铁航揽着他的肩膀劝说道。

苏呈看了他一眼：“是蔡蕙敏让你们来的？”

“你扯她干吗！我们是路见不平，怎么样，给你姐姐打个电话？”

苏呈只笑了笑，看着他们：“我看起来就这么像傻帽儿吗？”

几人愣住：“你什么意思？”

“只有傻帽儿才容易被人忽悠。”

“……”

“听了三言两语就替人家出头？说真的，每次看到你们，都会让我产生怀疑？”怎么有这么没脑子的人？

包铁航似乎一下子没反应过来，愣了两秒。

苏呈却笑了笑，继续道：“也可能你们缺的是……脑子！”

“苏呈，你说什么！”

几个男生瞬间被惹怒，捋起袖管就要群殴他。

“怎么着，五对一？现在都这么有出息了？”

包铁航一笑，拦住蠢蠢欲动的几人：“那我们单挑，两年前那次约架没打成，这次刚好做个了结。”

“行啊，你们让开，我把书放下。”

听他这么说，原本按着他肩膀的人松开了手。苏呈寻了个干净的地方放下书，扭了扭脖子，活动了一下四肢。

“你能不能快点儿！”包铁航有些不耐烦地催道。

“体育老师说过，运动前要做热身，不然容易拉伤。”

几人咬牙：真是打架不积极，废话第一名。

苏羡意选好了眼镜，给陆时渊发信息询问近视度数，却一直没等到回复，思量着时间，她担心苏呈等急了，便匆忙返回校门口。

保安说苏呈去买肉夹馍了，她便跑去摊子询问，哪知周围学生说他被不良学生带走了。

见苏羡意脸色微变，有几个热心的同学给她指了路。

此时的巷子里，五个人耐着性子等苏呈。他们逐渐焦躁起来，苏呈咳嗽一声：“我准备好了。”

包铁航早已脱掉外套，边上几人也兴致勃勃，就等着虐一下这个好学生，结果苏呈一扭头……跑了！

几个人蒙了。这小子不讲武德啊！

苏羡意此时已经进了巷子。

巷子里七拐八绕，她又是第一次来，正想着苏呈会被带到哪里，就听到一阵疾跑的嘈杂声。还有人在高呼："苏呈，你是个男人吗？"

"我还没成年，算什么男人，我就是个孩子！"

"你给我站住！"

"我又不是傻帽儿，你有本事追上来打我啊，你个小短腿儿。"

那语气，嚣张又欠揍。

苏羡意："……"

"苏呈！你……"

"骂人都只会这么几句，多读点儿书吧，小蠢货！"

"有种单挑，你跑什么？！"

"我这叫随机应变。山中老虎都见过，难道怕你这条狗！"苏呈边跑边叫嚣，"对了，后面这句话出自电影《刘三姐》，你们这些小傻帽儿肯定没看过。"

"……"苏羡意真没见过逃跑还如此嚣张的人，骂人还自带科普。

苏羡意眼睁睁地看着苏呈的身影从自己面前一闪而过，他身后还紧跟着一群男生，也就十几秒的工夫，就听得一群人仰天大笑。

"苏呈，你才是小蠢货，居然自己钻到死胡同里，我看你往哪儿跑！"

"你也不是很能嘚啵嘛……"

"老子就蹲在这里，看你表演！"

苏呈懊恼不已，当他拐了个弯，看到前面立着一堵墙时，直接傻眼了。

眼看着包轶航几个逼近，他也只能捋起袖子。

实在不行咱就干！

"包轶航，怎么个打法？单挑？"

"对你这种人，我就不该讲武德，哥儿几个，一起上！"

话音刚落，五人齐齐朝着苏呈飞扑上去，准备围殴他。苏呈已经做好了以一敌五的准备，却不承想，其中一人被人从后面踹了一脚。

"嘭——"那人脸着地，摔在了苏呈面前。

"李冲，打架就打架，你干吗给爷爷行这么大的礼！"苏呈这嘴下，就没饶过人。

几人回头，就看到了苏羡意。

她穿得简单，白T配牛仔裤，巷子里光线昏暗，她甜甜地勾起嘴角，冲几人笑了笑。

她的漂亮不止于皮相，看得几个愣头青呆了几秒。

被踹了一脚的李冲从地上爬起来，嘴里骂骂咧咧：“哪个孙子居然从背后偷袭……”

话没说完，只见苏羡意又抬起一脚。

几人只听到李冲“嗷”地叫了一声，又被踹趴在地。

这一脚，又凶又狠！

“哐当”一声撞地声，听得几人心头一跳。

苏呈：“……”

我去，这也太帅了！

姐！我要做你一辈子的脑残粉！

“愣着干吗？不是要一起上吗？”苏羡意挑了下眉，看着那几人。

“包子。”几人看向包铁航，让他拿主意。

他们年纪都不大，在学校欺负同学还行，要是真碰到硬茬，那就不行了。

更何况苏羡意在他们眼里算是家长，刚才那两脚又把几人震慑住了，这会儿心里还是有点儿怯的。

苏羡意朝苏呈使眼色，让他过来自己身边。苏呈立刻乖乖地贴墙跑到她身边，挺着胸脯道：“姐，你别怕，我会保护你的。”

“……”

包铁航本就想替蔡蕙敏出口气，加之方才又被苏呈的挑衅惹恼了，而且他们有五个人，胜算很大，他怒道：“愣着干吗？你们还怕个女人？都给我上！”

一群人扑过来的时候，苏呈抬手准备将苏羡意挡在身后。结果她早已抬起一脚，恰好踢中包铁航的腹部，那一脚，是实打实的。

包铁航立刻疼得嗷嗷直叫。

几人一看大哥被打得惨叫，心底一尿，动作都迟缓了几分。

包铁航还没从痛感中回过神，脸上又挨了一拳。

苏呈这姐姐是魔鬼吗？这么多人，为什么只揍他一个？

其他人试图去救下自己大哥，可苏羡意那动作太狠了，他们几个平时也只敢在学校里耍横，遇到社会人还是很尿的。

……

大抵是有学生通知了学校保安，很快巷子里又传来脚步声。

“喂——你们几个！”

保安冲过来，那几个人随即作鸟兽散，朝着四面八方跑，他们对这里熟，保安没追上，最后就抓住了包轶航。

“包轶航，又是你！”

学校里的几个刺头，保安自然认识。

而包轶航趴在地上，一个劲儿惨叫。

他平时打架最多挨几拳，家里有点儿小钱，从小到大也是娇生惯养。苏羡意挑了挑眉，她下手还收着劲儿，他叫得倒是惨烈。

“你这……”保安皱眉，“要不要叫救护车？”

包轶航：“……”

他自诩为小混混儿，被救护车送到医院，被那些小弟知道，他以后可怎么混？

他双手撑着，从地上勉强爬起来，看了眼苏羡意和苏呈，撞开保安就走。

“姐，你的手……”苏呈忽然抓住苏羡意的手腕。

“嗯？”

苏羡意低头，这才注意到右侧手臂不知何时蹭破了点儿皮。

大抵是方才不小心弄的，倒也不疼，她也就没在意。

“那群孩子平时就肆无忌惮，今天也算吃了亏。”保安说着，“苏呈，要不带你姐去学校医务室看看？”

“姐？”苏呈征求苏羡意的意见。

“就是蹭破了点儿皮，还是回家吧。”

即将高考，保安也想大事化小。瞧着苏羡意似乎没想追究，保安安心不少，也承诺这件事儿学校肯定会给他们一个交代。

苏呈找到书，抱着跟在苏羡意身后，出了巷子。

“姐。”

“嗯？”

“今天谢谢你。”苏呈总觉得把她扯进来，有些抱歉。

苏羡意冲他笑了笑：“你是我弟弟。”

苏呈感动得想哭，抿唇看着她。苏羡意还以为他会矫情一番，说实在的，她还真不擅长应付这种事儿。结果某人一扭头：“姐，我身上没钱没手机，你能给我买个肉夹馍吗？”

“……”

苏呈买了两个肉夹馍，又拉着苏羡意到学校附近买了凉皮和油炸小串，都是附近最好吃的小吃。

他刚出院，还只能吃清淡的食物，所以这些东西全是买给苏羡意的。

“你买这么多，肯定吃不完。”

“我就想把最好的东西都给你。”

脑残粉的心情你不懂！

弟弟的一片心意，苏羡意也不好再说什么，这时手机振动起来，是陆时渊打来的电话。

“喂？”

“刚才在做手术。”

“忙完了？”

陆时渊应了声：“收拾一下就准备回家，眼镜我自己买就行。”

弄坏了他的东西，苏羡意心底自然过意不去：“你还没吃饭吧？要不来我们家吃？小呈买了很多吃的，根本吃不完，但是是街边小吃，就怕你吃不惯。”

“那待会儿见。”

陆时渊挂了电话，肖冬忆笑着看他：“怎么？不跟我一块儿去食堂了？”

“嗯，意意约我吃饭。”

“……”

陆时渊又补充了一句：“去她家。”

一万点暴击。

还故意强调去她家？

看把你能耐的，你有本事把她拐回你家啊！

另一边，苏羡意刚挂了电话，苏呈就好奇地看向她：“你约了舅舅？”

“嗯。”

“来咱家？姐姐，你可以啊！”

“他就住在隔壁，很方便。”

“难怪爸说你非要搬出去住，原来是为了这个。”

“……”

苏呈笑得嚣张又嘚瑟，苏羡意感觉自己就算跳进黄河也洗不清了。

两人刚进入单元楼，就看到了正在等电梯的陆时渊，苏呈爽直，笑呵呵地冲他打招呼。

“需要帮忙吗？”陆时渊看他抱着一摞书，询问道。

“不用，你帮我姐吧，她的手受伤了，还提着一堆东西。”

“受伤？”

陆时渊紧盯着苏羡意的手臂，破皮创面不大，却足够扎眼。

他走过去，要帮她拎东西。

“就是蹭破了点儿皮，没什么事儿。”

“我来。”

他语气很软，态度却很强硬，让人无法拒绝，苏羡意只能把东西交给他。

到了十楼，陆时渊回家取了药箱，帮苏羡意处理手臂上的破皮处，苏呈则乐呵呵地将买的东西摆上桌。

陆小胆循着味儿，就蹲在桌子下。

陆时渊握着她的手腕，细细打量了一番：“怎么弄的？”

“不小心蹭到了。”

陆时渊没多说什么，只是拿着棉签，蘸了药，在她破皮处轻轻擦拭着，突如其来的冰凉感，让她本能地轻缩了下胳膊。

“疼？”陆时渊抬起头询问道。

一般情况下，用碘酒擦拭伤口是不会疼的。

“就是觉得有点儿凉。”

“上次搭猫舍就弄伤，这次又弄伤……”陆时渊看着她，“怎么总是那么不小心？”

他声线温柔，有点儿责备的意味，更多的却是宠溺。

苏羡意有些窘：“谢谢陆医生，我以后会注意的。”

“对了姐，都这么熟了，你为什么还要喊他陆医生，他也就比我们大几岁，叫什么舅舅啊，喊哥哥！”苏呈一直好奇这事，终于忍不住问道。

苏羡意看向苏呈，恨不能堵住他那张嘴。

“你在家里排行第几啊？”苏呈询问陆时渊。

“第二，上面有个姐姐。”

闻言，苏羡意有点儿诧异，他居然还有一个姐姐？

“姐，你要是不好意思喊哥哥，叫陆二哥也可以，你觉得呢？”苏呈说完，又征求陆时渊的意见。

“我没意见。”

“那就这么定了。”

苏羡意：“……”

你有问过我这个当事人的意见吗？

面前摆着一桌美食，自己却只能吃小米粥配咸菜，苏呈怄得不行。

“你的胃需要再养几天，过些日子，我再带你去吃好吃的。”陆时渊看他一脸怨念，安慰道。

“谢谢二哥。”

苏呈瞬时觉得，这碗清粥都散发着肉味儿。

刚吃完饭，苏呈就接到了苏永诚的电话，他立刻跑回房间接听。

“吃完了？”苏羡意看向陆时渊，“那我把东西收了。”

苏羡意低头收拾桌子，街边小食都是塑料包装袋，她没留意到有个袋子破损了，汤水洒到桌上，眼看着就要淌到她身上。

陆时渊坐在她对面，快速起身，抽了几张面巾纸，堵住了顺流的汤汁。

“谢谢陆医生——”苏羡意低头道谢，继续收拾着包装袋。

“意意。”

“嗯？”

“小呈都喊我哥了。”

苏羡意叫习惯了，刚才也是脱口而出，被他这么一提醒，怔了下，抬头看他。

此时陆时渊一只手撑着桌子，一只手擦着汤汁，半边身子探过去，与苏羡意之间，虽然隔了一张桌子，距离却很近。

两人目光相撞，他眼底带笑，眼神缱绻勾人。

“怎么？喊我一声哥，就这么为难？”

声线浸泡着一股浓稠的低沉感，蛊惑性极强。

桌子上方吊着灯，可他此时身子探过来，好似遮了几许灯光，苏羡意觉得周围光线都瞬时变得暗淡暧昧起来。

“嗯？意意……”

他在等她。

他的声音似乎比平时更加温柔，他就这么看着她，用声音厮磨着她的心尖。

苏羡意本就想换称呼，只是之前不知该叫什么，此时她稍稍提了口气，低低地喊了声：“陆二哥——”声音温温软软。

“哥哥”这种称呼，本就极为亲昵，陆时渊瞬时得到满足，冲她一笑。

那眼神无比撩人。

苏羡意原本没觉得特别害羞，却被他这笑容恍了神，心跳阵阵，有股热意从心头涌上，瞬间蔓延到了脸上，一张脸都因此而生动起来。

吃了饭，陆时渊也没走，坐在客厅撸猫。

很快，苏羡意发现他发了条朋友圈：“我家的猫真可爱。”

她还抢了个首赞，评论：“确实可爱。”

陆时渊看到后，低低地笑了声，因为他家的猫是真的可爱！

陆小胆趴在陆时渊腿上，舒服地眯着眼，任由他帮自己顺毛。

“喝水。”苏羡意收拾完桌子，给他倒了杯水。

陆时渊刚准备接过杯子，却发现满手猫毛。

他宠溺又无奈地笑了笑。

“你要不要去洗个手？”苏羡意笑道。

陆小胆许是感觉到他要起身，抢先一步跳下沙发，抬起后爪挠了挠身子，又使劲抖了抖，灯光下可以清晰地看到漫天飞舞的猫毛。

然后，它悠闲地走到猫碗旁，踱来踱去，要吃的。

陆时渊去洗手间洗手，苏羡意给他递上毛巾。

“谢谢。”

“你衣服上还有。”苏羡意提醒道。

猫毛是不会放过家里任何一个角落的，陆时渊只简单清理了一下。

他无奈道：“肯定是清理不干净了，还是回去洗澡换衣服吧。”

洗手间地方不大，苏羡意并未进去，站在门口给陆时渊递毛巾。她正准备转身去喂猫，忽然一只温热的手拂过她的发顶。

陆时渊刚洗了手，指尖还透着凉意，轻轻掠过她的发间。

“这小家伙是什么人间蒲公英吗？走到哪儿，猫毛就飞到哪儿，就连你头发上都有猫毛。”他的声音从背后传来，“这段时间辛苦你了。”

苏羡意“嗯”了一声，说：“它很可爱，我喜欢猫，不算辛苦。”

“我也喜欢。”

他那声音低低沉沉，勾勾连连，带着笑意。

两人分明在讨论猫的问题，苏羡意却听得面热心躁，真是魔怔了。

此时苏呈从房间出来：“姐，你说爸过分吗？他非要我去感受一下高考的气氛……”

他在看到两人时，声音戛然而止。

从他的角度看过去，两人好似贴得很近，他抿了抿唇，一脸促狭：“姐、二哥，我……是不是出来得不是时候？”

苏羡意狠狠瞪了他一眼：你又在胡说八道什么！我们清清白白，什么都没做，你那猥琐的表情是怎么回事？

“你刚才说爸让你参加高考？”苏羡意快速朝苏呈走去，不停地给他使眼色。

“是啊，他说即便被保送了，去感受一下气氛也好，我要是不去，他就把我屋里的手办送人。”苏呈一脸绝望地说道。

“你还玩手办？”

“谁还没点儿小爱好啊，我除了想买大奔，就是喜欢手办啊，乐高，还有机械类的东西，男生嘛，爱好都差不多吧。”苏呈说完，看向陆时渊，“二哥，你喜欢什么？”

“喜欢猫。”

苏呈皱眉：“除了猫呢？”

他想着，寻找一些共同爱好，以后也方便给姐姐助攻，结果陆时渊再开口，差点儿把他吓尿：“做手术，看解剖视频。”

苏呈冲他笑了笑，心想：不愧是我姐夫，就是如此强大。

“对了二哥，你之前说你还有个姐姐，她是个什么样的人啊？”

苏呈想着，姐姐以后嫁过去，这就是她的大姑子，提前打听好很重要，他越发觉得，自己像个老父亲，真是为姐姐操碎了心。

陆时渊挑眉，轻笑一声：“我姐……温柔又贴心。”

“那肯定很好相处。”苏呈冲着苏羡意挤眉弄眼。

苏羡意恨不能捂住他的嘴，只要他开口，她就心惊胆战。

“你要参加高考吗？”陆时渊看向苏呈。

“肯定要去啊，感受一下嘛，不然我那些手办就完了。”

“你在哪个考场？我开车送你。”

“二哥，太麻烦你了吧。”

“不算麻烦，今天医院开会，就是抽调了一批人到几个高考点为考试护航，我也在抽调之列。”

“谢谢二哥。”

接下来的两天高考，都是陆时渊接送苏呈，苏羡意能做的就是在家准备好饭菜。虽说苏呈没有分数压力，但毕竟是考试，加之他刚出院，苏羡意便在饮食上下了功夫。

只是没想到，苏呈把陆时渊也拉来家里吃饭。

当天的考试结束后，苏呈说得最多的话题，就是关于陆时渊的车。

“姐，二哥的车好棒，改装过的，那个引擎声特别带感……”

“以前我眼里只有大奔，现在看来，我就是只井底之蛙。”

“他说等我考试结束，就开车带我出去兜风，不过姐，你放心，副驾驶的位置肯定留给你。”

他还偷偷趴在她耳边嘀咕：“姐，你觉不觉得我们很像一家三口？”

苏羡意恨不能踹他一脚：“你在二哥面前，别胡说八道。”

“我很有分寸的。”苏呈信誓旦旦地保证。

他最会满嘴跑火车，苏羡意对他的话是半个字都不相信。

高考结束那天，陆时渊兑现承诺，要带苏呈去吃好吃的，自然也要叫上苏羡意。

苏呈虽然看起来吊儿郎当的，但是进了考场后，对每一份试卷都很尊重，认真写完检查了一遍后，才提前交了卷。

然后他就颠颠儿第一个跑出了考场。

考场警戒线外，许多家长都不曾离去，还有一些提前来到考场外的记者，准备采访一下考试结束后考生的感受。

尤其是这种第一个冲出来的，看模样，还挺高兴，应该是考得不错。

几家媒体一拥而上，想采访一下他的考试感受，许多家长也凑了过去，想知道这场考试的难易程度。

“同学，作为第一个冲出考场的人，感受怎么样？”

“挺好的。”

“觉得今年高考难度怎么样？”

苏呈皱了皱眉，道：“难度还可以，适中吧。”

“有什么想通过镜头跟大家说的话吗？”

“祝大家都能考上理想的大学，也希望我爸能兑现承诺。”

“那肯定是你们父子间的私事，我们就不问了，也希望你能金榜题名。”记者笑道。

“我？谢谢啊！”苏呈说完，就钻出人群去找陆时渊的车。

苏永诚没想到再度看到儿子，是在康城本地的新闻里，听说苏呈是第一个冲出考场的，还接受了采访，甚至在采访里还提醒他兑现承诺，又差点儿被气死。

苏羡意看到新闻只是笑了笑，她正在琢磨晚上吃饭该穿什么衣服。

陆时渊的工作是要为考生保驾护航，所以考试结束前都不能擅离职守，苏呈找到他后，便买了根冰棍儿，钻到他车里吹空调。

他打开手机时，才发现自己几分钟前接受采访的视频已经被媒体放了出来——本市第一个冲出考场的学生，坦言试卷难度适中。

随着考试结束，评论区炸了。

“本市考生报个到，我表示人没了。”

“今年考试的感受就是，卷子质量很好，手感很棒，打铃的那一刹那，我觉得自己要复读了。”

“理综考完，人已枯萎了。”

……

一堆讨论试卷难易程度的评论中，有人说了一句：“视频里的男生是我们市四中的保送生吧，每次考试都是年级前三。”

所有人：“什么？！”我可去你的难度适中！

苏呈咬着冰棍儿，刷着评论时，接到了父亲的电话。苏永诚自然是来兴师问罪的，觉得他太高调。

“考完试，你就不能再检查一遍？非得当第一，就你能耐是吧！”

老一辈多是低调求稳，不喜欢这种出风头的行为。

苏呈皱眉：“我哪儿知道自己是第一个出来的。”

“你现在算是出名了！”

“实力摆在这儿，不允许我低调啊！”

苏永诚气得脸都青了：“你也该回家了，别给你姐添麻烦。”

“我什么时候给她添麻烦了？”

“臭小子，你还敢顶嘴，上回去学校，你是不是跟人打架了？学校的电话都打到我这里了。又是和包家那小子，这次是因为什么？”

学校要处理，上次的斗殴事件，自然要询问家长的意见，他们没有苏羡意的联系方式，就找到了苏永诚。

“他欠揍呗。”

“小浑蛋，我迟早要被你气死。”

陆时渊工作结束后，开车接上苏羡意，三人这顿饭倒是吃得平常无奇，只明确了第二天的行程——带苏呈出去兜风。

用餐期间，两人都在讨论车子，吃完饭苏呈还意犹未尽，拉着陆时渊回家继续聊。

回家后，苏羡意去给两人榨果汁，余光却一直在打量着他们。

准确地说是看陆时渊。

陆小胆趴在他腿上，他拿着手机，正偏头和苏呈说着什么，手指修长，指节分明，比起寻常斯文雅痞的模样，此时更慵懒随性。

偶尔会扬起嘴角，笑得格外耀眼夺目。

两人聊得专注，似乎未曾注意到她。

苏羡意鬼使神差地从口袋掏出手机，把镜头对准了陆时渊。

她屏着呼吸，按下拍照按钮。

“咔嚓——”声音不大，却格外清晰突兀。

一瞬间，苏羡意呼吸都停了，这声音落在她耳里，震耳欲聋。

简直是大型社死现场！

苏呈和陆时渊停下交谈，齐齐看向她，就连陆小胆都睁眼打量她。

“你在拍什么？”陆时渊开口。

“没……没什么，就是想拍一下猫。”

陆小胆：“……”

苏羡意没有偷拍的经验，哪里会想得到要关掉声音。陆时渊的注视，让她莫名心慌。

恰好此时苏呈手机响了，他跑去房间接电话：“喂，班长啊……吃饭？我刚吃过，就不去了吧……谢师宴我肯定要去啊……”

苏羡意把榨好的西瓜汁端了过去：“二哥，果汁。”

“谢谢。”

“要不要加冰块？”

“不用。”

陆时渊喝了几口西瓜汁，就在苏羡意以为偷拍这件事儿已经被糊弄过去时，他忽然靠近，低声问：“你刚才拍的照片呢？给我看看。”

苏羡意整个人都蒙了。

陆时渊打量着她，身子往她那边倾斜，饶有兴致道：“怎么？拍了我家的猫儿，我还不能看？”

“不是，刚才离得远，拍得不好。”

“这倒也是……”

苏羡意心虚得不行，被他盯着打量，紧张到有些喘不过气。

只是没想到下一秒，他忽然又凑近了些，眼底缀着光，深邃又勾人，淡笑着说：“那现在离得近了，要不要再拍一张？”

他刚喝了西瓜汁，说话都是一嘴儿的甜味儿。

“……”

苏羡意觉得自己要疯了，都这么近了，还怎么偷拍！

随后，陆小胆被陆时渊强行摆出了许多造型。

陆小胆一开始还挣扎了下，最后彻底放弃了。

苏呈打完电话出来，就看到两人一个在摆弄猫，一个在拍照。

他挠了挠头发，心想，这两人以后要是谈恋爱，估计挺费猫！

入夜，苏羡意躺在床上挑选今天拍的照片，拍陆小胆的那些直接被无视了，她找到之前的那张偷拍，叹了口气，照片拍得有些模糊。

微信提示音响起，消息来自陆时渊。

她整个人都紧绷起来，立刻从床上坐起来。足有十二条消息，她点开对话框，瞳孔微震。

陆时渊给她发了陆小胆的照片，最关键的是，有几张照片里，还有他。

有一张他穿着白大褂，正蹲在花坛边伸手逗猫，那时的陆小胆比现在还小，可能是刚捡到那会儿，阳光照射在一人一猫的身上，简直绝美！

紧接着发来一则语音消息，苏羡意点开，将手机贴在耳边。

“喜欢吗？”

短短三个字，每个字都像是勾引。

勾得人耳根子一软，骨头都瞬间酥了，风从窗口吹进屋里，苏羡意小脸微红，身上有点儿热，心头有点儿躁。

她又仔细听了两遍，点击收藏后，也给他发了条语音：“我很喜欢，谢谢——”

苏羡意对着照片看了许久，设置成了手机屏保，傻笑出声。

隔壁陆时渊反复听着她发来的语音，想着她今天偷拍被当场抓住的模样，忍不住笑出声。

他家的猫儿……胆子是真小。

手机振动，是肖冬忆发来的信息：“大半夜的，你找我要照片干吗？之前不是威胁我把照片删掉吗？现在又来找我要。”

“我家小猫儿喜欢。”

“……”肖冬忆差点儿爆粗口。

你家小猫儿？你还能再恶心点儿吗？能不能给单身狗留条活路！

陆时渊继续说：“明天要不要出去兜风放松一下？”

“行啊，正好放假。”

当医生的，工作压力大，总要学会自我排遣。

肖冬忆在康城朋友本就不多，陆时渊邀约，他想都没想就同意了。

他还想着，陆时渊终于想起自己在康城还有个朋友了。后来他才知道自己的作用：帮陆时渊带孩子，照顾小舅子。

陆时渊他们一行人来康城带着科研医疗任务，至今也没好好出去玩过，既然有这么个机会，肖冬忆自然不会放过。

他可不似陆时渊，有了小猫儿就忘了朋友。

空巢青年的孤独，有谁能懂？

为此他还特意上网搜了下康城一日游攻略。

只是他与陆时渊会合时，看到苏家姐弟俩，有些发蒙。

他原本以为只有自己和陆时渊两个人，原来是他自作多情了。

“肖叔叔好。”苏呈招呼他到后排就座。

“我们去哪儿？”肖冬忆觉得自己昨晚搜的攻略简直是白瞎。

陆时渊：“带小呈去开车。”

“谢谢二哥。”苏呈乐得不行。

肖冬忆皱眉：二哥？换称呼了？

这小子怕是不懂即便在燕城也没几个人能喊陆时渊二哥，他可能还不知道自己抱到了多粗的一条大腿。

苏羡意坐在副驾驶位，低头看好友发过来的信息。

“什么女追男隔层纱都是放屁，除非这男的本就对你有意思，要不然隔的基本就是铁丝网，还是带电的，所以我觉得你家陆舅舅对你还是有感觉的。

“机会难得，麻烦你主动一点儿。

“虽然你已经从陆医生改叫二哥了，但还是要注意点儿，别叫着叫着，最后恋人没做成，和他拜了把子做了兄妹。”

“……”

苏羡意一边低头发信息，一边偷瞄陆时渊。

主动？她该怎么主动啊？

车子行驶到郊区，经过一小段凹凸不平的小路后，停在了一家丛林越野俱乐部门口。

“来这里开车？”苏羡意打量着外面，疑惑地道。

除却俱乐部，周围基本是荒野。

“放心，这是正规的地方。”陆时渊笑道。

“我不是那个意思……”

苏羡意半信半疑地下车，看到俱乐部门口张贴的一些广告及项目资费，了解了这里玩的是山地摩托车。

四人刚进去，就受到了工作人员的热情接待。

苏呈显得很亢奋，迫不及待地去换了俱乐部提供的装备。

“你不喜欢这种？”陆时渊偏头看她，低声询问。

“也不是，以前没玩过。”

总不能告诉他，自己只在游乐园玩过碰碰车吧。

“可以尝试一下。”

苏羡意换上装备，戴上护具，全程都有些蒙。

当她拎着头盔出去时，苏呈正坐在教练后面体验山地摩托车。

陆时渊与肖冬忆都站在他身边。

俱乐部提供的衣服装备，男生的为蓝色，女生的是红色，有些赛车服的味道。

浮金阳光下，陆时渊的胳膊随意地搭在一辆山地摩托车上，一只手拎着头盔，衣服衬得他腰窄腿长。

这衣服租一套三十块钱，他却穿出了一股优雅贵气，浑身还透着股难以言说的魅力。

他没有戴眼镜，嘴角还挂着笑，一如当年苏羡意初见他时的模样——鲜衣怒马，浑身都透着野，即便漫不经心，也特别撩人。

若非见过他这般模样，苏羡意又怎么会一头栽进去。

此时陆时渊也注意到了她，他拍了下肖冬忆的肩膀：“老肖，小呈交给你了。”

“交给我？”

“你以前也玩过，有经验。”陆时渊漫不经心地说着，又看了一眼苏呈，“小呈，我去你姐那边看看，你自己注意安全，有事儿就找你肖叔叔。”

这声叔叔可不是白叫的。

“没问题。”苏呈只恨自己没满 18 岁，不能独自驾驶。

陆时渊说完就朝着苏羡意走去。

肖冬忆深吸一口气，腹诽：我就是来给你看孩子的是吧！把我们两个电灯泡支开，好让你去撩媳妇儿？陆时渊，你这如意算盘打得可真好。

……

“小呈已经开始体验了，你不试试？”陆时渊走到苏羡意面前笑道。

苏羡意点头，戴上头盔，在工作人员的指导下上了车。

这类山地摩托车并不需要太多的驾驶知识，想掌握它是很容易的。

“你可以去体验赛道上体验一下，不过那里也设置了几个陡坡，你是第一次玩，可能会有些难度，你看需不需要教练坐你后面指导。”

苏羡意是第一次玩山地摩托，心底确实有些忐忑：“我觉得还是需要教练陪一下。”

“那我们给你安排。”

工作人员说完，刚扭头准备安排教练，忽然和陆时渊视线相撞。虽然他在笑，可眼神好似能杀人。

“这样吧，你朋友会玩，让他坐后面指导你，这样比较安全，而且你们也比较熟。”

陆时渊指导她？这……合适吗？

内心却有个声音一直在告诉苏羡意：合适！简直太合适！

与他近距离接触，这种诱惑，她没法拒绝。

“我带你开一圈？”陆时渊询问。

苏羡意点头，双手抓紧车把手。

数秒后，她感觉到身后有一股温热涌来。她的上半身完全僵住，不敢妄动，感官却好似变得更加敏锐，她可以清晰地感受到陆时渊的气息慢慢包围了她的全身。

“可以开始了。”

他声音很淡，苏羡意点头应着，发动车子，驶入体验赛道。

只是她低估了赛道的困难程度，这个俱乐部的特色就是郊外越野，就连体验赛道也有许多坑坑洼洼，还有不少斜坡和泥路，一路颠簸。

这类路段，本就不好行驶，苏羡意又是新手，加之陆时渊坐在她身后，即便他特别绅士，没有肢体接触，她心底也紧张。

三番五次撞到边上，还需要工作人员帮忙把车拉回赛道中央。到最后，她已经没信心把车开回去了。

“二哥，要不你来开？”

“你再试试，慢一点儿，不要太急。”

陆时渊的话，好似起不到任何安抚作用，苏羡意对车子的把控力太差，就在她再度要撞到边上时，一双手从后侧伸过来，帮她调整了方向，稳住了车子。

他双臂贴着苏羡意的手，将她环抱在了怀里。他的胸膛，轻轻贴着她的后背。

虽然隔着衣服，她却觉得后背热得冒火。

“别急，嗯？”

他的声音贴在耳边。很轻，却好似有明火在燎。

“我在你身后，别怕。”

苏羡意闷声点头，陆时渊撤身离开。

她缓缓驶动车子。

六月的风，已有盛夏的燥热感，吹在脸上，湿热黏腻。

苏羡意的心脏随着车子的颠簸剧烈地跳动着，呼啸的风亦不断鼓噪拍打着她的耳膜……

耳边涌动的，是热风。

还有她悸动狂乱的心跳。

另一边，肖冬忆带着苏呈，已经从体验赛道进入正式赛道。

苏呈是第一次玩，有些紧张，戴着头盔，坐在后面，一手搂着肖冬忆的腰，一只手拿着手机，说是要拍什么视频。

“肖叔叔，好刺激啊，你和二哥经常玩吗？没想到二哥还会开山地车。”

苏呈本来以为只是开车去郊外兜兜风，他都不知道康城还有这种地方。

肖冬忆在心里轻哂：嘁，你对陆时渊是真不了解。

肖冬忆皱了皱眉：“少年，你能不能别抱我这么紧？我还没被女孩子搂过，你小子是要把我的老腰勒断吗？”

“我紧张，我害怕啊！”

“……”

“你举着手机一边拍视频一边说好刺激，你这叫害怕？我信你个鬼！”

肖冬忆在心里感叹：小子，你和陆时渊一样，都不是什么好东西。

体验结束，苏羡意的双腿已被颠簸得发麻打战，热意聚拢在头盔下，潮湿闷热，摘下头盔后，她才觉得舒服些。

她大概是去了半条命，而陆时渊却连呼吸都如此平静。

苏羡意只能暗自感慨：人与人之间的体力差别可真大！

四人在俱乐部边上的农家乐简单吃了午饭，苏羡意已经想打道回府了。

“姐，去玩越野吧。”苏呈体验一番下来，乐在其中。

“你们去玩吧，我就不去了。”

越野赛道要进山，开车速度快的话，来回也需两个小时左右，道路更崎岖，她恐怕坚持不下来。

“好不容易过来，不进山体验太可惜了。”苏呈越说越兴奋，“刚才肖叔叔开车加速时，车子直接飞起来了，超刺激——”

"真不去？"陆时渊看着她，"这次我开车载你。"

"那就这么决定了，姐和二哥一辆车，我还是跟着肖叔叔。"

苏呈说完还冲着苏羡意挤眉弄眼，那嘚瑟的小表情分明在说：姐，我这个助攻是不是超棒？我可真是个小机灵鬼！

苏羡意是真的玩不动了，肖冬忆更是哭笑不得：你有问过我的意见吗？这小子怎么和陆时渊一个德行，随随便便就把他安排了。

"少年，我答应和你一起了吗？"

苏呈抿嘴，挑了挑眉："我没成年，不能开车，我姐是新手，单独开山地车越野不安全，我俩肯定不能坐一辆车，二哥刚说要载我姐，难道说，你也想和我姐开一辆车？"

肖冬忆瞳孔微震：你可闭嘴吧！

一起开车？这是什么虎狼之词，我还想多活两年。

"玩了这么久，你渴了吧，走，叔叔带你去买水喝。"

"我不渴。"

"不要等到觉得口渴时才喝水，我是医生，听我的，我觉得你渴了，需要补充水分。"

肖冬忆拽着苏呈就往俱乐部内的小超市走。

苏羡意实在拗不过苏呈，最后还是上了陆时渊的车。

上车后，她尽量与他保持着一些距离，双手局促地在车后座两侧寻找抓手。

"二哥，我坐好了。"

陆时渊扭头，盯着她："你确定这样没问题？"

"我……"

"美女，越野的路段更加颠簸，还有我们设置的一些障碍，你这样很容易被颠下来，很危险，我们建议你最好扶着身前的先生。"工作人员提醒道。

"好。"

陆时渊正在戴头盔，感觉到衣服被她攥在了手里。腰侧衣服被轻轻一勒，衣服贴着身，瞬间有种束缚感。

他嘴角轻轻勾起，戴好头盔，开车出发。

丛林越野山路，比俱乐部内的赛道更加崎岖颠簸。为了增加开车的趣味性，还人为设置了障碍跑、过小木桥、飘逸等障碍，苏羡意觉得自己整个人都要飞出去了。

原本她就想着趁机主动搂住他，但是要循序渐进，此时她觉得小命都快没了，再顾不上什么矜持、体面，手指一松一紧，搂紧了他的腰。

小姑娘大抵是怕极了，抱得紧紧的，整个身子被车子颠簸跌撞，但这都不是最要命的……最要命的是，因为此时的姿势，她的呼吸几乎一丝不落地全吹进他的后颈处。

急促紊乱，却热切灼人。

陆时渊带他们过来确实有私心，只是没想到她怕成这样，后颈的呼吸刺激着，难受的竟是他。

“二哥，慢点儿——”

“以前开车，你嫌我慢，现在又觉得我开车太快？”

嫌他车速慢？这都多久以前的事儿了，他居然还记得。

苏羡意咬唇，真看不出来，他还挺记仇。

“这样的路，如果车速太慢，车子容易熄火，你如果真觉得害怕……就抱紧一点儿。”

他的声音伴随着热风，灌进了苏羡意耳中，在她耳边蹭着，又热又痒。

苏羡意很怕自己被甩飞出去，那些心猿意马的念头全没了，搂着他的腰就没打算松开。

她昨晚幻想的开车兜风，应该是那种很唯美的画面。什么风吹麦浪，轻轻吹动自己的长发，发梢拂过他的脸，他帮自己拢起秀发，自己满脸娇羞之类，电视小说里不都是这样的吗？怎么现在就变成这样了？

肖冬忆载着苏呈，一马当先，很快就把陆时渊甩开了。

他是真见不得那两人腻腻歪歪的，陆时渊以前多野啊，谁的车速能快过他？如今载了个小姑娘，人家把他的腰一搂，他怕是连魂儿都丢了。

人家开的不是车，那是情趣，自然要慢慢开。

虽然他车速已经很快了，却还要被后面的人嫌弃：“肖叔叔，你也太慢了，你要加油。”

“这么快就累了？不是都说男人三十猛于虎吗？你这体力不行啊！”

“……”

肖冬忆窝火又憋屈，放假在家吹空调点外卖不香吗？我为什么要在这里受一个孩子的窝囊气？

若不是陆时渊护着，他非把这小子从车上踹下去，丢在荒郊野岭。

陆时渊照顾着苏羡意，车子开得慢，从林越野一圈结束，几乎花了近四个小时，抵达俱乐部时，已接近黄昏。

苏羡意体验下来，只觉得心肝脾肺都好似被颠得挪了位儿，换下护具和装备，寻了个地方休息。

“姐，我去给你买水，你要喝什么？”苏呈精力旺盛得很。

“矿泉水吧。”

他又询问了陆时渊和肖冬忆，这才朝着俱乐部内的小超市走去。

苏呈抱着四瓶矿泉水准备离开时，看到了几个熟悉的身影，为首的包铁航手中捏着一支烟，朝他走来：“苏呈，等你半天了。”

苏呈之前拍了视频发在朋友圈，这群人肯定是顺藤摸瓜找来的。

“你们又想干吗？上次被打得还不够？”

“你……”包铁航脸上瘀青未散，叼着烟走过去，冲他吐了口烟，“上次是因为你姐在。我们重新约个地方，敢不敢？”

苏呈没作声。

“高考都结束了，我们之间的恩怨也该解决一下了，你说呢？”

“地点。”苏呈开口。

“还是学校边上的巷子，今晚十点，我等你。”

包铁航说着又冲他吐了几口烟，呛得苏呈眉头直皱。

“不要再带你姐了，像个爷们儿行吗？”

……

苏呈回去后，自然没把这件事儿告诉苏羡意。

给他们分了水，他好似什么都没发生过一样。

陆时渊拧开一瓶水，很熟稔地递给苏羡意，眼神却落在苏呈身上，深深地看了他好几眼。

四人在外面简单吃了晚饭，陆时渊先送苏羡意姐弟俩回去，再送肖冬忆，结果苏呈却说还想兜风，并未跟着苏羡意一起下车。

苏羡意今天被折腾得够呛，热出了一身汗，恨不能立马回去洗个澡。苏呈本就爱玩，估计还意犹未尽，又是和陆时渊在一起，她自然放心。她今天太累，并未太关注他。

她下车后，车里只剩三个人，陆时渊却久久没发动车子。

苏呈一脸天真：“二哥，你不是要送肖叔叔回家？怎么不开车？”

陆时渊此时已戴上眼镜，镜框缀着冷光，偏头看他：“苏呈，你抽烟？”

陆时渊话音落下，车内死寂。

肖冬忆与苏呈并肩坐在后座，随即扭头看他，一脸诧异：“少年，你还没成年，学人家抽烟可不好。”

“我没有！”苏呈急忙否认。

他几年前因为好奇，觉得抽烟是男生装帅利器，和几个男同学偷偷在厕所吸过一次，结果太呛嗓子，接受不了，自此就没碰过。

“在俱乐部的时候，我闻到你身上有烟味。”陆时渊挑眉。

肖冬忆凑过去闻了闻：没什么味儿啊！这陆时渊是什么狗鼻子吗？怎么嗅到的？

提起俱乐部，苏呈立刻想起包轶航那个蠢货冲自己吐了好几口烟，随即寻了个借口：“可能是买水的时候不小心蹭到某个烟鬼了。”

他毕竟是孩子，并不会很好地遮掩情绪。

陆时渊直接发问：“你今晚是要去见谁？”

苏呈瞳孔微微放大。

“你身上的烟味不是蹭一下就能留住的，而且自从你买水回来就有些魂不守舍，还不敢告诉你姐，只怕你要见的……”陆时渊有条不紊地分析，“不是什么好人。”

“二哥，你在胡说什么啊？”苏呈讪讪道。

陆时渊直言：“被人欺负了？”

肖冬忆诧异：这小子伶牙俐齿的，不把人气死就不错了，还能被人欺负？不过他这张嘴，也确实容易得罪人。

苏呈知道瞒不住，咬了咬牙，说道：“也不算欺负，就是在学校结了梁子，他们一直挑衅，上次还被我姐撞见了，他们吃了亏，这次又约我，我不想再麻烦姐姐……”

陆时渊点头，都是从孩子过来的，多少了解苏呈的想法。

苏呈这年纪，是不大愿意和家人说这种事儿的，更不想老师或者家长掺和进来。

“你要一个人去？”

苏呈点点头。

“约在哪儿了？”陆时渊看着他。

“二哥……”苏呈面露难色。

“少年，遇到这种事告诉家长不丢人。你也说了，对方上次吃了亏，这次肯定早有准备，叔叔跟你打赌，只要你露面，你就完了。”肖冬忆说道。

苏呈也不傻，点头说道：“晚上十点，约在我们学校边上的一个巷子里，就市四中那里。”

“这就对了。”肖冬忆拍着他的肩膀，“我跟你说，处理这种事儿，你二哥特有经验，他上学时可厉害了。对了，还有他姐，我去，姐弟俩当年……”

“老肖。”陆时渊开口警告。

肖冬忆随即看向窗外：“康城夜色还挺美。”

苏呈皱眉：这肖叔叔也太窝囊了！

第六章

他说，你很喜欢我

市四中，巷子里。

包铁航一群人正蹲在巷子里抽着烟，研究待会儿怎么群殴苏呈。新仇旧怨，他们今晚压根儿就没准备放过他。

“哥儿几个，多年恩怨，就看今晚了。”包铁航上次被揍得狠了，现在他身上还隐隐作痛。

“你放心，只要苏呈那小子敢出现，我们就让他有来无回。”

“绝对揍得连他亲妈都不认识。”

……

陆时渊开车抵达时，三人下车，苏呈引路到了巷口：“就是这里。”

“和你有恩怨的那个人叫什么？”

“包铁航。”

“我进去看看。”陆时渊随意说着，看了一眼肖冬忆：“你陪他在附近转转。”

“没问题，走吧，少年！叔叔给你买东西吃……”

肖冬忆拉着苏呈，把他强行拽走。燥热的天气，脏乱差的巷子里，热气熏着，弥漫着一股污水的臭味，陆时渊对这里不熟，不过依稀可以听到几个男生在说话，

循声辨位，拐了几个弯后，包铁航等人出现了。

八九个人，有染发的，有文身的，还有露着胳膊抽烟的，他们脸上多少带着些青涩稚嫩。

看到陆时渊，他们有些诧异，却没说什么。

这是公用巷子，有人进来很正常，只是寻常人见着他们肯定会转头离开或是绕道走，陆时渊却主动出声了：“包轶航？”

忽然被叫到名字，包轶航叼着烟看他：“你谁啊？”

陆时渊摘了眼镜，擦拭着，微微眯了下眼，冲几人一笑：“就是你们约了我弟弟？”

弟弟？苏呈！

包轶航简直要疯了：苏呈，你能不能做个人？说好不带你姐，你就让你哥来？太无耻了。

“苏呈人呢？我叫的是他，又不是你。大叔，你看着年纪不小，就别掺和我们年轻人的事儿了。”其中一人说道。

陆时渊只低头弄着眼镜：“我们聊聊吧。”

“你和我们？你没病吧！”

“成年了吗？”

“关你屁事儿！”

“现在年轻人火气都这么大？你们平时是怎么欺负他的？也是一群人一起？”

……

他们这类少年，是极讨厌师长说教的。

陆时渊的穿着打扮，像极了那种斯文老派的人，早已有人不耐烦。

其中一个大高个直接走过去：“我都说了，让你滚，把苏呈给老子叫来——”

大高个算是这群人中的武力担当，其余几人继续抽烟看戏。

陆时渊低垂着眼，注意力好似都在那副眼镜上。

这种无视惹恼了大高个，他直接走到陆时渊面前：“我跟你说话，你没听到？耳朵聋……”

话音尚未落下，陆时渊忽然伸手抓住他的后颈衣领，一股压制性的力量袭来，大高个都没来得及反应，整个人被直接按到了一侧的墙上。

“嘭——”动作又急又猛，毫不留情。

其余几个少年都吓蒙了：好快的动作！

大高个胸口撞到墙上，猛烈咳嗽，只觉得五脏都被震出了血。

陆时渊偏头看向其余人，也不说话。

无声注视，气场压制，更吓人。

巷子很暗，外面的光线进不来。借着一点儿月色，他的身体被黑暗浸没，那双眼睛，眼尾微翘，好似在笑，可瞬间迸射出的侵略性与压迫感铺天盖地般把几个少年一下子镇住了。

毕竟是孩子，以为抽烟、弄个文身就算凶神恶煞了。他们哪里知道，这些只能唬唬人。真正的狠角色，从来不靠这些，光是气场，就足够了！

“嗯——”被他按住的大高个竭力扭着身子，叫道，“你放开，放开我！”

下一刻，陆时渊手腕稍稍用力，大高个的身子再度撞到墙上，整张脸也瞬间贴到了墙上。

分明只是被压着后背，按理说是可以反抗的。可是在绝对的力量压制面前，一切挣扎都好似徒劳。

几人面面相觑：这个人比苏呈他姐还狠，这可怎么办？

“怎么样？现在可以和我聊聊了吗？”

包铁航紧张地咽了下口水，讨好地笑着：“大哥，你想聊什么？”

“我听说上次你们碰到他姐了，你们动手伤了她？”苏呈说到学校巷子，陆时渊就想起高考前苏羡意伤到的手臂。

他眸色渐沉，散发着危险信号，包铁航整个后颈都凉了：被打的难道不是他们？

陆时渊松开按着大高个的手，抬手戴上眼镜，斯斯文文，好似刚才动手的不是他。

他踏着夜色，朝他们走去。

巷子外。

肖冬忆吃着肉夹馍，又在一个小摊子上点了份鸭血粉丝汤，苏呈则坐立难安，一脸焦躁。

“你们学校门口的肉夹馍还挺正宗。”

苏呈无奈：“你就不担心二哥？”

“我比较担心那群少年。”担心他们会留下什么心理阴影。

“你说他们在里面会不会打起来？”

肖冬忆笑出声，这小子真是瞎操心，某人打架可从未输过。

不过看苏呈坐立难安，肖冬忆还是安慰了两句：“你放心，他都一把年纪了，怎么会和一群娃娃动手，最多是进行爱的教育。”

爱的教育？这个词出现在这里，有种莫名的诡异感。

很快，陆时渊从巷口出来，苏呈立马朝他奔去，却没想到，包铁航那群人紧跟在他后面。

唯唯诺诺，乖乖巧巧。

五六分钟后，鸭血粉丝摊上，当包铁航朝苏呈伸出友谊之手时，某个少年直接蒙了。

“苏呈，我想过了，以前发生的那些都是小事儿，我为我之前的言行跟你道歉，从此以后，我不会再找你麻烦，咱们握手言和。”

苏呈挠了挠头发：“你真是包铁航？”

“……”

要不是陆时渊在巷子时间太短，苏呈都怀疑他是给包铁航等人做了开颅手术，直接给他们换了脑子。

他一脸蒙地看向陆时渊：你都对他干了些什么？

“二哥，这是怎么回事？”

“不是很明显？他认识到了自己的错误，在跟你道歉求和。”

苏呈呆愣地和包铁航握了下手，场面一度有些尴尬。

“时间不早了，你们也该回家了，以后不要抽烟喝酒。”陆时渊提醒，“还有文身，没成年前，如果只是为了跟风好玩，别去弄。”

包铁航等人笑着点头，打完招呼后，一溜烟地跑了。

苏呈险些惊掉下巴：这群刺头可是连家长老师都管不住的，看他们能跑能跳的，好像双方并没动手。

“二哥，你对他们做了什么？”他又问了一次。

陆时渊抬手推了下鼻梁上的眼镜说：“就和他们谈谈心，讲讲道理。”

苏呈打死都不信，说：“所有人都拿他们没办法呢，你和他们才认识多久？”

“那可能是我的……人格魅力？”

苏呈眨了眨眼，愣在原地。

肖冬忆则差点儿被噎死：你可真敢说。

“对了。”陆时渊偏头看向苏呈，“他们说，你们一开始结下梁子，是因为你抢了包铁航的女朋友。”

“噗，咯咯——”肖冬忆这次是真的被噎着了，“少年，你把他绿了？”

“不是！”苏呈忙摇头，“我根本不认识那女生，而且他们也不是男女朋友。就是包铁航追她，结果那女生说喜欢我。”

“包铁航本来就嫉妒我长得帅、成绩好，现在又觉得我抢了他喜欢的女生，就总是故意针对我！”

他那口吻，活脱脱一个小可怜。

“最关键的是，我学理科，那女生是文科班的，我们没有同过班，更没说过一句话！简直是飞来横祸。”

肖冬忆插了一句：“那女生好看吗？”

苏呈白了他一眼，道：“肖叔叔，这是重点吗？”

“这不是重点？”

“我现在终于知道你为什么三十岁还单身。因为你只关注女生的外表，太肤浅。”

“……”

肖冬忆心头的火瞬间被点燃：这小兔崽子，会不会说话？就你这张嘴，被人按在地上暴揍都不奇怪。

帝景苑。

苏羡意洗完澡，又和徐婕打了个视频电话，通话结束时已接近十一点，苏呈却还没回来，她立刻给他打电话。

苏呈说与陆时渊、肖冬忆在外面吃夜宵，会晚些回来。他绝口不提发生的事儿，苏羡意自然不会往那方面想。

约莫晚上十二点，陆时渊才把苏呈送回来。

时间太晚，打了招呼，他们互道晚安后就各自回家了。

“姐，我找到了自己人生的偶像。”

“什么？”

“二哥真的是个值得信赖托付的好男人。”虽然苏呈不知道巷子里发生了什么，但他已经把陆时渊视为人生偶像。

苏羡意愣了下：怎么突然说起这个？

“如果你嫁给他，他肯定会把你保护得很好，不会让你被任何人欺负。”

“小呈，你怎么了？”这孩子……怕不是病了？

苏呈想着，自己是姐姐的“脑残粉”，现在又把二哥当偶像，他说：“姐，我决定了……以后做你俩的‘CP 粉’了。”

苏羡意皱眉：“你到底在说什么？”

“姐，你一定要加油。我可以永远单身，但我喜欢的‘CP’一定要结婚。”

“……”这孩子莫不是有什么大病！

苏羡意看着他的一系列迷惑行为，紧皱着眉：“小呈，你没事儿吧？”她抬手摸了下他的额头，也没发烧：“你还好吧？”

“别人笑我太疯癫，我笑他人看不穿。‘嗑 CP’的快乐，你不懂。”

苏羡意无奈：“今晚爸打电话给我，让我把你送回去。”

“姐，你可是我亲姐。那小老头儿上次被我气得半死，心里肯定憋着坏，你要是真把我送回去，你就再也见不到这么可爱的弟弟了。”

苏羡意笑出声：“你也不想岚姨？”

“我妈就……”提起母亲，苏呈有些支吾。

“对了，爸说你那个姐姐快放假回来了。”

“那我更不能回去了。姐，要不你直接把我弄死吧。”

“……”

苏呈再拗，回家一事儿也成了定局。

苏羡意并非真的想让他搬回家住，她挺喜欢这个弟弟，有他在，每天欢乐多多，但他偶尔也得回家陪父母吃个饭什么的，结果苏呈却总认为她在忽悠他。

“你肯定和我爸联合起来，准备骗我回去，只要我回家，就我爸的脾气，肯定会限制我的人身自由。

“高考结束以前，虽然分数对我来说不重要，他还是会每天好吃好喝地伺候我。只有高三这一年，我在家当了回小祖宗。

“如果我现在回去，他绝对会打断我的狗腿。”

苏羡意好说歹说，他就是不信。

某天，苏呈终于开始收拾行李。

苏羡意笑道：“你终于想通，准备回家了？”

“是啊，我想通了，此地不留爷，自有留爷处。”

苏羡意一脸蒙：这小子又在说什么浑话？

接着，苏羡意便眼睁睁地看着他拖着行李箱离开，然后，敲开了隔壁的门。

“你来了？”陆时渊打开门，那语气，显然二人早就约好了。

“谢谢二哥。”

苏呈拖着箱子进去，还不忘冲着苏羡意做个鬼脸，差点儿把她气死。这小子又在玩什么把戏？

“二哥，你怎么……”苏羡意诧异地看向陆时渊。

“他跟我说，你们姐弟闹矛盾，你要撵他走，问我能不能收留他。我想着，如果我不答应，他可能会去找其他人，倒不如放在眼皮底下。”

陆时渊说得很有道理，毕竟住在熟人身边，总比让他去外面住安全。

“你别听他胡扯，我只是答应了父亲要带他回家吃饭。”

“是这样？”陆时渊点头，“他向我求助，我也没想太多。”

……

“二哥，我住哪个房间？”苏呈的声音从屋里传来，带着掩饰不住的亢奋。

“我隔壁那间。”陆时渊随手一指，随后看了一眼苏羡意：“要不要进来坐坐？”

苏羡意点点头。

她此时看着表面镇定，其实内心慌得很：苏呈知道她对陆时渊的感情，又是个说话不着调的，可能一兴奋，就把自己的老底撂了。

进屋后，苏羡意的注意力都在苏呈身上。

“就这么不放心他？”陆时渊给她倒了杯水。

“谢谢。”接了水，苏羡意才笑了笑，“也不是，他搬到你这里，肯定会给你添麻烦。”

“医院最近比较忙，连陆小胆都没空接回来，还得继续麻烦你照顾，小呈即便搬到这里，我也没空管他，你如果不放心，可以多来看看他。”

苏呈离得不远，听到两人的对话，跟着附和：“姐，你要是真不放心我，你也可以搬过来住啊！”

苏羡意咬紧腮帮，恨不能把他那张叭叭的小嘴堵上。

“二哥，你这里有电脑吗？能不能玩游戏？”

“有的，在书房。”

陆时渊的房间格局与苏羡意的一样，所以苏呈虽然是第一次来，不用引路，也能找到书房。

“二哥，你这里怎么有包烟？你还抽烟啊？”苏呈咋舌，难怪他对烟味那么敏感。

提起烟，陆时渊和苏羡意齐齐朝书房走去。

苏呈手中正拿着一包拆开的软中华，还拿了支放在鼻子前嗅了嗅味道。

“这不是我的。”

烟是陆时渊上次从包轶航那群孩子身上搜来的。

那天回家太晚，他先进书房拿了点儿东西，摸到烟就随手扔在这里了，最近医院太忙，他回家很晚，自然没时间收拾书房，烟就一直忘记扔了。

“其实你平时工作压力蛮大的，抽烟也正常。”苏呈说道。

“我以前抽，已经戒了。”

苏羡意恍神，她记得陆时渊以前的确会抽烟。

那时候她甚至觉得他烟瘾挺大，除了工作时间，他手中经常夹着一支烟，有点儿痞痞的坏。她就是这么一头栽进去的。

可自从康城再遇，就没见他再抽过烟。

“戒烟可不容易，我妈一直想让我爸戒烟，戒了几次，复吸几次，还给他买过什么戒烟糖、电子烟之类的东西，根本没用。”苏呈耸了耸肩。

陆时渊笑了笑：“戒烟确实不容易，需要看决心和毅力。”

苏羡意抬眼，询问他：“那你为什么下决心戒烟？”

“我？”陆时渊垂眸看她，镜片有些反光，隐现她的身影，他眼底隐有笑意，“抽烟本来对身体就不好，家人也一直反对。”

“主要是后来我发现小孩儿的模仿能力很强，有样学样……”他嘴角翘了下，“戒烟，是担心我家小孩儿跟了我会学坏。”

一声“我家小孩儿”，声音低沉沙哑，带着笑，宠溺且温柔。

不知为何，苏羡意心脏骤然疯狂地跳了一下。

饶是强装镇定，她的耳根脸颊还是不知不觉地泛红发热了。

因为她偷学抽烟时也曾被他撞见过，他当时就称呼她为“小孩儿”，那时她觉得陆时渊把她当孩子，还挺不高兴：自己都成年了，有胸有屁股的，怎么就成小孩儿了？

可现在这声“小孩儿”，听得她脸红心热。

苏羡意总觉得他似乎是在说自己，又觉得可能真的只是指小朋友，是她太多心。

苏呈看着两人，挠了挠头发，觉得这两人之间的氛围有些奇怪。

他突然有种感觉，自己应该消失！

苏羡意被那声“我家小孩儿”叫得面红耳热，苏呈不清楚他们之前发生的事儿，乐呵呵地调侃：“二哥这是为了以后生孩子做准备？你将来肯定会是个好爸爸。”

“好……爸爸？”陆时渊语气意味深长。

这让苏羡意想起某个羞耻的梦，恨不能找条地缝钻进去。他们之间，是什么时候开始，有了这些奇奇怪怪的称呼？

好在陆时渊手机响起，救了她一命。

“喂？”

“时渊，没打扰你工作吧？”

苏羡意离得近，能听到电话那头的声音，应该是陆瑞琴。

这几天，陆瑞琴也曾找过她，问她端午要不要去魏家过节，她已答应父亲要带苏呈回去吃饭，便婉言谢绝了。

陆时渊拿着手机朝阳台走去，苏呈随即冲到苏羡意身边：“姐，二哥现在都开始为你们将来的孩子考虑了，绝世好男人啊！”

“你赶紧给我搬回去。”苏羡意低声警告。

“我不要。”

“苏呈！”

“姐，我可不是为自己考虑。如果我不住这里，你哪儿有机会登堂入室、扑倒二哥。”

“……”

陆时渊在接听电话，余光却一直落在苏羡意身上。这姐弟俩靠在一起，嘀嘀咕咕也不知在说什么。

听到电话那头的人开口邀请他去魏家过节，陆时渊淡淡地道：“那天我有两台手术，应该没空。”

“我自己包了粽子，也不知道你喜欢吃甜粽还是咸粽，两种都包了，你把地址给我，回头我让屿安给你送点儿。”

“不用，他工作也挺忙，别麻烦他。”

“你这话就太见外了，他最近也不忙，没什么事儿。”

“既然不忙，就让他把自己的私生活处理好，不要总是牵连无辜的人。”

陆瑞琴这边挂了电话，扭头看向魏屿安，又被气得半死。

之前在餐厅，丁佳琪带着蔡蕙敏上演了一出“捉奸”的戏码，因为在公共场合，她想不知道也难。

原本想等事情冷却一下，刚好趁着端午邀请苏羡意来家里过节并道歉，再约上陆时渊，挽救一下儿子的形象，如今倒好，都被拒绝了。

“你干的好事儿！”陆瑞琴气结。

魏屿安最近过得并不顺心。

自从餐厅事件发生，他和丁佳琪说要冷静一段时间后，丁佳琪就开始上演一哭二闹三上吊的戏码，有时甚至拿自杀相威胁，搞得他工作分心，诸事不顺。

他以前也不觉得有什么，最近好像突然看清了一些事儿，对她也没了从前的耐心。

“你和丁佳琪最近怎么样？”

“不怎么样。”

“出现问题就解决，别拖拖拉拉，觉得不合适就早些分手，就丁佳琪那性子，你要是不果决点儿，迟早要出事儿。”

“我知道。”

陆瑞琴捏了捏眉心：“对了，你这两天去苏家一趟。”

“苏家？你不是不喜欢苏永诚，不愿和苏家来往吗？”

“我听意意说，她端午要去苏家，你趁着过节去送点儿礼，如果能碰见她，就好好道个歉，也是委屈这孩子了，早知道我就不安排那个什么相亲了，居然还把她搅和进去了。”

端午节当天，苏羡意去陆时渊家接苏呈时，还忍不住朝屋里看了一眼。

“别看了，二哥不在。昨天晚上他负责的病人出了点儿问题，当时就去了医院，还没有回来。”苏呈笑道。

“赶紧回家，爸已经打电话催了好几次。”

“急什么。”苏呈动作拖沓，显然是不愿回去。

从早上七点一直磨蹭了三个多小时，上午十点多两人才到苏家。

刚进门，一本杂志便朝着苏呈飞来，被他躲开了。苏永诚气势汹汹地冲过来，一副要杀人的模样：“小兔崽子，你能耐了，居然敢离家出走？你给我过来！”

“姐，快帮我报警，有人要谋杀亲儿子了！”苏呈立刻躲到苏羡意身后。

“让你回学校拿准考证，你却跑去跟人打架，我这张老脸都被你丢尽了。”

“我没和他们动手。”

“包轶航那样，你没动手，难不成是他自己摔的？”

“爸，其实……”苏羡意讪讪一笑，“包轶航是我打的。”

苏永诚怔了下，意外、震惊、错愕，表情复杂到难以形容。

憋了半天，他清了下嗓子，说：“包轶航那小子确实欠揍，该打，你从小脾气好，如果能逼得你动手，那肯定是他的错。”

苏呈：“……”

“岚姨不在？”苏羡意岔开话题。

“她出去买菜了，还没回来。”

三人在客厅坐了会儿，说起高考，苏永诚又憋了一肚子火，好在门铃响起，苏呈立刻冲去开门，看到门口的人时，抿了抿嘴。

“小呈，好久不见。”魏屿安冲苏呈打招呼，他穿了身正装，提着大包小包的礼品。

“魏大哥，你怎么来了，进屋坐。”

苏家与魏家近些年交往不多，但康城地方不大，低头不见抬头见，虽没深交，但总是认识的。

他的出现自然惹得苏呈心下狐疑：这钱多人傻的憨憨怎么来了？

魏屿安的到来，苏永诚也略感诧异，却还是热情地招呼了他。

魏屿安此番是冲着苏羡意过来的，一进门便主动示好，这番情景落在苏家父子眼里就很怪异了，尤其是苏呈：这憨憨想干吗？想招惹我姐？

另一边，市一院。

昨夜有个病人情况突然恶化，连夜做了手术，结束时天色微亮，陆时渊匆匆吃了点儿东西，又开始了另一台手术。

“情况比我们预期的要好，挺顺利的。”上午手术结束，肖冬忆揉了揉酸胀的肩颈，看向正拿着手机的陆时渊，“你下午还有一台手术，吃得消吗？”

“还行。”

手机上有些未接来电和未读信息，他回拨了其中一个电话。

“喂，姐。”

他的声音轻且温柔，听得周围其他同事纷纷侧目，肖冬忆却习以为常，毕竟这姐弟俩关系出了名地好。

“端午节没放假？”

“有手术。”

“听说你在搞单恋？”

陆时渊轻哂：“我就知道爷爷藏不住事儿。”

“他没告诉我，只是他憋得难受，那天他正在和陈伯伯家的狗聊天，一边摸着狗的头，一边嘀咕你的事儿，恰好被我撞见了。”

陆时渊摘下眼镜，揉了揉眉骨。

“一个人在外面，过节别委屈自己，手术结束，你可以和冬冬去吃些好的。”

陆时渊捏着眉心，冬冬？他用余光扫了一眼正在他身侧的肖冬忆。

这世上除了老肖家里的长辈，怕是只有他姐敢这么肆无忌惮地叫肖冬忆的小名了，这样喊一个三十岁的男人，真是要命。

反正某人每次听到都恨不能原地爆炸，当场见上帝去。

挂了电话，陆时渊又查看了部分短信，基本是端午祝福。苏呈告诉他，自己回家了，晚上不一定回去住。

他刚回了个“好”字，苏呈就给他回了信息。

“二哥，我现在一点儿都不好，回家差点儿被我爸打，现在还得陪你外甥尬聊。”

“魏屿安？”

“是啊，他说是端午来送礼的，我感觉他醉翁之意不在酒，总盯着我姐，眼神怪怪的。”

“是吗？”

肖冬忆扭头，正准备问陆时渊中午吃什么，却看到他的笑容逐渐变态。肖冬忆有点儿头皮发麻：大过节的，这是哪个倒霉蛋被他盯上了？

此时的魏屿安还在苏家持续尬聊，手机响起，看到来电显示时，差点儿把魂儿都吓飞。

与苏家人打了招呼，他拿着手机到别处接听。

“意意，你和他之间怎么回事？”魏屿安刚走，苏永诚就低声询问。

既然苏呈能注意到魏屿安视线聚焦最多的地方是哪儿，苏永诚自然也能察觉到，只是苏羡意对魏屿安并无兴趣，爱搭不理。

“没什么事儿。”

苏永诚以前是存了撮合两人的念头，但和苏呈展开激烈讨论后，心态已有变化。

“你如果不想见他，待会儿我把他打发走？”

“不用了，我自己处理吧。”苏羡意笑道。

苏呈诧异地看向苏永诚：“爸，你不是觉得魏屿安是青年才俊，无可挑剔，一定要他做你女婿吗？现在怎么变了？”

“你能闭嘴吗？”

“爸，知错能改还是好同志，人嘛，难免看走眼，这又不是什么丢人的事儿。”

若非魏屿安站在不远处，苏永诚非得跳起来打爆这小子的狗头。

魏屿安清了下嗓子，接通电话，笑得讨好：“喂，小舅？”

“在忙？”

“没有，一点儿也不忙，你有事儿？”

“我来康城有段日子了，你母亲对我一直很关心，过节还挂心我能否吃上粽子。”

魏屿安笑了笑："小舅，你说这话就太见外了。"

"所以我就想着，不能让你白叫我一声舅舅，我也该尽尽长辈的职责和义务，等我有空了，也去关照关照你。"

"小舅，这就不用了吧，我觉得……"

干吗突然要关照他？！这也太吓人了。

"你刚才还说我见外，那你现在又跟我客气什么？"

魏屿安和陆时渊并不熟，只是听说过他的一些事儿，加上某人气场太盛，从心里怵他。

长辈突如其来的关心，猝不及防得让人害怕。挂了电话后，魏屿安整个人好似丢了魂儿，开始思考如何应对陆时渊，再也没有心思继续留在苏家。

他本想找机会和苏羡意单独说话道歉，可她全程无视他，现在又被陆时渊那句关照吓得不轻，便不再顾忌苏家父子在场，主动提起了餐厅的事儿。

"上次餐厅的事儿，我一直想向你道歉，又不知道怎么开口，也不敢太打扰你。"

"你没必要跟我道歉，你也不知情。"苏羡意淡淡道。

"事情是因我而起，把你搅和进去，实在对不住。"

"早就过去了。"

魏屿安听到这话，心下松了松。

他觉得诚如母亲所说，苏羡意确实懂事贴心，再对比近期作天作地的女朋友，忽然觉得，其实家里安排的相亲也不错。

他一直觉得苏羡意对自己是有点儿意思的，便主动示好："不如这样吧，以后你在康城如果遇到什么事儿，需要帮忙的话随时找我。"

苏呈皱眉：这憨憨为什么一直在和他姐套近乎？

苏羡意抿了抿嘴，说："其实我来康城遇到的一些糟心事儿，基本是因为你。如果你真的想道歉，诚心想帮我……倒不如直接离我远一点儿！"

苏羡意说完，还冲他一笑，那模样，天真又无邪。

魏屿安如遭棒喝，呆愣当场，他这是被嫌弃了？不想接触的人突然说要关照他；想接近的人却让他滚远点儿。这都是什么事儿啊！

苏呈没忍住，笑出了声。

苏永诚狠狠剜了他一眼：浑小子，就不能憋一下？

客厅气氛一度有些尴尬。事情发展至此，魏屿安再也待不下去了，匆匆打了招呼，便出门离开，差点儿撞到买菜回来的柳如岚。

“这是魏家的……”柳如岚看到魏屿安也颇为诧异，又看他神色匆匆，“怎么走得这么急？”

苏呈接话道：“过节嘛，他可能赶着回家吃饭。”

苏永诚又瞪了一眼苏呈：“你刚才笑什么？就不能多忍忍，好歹给他一点儿面子。”

“陪他尬聊我已经忍不住了，再憋我肯定会得内伤。”

“你陪他聊天？”苏永诚轻哼，“你不是一直在玩手机吗？就算你不喜欢他，他来家里也是客人，你全程抱着手机很不礼貌。又在打游戏？”

“我没玩游戏。”

“你还嘴硬？”

“真的，我在和二哥聊天。”

苏羡意心头“咯噔”一下。

苏永诚却开始追问：“什么二哥？你离家出走，还认干哥哥？”

“就二哥呗，他是魏屿安的舅舅，也是我姐的邻居，我现在就住他家。”

“什么？”苏永诚忽然觉得这关系似乎有些复杂，什么二哥、舅舅又邻居的。

只有柳如岚抓到了一个重点：“你住在他家？这不是给他和他家里人添麻烦吗？”

“他一个人住，工作很忙，就连过节也没闲着，我住那里还能帮他打扫卫生，也不算白住。”

“那也是很打扰了，他就算要工作，也总得吃饭吧，要不请他来家里吃顿饭，也算聊表谢意。”

柳如岚说完，苏羡意瞳孔微震。

“岚姨，这还是算了吧。”苏羡意急忙阻止道，“之前魏家邀请他都没去，肯定不会来。”

“小呈住在他家里，我们肯定要表示感谢，今天又是过节，他一个人也太孤单了。他来不来是一回事，但我们不能失礼。”柳如岚笑道，“他若不来，回头就送点儿东西。”

苏羡意有些急了，再要开口就被苏永诚截断了话。

“就听你岚姨的，远亲不如近邻，处好关系，他也能照顾你。”

“那我给二哥打电话问问。”

苏呈随即拨通陆时渊的号码。

陆时渊今天好像有两台手术，肯定来不了，而且他也不是个好邀约的人，苏羡意心下抱有一丝侥幸。

哪知苏呈挂了电话后，乐颠颠儿地跑过来说："二哥说中午没空，晚上他有时间。"

"那就晚上，请他过来。"苏永诚直接拍板。

苏羡意傻了眼，事情怎么就发展到这个地步了？

苏呈却高兴得好似过年：不愧是我崇拜的"CP"，进展神速，这么快就要见家长了。

医院内。

陆时渊一挂电话，肖冬忆就凑了过去，某人刚才还一本正经地要关照后辈，现在却嘴角轻翘，春风拂面。

"怎么？有好事儿发生？"

陆时渊收起手机，说："遇到一件棘手的事儿。"

"还有能把你难住的事情？"肖冬忆一听这话，瞬间来了兴致。

"因为是第一次，没经验。"

"说出来我给你出出主意，毕竟我年纪比你大，经验比你多。"

"这个你真没经验。"

"你不说，怎么知道我没经验？"

"见家长需要准备什么？"

万吨暴击！你可滚吧！肖冬忆横眉怒目。

陆时渊要来，苏羡意待在苏家的时间变得分外难熬，苏呈倒是很高兴，只是这股兴奋劲儿很快就被苏永诚粉碎了。

"小呈，来一下书房，我有话跟你说。"

苏呈心底"咯噔"一下，他心底明白：秋后算账，总会来的。

"爸，有什么话非要去书房啊？就在这里说嘛。"他不停地朝苏羡意使眼色，奈何某人心不在焉，完全无视他的求助。

"书房安静，适合谈心。"

"我觉得客厅就挺好，是不是啊，姐——"苏呈提高音量，试图把苏羡意的魂儿唤回来。

"别叫她了，没用，今天我必须和你好好聊聊。"苏永诚拽着苏呈就往书房走。

“爸，晚上家里有客人来，你可不能动手，那我以后怎么见人啊？”

“放心，我会打得他看不出来一点儿痕迹。”

“姐，妈——”

任凭苏呈如何喊叫，声音最终被隔绝在了书房门内。

柳如岚无奈一笑，将洗好的樱桃端给苏羡意：“他们父子俩经常这样，你不用在意，这段时间辛苦你照顾小呈了。”

“还好，小呈挺乖的。”

“我的儿子我清楚，他小时候啊，人家是三天不打上房揭瓦，他是一天不打，就能把屋顶掀了。”

苏羡意点头，表示赞同，反正她现在就挺想揍他的。

柳如岚和苏羡意聊了一会儿，见她有些心神不宁，以为苏羡意是没睡午觉，有些困了，便给她安排了房间休息。

苏羡意进房间后给好友打了通电话，好友向她抱怨毕业答辩的事。

“你的答辩不是顺利通过了吗？”苏羡意疑惑道。

“确实是过了，但是你也知道，一般学生答辩，自己的导师是尽量回避的，不参与点评。”

“对啊，怎么了？”

“我的老师说，这可能是我人生中最后一次因为论文被批评，然后逮着我狂喷！”

“扑哧——”苏羡意实在没忍住笑出了声。

“你准备什么时候回学校？我们宿舍几个商量了一下，准备去外面找个摄影师拍毕业照，费用平摊，你没意见吧？”

“没有。”

“我看你快被爱情冲昏了头脑，你说回康城是找工作的，结果呢？这男人啊，爱情啊，就是耽误事儿。”

提起工作，苏羡意又想起自己找的公司，至今都没给自己一个准信，只让她等。

“等你有了喜欢的人，你就懂了。”

“我可是要当富婆的人，怎会被爱情绊住双脚？”

好友那语气，简直视男人如粪土，苏羡意真是不想戳穿她，某人沉迷纸片人的时候，一口一个老公也不知道是叫给谁听的。

“对了，你端午节怎么过？学校发了粽子，你的那份我们已经替你吃了。”

“在我爸这里。”

“没跟你家陆医生在一起？”

“他待会儿要过来！”

对方沉默了几秒，才道：“见家长？苏羡意，你结婚我要当伴娘，吃住、路费你全包，伴郎给我留一个。”

“……”

挂了电话，苏羡意又在室友群里聊了会儿天。

几人在讨论找摄影师，拍什么风格的毕业照，说起照相就聊到了减肥，群里瞬间哀鸿遍野。

下午五点左右，苏羡意正在厨房帮忙做饭，接到了陆时渊的电话，她随即擦手，又清了下嗓子，接起电话“喂”了声。

“意意，我到了。”

苏羡意心跳骤快，莫名紧张起来，低声应着。

“小区保安不让我进去，你能不能来接我一下？”

他声音舒缓轻柔，怕是谁听了也无法拒绝。

“好，我马上过去。”

苏羡意和柳如岚打了声招呼，就匆匆往外走。

快跑到小区门口时，她停住脚步，扒了扒被风吹乱的头发，才缓步走向门卫室。陆时渊的车被拦在了外面，他正站在车边与保安聊天。

苏羡意以前也被拦过，保安认识她，打了招呼就放行了。

坐上陆时渊的车，苏羡意才偏头看他：“我还以为你工作很忙，可能不会来。”

“小呈在我那里住了几天，我也没照顾过他，他热情相邀，我不想再让他失望。”

开车从小区门口到苏家门口，用时很短，两人都没说上几句话，就看到已经等在门口，冲他们招手的苏呈。

待陆时渊停好车，苏永诚也从屋里走了出来。

他看到陆时渊时，有些诧异。

太过年轻！而且过分英俊！

虽说苏呈喊他二哥，但他知道自己的儿子有多不着调，平时在小公园里，跟老大爷们下了盘棋，他都敢和人家称兄道弟。

苏永诚只想到这是魏屿安的舅舅，又听说已经是副主任医师，他自然往三四十岁上联想。

哪知面前的人一身衬衫配西裤，戴着细边眼镜，雅痞禁欲。

“您就是苏伯父吧，您好，我是陆时渊。”

走近，陆时渊伸出手，卸了往日的一丝锐利和冷清，态度温和有礼。

“你好。”苏永诚伸手，两人短暂地握了下手。

“不好意思，过节叨扰您了。”

“你太客气了，进屋吧。”

“我买了点儿东西。”陆时渊打开后备厢，除了端午节会送的粽子礼盒，还有其他礼物。

“陆先生，你真的太客气……”

“您喊我先生才真是客气，您是长辈，这么称呼我，总觉得有些奇怪。”

“那我叫你时渊？还是小陆？”

小陆？苏羡意觉得这画风不太对啊，父亲好像过分热情了。

陆时渊笑了笑：“都行，您随意。”

苏永诚还是有所保留的，毕竟魏屿安喊陆时渊舅舅，那就表示他与魏家夫妇是同辈人。陆时渊叫他一声“伯父”是客气，未征得同意，他也不敢随意称呼陆时渊。

“你家里人都怎么喊你的？”

“时渊。”

“那我就托个大，也这么叫你。”

苏永诚作风相对老派，对医生这种职业本就相当有好感。

年纪轻轻就做了副主任医师，肯定是非常出色的，加之陆时渊模样好，谦逊懂礼，苏永诚打量他，觉得他整个人都好似镶了金边。

苏呈凑到苏羡意耳边，低声说：“姐，爸的眼睛在发光。”

“我看得见。”

“他对二哥相当满意，你俩以后交往，我爸这边绝对无障碍。”

“……”苏羡意瞪了他一眼，示意他赶紧闭嘴。

苏永诚余光瞥见苏呈那一头蓬松微卷的头发，一脸嫌弃：自己到底生了个什么玩意儿啊！

苏永诚邀请陆时渊进屋时，柳如岚正好从厨房出来，瞧见他也有瞬间的愣怔，不承想魏屿安的舅舅会这么年轻。

“时渊，坐，别客气，就当是自己家。”苏永诚笑着，眼睛不曾从他身上挪开半分。

“谢谢伯父。”

“我听说你已经是副主任医师了？真想不到会这么年轻，你有三十岁了吗？”

“没有。”

苏永诚笑容满意：“年轻有为啊，那你应该也没结婚吧？”

“平时工作忙，连交女朋友的时间都没有。”

陆时渊这话，无疑是直接表明他还单身。

苏永诚这眼睛就更亮了，仿佛他身上不仅镶金，还带钻。

这分明只是一餐普通的饭，苏羡意却有种见家长的错觉，没来由地感到紧张。

闲话家常后，大家入席吃饭。

苏永诚坐在上首，柳如岚和苏呈坐在他右手边，苏羡意很自然地坐到陆时渊身边。

“要不要喝点儿酒？家里什么酒都有。”柳如岚说着，已经拿来红酒和白酒。

“你明天不上班，可以稍微喝点儿。”苏永诚劝道。

从刚才的聊天中，他已经得知陆时渊明天休息。

和国内大部分家庭宴请差不多，就算客人推托，作为主人家也会热忱地将所有好东西摆上桌，生怕怠慢了客人。

苏呈坐在一边，想要拿瓶冰可乐却被苏永诚狠狠瞪了一眼。

“喝什么可乐，我早就告诉过你，这东西不健康，拿牛奶喝，再拿一瓶给你姐。”

“爸，可乐喝的是一种快乐，不然怎么叫肥宅快乐水。”

“肥宅是什么？”苏永诚皱眉，似乎不懂这个词。

“今天过节，你就让孩子喝吧。”柳如岚笑道。

见苏永诚默许，苏呈颠颠儿地朝冰箱跑去，嘴里还念念有词：“我是小肥宅，逍遥又自在；白天不起床，晚上不睡觉……”

苏羡意低头闷笑。

苏永诚看他这副吊儿郎当的模样，脸都青了。

再偏头打量陆时渊，进退有度，守礼懂分寸，连坐姿都标准端正，苏永诚对亲儿子是越发嫌弃。

苏永诚太热情，陆时渊拗不过，还是喝了两杯。

“我没想到小呈住在你那里，他肯定给你添了不少麻烦。”

“也没有。”

“我的儿子我了解。”苏永诚笑得无奈，他又抬头看向苏羡意，“意意，你工作找得怎么样了？”

苏羡意最近耽于男色，加之过敏、苏呈的入住，工作实习的事就被耽搁了下来。

“还没找到合适的。”

“你可以来家里的公司上班。”苏永诚提议，“我这年纪一天天大了，尤其是近几年，总觉得力不从心，你如果能回来帮我就好了。”

“爸，没人稀罕你的公司，你就别为难我姐了。”苏呈喝着可乐吐槽道。

“意意，其实我也希望你能回来。”柳如岚说道。

苏羡意回康城，一是看望苏永诚，找工作也只是实习过渡，积累经验，她以后还是想常伴母亲身侧。如果母亲和谢叔叔结婚，那她大概率会去燕城。

陆时渊见她似乎不太想聊这个话题，抬头看向苏呈：“小呈以后可以进公司啊！”

“二哥，你别害我！”苏呈急忙拒绝。

苏永诚也捏了下眉心：“让我把公司交给他？我怕不出三个月，就得申请破产。”

“爸，我也这么认为，我就不是那块料，我们父子难得有意见统一的时候。”

苏永诚冷哼着，没作声。

“那你大学想报什么专业？”苏羡意询问，这个话题他们还一直没聊过。

“我想报航空航天类的，我的理想是星辰大海！”苏呈认真地回答，然后他抿了抿嘴，看向苏永诚，“至于公司嘛，爸，既然没人想接手，你倒不如找个专人打理，然后你就安心养老，在家数钱。”

在我们国家还没登上火星前，苏呈的理想就是——做个混吃等死的二世祖。

苏永诚皱眉，越听越火大，公司的事儿如果真这么简单，就好办了。

他见苏羡意对这个话题没什么兴趣，也没继续，笑着端起酒杯：“时渊，我再敬你一杯，感谢你照顾意意和小呈。”

“伯父，您已经感谢很多次了。再说，我工作忙，也没怎么照顾过他们。”

“你住在意意隔壁，以后她有什么事儿，我就希望你帮忙照看点儿，我让她回家住，她又不肯。”

“我会的。”

“那我就把意意托付给你了。”

苏羡意差点儿被噎着，扭头看向父亲：“爸，您在说什么啊？”

什么托付？！

“我就是让他照顾你啊，有什么问题？”苏永诚挑眉。

“我爸说的话没毛病。”苏呈强忍着笑意，“姐，你是不是想多了？”

苏羡意剜了他一眼：还不是你干的好事儿。

苏永诚好似是简单地委托陆时渊帮忙多照顾，却总有种老父亲托付女儿的感觉。后来，趁着陆时渊离开餐桌接电话的空隙，苏羡意才看向父亲，低声说：“爸，您刚才那么说，也太突然了，可能会给他添麻烦的。”

“让他照顾你，这也是你妈的意思吧。”

“嗯？”苏羡意一脸蒙，怎么扯到她母亲了？

“他和魏家是亲戚关系，你母亲和他们家关系又一向亲厚。你之前告诉我，你住的房子是她找的，她又不在康城，这房子八成是通过魏家帮忙找的。魏家这么安排，肯定也是觉得隔壁有亲戚，能帮忙照顾你，我说的这些话，估计你陆伯母早就叮嘱过他了，不算突然。”

苏永诚一直觉得，魏屿安的舅舅住在自己女儿隔壁，这肯定不是什么巧合。

他看向苏羡意，表情分明在说：我分析得是不是很有道理？是不是死死地拿捏住了你母亲的心理？

苏羡意目瞪口呆：这逻辑……强大得她竟一时无法反驳。

“爸，我觉得……”苏羡意皱眉，“您的理解，好像有些误会。”

“行了，我都这个岁数了，过的桥比你走的路还多。放心吧，我心里有数。”苏永诚笑着，“我明白你妈在想什么，她也是担心你一个小姑娘住外面不安全，用心良苦，我都懂。”

苏呈跟着附和：“爸，我觉得你说得非常有道理！”

苏羡意哭笑不得，她以前还觉得苏呈的性格如此跳脱，可能是由于基因突变。如今看来，还是有遗传因素的。

陆时渊离席接的这通电话，是肖冬忆打来的。

两人既同事，也是好友。

他打电话一般是讨论工作，所以陆时渊基本会接听，不承想某人开口就是：“第一次见家长，心情如何？”

“有点儿紧张。”

肖冬忆乐不可支：“哎哟，你居然会紧张？我真好奇，想看看你紧张是什么样子。”

“你找我就为了说这个？”

“可怜啊，大过节的，独在异乡，吃着外卖……”

肖冬忆话没说完，电话就被陆时渊挂断了。

苏羡意这边已经被父亲强大的逻辑与理解能力所折服，她再怎么解释似乎都是徒劳。

刚好陆时渊接听完电话回来，这个话题便就此结束。

吃完饭，苏呈吃着西瓜，试探着开口：“爸，吃完饭，我能不能再去二哥家里住一段时间？”

“你才回来，在家都没住一晚，又要走？”苏永诚还没开口，柳如岚就眉头紧皱。

做父母的自然希望儿子常伴身侧，只是这个年纪的孩子总有颗想往外飞的心。

“妈，您不是常说我不着调吗？希望我变得成熟稳重。您也夸二哥优秀，我和他住一起，也是希望借着榜样强大的力量，让自己变得更好。”苏呈说着，还一脸天真无邪地反问母亲，“您就不希望您儿子变得更优秀？”

柳如岚只能看向丈夫，苏永诚明显很喜欢陆时渊。

同龄人中，少有如此优秀的孩子，儿子能和这样的人结交，他虽然也很高兴，却还是笑着说道：“时渊工作忙，你住他家，是给他添麻烦。”

苏呈立即向陆时渊求助。

自从上次巷子约架事件后，他们之间就培养了深厚的革命友情。

“他倒没有给我添麻烦，我只怕工作忙，不能把他照顾好，你们怕是要心疼的。”

陆时渊说话素来进退得宜，让人听着舒服。

他没拒绝苏呈入住，苏永诚又希望儿子能与如此优秀的人交往。

双方一拍即合。

陆时渊今晚喝了点儿酒，苏永诚原是想打电话给自己的司机，被他拒绝了。

“那你们怎么回去？意意能开车？”苏永诚看向苏羡意。

“我不行，我学完驾照以后，就没怎么碰过车。”

苏羡意的驾照是大三时在学校考的，虽然拿了证，但整天待在学校，也没机会练车，时间长了，她现在怕是连油门和刹车都分不清了。

“要不把车放在这里，你们打车回去……”柳如岚提议。

“不用，我找了代驾。”

陆时渊说着，拿手机发信息。

几人又在客厅待了会儿，直至陆时渊接到电话，“代驾”已经到了小区门口。苏永诚打电话给保安，让他们放行。

苏羡意出去时，看到“代驾”时，瞬间愣住了。

这不是肖叔叔吗？

陆时渊给肖冬忆发信息，只问了一句：“想不想看我紧张时是什么样子？”然后就给他发了定位。

肖冬忆心底狐疑，不知道他又玩什么把戏。

前面即便是刀山火海，他还是颠颠儿地来了，陆时渊见家长，这种戏，怎么能错过？

却不承想苏永诚见着他第一眼就说：“时渊，这就是你找的代驾？”

肖冬忆傻了，我什么时候成代驾了？

陆时渊认真点头：“是我朋友，他很关心我，一直打电话、发信息，说想见我，我不想辜负他的一片心意，就让他过来了。”

肖冬忆蒙了，我是不是耳聋了？他还能再大言不惭一点儿吗？

苏永诚大笑：“既然你朋友来了，那就快走吧，时候也不早了。”

苏呈这次离家，不仅有父母相送，苏永诚还给他转了一笔零花钱，叮嘱他别给陆时渊添麻烦。这让他越发觉得，抱对大腿相当重要。

上车时，苏呈飞快地钻进副驾驶位，苏羡意只能与陆时渊坐到了后排。

后排位置原本很宽敞，足以坐下三个成年人，但现在那里放着一些资料、文件，还有医院端午节发的礼盒，占据了一方位置，不好挪动。

两人坐下后，身体紧挨着，苏羡意只要稍稍挪一下腿，膝盖就能蹭到陆时渊的。

陆时渊今晚喝了点儿酒，医院消毒水的味道混杂着淡淡的酒味儿，气味都不算好闻，却都很容易刺激人的五感。

苏羡意坐姿端正，余光却暗暗打量着他。

他伸手解开了领口的两粒扣子，松了松领口。车子疾驰，车窗外路灯昏黄，明明灭灭，在他脸上印了一层柔光。

让她看得入了神。

“肖叔叔，你怎么还当起代驾了？”苏呈乐不可支，“你们不是同事吗？基本天天都能见面，刚下班，你就这么迫不及待想见二哥？”

肖冬忆冷哼着没作声。

他这是被坑了！

陆时渊抓住了他想吃瓜看戏的心理，给一点儿甜头，他就上钩了。

苏呈见他一脸傲娇：“肖叔叔，你是不是特别喜欢二哥？”

“什么？”

肖冬忆觉得自己的耳朵又开始出问题了。

“我都懂，优秀的人总是特别招人喜欢！”

肖冬忆深吸一口气：完了，陆时渊这小舅子好像已经被洗脑，成为某人的脑残粉了。

“我们全家都很喜欢二哥，对吧，姐！”苏呈说着，还不忘询问苏羡意的意见。

苏羡意正偷看陆时渊，猝不及防被点名，还愣了下。

苏呈和肖冬忆上车后，就一直在聊天，她原本认真听着，偶尔还会附和两句。但刚才光顾着看某人去了，根本没听清两人聊了什么。

“你刚才说什么？”苏羡意询问。

陆时渊偏头看她，苏羡意余光察觉，也下意识扭头。

灯光从车窗外折射进来，将他漆黑的瞳孔映得特别亮，镜片折射出的光线中全是她的身影。

苏羡意余光发现，他在缓缓靠近。她突然屏住了呼吸，却见他很浅地笑了下。

气息混着酒水的烧灼感从她脸上拂过，烫得她心头一紧，然后便听到他压着声音说：“他说……你很喜欢我。”

苏羡意震惊错愕，视线相撞，他眼底有笑，目光烫人。

我，很喜欢他？！

苏羡意的心跳突然变得很重。

第七章

为她失了分寸

两人对视着，苏羡意觉得自己快得心脏病了。

短短数秒，她在心里把苏呈念了百八十遍，她就知道这小子不靠谱。

只是陆时渊说话声音低，前面的人压根儿没听到。

肖冬忆专心开车，自然注意不到后排两人的动向，他漫不经心、酸不溜秋地说道：“还能说什么啊，他说你们全家都喜欢他！”

全家都喜欢？像是溺水许久的人忽然吸了口氧，苏羡意瞬间回过神。

她一脸茫然地看向陆时渊，就像只无措呆萌的小猫儿。

陆时渊忽而一笑，灼烫的气息夹杂着酒气若有似无地拂到她唇边。

“你们全家人，不算你在内吗？”

“算。”苏羡意抿唇。

“那我刚才说的话有问题吗？”

稍稍拖长的尾音磨得苏羡意耳尖泛红。

这话似乎没什么毛病。

遇到红灯，肖冬忆停下车，扭头看了一眼后座的两人：“小外甥女，上次玩山地车回来我就想问，你也住在帝景苑？还挺巧。”

肖冬忆还是上次一同出门时才知道他们住同一小区。只是那天苏呈出了点儿小状况，他没来得及多问。

苏呈瞥了一眼肖冬忆：“肖叔叔，还有更巧的，你不知道他们是邻居吗？”

邻居？肖冬忆脑子有点儿发蒙。

陆时渊隔壁的房子，那不是……

按照那人的性情和经济实力，不可能对外招租，如果他没记错，那还是装修的新房。

“那房子是你租的？”肖冬忆看向苏羡意。

“不是，算是亲戚的，我搬过去才知道二哥住在隔壁，挺巧。”

亲戚？肖冬忆更蒙了，这可太巧了。

和谢家是亲戚？就某人的脾气秉性，嫡亲的表兄妹都爱搭不理，视若无物，这该是怎样的关系才会把新房外借？

这又是什么世纪大八卦！

“老肖，绿灯了。”陆时渊提醒。

肖冬忆回神，急忙发动车子。

“开车时别分神，稍不留神就可能出意外，发生生命危险。”

陆时渊看着窗外漫不经心地说道，肖冬忆却从中听出了一丝警告的意味。

平安将三人送回家，苏羡意道谢后，又想起之前苏呈胃肠炎住院，也多亏他照顾，便开口提起，明晚想请他吃饭。

肖冬忆笑着同意，可他似乎并没有离开的打算，这让苏羡意有些蒙。

“肖叔叔，要不我帮你叫个车回家？”

“时间还早，不着急。”

此时已接近晚上十点，也不算早了吧。

肖冬忆讪讪笑着：“我就是突然有些口渴……”

“要不上去喝杯茶？”苏羡意提议。

“不用，我后备厢有矿泉水。”陆时渊打开后备厢，拿了两瓶水塞给他，“够吗？”

肖冬忆在心里说：我要吃瓜，我不想喝水！

陆时渊看了一眼苏家姐弟，说：“你们先回家吧，我送他到小区门口打车。”

肖冬忆没法子，被陆时渊强行塞到一辆出租车里，满脸郁闷，却也压不住他那颗想吃瓜的心。

陆家，谢家，这两个姓氏摆在一起，那在燕城都是一出好戏。

肖冬忆再度化身为瓜田里的猹，上蹿下跳，兴奋不已。

谢家？真刺激！

出租车师傅一直透过后视镜观察后排乘客。

看着他在严肃正经与癫狂傻笑中切换，微微蹙眉：这人该不会脑子有问题吧？

苏呈还是和陆时渊同住，道别后，苏羡意刚开门，陆小胆就从窝里跳出来，前爪扒拉着地面，舒展着身子，喵呜叫着蹭到她脚边。

独自在家一天，小家伙显然不太高兴。

“今天在家待了乖不乖？”苏羡意抱起猫，一边给它顺毛，一边翻看手机信息。

端午节祝福短信很多，她此时才得空查看，有些明显是群发信息，她就懒得回复。

班级群里，班长发了领粽子的通知，以及领取学士服的时间和地点，还有班级大合影和毕业典礼的时间安排。

几个小时前，魏屿安给她发了一条道歉短信。

他以前确实挺自信，以为苏羡意对他有意思，可如今看来，肯定是自作多情了。他承诺以后尽量离她远些。

苏羡意只礼貌地回了个“嗯”。

想着今天发生的事儿，尤其是苏永诚对陆时渊的态度，她忍不住低笑出声。

魏屿安这边的情况就不太好了。

长辈突如其来的关心、苏羡意明显的嫌弃本就让他有点儿郁闷，而丁佳琪不知从哪儿听说了他去苏家送礼的事，质问他和苏羡意的关系，更让他不堪其扰。

魏屿安晚上约了几个朋友喝酒，喝得醉醺醺，回家直奔洗手间。

陆瑞琴听到动静，从卧室出来查看，见他这般模样，就知道肯定不是因为应酬，叹了口气没作声。

被女人牵着鼻子走，如今这样，也是自己作的！

翌日一早，苏羡意正在做早餐，苏呈就急吼吼地从隔壁冲过来：“姐，你看到新闻了吗？”

“什么新闻？”

“就这个！”

苏呈把手机递给她，这是康城本地一个微信公众号发的——魏少爷借酒消愁，疑似与女友分手。

“这有什么好看的？”

“不是标题，是这里面的内容，没点名道姓，可是明摆着指他们分手可能是因为你……”

苏羡意翻看了一下新闻内容。

里面提及两人分手是因为某 S 姓小姐，说她家与魏家是故交，还提及了餐厅事件。

虽然没点名，但暗示性明显，圈内人一看就懂。

“这些人就会造谣，之前还说我能免试保送是因为我爸花了钱，真是蠢，以为所有人都没脑子呢。说你耍心机，跟别人抢男朋友，就魏屿安那小蠢货，他还不配做我姐夫……”

苏呈越说越火大，惹得苏羡意笑出声：“你有这精力，不如想想今天请肖叔叔吃什么。”

“肖叔叔？”苏呈这才想起，今晚要请肖冬忆吃饭，“我觉得他可能不想吃饭。”

“嗯？”

“经过我和他接触这段时间的观察，他虽然是医生，但是挺八卦，比起吃饭，可能更爱吃瓜。”

“……”

“要不咱们请他来家里吃西瓜吧，夏天吃西瓜，冰凉解渴还省钱。”

肖冬忆昨夜回家，越想越亢奋，孤独地在瓜田里蹦来跳去。

突如其来这么多瓜，还是独家大瓜，他甚至觉得自己是被幸运之神眷顾的男人，觉得寂寞无人倾诉时，在群里高呼：“今晚月色真美啊！”

其他人都十分无语：中秋都不看月亮的人，端午节赏月？莫不是近期工作压力太大，该吃药了？

紧随着，素来极少在群内发言的陆时渊说了一句：“你还没睡？”

肖冬忆呼吸一紧，心底想，我欣赏月色碍不着你什么事儿吧。

“你不也没睡吗？”

陆时渊：“跟你一样，在看月亮。”

“今晚的月色确实不错……”

“适合刺猹。”

肖冬忆瞬时脊背一凉。

这一夜，他梦到自己化身为猹，在瓜田里被陆时渊追着跑。

翌日医院开早会，他泡了杯黑咖啡，顶着黑眼圈打着哈欠到会议室。

陆时渊早已就座，穿着白大褂，戴着细边眼镜，精致妥帖，甚少能在他脸上看到疲态。

“昨晚你睡得也很迟，怎么一点儿也不困？”肖冬忆紧挨着他坐下，“你是不是有什么熬夜偏方？”

陆时渊一开口，差点儿把他噎死：“偏方没有，这可能就是年轻人熬夜和中年人熬夜的区别吧。”

肖冬忆深吸一口气，喝口咖啡，强迫自己冷静。

手机振动起来，是苏羡意给他发了信息，确认今晚是否有空出来吃饭。

昨晚只是匆忙的口头邀约，她需要和肖冬忆确认具体行程，才方便在餐厅订位置。

肖冬忆拿着手机凑到陆时渊身边，笑得嘚瑟：“你家小外甥女真的要请我吃饭，这也太客气了，怪让人不好意思的。哎，她请过你吗？也不知道今晚吃什么，我竟然有些小紧张和小期待。”

只要某人不在，依着苏羡意那一杯倒的酒量，套话很容易。

陆时渊摘下眼镜擦了擦，掀起眼皮看了他一眼：“确实值得期待，因为今晚我作陪。你应该知道，很少有人能让我作陪的，你是其中之一，是不是觉得挺荣幸？”

顿时，肖冬忆的脸变得比他面前的咖啡还苦。

苏羡意考虑到帝景苑和医院附近的餐厅肖冬忆估计都吃过，根据苏呈的推荐，选了家距离较远的火锅店。

姐弟俩没有车，便约定，医院下班后，由陆时渊开车回来载他们一起去。

苏呈因为魏屿安的事儿义愤填膺，一大早就跑去打游戏了，说是和别人约好组团。

“这么早约人打游戏？和女生？”苏羡意随口调侃道。

“我从不带妹子打游戏，她们只会影响我开枪的速度！”苏呈那表情，像个王者。

让苏羡意意外的是，苏呈约着打游戏的人，居然是包轶航。

“你跟他关系什么时候好到可以一起打游戏了？”苏羡意可记得上次在学校附近的巷子里，苏呈还被他追着跑。

“他跟我道歉，我就原谅他了。男人嘛，要有大心胸。”

苏羡意想着，可能是上次打架事件，学校处理了包轶航，他知错道歉了，并没深究原因。

她的班级群里，大学辅导员正在询问大家的就业情况，催着他们签就业协议。苏羡意便打开电脑，浏览了燕城的一些招聘信息。

而另一边，苏呈已结束一局游戏，正和包铁航隔空吵架。

“苏呈，你也太菜了，你那是什么走位？你是路痴吗？”

“好像你很厉害一样，你不是吹牛说技术好要带我飞？我在键盘上撒把米，鸡的走位都比你好。”

“你再说一遍？”包铁航明显急眼了。

“……”

“咱们可以输游戏，不能输人品。”

苏羡意捏了捏眉心，就冲苏呈这张叭叭的小嘴，就算包铁航此时顺着网线爬过来打他都不奇怪。

下午三点多，苏羡意收到陆时渊的信息，说他临时有点儿事，可能要晚一点儿去接她。

“那我和小呈直接去医院等你们？”

“好，我办公室门没锁。”

市一院离帝景苑很近，他们去医院等，也省得陆时渊来回跑。

两人步行到医院，在门口看到了一些类似记者的人，因为其中有人拿着摄像机，保安将他们挡在正门外，双方正在交涉什么，惹得不少路人侧目。

“出什么事儿了？”苏呈好奇，不免多看了两眼，“是哪里出意外事故了？”

“不清楚，进去吧。”苏羡意不太爱看热闹，拽着苏呈离开。

“姐，你急什么啊！二哥还在忙，我们过去也是等。”

苏呈还想着凑热闹，进了医院后，推说要去上厕所，让苏羡意先去陆时渊的办公室。

“你知道他办公室的位置？”

“知道啊，之前住院时去过。”苏呈说得信誓旦旦。

他本就是个坐不住的性子，让他去办公室等人，他倒不如去门口看个热闹。

此时距离医院下班还有一段时间，医院走廊上医生和患者来来往往。

苏羡意找到陆时渊的办公室，虽然他说了门没锁，但不排除屋里可能有其他医护人员，所以她还是礼貌地敲了敲门。

没动静。

她正准备拧门进去，门忽然被人从里面打开。

是个女人，而且是熟人。

四目相对，两人齐齐愣住。

“怎么是你！”女人脸色愠怒，紧盯着苏羡意，目光好似能杀人。

“敏敏，是谁啊？”

屋里还有人，声音也很熟。

“还能是谁，在医院都能碰到她。”

开门的人正是蔡蕙敏，而屋里的则是丁佳琪。自从上次餐厅事件后，苏羡意就再没见过两人。本以为让魏屿安离她远点儿，双方没有交集点就能避开她们，没想到会在陆时渊的办公室再度碰面，真是孽缘不浅。

苏呈去医院门口凑热闹，还没靠近，就听围观的人说，这群记者是跟着丁佳琪来的，想挖一下她和魏屿安的料。

围观群众感慨赚钱辛苦，有钱人却谈个恋爱都这么高调。

苏呈却忽然想起早上看到的新闻，说他姐是第三者，这要是两人碰见了，还不得出事儿？

医院很大，能否碰见，是个概率问题。但他担心姐姐吃亏，撒腿就往回跑，直奔陆时渊的办公室。

只是他凭着感觉走到某楼层时，发现走廊里各房间的门牌上标注着“重症医学科”“泌尿门诊”等字样。苏呈蒙了，他好像迷路了！

苏呈有股迷之自信，特别相信自己的判断，从不认为自己会迷路。当他再次迷失在医院时，担心迷路被笑话，他没有打电话询问苏羡意，而是折回医院一楼的咨询处。

“姐姐好，我想问一下，陆时渊医生的办公室在哪儿？”

“陆时渊？”咨询处的工作人员看了他一眼，“陆医生不坐诊，如果要看病，要先去挂号，我们会给你安排其他医生。”

“不是，我找他有点儿事儿。”

“你是他什么人？”

“他是我哥，我有他的电话号码，就是担心他在忙，不方便接电话。”

苏呈长得阳光帅气，加之小嘴甜，一口一个“姐姐”，工作人员就笑着告诉他了，又自顾自嘀咕了两句：“今天是怎么回事？都快下班了，还有这么多人找他。”

“很多人找他？”

“半个小时前有两个打扮得挺漂亮的女生找他，也说是亲戚。”工作人员咋舌，“这陆医生不是康城人，没想到在这里亲戚还挺多。”

亲戚？苏呈低咒一声：真是怕什么来什么！

他低头给陆时渊发信息，问他此时在不在办公室，担心他姐遇到什么麻烦，只是没得到回复。

关键时候，还得靠他！

苏呈想着，撒腿就往陆时渊的办公室冲。

此时办公室这边，蔡蕙敏堵在门口，苏羡意迫不得已，只能被动地站在外面。

“苏小姐也是来找小舅的？”丁佳琪走近，笑着看她。

“没想到你们也在，真巧。”苏羡意只是一笑。

“要不进来一起等？他们说小舅去开会了，应该很快就会结束。”那熟稔的口吻，不知情的还以为她与陆时渊关系多好。

“既然他不在，那我待会儿再来。”

苏羡意自然清楚陆时渊不在，只是不想和她们待在一间屋子里，故意这么说罢了。

在她转身要走时，蔡蕙敏阴阳怪气地讽刺道：“我还真是从没见过这么两面三刀、厚颜无耻的人。”

“敏敏！”丁佳琪试图阻止。

“嘴上说不插足别人的感情，背地里没少勾引、下功夫吧？这世上的男人都死绝了吗？还是说，别人的才是最好的？”

“你别说了，这里是医院，影响不好。”丁佳琪连忙扯扯她的衣服。

“怕什么？”蔡蕙敏有些恼怒地看着丁佳琪，“你就是太好欺负，才会让某些人钻了空子。”

蔡蕙敏越说越起劲，这层楼人虽不多，但也已经有人驻足观望。

“人家多有手段，知道该讨好谁。仗着有张漂亮脸蛋，家境不错，还真是嚣张。有了长辈撑腰，难怪这么有恃无恐，自甘下贱。”

……

苏羡意手指攥紧，转身，走到蔡蕙敏近前：“你刚才说谁下贱？”

“谁回应我，我就说谁。”蔡蕙敏瞪她一眼，“怎么，敢做不敢当？恬不知耻地勾引别人的男朋友，小三就该被千夫所指……”

下一秒，苏羡意冲她勾唇一笑，蔡蕙敏再想张口时，“啪”的一声清脆的掌掴声，惊得人心头一跳。

蔡蕙敏穿着细高跟，猝不及防被甩了一巴掌，身子踉跄，撞到后侧的门框。

她捂着脸，难以置信地看向苏羡意："你、你敢打我！我家里人都没打过我！"

"难怪了，"苏羡意轻哂，"这么欠教育。"

"苏羡意！"

蔡蕙敏登时火冒三丈，咬牙切齿地叫着苏羡意的名字，就往她身上扑，却被丁佳琪拦住了："敏敏，你冷静点儿，我们今天过来还有其他事儿……"

"那又怎么样，苏羡意，我今天饶不了你！"

盛怒之下的人，丁佳琪根本拽不住。她可能也没想劝架，手指倏地一松，蔡蕙敏扬手朝着苏羡意挥过去。

"姐！"

苏呈恰好赶来，见此情形，吓得脸都白了。

苏羡意转头看苏呈，她这一扭头，蔡蕙敏挥向她的手瞬间扑空。她一个侧身闪过，蔡蕙敏身子失去平衡，整个人直直地朝着瓷砖地面扑去。

苏呈冲过来，刚想喊一句"姐，别怕，我来保护你"，结果蔡蕙敏"扑通"一声，几乎是跪在了他面前。

不远处几个围观的人深吸了一口气，丁佳琪也傻了眼，画面好似静止，气氛诡异又尴尬。

"你……你这是干吗？"苏呈皱眉。

"可能是觉得自己说错了话，想道歉。"苏羡意直言。

"下跪道歉？态度还挺诚恳。"

……

苏羡意觉得和她们纠缠实在有失体面，况且这里是医院，她冷漠地看了一眼地上的人："他们的事儿，与我无关。而且我有喜欢的人，和他相比，魏屿安……我还真看不上！"

蔡蕙敏简直气疯了。新仇旧怨，一并爆发，她胸口剧烈起伏着，从地上爬起来，朝苏羡意扑过去。

苏羡意皱眉，真没见过这么难缠的人。她刚要动作，手却被人拽住。

那人的手，干燥却灼热，贴在她微凉的手腕上，烫得她心头一紧。她想扭头看来人是谁，可他力道极大，手腕一用力，就把她扯到了身后。

蔡蕙敏的手再度扑空，再想扬手挥去时，苏羡意已被人护在了身后。面前的男人，穿着白大褂，戴着细框眼镜，一身儒雅之气，单是站在那里，就极具压迫感。

他的目光阴沉冷厉，如寒冰般凛冽。

六月天，好似突至寒冬腊月，后背一凉。

“你想做什么？”他声音压得很低，迫人的气场直逼过去。

蔡蕙敏不认识他，光是那个眼神射过来，她就好似浑身被卸了力，腿都软了半分。

“小……小……”丁佳琪刚要开口喊他，却被苏呈打断了。

“二哥，你可算来了，她们欺负我姐！”

丁佳琪和蔡蕙敏傻了眼：“……”简直胡说八道，明明是她欺负我们！

陆时渊点头，声音冷冽：“嗯，我看到了。”

临近下班时间，医院走廊上人不多，附近围观的大多是医院工作人员。他们忽见陆时渊沉了脸，齐齐愣住。

他平时可能不好接近，却是众所周知地有风度、涵养好，至少在康城市一院，即便遇到难缠的病人，他也没动过怒。

蔡蕙敏方才叫嚣得厉害，此时也被他的眼神震慑住了。她觉得面前这人有几分眼熟，好像在哪里见过，却怎么都想不起来。

“你怎么样？”陆时渊扭头看向苏羡意，声音温柔。

“我没事儿。”

“有没有受伤？”

“我……”

苏羡意刚要开口，就被蔡蕙敏气急败坏地打断了。

“她能受什么伤？被打的是我！你看看我的脸，还有我的腿，都摔成什么样了！还说我们欺负她？她这么厉害，谁能动得了她？”苏呈这浑小子，简直胡说八道，还恶人先告状！

蔡蕙敏被打得半张脸猩红微肿，看得出来打的时候用了十足力道。

陆时渊垂眸看着苏羡意：“你打的？”

“她污蔑我和魏屿安有不正当关系，说话太难听，我实在忍不了……”苏羡意在他面前，总想维护形象，垂着头，有点儿心虚。

“下手这么重？”

“何止是下手重！”蔡蕙敏察觉到苏羡意怕他，随即告状，“她一巴掌抽过来，差点儿把我扇飞。”

蔡蕙敏在康城是出了名地跋扈，苏呈了解她，肯定是她挑衅在先。他不禁腹诽：怎么没直接把你扇死！

苏羡意抿了抿唇，被惹怒了，谁还管下手轻重啊？

“干吗低着头？觉得自己做错了？”陆时渊轻笑。

“没有。”

“手疼不疼？”

“还好。”

蔡蕙敏傻了眼，随即叫嚣：“被打的是我的脸！你问她手疼不疼？”

陆时渊只淡淡地睨了她一眼：“她脾气一向很好，若不是被逼急了，又怎么会和你动手？”

苏羡意没想到，他居然没问原因就如此偏向自己，心底一暖。

蔡蕙敏震惊到眼睛睁大。因为他的言外之意就是：你被打，纯属活该！

她气极，冷笑：“我知道了，刚才苏呈喊你‘二哥’，你们是一伙儿的，都不是什么好东西！”

陆时渊掀起眼皮看她。

即便不说话，镜片后那双眼睛也给人一种无形的压迫感。

“我不是好东西？那你在医院大喊大叫，污蔑诽谤他人，就是有教养的行为？说别人的时候，最好先掂量一下自己算个什么东西！”

“我污蔑她？”蔡蕙敏似乎被他的话气笑了，“她和魏屿安的事儿你了解多少？你……”

丁佳琪原本被苏呈的那声“二哥”惊到了，毕竟是魏屿安都要毕恭毕敬喊舅舅的人，苏呈怎么敢和他称兄道弟？此时看他这么维护苏羡意，不知为何，她有种即将天塌地陷的感觉。

她急忙上前阻止：“敏敏，别说了。”

“我不仅要说，我还要报警验伤，我倒想看看，警察来了，他们还敢不敢这么明目张胆地包庇这个厚颜无耻的小三？”

此刻的丁佳琪比在场任何一个人都着急，恨不能捂住蔡蕙敏的嘴。她附在蔡蕙敏耳边，低声提醒：“他就是屿安的小舅！”

蔡蕙敏叫嚣的声音戛然而止。

魏屿安的舅舅，苏呈怎么会叫他“二哥”？苏家姐弟和他是什么关系？她有点儿蒙……

“小舅，敏敏她不是故意的，她就是心直口快。”丁佳琪不敢直视陆时渊的眼睛，却还想解释点儿什么。

陆时渊居高临下地看了她一眼，目光冰冷：“魏屿安有没有告诉过你我们两家的关系？”

“说了一点儿。”

“那你也该清楚，我和他没什么血缘关系，他原本不该、也不配喊我一声‘舅舅’，何况是你？”陆时渊声音低沉，自带一股威慑力。

丁佳琪愣了下，又听他说：“丁小姐，我们之间……没那么熟。”说得更直白些就是，魏屿安在我眼里尚且不算个人物，他不配喊我舅舅，你更不配！

丁佳琪呼吸一滞，像是被人毫不留情地扇了一巴掌，脸上火辣辣的。

“以前允许你喊一声‘小舅’，那是看在魏家的面子上，不代表你就有资格跟我乱攀关系！”

苏呈站在边上，看向陆时渊的眼神满是崇拜：不愧是我偶像！

“二哥，既然不熟，那她们为什么来找你？”苏呈就是个看热闹不嫌事儿大的。

“找我？”陆时渊抬眼，目光落在自己办公室那扇半开的门上。

他平时看人就好似能直抵人心，即便轻飘飘一眼，都极威严。何况此时他眼神阴沉，迫人的威压从四面八方袭来，好似将氧气瞬间抽尽，让人不寒而栗，呼吸困难。

“不请自来，你们还擅自进我办公室了？”

一个“擅自”，足以道尽他的不悦，挑明对方的没教养。

丁佳琪没想到他会突然说起这个，愣了下。

“我们来找你，问了别人，说你去开会了，门又没锁，所以……”她有点儿怵他，声音都打着战。

“门没锁，就能进去？”陆时渊反问，“真有教养！”

“刚才她也想进去！”蔡蕙敏指着苏羡意，“我们没教养，她有吗？”

“她进去是我允许的，我办公室没上锁，是特意为她留的门。”陆时渊掀起眼皮睨了她一眼，“你……凭什么和她比？”

陆时渊看向蔡蕙敏的眼神，满含轻视与不屑。

这话，简直比苏羡意方才打她那巴掌还疼。

丁佳琪忽然有种摇摇欲坠的感觉。尤其是看到陆时渊紧握着苏羡意的手，把她强势地护在身后，那种感觉不像长辈对晚辈，倒像是……护着喜欢的女人！

不会的，这怎么可能？

走廊瞬间陷入死寂，直至肖冬忆的声音传来。

“时渊，你走这么快干吗？会议记录都不要，我帮你拿了。”肖冬忆抱着资料匆匆赶来，见到这么多人在，气氛诡异，满腹狐疑，“这是……出什么事儿了？”

“帮我弄点儿消毒水过来。”陆时渊看向他。

“有人受伤了？”

肖冬忆环顾四周，视线落在蔡蕙敏红肿的脸与微肿的膝盖上，这不是之前餐厅那个人？

“是你要用？”肖冬忆问道。毕竟在场的人，肉眼可见的，只有她身上有伤。

肖冬忆皱眉，这不是上次欺辱小外甥女的人吗，陆时渊什么时候如此好心了？

蔡蕙敏更是神情错愕。刚才还剑拔弩张，现在就要给她伤口消毒？突然觉得受宠若惊。

还以为他是医者父母心，没想到，下一秒就被狠狠打了脸！

陆时渊直言：“我的办公室脏了，需要消毒。”

“什么？”肖冬忆皱眉，以为自己出现了幻听。

“天气热了，如果有脏东西清理不干净，容易滋生细菌。”

“有这么脏？还要特意消毒？”肖冬忆刚赶来，不明前因后果，一脸迷惑。

“嗯，有脏东西进去了。”

进去？那肯定是活物。肖冬忆皱眉：“是苍蝇？难不成是老鼠？不会吧，我们医院从来没有这种脏东西！”

丁佳琪和蔡蕙敏脸色双双煞白：你干脆点名说我们是脏东西不就好了？需要这么拐弯抹角？

苏呈忍不住笑出声：这肖叔叔虽然有点儿怪，但今天倒还怪可爱！

他此时隐隐有些明白，为什么肖叔叔怕陆时渊，就连包轶航那群人也对他言听计从……

这也太损了。

骂人不带脏字儿，还能呛得人哑口无言，简直太爽了！

真解气。

让丁佳琪崩溃的事儿还在后面，陆时渊拿出手机，拨了通电话。

他只说了三句话——

“是我！”

“到我工作的地方。”

“现在就滚过来！”

……

这显然是打给魏屿安的。

虽然丁佳琪和陆时渊接触不多，但从魏屿安的侧面描述、陆瑞琴对他的态度也能看出，此人分量很重，至少魏家人不敢得罪他。

所以当她和魏屿安的感情出现危机后，即便知道他对自己印象不好，丁佳琪也想讨好他，这才特意来医院。

只要陆时渊肯帮自己，别说魏屿安，就是魏家其他人也都能轻松搞定。

可她没想到会碰见苏羡意，而且还动了手。

偷鸡不成蚀把米！如果魏屿安过来，她该怎么办？

肖冬忆虽然刚来，却闻到了一丝大瓜的味道，有瓜不吃不符合他的行事风格。

陆时渊却忽然拍了下他的肩膀："老肖，帮个忙。"

"行啊，什么事儿？"

肖冬忆以为是为了吃瓜做准备，乐呵呵地答应了。

"我和意意要去处理点儿事情，小呈年纪小，我担心待会儿若是再动手，会对他幼小的心灵造成不良影响。"

肖冬忆傻了。就他这小舅子，还心灵幼小？他那张小嘴一说话都能把人气死好吧。

"所以你要我干什么？"

"帮我看着他。"

"嗯？"我想去吃瓜，你又让我看孩子！

"你可以带他一起帮我打扫办公室，劳动有益身心健康。"

肖冬忆想骂脏话：我信你个鬼！

不过待会儿也不知道会发生什么，肖冬忆觉得苏呈一个孩子，搅和进乱七八糟的事情确实也不太好，拽着他就走。

"肖叔叔，你干吗啊？我姐还在这里，我要保护她！"

"你家二哥在，谁能欺负她啊！"肖冬忆叹息，"走吧，跟叔叔去拿消毒水，我带你体验一下劳动的快乐！"

"我不要！"

"劳动结束，叔叔给你买冰棍吃，五块钱以下的随你挑。"

"……"

方才苏羡意毕竟动了手，从监控室看到情况的保安也闻讯赶来。

保安原打算报警处理，但又不想把事情闹大，得知是私事，也希望当事人自己能解决好，便特意找了间空置的小休息室让他们调停。

魏屿安不明原因，思量着陆时渊之前说要关照关照他，还暗自感叹：小舅的关照来得太快。

当他到医院门口，记者根据车牌认出他，追着他的车子跑，他才知道丁佳琪也在这里。

魏屿安心里“咯噔”一下，不好的预感浮上心头。

他按照陆时渊的指示到了房间后，饶是有了一定的心理准备，看到里面的人，还是瞬间蒙了。

这是个什么情况？

丁佳琪、蔡蕙敏在，他尚且有心理准备。怎么苏羡意也在？！

“屿安！”丁佳琪很久没看到他了，难免激动。

“小舅，怎么回事？”魏屿安也看到了蔡蕙敏红肿的半边脸。

陆时渊隐有怒意，看向不远处的两人：“你们自己说还是我来说？”

丁佳琪定了定神，指甲用力，死死掐住掌心：“因为之前惹得小……陆医生不高兴——”

“小舅”这个称呼，她是不敢再喊了。

“我和敏敏今天是特意来给他赔礼道歉的。遇到苏小姐，起了些小争执。”

“小争执？”陆时渊沉声道。

“就是有些误会。”

“是什么误会，让你们几次三番追着一个无辜的女生，骂她厚颜无耻，是插足别人感情的小三？”

这些话还是他从一些同事口中得知的，当时他脸色就变了。

陆时渊步步紧逼，怎会让她把事情轻轻揭过去。

“你又找她麻烦？”魏屿安质问。

他昨天宿醉，喝多了酒，此时脑袋还昏昏沉沉。最难搞的几个人都聚在一起了，他被眼前的情况激得头痛欲裂。

“不是，是误会，你听我解释——”

“我早就告诉过你，我和她没有任何关系，上次在餐厅，端午节送礼，都是我厚着脸皮舰着脸过去的，人家根本不想搭理我，你又找她干吗？”

陆时渊轻哂：“不仅找她麻烦了，还当着我的面儿想动手。”

魏屿安满脸震惊。

“若非我及时赶到，意意怕是要吃亏。”

蔡蕙敏瞠目：简直是睁眼说瞎话，吃亏被打的分明是她！

“她受伤了？”魏屿安着急追问。

“她若是受伤，那我们见面的地方就不是医院，而是派出所。”

“真的对不起，我不知道她又找你麻烦……”魏屿安向苏羡意道歉。

虽然他不知情，但脱不了干系。

苏羡意看着他：“你现在知道了，准备怎么处理？”

“我肯定会给你一个交代。”魏屿安扭头看向丁佳琪，愤怒又无力，满脸疲态，这段感情已经把他消磨得身心俱疲。他摇摇头轻轻挤出一句，“丁佳琪，你真的让我太失望。”

“不是这样的，我是太喜欢你，害怕失去你——”丁佳琪说着，一把抱住了他的胳膊，满眼祈求，希望他听自己解释。

苏羡意皱眉，她还真是爱扮可怜、装无辜！

“爱情可不是你肆意伤害别人的理由。”苏羡意手肘撑在桌上，托腮看她。

“苏小姐，这里面真的有误会。”丁佳琪还在强行为自己辩解。

“第一次尚且能解释为误会，这已经是第二次了，我和这位蔡小姐素不相识，她三番五次对我恶语相向，说真的，我不讨厌她。”

苏羡意这话，让蔡蕙敏一愣。

“她是为你出头，朋友义气，相比她，我更厌恶那种只会躲在背后煽风点火的人。”

“朋友为你出头，我们都动手了，你却只会躲在后面？如今哭哭啼啼掉几滴眼泪就以为可以，全然装无辜？”

“上次在餐厅，碍于是公共场合，我没为难你，想着给彼此留点儿体面，但那不代表我好欺负！”

丁佳琪后背发凉，眼泪在眼眶中打着转儿：“都是外面那些八卦杂志乱写，我只是误信了。”

“原来你看新闻都不带脑子的。”

“我是太爱他，关心则乱！”

苏羡意冲她一笑：“你这样装有意思吗？以前我只觉得你自私，现在看来，你不仅自私，还会利用朋友，装无辜扮可怜，真是又坏又阴毒！”

丁佳琪和苏羡意接触不多，知道她说话厉害，却还从未见过她这般模样，浑身都带着危险的气息。而且一点儿一点儿将她扒得一丝不剩，放在阳光下暴晒。

没想到苏羡意攻击性这么强，丁佳琪咬着牙，一身冷汗。

苏羡意却漫不经心地冲她一笑："丁小姐，辣手摧花这种事儿，我不常干……但偶尔也能干一次。"

毕竟这么大一朵白莲花，时不时在她面前晃，也挺碍眼。

丁佳琪涨红了脸，眼泪一颗颗往下掉，她紧紧抱住魏屿安的胳膊："你别听她胡说，我是真的太喜欢你，一时糊涂，所以……"

魏屿安最近诸事不顺，怒火积蓄在胸口，他愤然甩手。

丁佳琪猝不及防地跌坐在地上，难以置信地看着他。

"我们还是分手吧。"魏屿安撂下话。

丁佳琪慌了神："分、分手……"

陆时渊扭头看向苏羡意："我们今晚吃什么？"

"火锅。已经订好位置了，就是不知道肖叔叔喜不喜欢。"

"他不挑食，不用在意。"

……

那边丁佳琪哭得差点儿背过气去，陆时渊却在和苏羡意讨论晚上吃什么。

两人前后脚离开房间。

苏羡意低头给苏呈发信息，脚步落后一些，跟在陆时渊身后。

"肖叔叔带小呈去买冰棍了，不在办公室，问我们要不要吃什么，只能挑五块以下的，肖叔叔可真抠……"

话没说完，前面的人忽然转身。

毫无预警，苏羡意直直撞在他怀里，鼻腔充满淡淡的消毒水味，有些刺鼻。

她愣怔一下，说了声"对不起"，想往后退。

胳膊被他攥住，稍稍往前一带，苏羡意的身子再度撞进他怀里。

两人轻轻靠着，暧昧丛生。

"二哥？"

"有记者。"

他靠得近，声音低哑。

走廊尽头，几个记者鬼鬼祟祟，窃窃低语。

苏羡意额头抵在他胸口，也不知是谁的心脏，正抑制不住地狂跳。

四人到停车场，准备出发前往苏羡意选好的火锅店，却在门口被堵住了。

原来是记者追着魏屿安他们出来，此时正围堵在车边，希望能采访到第一手资料，导致车库出口处拥堵，五六辆车排在后面，出不去。

所幸保安和附近的交警过来，把记者疏散劝退了。

“他们分手了。”苏呈抱着手机说道。

“你怎么知道的？”肖冬忆和他并坐在后排。

“一个群里发的。”

康城不大，一点儿风吹草动很容易传得尽人皆知。

此时本地的论坛新闻全是关于魏屿安和丁佳琪分手的消息，偶尔还会说到苏羡意，说是因为她的介入，魏家很快就要宣布与苏家的婚讯。

这让苏呈有些恼怒，这网上的傻帽儿可真多！

他立刻披“马甲”上阵，准备与“网络黑子”大战三百回合。只是没想到对方太弱，三个回合都没坚持下来就跑了。苏呈颇感挫败。

“少年，怎么唉声叹气的？”肖冬忆看他。

苏呈长叹一声：“原来无敌是如此寂寞。”

“……”

四人抵达火锅店时，发现这家店生意极好，外面有许多人在排队了，幸亏苏羡意提前订了位子，服务生告诉他们，若是再晚来五六分钟，位子就留不住了。

“哎，呈哥——”几人刚准备进屋，就听到有人高呼。

循声看去，是包轶航，站在人群中，正抬臂冲苏呈挥手。

“姐，我过去看看，你们先进去。”苏呈说完，朝着包轶航走去。

苏羡意皱眉：“呈哥？”

肖冬忆则看了一眼陆时渊：别说呈哥了，估计经过某人一番“爱的教育”，让他喊苏呈大爷都行。

苏呈只和包轶航简短聊了几句，回到餐桌上，苏羡意询问，才知道他们是约好了一起参加几天后的同学聚会和谢师宴。

“姐，高考分数出来后，学校还有个毕业仪式，你有空来吗？”苏呈看着她，满脸期待。

“可能没空。我过几天要回学校，和室友约好拍毕业照、拿毕业证，还要参加毕业典礼、收拾宿舍，一堆事情。”

“也对，你今年也毕业……”苏呈表情只落寞了一秒，随即兴奋地看着她，“那我能去找你玩吗？”

“来我的学校？”

苏呈立刻点头，他早就在康城待腻了：“我想提前去大学感受一下校园生活。”

肖冬忆轻哼：说得好听，还提前感受大学生活，谁不知道你就是纯粹想出去浪啊！年纪不大，花花肠子倒挺多。

“没问题，只要家里同意，我可以帮你订车票。我们学校有条小吃街，我带你吃个遍。”

“姐，那就说好了，我去找你，你带我玩。”

“没问题。”

苏羡意心底想着：依她父亲对待苏呈的态度，他恨不能把苏呈的腿打折，用铁链拴在家，又怎么可能让苏呈独自外出？所以苏呈说什么，她都点头同意。

陆时渊抬头看了一眼苏羡意，眼底滑过一丝异色。

他不动声色，只将手中点单的平板电脑递给苏呈：“你看看想吃什么。”

“谢谢二哥。”

“不客气，想吃什么点什么。”

四人点了份麻辣口味与番茄口味的鸳鸯锅，苏呈要了瓶大瓶的冰可乐，一边喝可乐，一边吹陆时渊的彩虹屁。

肖冬忆听得很欢乐，苏羡意却头皮发麻：你就不能低调些，收敛点儿？

苏羡意实在听不下去，趁着锅底还没上桌，站起身：“我先去拿蘸料。”

“我跟你一起。”陆时渊紧跟着她离开。

肖冬忆原本正低头看手机，余光瞥见坐在他对面的少年，抱着可乐，拿着自己的碗碟，坐到了他身边，将原本属于陆时渊的餐具挪到自己的位子上。

“肖叔叔，我跟你坐一起吧。”

“为什么？”

“我喜欢跟你聊天啊！”

“……”

此时锅底上桌，肖冬忆扫了一眼身侧的人，觉得火锅都不香了。

待苏羡意和陆时渊回来，才发现位子被调换，满脸疑问地看向两人。

“姐，你和二哥坐一起吧，肖叔叔非要拉着我一起坐。”

肖冬忆深吸一口气：要不是陆时渊在场，就算他只是个孩子，他也绝不放过他！

麻辣锅先烧开，咕嘟嘟冒着热气，热油翻滚，香气四溢，点的菜靠近肖冬忆那边，他拿着公筷，将肥牛放进煮沸的热汤里，涮两下就能吃。

苏呈有点儿急，捞了一筷子蘸了酱料就往嘴里送，结果被烫得呼哧呼哧直吸气，大口灌冰可乐。

“少年，没人跟你抢。”肖冬忆咋舌。

苏羡意瞧苏呈吃得快，余光扫了一眼身侧的人，火锅翻滚，蒸气萦绕，热气太大，在他镜片上蒙了层白雾。

他摘下眼镜擦拭了一下，放在一边。

“二哥，你能看清吗？”苏羡意低声询问。

“还好。”

今日毕竟是她请客，陆时渊又是她请来作陪的，总不能让他吃不饱肚子。

于是在苏呈和肖冬忆的注视下，苏羡意开始给陆时渊投喂。

苏呈笑得不能自已：果然是自己崇拜的人。

每个餐桌上一口铜锅，煮沸的汤冒着白雾，苏羡意拿着公筷，时不时给陆时渊投喂，偶尔偏头说两句悄悄话，模样甚是亲昵。

“肖叔叔，你怎么不吃？”苏呈看向身侧的人。

“我去趟洗手间。”也不知今天是请他来吃饭，还是吃狗粮的！

肖冬忆和陆时渊认识多年，哪里见过他如此骚气又做作的模样。

你又不是真的看不见，没有手，还非让人家小姑娘伺候！矫情！做作！不堪入目！

喜欢陆时渊的人素来很多，在燕城甚至有女生特意装病，就为了挂他的号看他一眼，但他一点儿都不嫉妒，毕竟某人顶多就是一个比自己受欢迎的单身狗。可现在不一样了。只有他肖冬忆，无人问津！

肖冬忆去洗手间就是透口气，刚准备从隔间出来，就听到了不和谐的声音。

“你干吗啊？别这样，会被人看到的。”

“没事儿，怕什么，我就抱一下。”

肖冬忆：“……”

火锅店人来人往的，就不能控制一下？

可是作为一个绅士，此时出去彼此都尴尬，店内生意好，肯定很快就有人来用洗手间。

他蹑手蹑脚地放下马桶盖，坐在上面，拿出手机玩游戏。

另一边，肖冬忆离开后，没有了阻挡，苏羡意刚抬头，视线便与不远处某桌的一个人撞了个正着。想着他与苏呈目前关系不错，她便冲他笑了一下。

包铁航仓皇低头，开始狠戳面前的鱼丸。

“你在看什么？”陆时渊偏头询问。

“小呈的同学。”

陆时渊顺着她的目光看过去，包铁航此时又在偷瞄，猝不及防和他来了个对视。

陆时渊冲包铁航一笑，这一笑吓得包铁航差点儿魂儿都没了。

两个“魔鬼”同时冲他微笑时，给包铁航脆弱幼小的心灵再度造成冲击，火锅没吃几口，他就落荒而逃。

肖冬忆在厕所待了半天，等他出来时，服务员已经上了冰粉，他匆匆吃了几口，苏羡意便起身去结了账。

“肖叔叔，你家住哪儿？先让二哥开车送你回去？”苏羡意提议。

“不用，吃火锅出了一身汗，外面凉快，我吹吹风，走回家。”

陆时渊直接道：“那我们先走，你慢慢吹风。”

肖冬忆咬牙：你就不能再客气两句？真绝情。

苏羡意回家第一件事就是洗澡，之前在医院出了汗，吃火锅又热出一头汗。从浴室出来，她刚准备吹头发，就接到了母亲的电话。

“真想不到屿安这孩子谈个恋爱，分手还闹得沸沸扬扬。”

“你都知道了？”

苏羡意将手机免提打开，苏呈还是住在陆时渊那里，家中除了她，就只有陆小胆这只猫，倒也不在意电话会被谁听到。

“都上康城的娱乐新闻了，你陆伯母都快被气死了。”徐婕叹着气。

苏羡意从冰箱里抱出半个西瓜，揭下保鲜膜，拿了个不锈钢的勺子挖着吃。

“伯母为什么不管管他？”

“这事儿我刚还和她聊过，屿安当初被迷了心窍，非她不娶，和家里也吵过，家里越反对，他就越逆反，闹到最后，他都敢和家里断绝关系。”

“那就让他断啊。我不信他没钱没势，那丁佳琪真能跟他过一辈子。”

苏羡意吹着空调，吃着西瓜，好不惬意。

“做父母的哪儿能真的这么狠心。”徐婕笑着，“对了，你准备什么时候回学校？”

“就最近吧。”

“那我抽空去帮你把宿舍的东西收拾一下。”

“不用，我自己能行。”

……

苏羡意拗不过母亲，不过最后也没答应，含混着把这件事糊弄过去了。

她哪里知道徐婕是有私心的？

毕竟徐婕要再婚了，她自然希望未来的丈夫与女儿和睦相处，就想借着苏羡意毕业，让他表现一番，拉近距离。苏羡意不知母亲的想法，靠在沙发上，继续吃西瓜，撸了会儿猫，等头发干得差不多就去睡觉了。

半梦半醒间，口干舌燥，她起身喝了大半杯水。

她以为是今晚的火锅太辣太咸，直至翌日天微亮，浑身没劲儿，脑袋也昏昏沉沉，她伸手摸了摸额头，是滚烫的，才发现自己可能发烧了。

苏羡意起身去拿药箱，家中有感冒药、退烧药，只是翻找半天，却没有温度计。

她拿手机给苏呈打电话。

苏呈昨晚通宵打游戏，刚睡下不久，被电话吵醒，语气不算好。

听到苏羡意说她不舒服，他从床上跳下来就往外冲。

陆时渊起得早，正喝着水，就看到某个少年穿着件白色背心、花色大裤衩，顶着一头鸡窝急吼吼地往外冲。

“你干吗去？”

陆时渊开口，苏呈似乎才注意到他，转身问道：“二哥，你这里有温度计吗？”

“怎么了？”

“我姐生病了。”

陆时渊手指一颤，杯中水稍稍溢出，失了分寸。

第八章

想吻，他家的小猫儿

苏羡意窝在沙发上，意识有些迷糊，陆时渊用额温枪测了下温度，显示高烧三十九摄氏度，苏呈正手忙脚乱地给她倒水拿退烧药。

“姐，你去床上睡吧。”苏呈靠近她，低声道。

苏羡意吃了药，还是头疼，浑身酸胀，懒得动一下，大抵连面前的人是谁都分不出。

“我扶你进去！”

苏呈觉得，让姐姐照顾他这么久，自己也终于可以让她依靠一回了。

他伸手，把苏羡意扶起来，看她浑身无力，就想着，要不抱她进屋，结果试了一下——

我去，抱不动！

她看起来明明那么瘦，怎么这么重！

“我来吧。”

陆时渊起身，一只手从苏羡意的腿弯处穿过，另一只手搂住她的腰，很轻松地把人抱起。

标准的公主抱，轻松不费力。

苏呈傻眼了：难道不是他姐太重，真是他自己太弱？

苏羡意感觉头重脚轻，浑身都轻飘飘的，被人抱起也没太大的反应。只是觉得靠到了一个微凉的东西，脑袋本能地往陆时渊怀里拱了拱，想寻一点儿舒爽。

只是她整张小脸贴在他胸口，本就又热又烫，她又胡乱拱着，从她鼻端喷出的气息，紊乱灼热……好似熔穿了衣服，烫进他的皮肤。

“别乱动。”他声音压得低，垂头看着怀里的人。

作为医生，他太清楚高烧有多难受，哪儿还能存什么其他心思。

“嗯——”苏羡意浑身酸胀，不满地哼哼两声。

客厅离卧室不远，陆时渊来过她家很多次，却是第一次进她睡觉的地方，他没心思打量，将她放到床上便转身去找苏呈。

陆时渊一到客厅就看见苏呈正双手握拳，双臂从两侧举，弯曲到肘部，收腹，用力，脸涨得通红。

“你在干吗？”陆时渊皱眉。

“二哥，你看，我有肱二头肌。”苏呈指着自己胳膊上鼓起的那一丁点儿几乎可以忽略不计的肌肉。

“你姐生病了，你在这里秀肌肉？”

“不是，我只想说，我有肌肉，其实我很有劲儿。”

陆时渊无语，苏呈属于瘦高型身材，胳膊和腿都细，硬挤出来的那点儿肌肉也是可怜得紧。

“我待会儿要去医院，你姐就交给你照顾了。”

“交给我？”

苏呈从没照顾过人，觉得自己难堪大任。

“我上午有台手术，必须参加，我尽量早点儿回来。你隔一段时间给她测一次体温，如果体温一直下不去，就送她来医院；如果她醒了，让她多喝水，给她弄点儿清淡的粥……”

陆时渊的叮嘱，苏呈一一记下。

只是陆时渊终究不放心，到了医院仍旧神色凝重。

“你没事儿吧？”肖冬忆看他神色不对。

“没事儿。”

“手术你行吗？”

一旦到了手术室，任何一个环节都不能出错，肖冬忆看他有心事，自然担心，就连他拿起手术刀时，都觉得寒意入骨。

手术很顺利，原定十一点结束，十点半病人就被推出了手术室。

“中午一起吃饭？”肖冬忆抵了抵陆时渊的胳膊，“我请客。”

“意意生病了，我要先回去。”

肖冬忆看着他脱掉手术衣，耸了耸肩。

陆时渊这人真挺绝的。

苏羡意生病，他不能陪在身边，肯定心急如焚。可是上了手术台，他拿起刀又无比稳当。

但凡对他有所了解的人都知道，陆家姐弟俩若是护短，基本是不论原则、不讲道理的。遇到喜欢的人生病，他应该会扔下一切陪她，就跟电视剧里的霸道总裁那样，不顾一切。

陆时渊偏又不是这样。

“她生什么病？我也去看看她。”肖冬忆说道。

“发烧。”

“她独自在家？”

“小呈也在。”

“那小子靠谱吗？你放心让那小子照顾她？”

陆时渊低头洗手消毒，说：“不放心也没办法，为做这个手术，病人提前一个月住院调养，别说临时换医生，就是手术推迟半个小时，他本人包括家属的情绪都可能崩溃。”

“你负责麻醉，鲜少直接面对病人。有时候比起治病，照顾患者及其家属的情绪更重要。”

肖冬忆抿着嘴没作声。

陆时渊以前性子野得束缚不住，从他嘴里说出这种话，怎么那么让人想哭啊！

肖冬忆去探病，特意在医院附近的水果店买了两个果篮，苏呈开门让两人进屋，说苏羡意的高烧退下去了。

“她醒过一次，我上网查了下，给她弄了点儿淡盐水，她喝了几口又睡着了。”

苏呈熬了一宿，现在还顶着两个大黑眼圈。

肖冬忆看他穿着花色大裤衩，转身时，屁股上还有个海绵宝宝的图案。

简直辣眼睛！

“那我去看看她，你会煮粥吗？”陆时渊看向苏呈。

“会啊！”

苏呈没煮过粥，但他相信自己的能力。

“我帮你。”肖冬忆跟着苏呈进了厨房，他还没那么不识趣。

陆时渊进入卧室时，苏羡意裹着被子，半边脸埋在里面，露出额头。

“意意？”陆时渊靠近，低声喊她，没有动静。

他试图伸手试一下她的额温，只是一路匆匆赶来，手心有些热汗。他便俯身，整个人靠了过去……额头贴额头。

他的皮肤，似乎比她的更烫。

苏羡意刚退了烧，出了汗，空调吹着，额头温度不高，只是陆时渊贴过来，她似乎一下子又热了起来。

她有些烦躁地扯了扯被子，想让自己更畅快些。原本埋在被子下的脸露出来。

长时间埋在被子里，她脸有些红，鼻端也是微红的，呼出的气息热气四溢，近在咫尺的那张小嘴，形状很漂亮……也很诱人。

两人贴着额，他再低头，鼻尖蹭了下，呼吸紊乱纠缠。

她生病了，陆时渊觉得此时乘人之危，太不是人……但是这次，他不想做人了！

他偏头，吻上她的唇。

她唇上温度很高，干燥且柔软，还残留着淡盐水的味道。陆时渊却觉得，很甜！

那一瞬间，卧室里的空气好似被抽尽。

陆时渊屏住呼吸，生怕呼吸扑在她脸上惊醒她。

苏羡意虽然退了烧，呼吸还是紊乱而热切。热气一丝不落地吹在陆时渊唇边，每一寸，都好似在挑逗他的神经。

她身上的气息，每一次呼吸，都好像在招惹他！

他喉结微微滚动，看着她的脸，眼眸深邃，声音低哑得几乎听不见，说话时呼吸几乎压在她唇边："意意，给你三秒，拒绝我。"

苏羡意睡得沉，退了烧，浑身刚觉得爽利些，只觉得脸上有热风在吹，烦躁难忍。

她不安地挪了下身子，手从被子里伸出，想把脸上这讨厌的热源挥开。

下一秒，手腕被人扣住。

陆时渊眸色暗了下来，盯着她的唇："机会……我给过你了。"

他稍稍用力，苏羡意的手被按在头侧，固定住。

他的话音刚落，亲吻随即落下。

触感温热，又极其热烈。

……

一阵"嘀嘀嘀"的响声，将苏羡意彻底惊醒。

她猝然睁开眼，发现陆时渊正坐在她床边，一身正装，仍是一副斯文雅痞的精英模样："二……二哥？"

苏羡意张口，声音有点儿哑，她清了下嗓子："外面怎么回事？"

"我去看看。"陆时渊说完走出卧室。

苏羡意掀开被子，想跟着他一起去查看。她刚退了烧，脑袋还有些昏沉，又出了一身汗，浑身黏糊糊的，撑着身子下床，居然觉得腿脚有些酸软。

当她看到厨房里的景象时，那画面，注定会一辈子印在她的脑海中。

厨房料理台上一片狼藉，地上是没有清理干净的米粒、菜叶和蛋壳，煤气灶上有一锅不知名的东西正在冒烟，肖冬忆正手忙脚乱地收拾。

烟感器正在嘀嘀报警，苏呈则踮脚举着东西一个劲儿地戳它，试图将其关掉。

陆小胆趴在角落，睁着一双猫眼，观察着周围的一切。

只是那嘀嘀的响声，不断回荡。

"小外甥女，你醒啦！"肖冬忆咳嗽两声。

"肖叔叔，你也来了。你们这是在干吗？"

"姐，我们在给你煮粥。"烟感器被关掉，苏呈挠了挠头发，"可是肖叔叔非说要给你露一手，炒个青菜，还要给你蒸个鸡蛋。"

"他装得像模像样，说得头头是道，我以为他是行家，谁知道他这么菜！"

肖冬忆咬牙："要不是你一直在边上瞎指挥，事情能变成这样？"

"我还没成年，心智发育不完全，你为什么要相信一个孩子的话？你都成年了，难道没有一点儿自己的判断力？"

肖冬忆余光瞥了一眼：怎么办？真的快忍不住了！

"没事儿，你来我家就是客人，哪儿有让客人下厨的道理，你先坐下歇歇，厨房回头我自己收拾。"

苏羡意是真想把两个人按在一起揍一顿！

"小呈，给你姐倒杯白开水，厨房我来收拾。"陆时渊说着，解开衬衫袖扣，将袖管卷至手肘处，就进了厨房。

"二哥，你别忙了。"苏羡意哪好意思让他收拾，忙阻止道。

"老肖是我带来的，厨房被他弄成这样，我有责任。"

陆时渊打扫卫生，肖冬忆就跟在他屁股后面。

"时渊，我真不是故意的。"肖冬忆凑到他耳边，低声问，"这房子真是他的？这装修是他的风格，低调有品位。"

"你是来看房子的？"

"不是，我就是好奇，你这小外甥女跟他家究竟是什么关系，你跟他不是……”

“你知道怎么刺瓜地里的猹吗？”陆时渊偏头看他，“就看哪只蹦跶得最欢快。”

“……”

苏羡意此时浑身还有些酸软无力，没法阻止陆时渊，刚挨着沙发坐下，陆小胆就跳到她腿上，占据了第一等舒服的位置。

苏呈做错了事儿乖乖蹲在苏羡意身边，偶尔去厨房溜达一圈。

昨夜通宵游戏，他实在撑不住，哈欠连天。

“你要不要去睡会儿？”苏羡意看他眼皮都撑不开了，问道。

“没事儿，我不困！姐，我能问一个比较隐私的问题吗？”

“什么？”

“你多重？”

苏羡意一记冷眼射过去，苏呈后背一凉。

相处这么长时间，除了暴打包轶航那次，苏呈还是第一次从苏羡意身上感觉到杀气。他悻悻笑着，低头不敢再说话。

很快，陆时渊就把做好的饭菜摆上桌，苏呈连连咋舌，看了一眼肖冬忆。

“肖叔叔，我以前觉得，你比二哥就是颜值差了点儿，现在看来……差距不是一星半点儿。”

“你有脸说我？”

“跟一个未成年的孩子比，就算赢了，你觉得自己很牛？”

苏羡意头疼得紧，这两人不能消停些吗？

吃完饭，苏呈包揽了洗碗的工作，苏羡意吃了药回房沉沉睡去，肖冬忆把带来的水果清洗了一下，放置在果盘内。

“苏呈，回头提醒你姐，葡萄要早点儿吃，不然容易坏。”肖冬忆提醒某少年。

“知道了。”

陆时渊捏了颗葡萄尝了口。

“怎么样？”肖冬忆不会挑水果，买水果全凭水果的颜值和眼缘。

“挺甜。”

“是吗？”肖冬忆也捏了一颗扔进嘴里，酸得他眉头直皱。

这是人吃的东西？这叫甜？

下午上班，陆时渊周围的同事都感觉到了他的不寻常。

他平素虽然温和有风度，却总透着拒人于千里之外的疏离感，像是从不食人间烟火，今天则不同，整个人都好似沐浴在春风里。

有同事好奇调侃，问他是不是买彩票中奖了。

陆时渊笑了笑：“上午手术成功，患者下午醒了，家属来表示感谢，为病人高兴而已。”

所有人：陆医生真是有爱心，时刻把病人放在第一位，爱岗敬业，令人钦佩。

只有肖冬忆听到这话，差点儿吐血：这人绝对干了其他坏事！

苏羡意睡醒已是傍晚时分，意识清明但还是浑身酸胀。

陆小胆窝在床边的地垫上，夕阳透过窗户倾斜而下，给它白软的毛发镀了层柔光。

听到动静，陆小胆“喵呜”一声，从地上爬起来，前爪趴在地上，撅着屁股伸懒腰。

她拿过放在床头的手机，几乎一天未查看，有几个未接电话，还有诸多未读信息。

其中，陆时渊的微信语音消息引起了她的注意。

她点开，贴在耳边。

“意意，醒了吗？”

那声“意意”，声音压得低沉，好似贴在耳边呢喃，苏羡意裹紧被子，觉得身上又开始黏黏糊糊、不爽利了。

她回复信息：“我刚醒，今天谢谢你。”

陆时渊尚未回信息，卧室的门被悄悄推开，苏呈还顶着鸡窝头，探头进来：“姐，你醒啦？”

“嗯。”苏羡意嗓子干哑。

“没事儿了吧？你饿不饿？我去给你做饭！”

苏呈下午翻看了许多做菜视频，查看了诸多攻略，还想着晚上重振雄风，给姐姐露一手，顺便给她病弱的身体好好补补。

他一脸期待地看着苏羡意。

她却只看着他，死亡凝视，那模样，好似他敢进厨房。

“原来那句话是真的。”苏呈叹了口气。

“什么？”

“真心换不来真心，认真也得不到情深。”

他那表情，好似被彻底伤透了心。

苏羡意点头：“既然你对我这么失望，那我送你回家吧，让你感受一下父爱的深沉与伟大。”

“……”

不用做饭，又担心真被姐姐遣送回家，苏呈便借口出去买吃的，飞速逃离苏羡意。

他觉得今天的姐姐格外可怕！

苏羡意看他溜得飞快，闷声一笑，起身去洗了个澡。发烧时出了一身汗，只觉得浑身都黏黏糊糊的，极不舒服。

她洗完澡正擦头时，门铃响起。

苏羡意皱了皱眉，以为是苏呈出门没带钥匙。

她下意识地把门打开后，才后知后觉地想起，这是密码锁，而陆时渊已经出现在她眼前。他手中还拎着超市购物袋，隐约能看到里面的食材。

“刚洗完澡？”

“嗯。”

苏羡意胡乱地擦拭着头发，陆小胆已经闻声跑过来，围着陆时渊打转。

“刚才在开车，没有回你信息，感觉怎么样？”

“已经没事儿了，你今天下班挺早的。”

“今晚有夜班，所以下午提前些回家，顺便看看你。”

苏羡意点头，目光落在他手中的购物袋上：“去超市了？”

“买了点儿食材。”陆时渊垂眸看她，目光不自觉地落在她的唇上。

苏羡意不知道他在看什么，还以为他是在看自己的睡衣，这套上面有猫咪的卡通刺绣，有些幼稚。

被他打量着，有些窘，苏羡意攥着微湿的毛巾，胡乱地擦拭着头发。

她知道自己此时的脸色不好看，方才洗完澡照镜子，唇上半点儿血色都没有。

她不想以这种状态面对陆时渊。

可就在此时，毫无预警地，陆时渊俯低身子，凑近了些。

一片温热的气息陡然扑来，苏羡意呼吸瞬间一滞，不明所以：“二哥？”

“很可爱。”

“嗯？”

苏羡意觉得高烧时那种昏沉燥热的感觉再度袭来，分明刚洗完澡，竟觉得浑身燥热难耐。

“小猫儿——”

陆时渊声音低沉，好似携着热风裹着笑，目光却落在她睡衣上的小猫刺绣上。

他说的竟是这个？

苏羡意闷声点头，目光和他对上，竟不知接下来要说什么。

陆时渊却开口了："晚上要不要一起吃饭？"

声线低沉如旧，落在她的耳朵里，那就是一种诱惑。

"吃饭？"苏羡意愣了下。

"我做饭。"

"中午已经麻烦你收拾厨房又做饭，晚上又……"

"我一个人也是要做饭的，是去你家还是我家？"陆时渊询问。

苏羡意本就无法拒绝陆时渊，再者过几天便要返校处理毕业的事儿，自然想和他多待会儿，便将他迎进屋。

中午，苏羡意脑袋还昏昏沉沉，自然也没精力帮忙，现在这情况，她哪儿好意思让陆时渊一个人忙。

她简单擦了下头发，又涂了点儿唇膏，让嘴巴不至于太干燥没血色。

"二哥，有什么我能帮忙的吗？"

"把菜洗一下。"

领了任务，苏羡意自然是很开心的，完全忘了出门买饭的苏呈。

苏呈拎着餐盒回来时，看着在厨房忙活儿的两人，呆愣当场。

早知道二哥要来做饭，他何苦大热天出去跑一趟？

最关键的是，他出门时比较匆忙，只扒拉了一下头发，换了上衣，出去后才发现自己还穿着大裤衩。在电梯里，他还被一个孩子指着屁股笑："妈妈，这哥哥屁股上有个海绵宝宝。"

"姐，我买了饭……"苏呈皱眉。

"没事儿，你经常熬夜，可以给你当夜宵，不会浪费的。"

苏呈恍惚地想着：原来真心真的得不到情深。

吃了晚饭，苏羡意把家里打扫了一番，厨房是清洁重点，这毕竟不是自己的房子，谢家哥哥好心借她暂住，肯定要尽量原封不动地把屋子还给他。

陆时渊今晚有夜班，苏呈住在他家，无人管着，今天又伤透了心，恰好包轶航约他出去玩，他想都没想就答应了。

"呈哥，好像不太高兴啊！"包轶航约他，是单纯出去撸串。

“今天被人伤透了心。”

“失恋？”

“你脑子里除了谈恋爱，还能不能想点儿别的？我这么优秀，我会失恋？”

“你谈过恋爱吗？”包轶航随口问道。

“我怎么没谈过？我幼儿园就会拉小姑娘的手了。”苏呈就是小男生心态，总担心被人看轻，“我这么受欢迎，怎么可能没谈过恋爱！”

包轶航点头：“不愧是我呈哥，就是牛。”

“呈哥，上学时也没看你和哪个女生走得很近啊？该不会是吹牛的吧！”边上一个男生调侃。

苏呈还没开口，就听包轶航冷哼着：“我呈哥就是牛，他还需要吹吗？”

苏呈：“……”

“呈哥牛，那你谈过多少女朋友啊？”几个小男生看向苏呈，眼神殷殷期待。

苏呈清了下嗓子，吃了串羊肉串：“就……也没几个。”

包轶航却冲他笑得意味深长：“呈哥谦虚了吧！”

“跟我们说说吧，你初恋是什么时候，女生好看吗？”几人都很好奇。

“有什么好聊的！”苏呈低头，说完继续撸串，表面镇定，实则无比慌。他连女孩儿的手都没牵过，去哪儿给他们编一段缠绵悱恻的校园恋情？

“就随便说说嘛！”周围人起哄。

苏呈放下肉串，认真地看向几人，说：“男生聚在一起，除了谈论女生，就不能聊点儿其他的？男人嘛，总是聊些情情爱爱，格局太小。

“比如我，理想是星辰大海。就说我们国家登陆火星，你们知道这意味着什么吗？它的任务是什么？”

几人面面相觑，他们寻常聚在一起，要么一起打篮球，要么聊游戏，突然说起火星探索，他们都是一脸迷茫，看向苏呈的眼神都越发崇拜。

果然是呈哥，格局就是大，就是牛！

成功忽悠了一群人后，烧烤结束，几人又在夜市溜达了一圈，有人提议去酒吧。

苏家对这方面管得严，苏呈又没成年，自然没去过，还是有些好奇的。只是他想到上次身上蹭了点儿烟味都能被陆时渊察觉，又不太敢去。

包轶航这群人基本都成年了，也不是第一次去酒吧玩，熟门熟路地找了家经常去的店。

只是到门口，苏呈还是有点儿怯。

“真不去？”包铁航一脸可惜。

“二哥管得严，我怕回家太晚会死得很惨。”

他都把陆时渊拉出来做挡箭牌了，包铁航等人也没强求，送他上了出租车，几人就进了酒吧。进去后才听说蔡蕙敏今晚也在，包铁航和她相熟，便去打了招呼。

“敏姐，真巧，和朋友啊？”

蔡蕙敏身边的就是丁佳琪。

魏屿安下了决心要分手，任凭丁佳琪怎么闹都无动于衷，她过来也是借酒消愁。

“一起吧。”蔡蕙敏提议道，包铁航没拒绝。

包铁航知道她们和苏家姐弟有隔阂，绝口没提和苏呈之间的事儿。其余几个男生灌了几杯酒，无意间提起他们今晚和苏呈一起撸了串。

“你和苏呈现在关系很好？”蔡蕙敏看着包铁航。

他只尴尬一笑，也不知该怎么解释。

“你怕什么，我又没说不许你们来往。”

“敏姐，其实苏呈人不错。你们和他姐姐之间怕是有什么误会……”

丁佳琪攥紧酒杯：这苏家姐弟还真是好手段，笼络住陆时渊给他们撑腰，现在连包铁航这群小混混儿都帮他们说话！

包铁航看两人并不太想聊苏家姐弟，尤其是丁佳琪，估计是失恋来喝酒的，气氛不对，随意聊了几句，他们一群人就先走了。

他们一走，丁佳琪气得直接摔了手中的杯子：“苏羡意，怎么到哪儿都有她？简直阴魂不散！”

“她找了个好靠山，那陆时渊我们是惹不起的，而且她本身也不好惹。”

“怎么？你这就怕了？她上次打你，你忘了？”

苏羡意之前说的话，蔡蕙敏不是没仔细想过，只是丁佳琪和她认识多年，她哭哭啼啼地诉苦，说那些话是故意用来挑拨两人关系的。

最主要的是，苏羡意那一巴掌确实直接抽在她的脸上。

打人这种事儿，扯头发、动拳头很正常，扇巴掌总带着些侮辱性，她咽不下这口气。

“忘不掉又能怎么样？”

“没法从她下手，那她身边的人呢？”

蔡蕙敏愣了下：“你是说……”

阴暗的角落，摔碎的酒杯，碎片映出丁佳琪的眼神，阴鸷歹毒。

另一边，苏呈坐车到帝景苑门口，买了两罐冰可乐回去。

反正陆时渊今晚不在，他可以放肆些，一边走，一边想着今晚包轶航那群人崇拜的眼神，得意地吹起口哨。

那句话果然说得不错：只要牛吹得好，三轮都能赛超跑。

他按下密码，打开门，就看到沙发上坐着一个黑色的人影。

“……”苏呈吓得魂儿都快飞了。

黑影起身，开灯，是苏羡意。

“姐，你干吗啊？吓死我了。”苏呈惊魂未定，捂着胸口平复心跳。

“你去哪儿了？”

苏羡意白天睡太久，晚上睡不着，看了会儿电视居然有些饿了，想着苏呈那里有今日打包来的饭，想去蹭口吃的，敲门没人应，以为他戴着耳机打游戏。她知道密码，就开门进去了，结果发现，某人根本不在！

“我……我去买可乐。”苏呈指了指手上拎的袋子。

“买可乐，需要一个多小时？”苏羡意走近他。

“出去散了会儿步。”

“你去吃烧烤了吧？”

“……”

二哥是狗鼻子也就算了，怎么他姐嗅觉也这么灵敏？

“你衣服上有油。”

苏呈咳嗽两声：“包轶航约我，你发烧刚好，不能吃烧烤，我告诉你你也吃不到，我怕你心里会不舒服就没说。”

他那神情，倒像个体贴懂事的弟弟。

“我又没怪你。不过你上次急性胃肠炎就是喝可乐导致的，饮料我没收了。”

苏呈一脸绝望：我的快乐没了！

“对了，我过几天要返校，二哥工作忙，没法照顾你，岚姨又挺想你的，你还是先回家住几天吧。”

母亲这几天确实经常打电话问他什么时候回家住，况且他姐一走，他就算想助攻也没用啊！

陆时渊工作忙，还得想着家里有个孩子，确实也会给他添麻烦。

苏呈叹了口气：“好吧，我知道了。”

都说父爱如山，他这父爱……就像山体滑坡，天崩地裂。

苏呈唉声叹气，给陆时渊发信息抱怨。

他本以为就算得不到挽留，也能收获几分同情。

没想到陆时渊的回复却是："听你姐的话，她都是为你好。"

苏呈绝望了。

他怎么觉得二哥如果真和他姐在一起，会有"宠妻灭弟"的倾向？

自从得知姐姐要将自己遣送回家，苏呈睡觉做梦都是父亲冲他勾手，笑着对他说："来呀，回来呀——"吓得他一下子从梦中惊醒。

康城迎来梅雨季，潮湿闷热，让人更觉烦躁。

日子一晃便到了苏羡意即将返校的日子，她提前两天把苏呈送回家，那日恰逢高考分数公布。

"姐，你今晚一定要留在家里吃饭。"

"为什么？"

"晚上可以查询高考分数。"

"你被保送了，还在意分数？"

"我无所谓，可是我爸在乎啊。"

苏羡意拗不过他，便留下等分数出来，官方通知是晚上八点以后开始查询，只是天刚擦黑苏永诚就不知从哪儿听说有人查到了，便催着苏呈查成绩。

顶着老父亲殷殷期待的目光，苏呈觉得压力很大："爸，其实我都被提前录取了，分数对我来说无所谓，您放轻松！"

苏永诚点头："我知道，只是读了十几年的书，总要有个交代。"

分数出来：总分 692 分，省内第二十五名。

苏呈松了口气，觉得这成绩对父亲也算有个交代，瞥了一眼苏永诚。

只见他父亲轻哼着说了一句："居然才二十五名？你第一个从考场跑出来，那么自信，我还以为你能考全省第一。"

苏呈："……"

"我觉得小呈考得挺好了，您对他要求也别太严格。"苏羡意笑着劝道。

苏永诚冷哼着上楼，进了书房。

"姐，你看吧，我爸这人就是太贪心，有我这么优秀的儿子还不知足，板着脸给谁看啊！"

苏呈叹息着，觉得自家这老头子太难搞！

“我去瞧瞧。”苏羡意说着，朝楼上书房走去。

她一上楼，就看到苏永诚正站在走廊上接听电话，放肆大笑。

“……考得还行，这小子就是太飘，不如你儿子稳重啊……也就那样，你可千万别夸他，不然他的尾巴就翘上天了。”

苏永诚说得兴奋，正准备进书房时，余光瞥见了苏羡意。

父女俩面面相觑，苏永诚一张老脸瞬时臊得通红，苏羡意则低咳一声，冲他笑了笑，转身下了楼。

苏永诚再度回到客厅时，仍旧冷着一张脸，却丢了张卡给苏呈。

“爸，你这是……”

“随便花。”

“……”

苏呈以前看电视的时候，看到用钱砸人的情节，觉得那简直就是对人的一种侮辱，没想到被人用钱砸的感觉……这么爽！

吃了晚饭，苏永诚和柳如岚再三挽留苏羡意住一晚，被她以要回家收拾东西为由拒绝了。

她上了出租车后，原本正低头看手机，却听司机低声抱怨了一句：“这梅雨季是真烦人，又下雨了。”

苏羡意偏头看着窗外，飘起了细雨，模糊了车窗，街道两侧的梧桐树在雨中也变得斑驳陆离。

此时的苏家，柳如岚也注意到了外面骤变的天气：“哟，外面下雨了。”

“你姐是不是没拿伞？”

苏永诚看向正躺在沙发上玩手机的苏呈，他跷着腿，简直不成样子。

苏呈坐直身子，看了一眼窗外，若有所思。

到了帝景苑，出租车无法进入，苏羡意在小区门口就下了车。

雨势渐大，她刚下车，连绵的雨便扑面而来。

她转身关上车门，正准备小跑回家，却忽然察觉落在身上的雨停了。她本能地抬头，这才发现自己头顶上方有把伞，再扭头——是陆时渊。

“二哥？你怎么在这儿？”

陆时渊撑着伞，走得近了些，将她整个身子都罩在伞下，两人之间的距离，也在这瞬间被拉近。

“来接你回家。”

靠近说话时，他的声音好似被雨水泡过，带着浓浓湿热。

“谢谢。”苏羡意道谢，两人同在一把伞下，距离近得几乎可以闻到彼此身上的气息，“你怎么会来接我？”

“小呈给我打电话了，他说你是坐出租车回来的，我想这车子进不来，就在大门口等你了。”

“我猜也是他。”

陆时渊的伞不算小，只是要容纳两个人，让彼此都不淋雨，难免会有些拥挤感。

就比如胳膊，不可避免地要彼此挨着擦着。

夏风夹杂着细雨，燥热又有些凉意，苏羡意的手臂皮肤微凉，只是他的手臂散着热意，无意轻擦，好似在她皮肤上点了把火，浑身都燥烘烘的。

伞下的空气，闷热得令人窒息。

陆时渊比较绅士，总是刻意在彼此间保留一些距离，饶是如此，还是难免会有碰触。

这种亲昵却不亲近的距离，说真的，更磨人。

“什么时候回学校？”陆时渊偏头看她，提醒她注意脚下。

“后天吧。”

“有时间，我送你。”

苏羡意知道他近来工作忙，说：“会不会太麻烦？”

“康城这边的工作已经告一段落，就是收个尾，不会太麻烦。”

“你要走？”苏羡意惊讶道，她差点儿忘了陆时渊本就不是这家医院的医生。

“嗯，回家。”

苏羡意脑子里瞬间有点儿乱，那岂不是又要分开，见不到他了？

胡乱想着，两人已经到了单元楼里，苏羡意这才注意到陆时渊的衣服，与她挨着的那一侧还好，他另一边的衣服都被雨水打得半湿了。

他收伞时，还垂眸问她：“没被淋湿吧？”

“我没有，你这衣服都湿了……”

“我没事儿。”陆时渊随手掸了下一侧的衣服。

两人各自回家，苏羡意总担心陆时渊淋了雨会生病，特意煮了点儿姜茶，抱着陆小胆，敲响了隔壁的房门。

无人应答。

她皱了皱眉，手中的姜汤太烫，她怀中还抱着猫，实在端不住，犹豫再三，按下了密码。

推门进去，客厅无人，苏羡意把姜茶搁在茶几上，手指被烫得发红，她摸了摸耳垂。

陆小胆许久没回来，轻车熟路地满屋乱窜。

卧室的门虚掩着，被它扒拉开，它整个猫身刚挤进去，门从里面被打开。

陆时渊出来了。

他刚洗完澡。

陆时渊从卧室走出来，穿着过膝的白色浴袍，用腰带把精瘦的腰身扎住，只露出胸膛前的一小片皮肤，隐约能看到肌肉。

发梢滴水，没戴眼镜，那水滴便肆无忌惮地沿着他的面部轮廓往下滑……直至没入领口。

“是你啊……”陆时渊嘴角轻翘，“我听到开门声，还以为家里进了贼，匆匆忙忙就出来了。”

“我来给你送姜茶，可是敲门没人应。”

“可能浴室水声大，没听见。”

“这很正常。”

苏羡意哪里想过会有这种福利？只觉得他这屋里热得很。

“谢谢。”

陆时渊走到沙发边，示意苏羡意随便坐。

陆小胆伸了个懒腰，围着陆时渊打转，却感觉他忽略自己。

他刚坐下，小家伙就不满地“喵呜”叫了两声。

“你也来了。”

陆时渊倾身弯腰，将陆小胆捞到自己腿上。

俯身的时候，胸前的浴袍微微拱起一点儿弧度，明暗交织的地带，看得不太真切，却也隐约可以看到胸口至腰腹的肌肉线条。

隐隐约约，才足够诱惑。

未戴眼镜的陆时渊，浑身气质与平常截然不同。

尤其是此时，苏羡意觉得整个屋子都充斥着荷尔蒙。

空气好似着了火，每一次呼吸都烧心烧肺。

陆小胆在他身上蹭着，陆时渊笑着给它顺毛：“你要是再蹭，我怕是还得去洗一次澡。”

他说着，看向茶几上的姜茶，询问苏羡意：“你自己煮的？”

苏羡意点头，忽然想起他在医院呛人，又将办公室消毒的事儿。

他应该是极不喜欢别人擅入自己的地方的，所以她打算解释一下。

“不好意思，刚才我抱着猫，手里还端着姜茶，实在太热，就擅自进来了。”

“没事，你又不是外人。”他的语气漫不经心，好似这是再正常不过的一句话。

苏羡意的心脏狠狠跳了下。

她偏头看了一眼陆时渊，他正低头撸着猫。苏羡意闷声应着，视线却不自觉地往他身上瞟。

因为她心底想着，陆时渊近视，应该看不清她的一举一动。

基于这种认知，她又偷摸多看了两眼，有些肆无忌惮。

真好看！这身材也太好了……

“对了，你不知道有个说法叫‘晚上吃姜赛砒霜’吗？”陆时渊偏头看她。

苏羡意偷看上了瘾，忽然听到“砒霜”，怔了两秒。

一屋子的旖旎暧昧，瞬间消散。

她确实听过这个说法，只是之前满脑子想着给他驱寒，哪里想过晚上吃姜不好，不过他是医生，考虑得肯定比自己细致。

“我没想到这个，那你别喝了，我们家还有三九，喝了也能预防感冒。”苏羡意觉得自己太没常识，很丢人，说着就准备端着姜茶走。

只是她的手指刚碰到杯子，就被人阻止了。

陆时渊握住杯子，阻止她的同时，也攥住了她的手。

中间有杯子，两人的手指却轻蹭交织。

苏羡意急忙抽出手。

“其实这种说法并不准确，体热或是阴虚的人，确实不适宜晚上吃姜，不过若是怕冷畏寒的，晚上食用点儿也没问题。”陆时渊解释道。

“原来是这样。”苏羡意讪讪笑着，暗暗搓了搓手指。

“晚上吃些也没什么，没有传闻的那么夸张。”

陆时渊说着，端起杯子尝了口。

“那就好。”

苏羡意指了指门口：“时间不早了，那……我就先回去了。”

她走得匆忙，待回家关上门，稍稍平复呼吸后，伸手拍了拍脸。

冷静点儿！

不就是刚洗完澡吗？你又不是没见过男人打赤膊，害什么臊！

苏呈住这里时，偶尔也会光着膀子出来，又瘦又白，和白斩鸡一样，简直不能比，男人嘛，还是有点儿肌肉线条才好看。

苏羡意进入客厅，看到猫舍，才想起把陆小胆丢在陆时渊那里了。算了，本就是他的猫，在他那儿住一晚也不妨事。

她给陆时渊发信息："陆小胆先住你那里，明早你上班送过来就行。"

苏羡意觉得自己真是个小机灵鬼，又制造了一次碰面的机会。

陆时渊看到信息，笑着回了个"好"字。

苏羡意考虑到自己有些体寒，看着家中还剩的一些姜茶，喝了小半杯，感觉还不错。

想着明天一早就要见到陆时渊，她洗澡敷面膜，准备以最好的状态迎接他。

可陆时渊这边就不同了。

生姜辛辣，有刺激性。

一口入喉，热意好似从嗓子眼一路烧到心肺。

小姑娘的一片好意，他不愿辜负，喝了大半杯，导致的结果就是——他失眠了。

而他所在的某个群里，几个夜猫子刚好聊天提起他，听说他和肖冬忆即将回京，正想着给他们接风洗尘，又说起陆时渊这人挑剔，不好找地方。

"我都可以，地点你们选。"

众人诧异："哟，这都凌晨了，咱们陆医生居然还没睡？"

"睡不着。"

一人开口："躁动了？"

群内瞬间无人开口，二十多岁的男生荷尔蒙分泌太多，偶尔待在一起也会干点儿坏事。

"某人那表情，就跟老僧入定一样，他会躁动？"

"对了，你上次说你家的小猫儿要爬墙，怎么样？抓回来没？"

能玩到一块儿去的，都是明白人，即使陆时渊不点破，几人也清楚他有情况了。

陆时渊偏头看了一眼睡在他被子上的陆小胆。

也不知怎么回事，撵它下床，小家伙就是不肯，他寻常只要提高音量，小东西就会吓得抛开，今天却无动于衷，就想挨着他。

这是他捡来的猫，对他的感情自是不同。

最近将它送到苏羡意那里，小家伙不会说话，大抵还是想跟自己待在一起的，索性今晚就没管它。

众人在等陆时渊回复，原本还想着他是不是感情不顺才失眠，以为能听到什么八卦，结果他却说了一句：“小猫儿？它睡在我边上。”

“什么？”

“睡……睡一起了？！”

成年人嘛，就算心里有千万匹野马奔腾，还得笑嘻嘻地和陆时渊道声“晚安”。

“怎么都睡了？其实我是不愿让它上床的，只是我家的小猫儿太黏人。”

众人骂骂咧咧地退出群聊。

陆时渊勾唇一笑，今晚注定不止他一人失眠。

冥冥梅雨暗江天，汗浃衣裳失夜眠。

这一晚，陆时渊直至后半夜才睡着。翌日一早，他起床冲了个澡，给苏羡意发信息，询问她是否起床，要把猫送过去。

“我正在做饭，你要过来一起吃吗？”

收到肯定回复，苏羡意嘴角不自觉轻翘。

陆时渊正准备放下手机时，有消息进来。

肖冬忆正在昨晚的群里感慨，觉得错过了一出好戏，又特意提到了陆时渊。

“最近都忙疯了，我回家几乎是秒睡，你还有精力熬夜？”

陆时渊：“没办法，昨晚我家的猫太黏人。”

所有人窒息。

一大早的，听听这是什么浑话。

肖冬忆深吸一口气，随即转移话题：“早上要一起吃饭吗？食堂见？”

“不用，有人做好饭在等我。”

又是穿胸一剑。

陆时渊，你别太过分！欺负我们这群“单身狗”算什么本事？群里终于有人受不了，发了个“暴打某人狗头”的表情包。

结果陆时渊却说了一句：“前段时间回京，听爷爷说，我们大院陈伯家的狗都生了三窝小崽子了，你们居然还没有一点儿情况？”

一大早，几人又气疯了。

陆时渊换了衣服，仍旧神采奕奕。

到隔壁吃早餐时，苏羡意说起要返校的事儿：“不出意外的话，我明天一早就走，没法帮你照顾陆小胆了。”

“那我下班来接它。”

苏羡意闷声点头，想到再度分开，也不知何时才能再碰面，心底难免失落，就连早饭也瞬间觉得没了滋味。

“不吃了？”陆时渊推了下鼻梁上的眼镜，挑眉看她。

“饱了？你要不要再添碗粥？”

“不用。”陆时渊放下筷子，扯了一侧的面巾纸擦了下嘴角，“你今晚有安排吗？”

“没有，可能要在家收拾一下东西。”

“晚上我请你吃饭，感谢你这段时间帮我照顾陆小胆。”陆时渊说着看了一眼腕表，“时间不早了，我先去医院。”

说完，他起身就走，完全没给苏羡意拒绝的机会。苏羡意自然也想跟他一块儿吃饭的。

她收拾了碗筷，准备给家里做次彻底的大扫除。

手机振动着，同宿舍的小姐妹正在群里发消息，说今日晴天，帮她将被子床褥晒了下，约好明日去车站接她，然后逛街吃饭。

打扫卫生期间，信息电话不断，有母亲的，也有苏家的，甚至还有陆瑞琴的。大抵陆瑞琴也听说了她要返校，想请她去家里吃顿饭。

“伯母，我行李还没收拾，实在不好意思。”

上次医院的事儿，陆瑞琴也知道了，明白苏羡意是不想和魏家扯上关系。

“我买了点儿东西，知道你母亲要再婚，这里面还有给她的礼物，你如果不方便，我给你送过去。”

其实陆瑞琴待她一直不错，她不能因为讨厌魏屿安就一再拒绝长辈的好意。

两人约在帝景苑附近的一家餐厅碰面，顺便吃午饭。

陆瑞琴明白她不愿见自己儿子，丈夫儿子都没带，独自前往。

用餐期间，陆瑞琴除却问她日后工作的事儿，也聊起了徐婕再婚的事儿，无非是问一下那家人的脾气秉性如何、好不好相处之类，绝口不提魏屿安。

直至两人快分开，陆瑞琴才拉住苏羡意的手，叹息道：“意意，你这次回来，伯母招待不周，让你受了不少委屈……”

“没什么，都过去了。”

苏羡意的体贴懂事，让陆瑞琴越发恼恨儿子眼光差。

“是我们家没福分，我和你伯父昨晚还说，你这么好，也不知谁家有这个福气能娶到你，等你结婚，我们给你准备份厚礼，亲自去道贺。”

苏羡意笑了笑，只推说谈论结婚为时尚早。

自从圈内传闻魏屿安和丁佳琪分手，就有不少人盯上了魏家，想嫁进他家的姑娘不在少数。因此陆瑞琴和苏羡意碰面的事儿，很快就在圈子里传开了。

虽说只是简单吃个饭，但消息传入不同人耳里，自然解读不同。

苏羡意平时不在圈子里混，自然不知道这些，打扫完卫生，特意洗澡洗头，化妆打扮。

约莫到了陆时渊下班的时间，却接到信息：“今天有点儿忙，我要迟些回去，你如果饿了，就别等我。”

陆时渊也没想到今天会这么忙，发送完信息，面色凝重，就连坐在他边上的肖冬忆都能清晰地感觉到从他身上散发出的阵阵寒意。

不过他收到一条信息后，神色稍缓。

态度转变这么快，肖冬忆自然好奇。

陆时渊好像有所感应一样，居然直接把手机递了过去。

肖冬忆有些诧异：一个整日扬言要瓜田刺猹的人，今天居然亲自把瓜送到了他面前。

瓜送到嘴边，吃还是不吃？

答案肯定是吃啊。肖冬忆立刻看了一眼他的手机屏幕，是微信聊天界面，对方头像他认得，是苏羡意。

陆时渊说忙，让她别等自己。

苏羡意回复：“没关系，我还不饿，等你回来。”

这不是吃瓜，这是吃狗粮啊，最让他觉得戳心的还是陆时渊给苏羡意的备注：小猫儿。

你一个大老爷们儿，搞这样的昵称，肉不肉麻，恶不恶心！

直至肖冬忆恋爱后，有人调侃他肉麻，他才冷哼着反驳：“你们知道个屁，这叫情趣！”

苏羡意回复完信息，又接到苏呈的电话，让她出来玩。

“我约了人，去不了。”

“和二哥？”苏呈一猜一个准，“既然是这样，那我就不打扰啦，不过姐，你得帮我一个忙。”

“你说。”

“我约了包子，本来是想叫你一块儿的，你又不去，我今晚可能会迟点儿回家，如果咱爸问起，你要帮我打掩护。”

“包铁航？”

“是啊，你们之前不是也有些误会吗？他本来想给你道个歉的，既然你忙，那就算了。”

“那你也别太晚回家。”

苏呈出门时，天色渐暗，远处积云压城，好似在蕴蓄着一场疾风骤雨。

应该不会下雨吧？

抱着侥幸心理，苏呈揣上父亲给的卡，骑着电动车，戴上头盔，吹着口哨朝着约定的地点进发。

殊不知，前方真有未知的风暴在等着他。

远处黑云沉沉，苏呈骑着电动车，在霓虹笼罩下的城市穿梭，半个小时后，停在了一家烤肉店门口。

包铁航一行四人，早已等候多时，看到他骑着电动车，很是诧异。

“不好意思啊，来迟了。”

苏呈停车，单腿撑地，抬手摘下头盔，随手拨了拨头发。

骑着我的小电驴啊，气场不能输！

“是我们来早了，赶紧走吧。”包铁航冲他神秘一笑。

“呈哥，我还以为你会开着跑车来，没想到你这么亲民……”几人调侃道。

包铁航抬脚虚踹了那人一脚：“你懂个屁，我们呈哥这叫低调，大隐隐于市。”

几人吃完烤肉，包铁航附在苏呈耳边，小声嘀咕了一句。

“我真能进去？”苏呈挑眉。

“没问题的，他们不可能挨个儿查身份证，我最近经常来，和他们很熟了，你跟着我就好。”包铁航拍着胸脯保证。

烤肉店后面就是康城出了名的酒吧 KTV 一条街。苏呈上次就蠢蠢欲动，想去酒吧见见世面，又担心被陆时渊发现。

这次他混在人群中，很容易就进了一家名叫“白夜”的酒吧。

夜色深沉，酒吧内灯光昏暗，暧昧缭绕。

大抵是时间尚早，里面放着低缓的爵士乐，只有零星几个客人在低声聊天，调酒师则在吧台擦拭着玻璃杯，看到包铁航还冲他招手。

“走吧，我们去包厢。”包铁航示意苏呈跟自己走。

苏呈一路都在观察周围，他是第一次来这种地方，好奇又激动，可是脸上还得假装淡定。不能让他们觉得自己没见过世面！

只是没想到进入包厢，里面居然还有人——丁佳琪、蔡蕙敏，还有几个男人。光线再昏暗，也掩不住他们那一身的流氓气。

苏呈皱眉，看了一眼包轶航："我们是不是走错包厢了？"

"不是，敏姐知道我和你最近走得近，说你们之间有点儿误会，让我帮忙牵线和解。"

"我和她们可没误会，我先走了。"

苏呈说完就要走，刚转身，就被人拦住了去路，他看向那人，二十岁出头的模样，身形瘦削，笑起来一脸贼相。

"你干吗？"苏呈立即警觉起来。

"人都来了，进来坐坐吧。"那人揽着苏呈的肩膀，带着他往里走。

"飞哥，你这是干吗？"包轶航伸手拽住苏呈的胳膊。

"包少爷，就是进来喝杯酒，你怕什么。你要是不放心，就带着朋友一起来。"飞哥冲他们一笑。

这人大名叫什么，没人知道，反正大家都喊他"飞哥"。他是这一片出了名的混混儿，游手好闲，一贯嚣张跋扈。

包轶航这群人毕竟年纪小，不经事，面对这种真正的混混儿，还是怕的。

"苏呈，你怕什么，我们又不会吃了你，坐吧。"蔡蕙敏冲他笑了笑。

苏呈很聪明，分析完形势和利弊，知道硬碰肯定不行，还是先坐下再做打算。

"敏姐，你不是说要好好聊天吗，你叫他们来干吗？"包轶航看向屋里的几个混混儿。

他虽不聪明，可也看得出眼前的形势，自己被人利用了，自然恼火。

"就刚好碰见了。"蔡蕙敏笑着。

包轶航冷笑着："那还真巧啊！"

这些社会上的混子，无利不起早，哪儿有那么多巧合？

说话间，苏呈已经被飞哥"请"到沙发边坐下。

"你们想做什么？"苏呈看着他们，倒不是太紧张，都是在康城有头有脸的人，他们总不能绑架、殴打他吧？

"打电话，让你姐过来吧，我们要找的是她。"蔡蕙敏开口。

苏呈轻哂："蔡蕙敏，以前我只觉得你蠢，现在看来……你长脑袋，可能只是为了让自己看起来更高点儿。"

换句话说：长了个头，却没长脑子。

蔡蕙敏瞠目：“你说什么？”

苏呈耸耸肩，瞟了眼一直没开口的丁佳琪，冲着蔡蕙敏又是一笑：“其实你脑袋空不要紧，关键是不要进水啊！”不然怎么一次两次给人当枪使。

“你如今在我手里，你还敢这么说话！”蔡蕙敏气急败坏。

“有本事你就把我打死，或者直接绑架我，威胁我姐过来，你倒是试试看啊！”

蔡蕙敏冷笑，声音都提高了许多：“苏呈，你真以为我不敢动你！”

这姐弟两个是怎么回事？

她本以为苏呈是个孩子，肯定好拿捏，只要攥着他，还怕苏羡意不来？孩子遇到这种情况，就算不被吓得尿裤子，也不该如此淡定吧！不仅淡定，还嚣张，这像话吗？

苏呈背靠着沙发，无所畏惧：“我们家在康城或许没那么厉害，但也不是谁都能拿捏的。怎么？以为叫了几条狗，就能镇住我？”

包轶航等人诧异：我的呈哥啊，在别人的地盘上还敢如此嚣张的，也只有你了。

“狗”这个词惹恼了飞哥，他一摔杯子，指着苏呈：“你再说一遍！”

“这狗啊，叫嚣没用，真咬到我才算本事！”

“老子今天不教训你，我就不在道上混了！”

“你来啊，打了我，别说道上了，我让你以后在康城都混不下去！”

飞哥忍不住，刚想发作，就被蔡蕙敏喝止住了。

苏呈偏头冲包轶航一笑：“哎，看见没，这狗还真听话。”

包轶航简直想哭：你能闭上嘴吗？

他压低声音：“原本说几句话就能走的，你这么一搞，今晚怕是真走不了了。”

苏呈叹了口气：“他们让你把我诓来，就没打算让我轻易离开，你找借口出去报警，就说这里有人打架，等警察来了，他们不敢再扣着我。”

包轶航恍然，觉得苏呈真的聪明，便借口出去上厕所。

蔡蕙敏想扣的是苏呈，自然不管包轶航如何了。

第九章

护短，姐姐是狠人

包铁航到了洗手间，开始耍小聪明了，他想着苏呈没成年，警察来了事情就闹大了，倒不如私下解决。

上回在巷子里，陆时渊给过他电话，并笑着说："如果你们实在闲得慌，可以随时找我聊天谈心。"

包铁航翻出陆时渊的电话，拨了出去。

他本想着陆时渊很厉害，只要他出面，肯定能顺利把苏呈带走，大事化小。毕竟都是成年人，谁都不愿意把事情闹大。

可他哪里能想到，自己招来了最不怕事儿的大佬……与此同时，还在等陆时渊信息的苏羡意，手机振动起来。

她收到了一张照片与一个地址。

照片内，苏呈身处昏暗的环境中，身边站了个流里流气的混混儿，地址是白夜酒吧。她皱着眉给苏呈打电话，无人接听。

他不是和包铁航出去了？

正当她想着如何联系包铁航时，又有短信进来："一个人来。"

苏羡意皱眉，在康城和她结怨的就那么些人，拿苏呈威胁，虽是酒吧，毕竟是公众场合，就算自己去了，他们又能做什么？

只怕事情没这么简单。

酒吧包厢内，包铁航回去时，气氛变得越发紧张。

飞哥恶狠狠地盯着苏呈，好似要把他扒皮拆骨吃了。

"搞定了？"苏呈靠过去，压低声音问。

包铁航点点头："我做事儿你放心。对了，我离开的这段时间，你又干什么了？我怎么觉得气氛不太对？"

"我说他们是蔡蕙敏叫来的狗，他们要我道歉，你也知道，我这个人素来能屈能伸，我就道歉了啊，结果倒好，他们居然还想打我。"

包铁航太了解苏呈了，他能道歉？他问："你道歉都说什么了？"

"他们张口闭口就只会那几句骂人威胁的脏字儿，不像我，我引用了名家名言。"

包铁航脑壳开始疼了。

"我就说：现在人们有时候骂人'畜生'，我觉得这是对畜生的污蔑。这还是季羡林老先生说过的话，所以我愿意为此道歉，可他们还生气，真难伺候。"

包铁航深吸一口气：在别人的地盘如此嚣张，你还能活着，真是奇迹！

"蔡蕙敏，我姐不会来的，你们这样扣着我没用。"苏呈搞不懂他们想干吗，懒洋洋地说道。

"你又怎么知道你姐不会来？"一直没开口的丁佳琪忽然冲他一笑。

苏呈好似忽然想到了什么，猛地起身："你是不是有病？"

"我有病？"丁佳琪轻笑，"可能吧。"

"你……"苏呈再想开口，就被包铁航强行拉住，拽回位子上，他恼火地道，"你拉我干吗？"

"我怕你再开口，真的会被打死。"

"我就想不明白，我姐又不是什么肉骨头，怎么你们这群狗对她就是紧咬不放？"

包铁航崩溃：我都不喊你哥了，我叫你大爷。您老的嘴巴能消停些吗？

此时苏羡意已经抵达酒吧。

天已暗，夜色笙歌，苏羡意推开包厢的门，她看到，她看到，除了苏呈与包铁航那群孩子，蔡蕙敏、丁佳琪也在，还有一群满脸嚣张、游手好闲的社会人士。

室内灯光昏暗，中间的桌上摆满了各色酒水。

"姐，你来干吗？"苏呈立即起身，示意她赶紧走。

可飞哥一行人已经把门关上，占据了她左右两侧的位置，几乎是挟持着她进了屋。

"看不出来，你姐长得挺漂亮。"飞哥说话时，手搭上苏羡意的肩膀，表情轻浮，眼神中充斥着浓浓的欲望。

“你给我放开！”

苏呈急眼了，冲过去就把他推开：“你算个屁，敢对我姐动手动脚？”

“苏少爷，别生气嘛，我就是随便说说。”飞哥嬉皮笑脸。

“小呈，算了。”

苏羡意确定苏呈安然无恙，松了口气，暗暗观察周围的情况，直觉告诉她，蔡蕙敏和丁佳琪搞这么一出，事情绝不会这般简单。

飞哥一笑，抬手拍了拍苏呈的肩膀，又假模假样地帮他理了下衣服：“就是嘛，年纪轻轻的，火气别这么大。”

“别碰我，滚开！”苏呈拂开他的手，站到苏羡意身边：“姐，我们走。”

“走得了吗？”

门口早已被人守住。

苏羡意看向蔡蕙敏和丁佳琪：“你们费尽周折找我过来，究竟想干吗？”

“自然是赔礼道歉。”蔡蕙敏笑着，“你该不会忘了自己之前是怎么羞辱我的吧？”

“那不都是你自己送上门的？”

蔡蕙敏不怒反笑：“你真以为自己今天能平安出去？”

“你还敢把我们打死不成？”苏呈反问。

蔡蕙敏笑得放肆，语气嚣张道：“那自然是不可能的，但是你姐欠我的那个巴掌，我总要讨回来。再说了，都是在康城有头有脸的人，平时低头不见抬头见。你爸还能为了一个被前妻带走、都不怎么联系的女儿和我们家彻底翻脸？只要不是太过分，你们苏家又能把我怎么样？”

苏呈冷笑：“装得再厉害，也就是一垃圾！”

苏羡意倒是很镇定：“只要我道歉就行？就能让我们走？”

“姐，你怎么……”苏呈哪儿愿意看到苏羡意给这些垃圾低头，赶紧阻止。

“行了，你别说话。”

苏羡意笑着替他理了下衣服，弯腰从桌上随意端起一个盛满酒的高脚杯，走到蔡蕙敏面前。

蔡蕙敏没想到今天苏羡意如此好说话，果然没有白雇这几个小混混儿，还是可以震慑住她的。

“蔡小姐，之前的事儿……”

苏羡意话没说完，就被打断。

“道歉需要有道歉的样子，苏小姐难道不跪下？”蔡蕙敏趾高气扬地想把在苏羡意身上丢的场子都找回来。

“你疯了吧，你有病就去看兽医，你找我姐干吗？”苏呈气急，怒骂。

蔡蕙敏已经忍了苏呈很久，她从没见过嘴巴这么能叨叨、这么欠揍的人！

她气得一下从沙发上跳起来，指着苏呈：“这是我跟你姐的事儿，你能闭嘴……”

蔡蕙敏话都没说完，众目睽睽之下，所有人都看到苏羡意手臂一抬，手中的一杯酒尽数朝着她泼去——

她动作太快，其他人反应过来时，蔡蕙敏满头满脸已挂满澄黄的酒渍。

“敏敏！”丁佳琪大惊失色，急忙扯了纸巾帮她擦拭。

“你们是死人吗？还不给我上，我叫你们是来看戏的吗？”蔡蕙敏此时也顾不上什么苏家，就想好好出口恶气。

离苏羡意最近的一个男人刚要从沙发上跳起来，被她一脚又踹回了沙发上。

飞哥朝她冲去，一把按住她的肩膀。

“姐，我来救你——”

苏呈刚想扑过去，苏羡意已抬起手中的酒杯朝飞哥的脑袋砸去。

力道太大，随着“哐”的一声，酒杯应声碎裂。

飞哥被砸得脑袋发昏，等他缓过劲儿来，喉咙已被尖锐物抵住。

苏羡意将高脚杯抵在他脖子上，破裂的杯肚边缘裂口锋利，稍微一用力，就能刺入他的皮肉。

苏羡意挑眉：“你再动一下试试？”

包铁航等人傻了眼：这姐姐，果真是个狠人！

蔡蕙敏叫来的那群混混儿都蒙了。他们老大，就这么被人压制了？

其中有一人想从后面偷袭苏羡意，被苏呈狠踹了一脚。

苏羡意担心弟弟吃亏，扔了手中的高脚杯去护着他，包铁航等人也加入进来，众人瞬时陷入一场混战中。

就连丁佳琪都被卷进来，不知被谁打了一拳、踹了一脚，疼得五官扭曲。

闻声而来的酒吧工作人员推门而入，见此情形，大惊失色：“你们都冷静点儿。我去，怎么把东西都砸坏了！”

“砸坏了我赔，小爷有的是钱！”苏呈从口袋里掏出一张卡甩到桌上，看向包铁航等人。

有了苏呈这句话，包厢内形势变得更加混乱。

双方人马混战在一起，满地的酒水、碎玻璃，酒吧工作人员也不敢轻易靠近，急忙去找经理和保安。

而另一边，陆时渊刚开完会，会议内容主要是对近段时间工作的总结。

“小陆啊，真不想留在我们医院？”陈主任拍着陆时渊的肩膀，“只要你愿意，其他事情我们都可以帮忙解决，房子、户口你都不用担心，如果你愿意，连对象我们都能包办。”

肖冬忆听了这话，连连咋舌。

怎么就没人挽留他一下，替他解决一下终身大事？

“谢谢您的厚爱，我的家人都在燕城。”

“知道留不住你。”陈主任唉声叹气，“时间也不早了，一起吃个饭？我请客。”

“不好意思，我已经约了人。”

陆时渊这才从口袋里拿出手机，入目就是来自包铁航的四个未接电话以及包铁航和苏羡意发来的短信。

苏羡意：“二哥，临时有点儿事儿，晚些时候联系你。”

包铁航：“呈哥有危险，白夜酒吧，速来！”

两则短信放在一起看，他自然嗅出了一丝不寻常的味道。

“唉，人比人气死人啊。陈主任简直把你当亲儿子看，不像我这个可怜人，无人问津，要不你吃饭把我带上？”

肖冬忆调侃完，不见陆时渊回应，扭头打量，差点儿吓死。这表情他有多久没看到了！

“出什么事儿了？”

陆时渊没作声，给苏羡意拨去电话。

酒吧那边激战正酣，苏羡意根本没察觉自己手机在振动。

陆时渊脸色越发沉重可怖，大步朝办公室走去，他脱下白大褂，抄起车钥匙就往外走。

肖冬忆虽然不知发生了什么，但陆时渊这样子实在吓人。

这家伙以前在燕城也是个嚣张跋扈的主儿。就他此时的模样，肖冬忆哪儿敢让他独自离开？着急忙慌地跟上去。只是陆时渊步子大，他要跑步才能跟上，累得气喘吁吁。

肖冬忆心底暗恼：你是在显摆自己腿长？

此时的酒吧内。

经理带着保安冲进包厢，也没能把混战的双方分开，直至警察来了，大声怒喝，众人才罢手。

苏呈和包轶航等人身上均有不同程度挂彩，飞哥那伙人也没讨到便宜。

苏羡意倒是没受伤，抬手掸了下衣服上的酒渍。见没擦掉，她从口袋里拿出一包抽纸，扯了一张，擦了擦衣服，又慢条斯理地擦拭着手指。

那模样漂亮精致，遗世独立，哪儿像带头打架的人！

只是可怜了蔡蕙敏和丁佳琪两人，混在里面，不知被误伤了多少次。尤其是丁佳琪，她不复往日的模样，头发凌乱似鬼，手臂被划破，还在冒着血。

苏呈抵了抵包轶航："你叫的警察，可算来了！"

包轶航一脸蒙：我没叫啊！就算是酒吧的人报的警，警方也不该来得这么快啊！

"都给我靠墙站好了。"

来了四五个警察，他们看着这场面，也是头疼。

"警察同志，跟我们无关，是他们先动手的。"飞哥那伙人是出了名的混子，与警察碰面是家常便饭，这会儿还一副无所畏惧的模样，指着苏羡意告状。

"又是你们！"警察认识这伙人，"你们不惹事儿就行，还说人家小姑娘欺负你？"

"我告诉你们，有人举报这里有人身上藏有违禁品，男女分开，贴墙站好，我们要搜查这里。"

"同志，我们就是打架，什么违禁品，你可别冤枉我！"那群混子靠着墙，抖着腿，面对警察也是一副吊儿郎当的模样。

"别贫嘴，等我们查完包厢，搜完身，再处理你们打架的事儿。"警察都不想多看他们一眼。

这屋里就三个女生，苏羡意靠墙站着，丁佳琪紧挨着她。

警方已经开始对对面的男生搜身，并且让同事叫个女警过来帮忙。

"……警察叔叔，我身上真没东西。"几个混混儿还笑嘻嘻的。

警方即将搜到苏呈身上时，丁佳琪忽然冲着苏羡意笑了下："苏小姐，听说你弟弟保送燕城大学了？"

"怎么了？"

"你说，如果搜出他身上藏了不干净的东西，那会怎么样？"

“我弟弟很乖。”

“是吗？”

警方开始搜苏呈，他有些怕痒，还扭了几下腰。

结果只搜出手机和挂着电动车钥匙的海绵宝宝钥匙扣。

丁佳琪难以置信地睁大眼睛。

苏羡意偏头冲她一笑：“你看吧，我就说我弟弟很乖，丁小姐与其关心我弟弟，倒不如多关心关心自己。”

闻言，丁佳琪瞬间表情扭曲。

不可能的，他身上怎么可能什么都没有？和计划的完全不同啊！

她脑子乱哄哄的。女警很快来了，就三个女生，挨个儿搜身也不费什么时间。

轮到丁佳琪时，她还没从震惊中缓过神。

女警却似乎从她口袋内摸出了什么，意味深长地看了她一眼，扭头看向领队的警察：“队长，有收获。”

一小包粉末，塑料袋密封。

苏呈等人毕竟是孩子，没见过这档子事儿，面面相觑。好似电视剧里的情节忽然照进现实，有点儿恍惚。

其中一个警察接过东西打开，隔着一段距离嗅了下，深深看了一眼丁佳琪，冲着领队的人点了下头。

蔡蕙敏也傻了眼，张大嘴巴，错愕得说不出话。

这下子连那群混混儿都蒙了。打架和这种事儿的性质可没法比，他们纷纷看向自家大哥。

飞哥冷汗涔涔，看了一眼苏呈，又难以置信地看向丁佳琪。

疯了，真是活见鬼了！这东西他分明塞到……

丁佳琪吓得脸都白了，脑袋嗡嗡地响，浑身俱是冷汗，魂不附体。

而此时站在门外的酒吧经理忽然说：“魏……魏少，你怎么来了？”

魏屿安忽然出现，丁佳琪才如梦初醒，连声辩解说东西不是她的。

“可东西是从你身上搜出来的。”警察皱眉。

丁佳琪忽然想到什么，扭头看向苏羡意：“你害我，是你陷害我！”

面目狰狞，声嘶力竭。

苏羡意冲她一笑，神色从容地说：“丁小姐，红口白牙的就往我身上泼脏水？我陷害你证据呢？”

话音刚落，包厢内的灯骤亮。

原本昏暗摇曳的光线被白炽灯光取代，照在苏羡意的脸上。她轻扯嘴角，不屑地一笑，张扬又放肆，神色慵懒镇定，带着掌控一切的自信与从容。

丁佳琪迎上她的目光，想起刚才的对话，内心震动，好似突然明白了什么。

“是……是你……”丁佳琪愤怒地盯着苏羡意，随后扭头看向警察，颤着手指向苏羡意：“警察同志，是她害我，就是她。”

几个警察没作声，丁佳琪忽然看向站在门外的魏屿安。眼角挂泪，一副弱不禁风的可怜样儿。

“屿安，是她栽赃我，真的……这东西不是我的。”

魏屿安刚来，不了解状况，没作声。

苏呈倚在墙上，冷哼道：“丁佳琪，别装了！你累不累？之前你和魏屿安感情出问题，就说是我姐破坏的，我告诉你，会喜欢你这种愚蠢女人的男人，我姐根本看不上。”

魏屿安是接到丁佳琪的信息就来了，说想和他做个了断。他连现场情况都没搞清楚，就被苏呈骂了。莫名躺枪，脸色铁青。

苏呈却毫不理会，继续说：“怎么着，现在自己犯了法，东西是从你身上搜出来的，你还想污蔑我姐？你这么会甩锅，怎么不去当厨子？”

他那小表情，嚣张又嘚瑟。

丁佳琪早已失了分寸，看苏呈如此维护苏羡意，急得冲着他大喊大叫：“就是她陷害我！就是她！”

“我本来不想骂你的，但是不骂你，又觉得对不起自己。”苏呈咬牙，“你就是一傻帽儿。”

苏呈这张嘴，鲜少有人能呛得过他。加之丁佳琪被突如其来的情况搞疯了，脑子更是一团乱。她急红了脸，浑身发抖，张着嘴，却只能恶狠狠地瞪着他。

“你这么看我干吗？老子又不是被吓大的。”

包铁航那群人就差给他跪下了：警察叔叔都来了，我们连屁都不敢放！您这张嘴，就不能消停一会儿吗？

苏羡意却低头闷笑出声，苏呈这张小嘴，真是让人又爱又恨。

就是这声笑，彻底击溃了丁佳琪，好像全世界都在嘲笑她的愚蠢，她浑身血液翻涌，忽然朝苏羡意扑过去——

“都是你，是你害我！”

“你真可笑，我为什么要害你？”苏羡意淡淡开口。

“你本来就嫉妒我能和屿安在一起，我只是没想到，你投简历居然投到了我们家的公司，我就故意把你刷下去了，找人冒充人事，估计吊着你，你肯定是知道了，所以你才害我。”

声嘶力竭，五官狰狞。

“你说，我至今没收到工作通知，是因为你？”苏羡意没想到会这么巧。

“是啊，你活该！”

她恨不能抓花苏羡意的脸，让她再也笑不出来，只是她身侧的女警眼疾手快，一把扯住了她的胳膊。旁边另一个民警也过来帮忙，把她强行摁住。

丁佳琪还在叫嚣谩骂：“苏羡意，你这贱人，你陷害我！”

“你真觉得自己是被陷害的，可以和警察说，毕竟这东西不可能无缘无故出现，肯定是某个人把它带进来的，你如果真无辜，警方自会还你一个公道。”

苏羡意哂笑一声，目光状似无意地从飞哥身上扫过。

目光相撞，她语气依旧从容：“我相信以警方的办案能力，但凡经手过的……肯定一个都跑不掉！”

飞哥浑身僵硬，冷汗淋漓。

蔡蕙敏全程迷茫，她不明白，明明只是想威胁苏羡意跪下道歉，为什么事情会变成这样？居然还惊动了警察。

此时领队的民警看向搜身完毕的几个下属：“还有其他东西吗？”

“没有了。”诸位民警摇头。

“那把房间再搜查一遍，不要遗漏任何一个角落。”

因为现场过于混乱，所以刚才警察们只是粗粗地查看了一番。如今查出了东西，性质就不同了。

很快，警察们又有了收获。

“队长，这里有个摄像头！藏得太隐蔽，第一次搜查时都没找到。”

在场众人，神色各异，有震惊的，有暗喜的，有恐慌的。

警察们倒是挺高兴，如果拍下了事情经过，这能为他们破案提供很大的帮助。

大部分人下意识地看向包厢门外的酒吧经理。

“不……不是我们的，我们酒吧除了走廊、门口那些公共区域，包厢里绝没有这种东西！这涉及客人的隐私，我们不敢的。”

“那这是谁的？”民警拿着摄像头，打量一番，“新的，而且还在工作，从这个角度看，应该能拍到整个房间。”

“既然这样，那肯定能证明丁小姐的清白。”苏羡意笑道。

此时丁佳琪表情惊惧，脸色发白，双腿软得几乎站不住，若非两侧有钳制她的警察撑着，怕是要瘫软在地。

全程被录像了？飞哥更是慌得六神无主。

搜查完毕，领队的警察打量着一屋子的人：“所有人排队站好，跟我们回去接受调查。”

“同志，这玩意儿跟我们没关系，我们就是打了个架。”几个小混混儿满脸不爽地抱怨。

“放心，只要与你们无关，调查完就让你们走。”

来的警察不多，要搜集现场证据，还得盯着一屋子的人，难免分身乏术。

就在此时，原本贴墙站着的飞哥，忽然拔腿往外跑。

“我去，这孙子！”警察低骂一声，“赶紧追！”

飞哥撞开挡在门口的人，在人群里横冲直撞，所有人都退避三舍，生怕惹祸上身，竟无人敢阻拦他。

他一边跑，一边不时观察与警察之间的距离。

他扭头查看完情况，转头却发现，迎面有人。

不似旁人，那人不避不让，就这么站着。眼看即将撞上——

“不想死的，就给我让开！”

他大声叫嚣威胁，那人却没动。

走廊不宽，能容两人并肩而行，可眼前的男人站在中间，挡住了去路，飞哥气急败坏，准备强行撞开他通过。

只是距离几步之遥时，那人猛地抬起一脚——

飞哥被踹翻在地。

猝不及防被踹，飞哥后背撞在地上，阵痛袭来，疼得睚眦俱裂。

可警察追得紧，他甚至顾不上疼痛，爬起来就准备撞开眼前的人继续跑。

不承想，擦肩而过时，胳膊忽然被人扯住。

“……”

飞哥气得咬牙，刚要咒骂这个不长眼的浑蛋，胳膊被反手一拧。

那人力气太大，他的脸被狠狠摁在墙上，鼻梁都好似要被撞断。

“我警告你，别多管闲事！否则老子饶不了你！”飞哥咬牙警告。

那人却轻轻一笑：“还没人敢这么威胁我。”

说话间，那人手一松，飞哥胳膊被拧得生疼，刚松了口气，准备逃跑，没想到那人又狠踹了他一脚。

这一脚，将他直接踹到警察面前。

“你跑得还真快，现在外面到处都是天眼，你以为跑出酒吧就能逃得掉？”

追出来的两个警察急喘了几口气，把飞哥摁住，拿出手铐，把他双手铐住，然后用对讲设备通知包厢内的同事，告知人已被抓获。

警察这才得空看向眼前的人：“谢谢你的见义勇为。”

“不客气。”

男人语气平淡，几乎没什么情绪。

飞哥挣扎无果，眼神凶恶地瞪着这个半路杀出来的程咬金。

白衬衫，黑西裤，细边眼镜。斯文冷肃，与周围昏暗的环境形成鲜明对比。

眼神猛地撞上，他居高临下，目光压下来，气场迫人，眼神好似能杀人。

本来还想威胁叫嚣的飞哥率先败下阵来，嘴里嘟囔着“倒霉”。

“时渊，你走这么快，这酒吧七拐八绕，我差点儿迷路……”此时肖冬忆追上来，看到有警察在，愣怔一下，“怎么回事？”

“没事儿。”陆时渊说着，抬手掸了下衣服。

那表情，平静得就好像只是顺手帮忙处理了一个垃圾。

此时走廊围了不少看热闹的人，担心再有小混混儿逃跑，人手不够用，民警押着飞哥又折回包厢，叫了同事支援。

警方让经理帮忙清场，因为已经有人拿出手机拍照录像，真相未知，可能会引发不必要的猜测。

“先生，我们酒吧今晚不营业，实在抱歉。”工作人员试图劝说陆时渊离开。

“我们家小孩儿在里面。”陆时渊指了指包厢。

工作人员看他方才见义勇为，再观察举止气度，也不像那种来打听八卦的人，就让他进去了。

魏屿安瞧见陆时渊，愣了数秒，才低低地喊了声“小舅”。

“你也在？”

“我……”魏屿安此时还有点儿蒙，目前状况太乱，他尚未厘清头绪。

这声小舅，惹得不少人侧目。

苏羡意看到陆时渊，有些惊讶，伸手扒了扒头发，无论何时，她都是很在意形象的，特别是在陆时渊面前。

看她安然无恙，陆时渊松了口气。

“二哥，二哥！”苏呈低声唤陆时渊，还不停地冲他挥手。

他一身狼藉，脸上还青了一块，只是那欢快的模样，倒不像受了伤。

飞哥被带回包厢后，气氛再度变得不寻常。

“你跑什么！”领队的警察瞥了飞哥一眼，再看看被吓得脸色苍白的丁佳琪，“那包东西该不会是你的吧？毕竟……你小子是有前科的。”

“不是，不是我的！”飞哥急忙解释。

一直没说话的蔡蕙敏突然开口：“肯定是你的，佳琪不会有这样的东西。”

苏羡意挑眉，没想到蔡蕙敏这种时候还在维护丁佳琪这个朋友。

“你放屁！”飞哥咬牙。

“如果不是你的，那你跑什么？”蔡蕙敏质问。

飞哥有苦难言。

苏羡意抿了抿嘴，看向蔡蕙敏：“我觉得你说得有道理。”

“嗯？”她的开口肯定让蔡蕙敏觉得十分诧异。

“东西肯定是他的。可能是他看到警察来了，担心被搜查到，所以塞到了丁小姐身上，只是没想到房间有监控摄像头，他知道自己难逃罪责，所以企图逃跑。”

苏羡意这番分析，逻辑通顺，蔡蕙敏连连点头表示赞同。

就连警察都觉得有几分道理。

飞哥看了一眼被警察按在角落一言不发的丁佳琪，再观察此时的形势，愤怒道：“什么意思，都冤枉我？”

苏羡意继续拱火：“虽然丁小姐刚刚说是我陷害她，但我反而更愿意相信她是惊慌失措下的口不择言，毕竟比起其他人，你嫌疑更大。”

“就是，佳琪怎么会有那种东西？肯定是他带来的。”蔡蕙敏跟着附和。

丁佳琪快疯了，心底呐喊着：你们赶紧闭嘴吧！

飞哥冷冷一笑：“我算是看出来了，你们就是想冤死我！行啊，既然都说东西是我的，那我认了……那包东西的确是我的！”

此话一出，众人神色各异，蔡蕙敏一脸惊喜，以为好友能脱罪了，没想到下一秒就被现实狠狠抽了一巴掌。

“我只是提供东西，负责执行，主谋却不是我，而是这位丁小姐。”

众人都很意外，最诧异的莫过于魏屿安。

“你胡说！”

丁佳琪猛然爆发，想冲过去封住飞哥的嘴，却被警方死死摁住。

“今晚这件事儿原本是蔡蕙敏出面，是她请我们来的。说是要我们帮忙教训一下这位苏小姐，打几巴掌，让她跪下道歉。”

“可是丁小姐私下又联系我，问我有没有那玩意儿，我还以为你们是要了自己玩，没想到丁小姐让我把东西塞到人家弟弟身上。”

丁佳琪呼吸急促，连连摇头否认，企图让大家别听他胡说。

飞哥不为所动，继续说：“你说了，只要他们姐弟都来了，在适当的时候通知警方，就能人赃俱获。你说要毁了一个人，倒不如毁了她在意的人。”

“放屁，胡说八道，你这是污蔑！”丁佳琪气得浑身发抖。

“而且你也说了，整件事儿原本是蔡蕙敏出面做的，就算苏家要找人算账，也不关你的事儿。”

蔡蕙敏原本听到飞哥的叙述已足够震惊，没想到……

她扭头看向丁佳琪。

“敏敏，你别听他胡说，他这是走投无路，污蔑我！”

飞哥冷笑着：“房间里不是有监控吗？让警方放出来看看啊，这包东西我原本是塞给苏呈的！蔡蕙敏，你不会到现在还相信她吧！清醒点儿，别犯蠢了！”

苏呈后背爬满冷汗，再也笑不出来。

提起监控，丁佳琪明显慌了神。

蔡蕙敏再迟钝，这会儿也明白自己是彻底被人利用了。怒火攻心，她不管不顾地冲过去，一把就扯住了丁佳琪的头发，抓上她的脸……

丁佳琪被民警摁着，一时无法反抗。

苏呈看了一眼身侧的包轶航，说：“千万别惹女人，更不要和她们打架！”

包轶航连连点头：确实太可怕了！

蔡蕙敏和丁佳琪扭打在一起，当民警将两人拉开时，可以看到，丁佳琪脸上被抓出血痕，衣服也被扯破，头发更是凌乱不堪，全无往日娇弱温柔的模样。

苏羡意皱了皱眉。

蔡蕙敏也是气疯了，下手特别狠，丁佳琪这脸上，几乎看不到一块好皮子。

她这模样，几乎是毁容了。

蔡蕙敏胸口剧烈起伏着，被人拽开后，还在高声质问：“我把你当朋友，你为什么这么对我？你告诉我，我究竟哪里对不起你？你要这么利用我！我们认识十几年了，究竟为什么啊？”

……

她显然是伤透了心，声嘶力竭。

面对质问，丁佳琪无从辩解，垂头不语。

大家都没想过，真相会是这样。

震惊之余，大家觉得蔡蕙敏又蠢又可悲，不知怎么劝慰她。

包厢一片死寂中，苏呈嘀咕了一句：“还能因为什么，因为你好利用，你蠢呗！”

其他人：“……”

少年，这时候就不要火上浇油、伤口撒盐了。

蔡蕙敏点点头：“是啊，我蠢，我没脑子，你之前骂我的那些我都认了，你说得都对！”

苏呈叹息：“我就是后悔骂得不够狠，没把你骂醒。”那模样，好似还挺追悔莫及。

其余人瞠目：你可真会顺杆子往上爬！

此时警察再度看向飞哥：“你说话可得注意点儿，你反映的这些情况，可不是一般事件。”

不仅涉及违禁品，还有威胁恐吓，栽赃陷害。

加之涉及康城有头有脸的几户人家，这件事儿定然不能出一丁点儿差错。

“你们可以去查。”反正事情捅出去了，飞哥也不在乎其他的，把知道的所有事情都说了。

“那东西是怎么到她身上的？”警察问道。

试图栽赃陷害的主谋，最后却把自己套进去了。怎么想，都觉得事情很魔幻。

“苏小姐进来时，我故意调戏她，和她弟弟起冲突，顺手把东西塞到她弟弟身上了。后来突然动起手，然后你们就来了，中间太乱，我也不知道发生了些什么……”

飞哥的模样，不似说谎。

警察点点头：“看来其他的事儿，只能去查监控了。”

“不用看监控。”苏羡意开口，“东西是我转移的。”

众人看向她，神色各异。

“我过来的时候就猜到事情不会是道歉这么简单，多留心观察了一下，便看到他往我弟弟的口袋里塞了东西。所以我趁着给弟弟整理衣服，把东西顺了出来。”苏羡意解释着，“后来蔡蕙敏让我跪下敬酒道歉，我又故意把酒泼在她脸上，制造混乱，把东西塞到了丁佳琪身上。”

苏呈一脸蒙，整件事儿，他好像全程参与了，却又好像什么都没参与。

他还是太单纯，不知人心险恶。

其余人看向苏羡意，皆是半信半疑。

丁佳琪听到这话，有些疯魔般地叫嚣：“你为什么不塞给蔡蕙敏？是她让你下跪，挑衅、辱骂你的也是她，这群混混儿都是她找来的！为什么不是她？”

蔡蕙敏情绪瞬时激动：“丁佳琪，你说的这是人话吗？”

苏羡意却笑了笑：“因为我知道她只是被你利用。就像小呈说的，她就是蠢，但没你这么坏！”

蔡蕙敏愣住了。一时间，竟不知该哭还是该笑。

很快，前来支援的民警赶到。

虽说事情真相已经水落石出，但他们还需要把今晚在场的所有人带回去进行调查。

丁佳琪被民警强行带走，她恶狠狠地盯着苏羡意，状似恶鬼。

路过魏屿安身边时，两人四目相对，都没说话，错身离开，好似已天涯陌路。

魏屿安站在原地，心情久久无法平静。回过神来时，他发现除了还在搜查现场、提取证据的民警，其他人都走了。

就连陆时渊也已离开。

“没想到丁佳琪这么狠，要是东西真从苏呈身上搜出来，搞不好整个苏家都会被毁。”肖冬忆看着陆时渊，“我们现在要跟去派出所？”

陆时渊没作声，只是拿出手机，拨了通电话：“喂，是我，出了点儿事……”

肖冬忆知道陆时渊此时心情不好，站在他身边，一言不发，安安静静。

不过今晚这出戏看得倒是心情舒爽，没想到陆时渊家的这只小猫儿还挺厉害，会挠人！

陆时渊对电话那头的人简单地说了下事情的经过，最后说道：“……安排一下，尽快曝光他们。”

陆时渊挂了电话，肖冬忆看着他正色道：“你这是要把事情做绝，让他们完蛋？”

事情一旦曝光，但凡涉案的，想脱身都难，即便丁家或蔡家手眼通天，也于事无补。

“时渊，这里不是燕城，我们毕竟人生地不熟，你做得太绝，就不怕狗急跳墙？”

“那把狗打死呢？”陆时渊冲他一笑。

肖冬忆要疯：陆时渊，你究竟是什么品种的魔鬼？你不要笑嘻嘻地跟我说这种话，怪瘆人的。

陆时渊抬头望天，天空黑云翻滚，他低低地说了一句：“要变天了，预报说今晚有大到暴雨。”

肖冬忆气得牙痒：我在和你说正事，你跟我聊天气？

另一边，苏羡意、苏呈与包轶航坐在警车后座，三人一起前往派出所。

苏羡意总担心苏呈幼小的心灵会因此受到冲击和伤害，没想到他一路上和开车的民警聊得火热。

包轶航被吓得不轻，和苏呈小声嘀咕着刚才发生的事儿：“你刚才和蔡蕙敏说话，在她伤口上撒盐，我很怕她忽然扑过来抓你的脸。”

苏呈压低声音：“她刚才那种情况，需要下猛药。鲁迅先生说，要敢于直面惨淡的人生，敢于正视淋漓的鲜血。”

“你怎么知道这么多名人名言？”

“写作文积累素材，你就没背过一些名言警句？”

“我是学渣。”包轶航此时觉得苏呈可牛了，毕竟面对警察都不慌的人少之又少，“呈哥，我现在开始用功读书还有用吗？”

“想读书什么时候都不晚。”

“那我怎么才能变得跟你一样聪明？”

“做梦吧。”

“……”

开车的民警听着两人斗嘴打趣，笑得不能自已。

苏羡意却头疼地捏了捏眉心，偏头看向窗外：乌云蔽月，要变天了。

“姐，你怎么了？”苏呈歪头看她，“我们是受害者，就是去派出所配合调查，你不用担心。”

“我只是有件事儿没想明白。”苏羡意抿了抿嘴，“魏屿安的出现，我并不意外，肯定是丁佳琪通知的，想让他来看我们的笑话，可二哥怎么来了？”

“不是你通知的？”

苏呈知道他们今晚要一起吃饭，还以为是姐姐特意叫陆时渊来撑场子的。

“这又不是什么好事儿，我干吗要把他卷进来？只怕今晚过后，他会觉得我凶巴巴的，我一贯维持的美好形象也荡然无存了。”

苏羡意发愁的是形象问题。

当时随警察离开包厢，走过陆时渊身边，她都没敢抬头看他。

苏呈皱眉：“难道是丁佳琪？蔡蕙敏？”

“可能性不大。”

“那是哪个傻帽儿通知他的？”

包轶航默默地举起了手：“呈哥，你说的傻帽儿……可能是我。”

派出所内。

苏羡意抵达后，配合单独问讯做笔录，她的手机里还留有对方威胁她前往酒吧的信息，算是涉案物品，被暂时扣押。

苏呈等人的情况也差不多，暂时与外界失去联系，自然不知外面已翻了天。

丁佳琪谋害苏家姐弟的消息已传得沸沸扬扬。

街头巷尾，大小论坛，微信群聊，几乎都在聊这件事儿。

肖冬忆拿着手机，仔细查看：“时渊，散布消息这事儿，你是找谁干的？”

“怎么了？”

“消息传得是挺快，用了不少宣传手段，可是有一个，一言难尽……”肖冬忆把手机递给他，“你自己看！”

陆时渊接过手机，看着上面的文字：十几年后，她惊艳回归，脚踹豪门富少，智斗心机女……

“我知道标题越狗血，越能吸引人，传播效果越好，可是……”肖冬忆无奈地摇了摇头，“这浓浓的玛丽苏风，我看着都觉得羞耻，太窒息了。”

“没关系，效果好就行。”

“你们陆家，真是人才辈出。”

陆时渊推了推鼻梁上的眼镜，笑道：“还可以。”

肖冬忆拿回手机，说：“外面都闹成这样了，听说记者把派出所的门都堵了，你还有心思在这里买吃的？”

“意意那边肯定很晚才能结束，她还没吃晚饭。”

肖冬忆暴躁地想：我想去看戏吃瓜，你不是给我扯天气，就是聊吃的，好像进局子的不是你媳妇儿一样。

话说苏家这边，苏永诚原本已经睡下。近日高考分数出来，苏呈给他脸上增了光，他最近食欲大振，气色都比之前红润许多。

接到朋友电话，他还有些诧异，毕竟已经很晚了。

“喂，老张？”

“是不是真的啊？”

“什么？”

“你闺女和儿子被丁佳琪威胁陷害，差点儿毁了。”

“你在胡说什么啊？”苏永诚轻哂。

“你还不知道？消息都传开了，人都被带回派出所了，你等着，我把消息发给你。”

苏永诚看到信息，脸上笑容消失，踩着拖鞋走到玄关处，抄起车钥匙就往外跑。

弄得柳如岚不明所以，嘀咕着：“怎么穿着睡衣就出去了？”

此时收到消息的丁家人、蔡家人也都在赶往派出所的路上。

他们一边往派出所赶，一边不断地给做新闻工作的朋友打电话，许以好处，让他们将消息暂时压下。

“这件事儿真没办法，我们刚收到消息说白夜酒吧出事儿了，还没打听到具体情况，整个消息就被人爆了出来。”

“舆情凶猛，早已超出我们的可控范围。”

“我们可以跟你交个底儿，你女儿显然是得罪了厉害人物！”

“苏家？”丁洪国皱眉。女儿出事时，他在陪人应酬，此时还满身酒气。

“苏家没有这个能力。”

“那就是魏家插手了？替苏家出头？”

“也不像。从这件事儿传播的速度和手段来看，只怕魏家都没这个实力。”

丁洪国挂了电话，紧接着联系律师，试图找各种方法帮女儿脱罪，或是减轻罪刑。

律师也只是看了网上的报道，具体如何，还得去派出所了解真实情况才好判定。但是无论如何，苏家都是绕不开的，如果能求得谅解，事情定有转机。

丁洪国立刻给苏永诚打电话，只是无人接听。

苏家离派出所较近，苏永诚开着车没一会儿就到了派出所门口。

据网上的新闻描述，今晚的事涉及威胁、恐吓、斗殴、违禁品……苏永诚看得心惊胆战，开车来的路上，他心慌腿软，都不知道自己是如何走进派出所的。

民警忙得脚不沾地。苏永诚进去后，还没见到自己的儿子、女儿，就被人拦住了去路。

“苏总，你好。”

“你是……”

苏永诚不认识眼前的人，看穿着也并非民警。

“我是白夜酒吧的经理。听说你来了，有点儿事要跟你商量。”

“什么？”

“相信你也听说了，令公子在我们酒吧打架，损坏了不少东西，他当时说，砸坏的东西他赔，你看这……”

苏永诚只觉得脑壳疼，有根神经在突突地跳：“那小子真这么说的？”

“我怎么会骗你呢？令公子的确说过。”

“既然如此，你列个赔偿清单，联系我的律师，我会让他配合你的工作。”

酒吧经理瞬间轻松一笑：“苏总是爽快人。”

“有件事儿也希望经理你能配合我。”

“你说。”能够拿到赔偿，酒吧经理自然高兴，满口应下。

“配合我的律师，聊一下私放未成年人进酒吧的事儿。”

“……”

酒吧经理恍惚想起，曾经苏呈偷摸去外面上网，结果苏永诚把网吧端了……

他以为是以讹传讹，如今看来，并非江湖传言。

苏永诚心里正窝着火。

如果酒吧从一开始就令行禁止，不让未成年人进入，可能也不会有今晚的事儿，整件事，酒吧管理者有推脱不了的责任，居然还敢来索赔。那就一码归一码，算得清楚明白。

当苏永诚怀揣着巨大的忐忑推开眼前虚掩的门时，里面的景象，差点儿把他当场气晕——

苏呈和包轶航几个孩子早已结束问话，此时正坐在桌前吃泡面。

苏永诚站在门口，还能听到他们吸溜泡面的声音。

“……这红烧牛肉面真够味儿，如果能再来个卤蛋加根火腿肠就好了。”苏呈埋头吃着泡面，丝毫没察觉危险的靠近。

还想吃卤蛋？苏永诚气得咬牙，恨不能把他倒吊着，拿皮带抽他的屁股蛋子。

最先注意到苏永诚的是包轶航。他急忙起身喊了声“苏叔叔”。

“行了，你快坐下吧，‘狼来了’这种话你都说了无数次了！”苏呈端起泡面，美滋滋地喝了口汤，“我跟你说，就算我爸来了，我也不怕。”

包轶航努力挤眉弄眼给他使眼色。

苏呈这才察觉周围气氛不对，一扭头，苏永诚就站在离他不足一米的地方。

老父亲头发有些乱，全无往日的老板派头，穿了套深蓝色的中老年风睡衣，脚踩拖鞋，还冲他笑得慈眉善目，差点儿把他的魂儿都吓飞了。

苏呈放下泡面，慌忙起身喊了声“爸爸”。

“你姐呢？”

“她被带去做笔录了，还没出来。”苏呈紧张地吞了吞口水，“爸，您怎么来了？”

“今晚的事儿，外面都传遍了，你还指望能瞒着我？你和你姐有没有受伤？”

“没有。”

苏呈看着父亲越走越近，忐忑不安，看到父亲抬起手臂，一副要抽他的样子，他颤着声儿说：“爸，这里是派出所，您做事儿之前要三思，想想《未成年人保护法》……”

苏永诚只是见他脸上有伤，想看看严不严重，这小子倒好……若非在派出所，他倒是真想拿起拖鞋抽他大嘴巴子。

苏永诚强忍着怒火，指了指他的嘴角：“嘴上有油。”

“苏先生，我们正打算通知你，没想到你已经来了。”一位民警走过来，对苏永诚道，“鉴于你儿子还未成年，有些事需要和你这位监护人沟通一下……”

苏永诚点点头，又深深地看了一眼苏呈，道：“我去给你擦屁股，顺便看看你姐。”

他说完就走，苏呈也长舒了一口气。

包铁航这才看向他："呈哥，原来你这么怕叔叔？"

"我爸有高血压，我肯定要顺着他，尊老爱幼懂不懂！"

"感觉你在叔叔面前灰灰的。"

"没本事的男人才会窝里横、外面灰，真正的好男人就是无论在外面多厉害，回家还是个听话的好儿子。你们懂个屁！只会对家人横眉冷对的，那都是孬种。"

包铁航几个小孩儿一听，嘿，还真是那么回事，真心佩服苏呈不愧是学霸，见识就是不一般。

同屋的几个民警只低头闷笑，小男生放狠话、吹牛皮这种事，他们见多了。一般都是：放最狠的话，挨最毒的打。

另一边，苏羡意虽是受害者，但涉案较深，苏永诚忙完苏呈的事儿，也并未见到她。

他从警方口中侧面了解到这并非丁佳琪第一次寻衅挑事，他觉得自己这父亲当得实在失职，窝火又气恼。

难怪女儿不待见魏屿安。魏家夫妻俩都是精明强干的人，怎么就生出个眼光如此差劲的儿子？自己当初居然还觉得他不错，真是被门夹了头，瞎了眼！

苏永诚了解完情况，在接待室里等待苏羡意。

民警都很忙，屋里就他一个人。他正和律师通话商量如何处理这件事儿时，门被人推开了。

进屋的两人，一个眼熟，一个不认识。

眼熟的那个是丁洪国——丁佳琪的父亲。不认识的，看模样打扮，像是律师。

早在魏屿安为了丁佳琪打架进局子的时候，丁家的背景就被记者扒了个底朝天：家中做点儿小生意，有些小钱，衣食富足，但还远不能与真正的富豪相提并论。

自从丁佳琪攀上魏屿安，这丁洪国也跟着在外捞了不少好处，参加了不少饭局酒席，圈内碍于魏家，也会给几分面子，因此发展了不少人际关系，混得还算不错。

苏永诚和他就是那时候认识的。虽然不熟，但互加过联系方式。

"苏总，你好，好久不见啊！"

丁洪国满脸挤着笑，腆着肚子，一身酒气，伸手就打招呼。

苏永诚挑眉看了他一眼，低头继续看手机，淡淡地说了一句：“这种情况下，倒不如不见的好。”

丁洪国听出他话里的嘲讽，悻悻然收回手，脸上赔着笑，寒暄几句，苏永诚仍爱搭不理，一侧的律师轻咳两声催促着，丁洪国才进入主题。

“苏总，今晚的事儿，相信你也都知道了，小女确实有做得不对的地方……”

“听你的语气，难道她有做对什么事儿？”

“她还是个孩子，年幼无知，她肯定是被那群小混混儿带坏了。”

苏永诚一听这话，直接炸了，狠拍一下桌子站起来：“丁洪国，你进屋后，我没直接让你出去，已经是给你留面子了，我希望你长点儿脑子！”

丁洪国因为魏屿安“准岳父”的身份，在康城也过了段前呼后拥的日子，可今晚他四处碰壁，到处求爷爷告奶奶都没用，与苏永诚说话又被呛了，他喝了酒，脑袋发晕、浑身发热，便有些忍不住了：“我知道苏总一向看不起我这种小门小户。”

“我不是看不起你……”苏永诚瞥了他一眼，淡淡地说，“我是压根儿懒得看你。”

“懒得看我？你们苏氏近些年的经营状况也并不好吧，要不然你怎么也想和魏家结亲？说到底就是嫉妒我们家，所以出事儿就急着踩一脚！苏总，以后的事儿谁都说不准，人前留一线，有必要做得这么绝？”

苏永诚好似听到了什么笑话：“你这是在威胁我？”

“我是和你商量。”

丁洪国最近被捧得厉害，潜意识里还以为女儿能嫁入豪门，真有些不把苏永诚放在眼里的意思。

“难怪你女儿会养成这样，原来是有个这么不懂分寸的爹！孩子做错事儿，不思规劝，还想方设法帮忙遮掩？别人捧着你，就真把自己当个人物了？跟我商量，你也配！”

“你……”丁洪国被呛得说不出话，气得浑身发抖。

“你女儿有今日的下场，我只能送你两个字：活该！你就等着她把牢底坐穿吧！”

丁洪国说不过苏永诚，酒气翻涌，热血上头，挥拳就朝他扑过去。

一侧的律师没想到丁洪国会突然动手，吓了一跳，愣怔了几秒，再想阻拦已经迟了。

本以为苏永诚会被打，却看到他同时挥起拳头，直接把丁洪国撂翻在地。

“你敢打我？！”丁洪国被这一拳打蒙了。

“我只恨不能连你女儿一块儿打！”

……

苏羡意刚接受完审问，民警听说她近期要返校，还要求她在康城多留几日配合调查。正在交谈时，听到外面有响动，有民警进来，“哪位是苏羡意？”

“我是。”

“你父亲把丁佳琪的父亲给揍了，对方正扬言要告他。”

苏羡意皱眉，她一度怀疑苏呈的性格是基因突变，如今看来遗传占了很大因素。

苏呈听说后，吸溜完最后一口泡面，淡定地擦了擦嘴：“不愧是我爸，就是牛。”

其他人：“……”

苏呈正打算出去看戏，毕竟有生之年能看到父亲打架的机会少之又少，怎么着也得去帮他助阵呐喊，造造声势。

结果一群人还没出门，就被民警拦住了。

“警察叔叔，你这是干什么？”

“这话该是我问你们。”

一个个摩拳擦掌，跃跃欲试，不知道的，还以为他们要出去打群架。

苏呈直言：“我爸被人打了！”

“不，是你爸打人了。”

“那作为儿子，我觉得我需要在场。”

“作为一个未成年人，我觉得你在不在场，作用不大。”

“叔叔，我尿急。”

“忍着！”

哪儿热闹往哪儿凑，这种毛头小子，他们见多了，派出所又不是超市，哪儿能让这群小子出去瞎起哄？

一群人出不去，看不了热闹，只能大眼瞪小眼。

“呈哥，你爸可真爷们儿。”包轶航小声嘀咕，“居然还会打架。”

苏呈冲他悻悻一笑：那是你没见过他甩着皮带追着我满屋子跑！

第十章

突如其来见家长

苏羡意在笔录单上快速签了字，匆忙赶往接待室。

隔着一段距离她就听到了争执声。

“……两位都冷静点儿，不要冲动。”

“警察同志，你们看看他把我打成什么样了，我这脸还能见人吗？”说话的人估计就是丁洪国，似乎有些口齿不清。

“丁先生，你有脸？”

“你……你……你别太过分！”

苏羡意刚到门口，就被自家老父亲的一声吼镇住了：“今天是你主动送上门，要是不揍你，我都觉得对不起你！”

苏永诚呛完，余光瞥见一个熟悉的身影。

转头，父女二人四目相对。

他略显尴尬地冲苏羡意笑了笑，下意识地扒拉下头发，扯下睡衣：“意……意意啊，你那边结束了？”

刚才还一副要吃人的模样，如今却笑得和蔼可亲。变脸的速度，弄得众人一愣一愣的。

尤其是丁洪国，他在心里暗骂：虚伪！

“嗯，听说你这边出了点儿状况，所以……”苏羡意清了下嗓子，“我来看看。”

“没有，一点儿小事儿，我能处理。”

“什么？小事儿！”丁洪国吼道，“苏永诚，我要告你故意伤害！”

苏羡意这才循声看向另一侧。

丁洪国身上不知有没有伤，反正左脸挨了一拳。脸颊肿了，嘴角有轻微撕裂，难怪他说话有些不利落，张口大喝时，更是疼得龇牙咧嘴。

足见当时那一拳力道有多重。

“意意，你先去找小呈，我这边处理完就去接你们回家。”

在女儿面前，苏永诚还是想维护自己慈父的形象。

“打完人你还想回家？我告诉你，门儿都没有！”丁洪国哪儿肯轻易放他走。

“丁先生，我们今晚过来有重要的事儿……”律师在一旁，不断提醒。

他们今天来是有求于人，把苏家彻底得罪了，可没什么好处。

“我知道，不用你提醒！”丁洪国皱眉。

“要不双方各退一步吧，时间也不早了。”

民警们自然希望打架这事双方能和解，毕竟今晚的工作量已经够大了。

“想我退一步不追究也行。”丁洪国揉了下脸，“那我女儿的事儿，我也希望苏总你能让一步，毕竟你的孩子现在安然无恙……”

苏永诚冷冷一笑：“你是酒没醒，还是在做梦？”

“反正律师、警察都在，你打我是事实，要么我马上就联系医院去验伤。”

“要去医院？那我建议你先去查查脑子！”

“……”

苏羡意伸手捏了下眉心，弟弟不省心，这父亲怎么也……

丁洪国气得脸色青紫，恨不能冲过去打他，偏生碍于警察在场，又不能冲动。

面对这种情况，连劝架的民警都觉得无能为力，只能把目光投向苏羡意。

“爸，您先冷静点儿，别激动。”

“我确实该冷静下来，我有高血压，不能生气！”

苏永诚说着，还煞有介事地做了两次深呼吸：“出门太急没带药，你还别说，他刚才那番恬不知耻的话，真把我气得够呛……我这胸口还真有些喘不上气！”

其他人一脸错愕：您呛人时那中气十足的狠劲儿，看起来……真不像有高血压。

苏永诚说着，找了把椅子坐下，揉了揉胸口，看了眼民警，一副虚弱无力的模样：“警察同志，把人气出病犯法吗？”

民警一愣：搞什么？现在是比谁身体更差，躺得更快？

丁洪国险些被气到昏厥："苏永诚，你这是碰瓷！你、你在康城好歹有头有脸，你怎么能……"

什么玩意儿啊！被打的是我，你怎么还虚弱起来了？你装什么病？！

"刚才太激动，还真有些胸闷。"苏永诚那模样，倒不似装的。

苏羡意也知道他有高血压，低声询问："爸，您真的不舒服？"

"你去给我倒点儿水。"

苏永诚想支开她，毕竟女儿在场，他说话做事难免束手束脚。

"那您等一下。"

苏羡意刚询问完民警哪儿有温水，就听丁洪国大声叫嚷："医生，赶紧去给我找医生，我要验伤！"

摊上这样的主，民警们是真头疼，他浑身酒气，似乎还搞不清此时的状况。

女儿做出那种事儿，你得求着人家谅解，如今不依不饶，闹到最后，真不知是谁吃亏。

如今都快半夜了，他们去哪儿找医生给他验伤？

就在事情快陷入僵局时，一道熟悉的声音响起："听说有人在找医生？"

声音沉而不腻，透着些懒散。

听声音苏羡意都知道是谁来了，愣是尿得没敢看他。

接待室里的其余人看过去——衬衫西裤，细边眼镜，举手投足优雅有风度，一看就是个正派的斯文人。

苏永诚也没想到会碰见陆时渊。怎么说也是自己动了手，今日穿的还是睡衣，不太体面，他佯装揉胸口，也没主动打招呼。

"你是医生？"丁洪国不认识他，还以为找到了救星，急道，"请你帮我验验伤，你看我这脸，就是被他打的，构成轻伤犯罪了吧！"

民警自然要核实身份，陆时渊报出在市一院工作的科室及职务。

"方便出示一下你的身份证吗？"

陆时渊把身份证递过去，民警拿着，反复看了多次。

燕城人，这都不是最重要的，引起他们关注的是上面的户籍地址，军警系统里工作的，对某些地名特别敏感。

"医生，你赶紧帮我看一下！我要告他！"丁洪国指着苏永诚叫道。

陆时渊走过去："你哪儿受伤了？"

"脸！"

“只有脸？”陆时渊抬手推了下鼻梁上的眼镜。看他这张狂叫嚣的模样，不知道的，还以为伤了脑子。

一靠近，陆时渊就闻到了丁洪国身上的酒气，他皱了皱眉，开始帮他查看。

在丁洪国期待的眼神中，他淡淡地说了一句：“你面部损伤留有瘢痕，外伤后面部存留色素异常，勉强算轻微伤。”

“苏永诚，你听到没？轻微伤，我要告你！”丁洪国忽然有了底气。

“依据你的受伤程度，他只会面临治安处罚和民事赔偿，告他意义不大。”陆时渊挑了挑眉，“况且不是谁受伤谁就有理，还得考虑动手原因……”

“你这话是什么意思！”丁洪国皱眉。

肖冬忆接话道：“他的意思是说，不是谁被打谁就有理，有些人被打，那是活该！”

“你……”

丁洪国忽然察觉到苏家父女表情不对。

好端端的，怎么突然有医生出现，他恍然道：“你们是一伙儿的！”

陆时渊直言：“作为医生，我只是客观陈述事实。”

“好啊，我还以为你是好人，原来……”

“丁洪国，今晚是你出言不逊，挑衅动手在先，我纯属正当防卫，派出所都是有监控的，你如果不依不饶，那我就奉陪到底！”苏永诚态度强硬道。

苏羡意不知前情，看向民警。

警察也是闻讯匆匆赶来劝架，还没来得及看监控，急忙找人调监控录像。

“如果你真的动手在先，就算打官司，怕也讨不了好。”陆时渊直言。

“你们都欺负我是吧？”

丁洪国急得上火，一副要他们好看的模样，拿出手机拨了个电话出去。

对方一接起，他立马道：“喂，屿安，是我啊，在忙啊……我这边出了点儿意外，你看能不能过来一下……”

他此时还以为魏屿安是他的准女婿，定能来帮忙。

话没说完，手机就被人一把夺过。

“你……”丁洪国看向陆时渊，大惊失色。

魏屿安今晚正头疼着。

丁佳琪出事儿，各种电话、信息纷至沓来，陆瑞琴打了好几通电话提醒他不要插手丁家的事儿。

电话再度响起，他以为又是母亲打来警告他的，来电显示都没看，接起才发现是丁洪国。

他还在考虑如何拒绝对方，就听到那头传来一道熟悉的声音：“是我。”

魏屿安随即吓得后背一凉：“小……小舅？”

大晚上的，突然听到他的声音，还真吓人！

“你要来替他出头？”

“不……不啊！”

魏屿安后背直冒冷汗，这丁洪国又是怎么惹到小舅的？这丁家父女简直离谱！

不过，平时神龙见首不见尾的小舅，最近出现得也太频繁了吧？

陆时渊随即把电话递回给丁洪国：“他说帮不了你。”

丁洪国蒙了，什么状况？

“你是谁啊？你还管得了魏家的事儿？”

陆时渊认真道：“他家的事儿，我管不了，但他……我还管得住！”

“……”

何止是管得住，那魏屿安简直怕他怕得要命，几乎是完全压制！

此时民警已调出监控，可以清晰地听到两人的对话，听到丁洪国的挑衅与威胁，连民警都觉得他简直是欠揍。

陆时渊听完，直接说道：“根据当时的情况分析，你女儿做错事，不但不赔礼道歉，反而言语挑衅，还公然给她开脱，这是犯法的吧。”

民警说道，“包庇犯罪，妨碍司法，还是在我们眼皮底下，简直胆大包天！”

“警察同志，他这行为，能判刑吗？”陆时渊询问。

丁洪国傻了眼。

民警认真道，“不积极给受害人结束道歉，反而威胁他们，企图为你女儿脱罪的行为，已经涉嫌违法犯罪。”

“就像伯父刚才所说，你若是想告，我们也奉陪到底。”陆时渊笑道。一听陆时渊说自己恐有牢狱之灾，加之魏屿安这个靠山没了，丁洪国立马㞞了。

他哪儿还敢叫嚣张狂？只能捂脸自认倒霉。

反正今晚这一拳，算是白挨了！

苏永诚以前就觉得陆时渊模样出色，工作好，谦逊有分寸，如今更喜欢了。

处理事情沉稳干练，有理有据，不卑不亢，对付丁洪国这种粗人，陆时渊的做法显然比他的拳头更管用。

不用动手，事情便处理得干净漂亮。

最关键的是，不用他出面，也维护了自己在女儿心里的形象。

此时再想想魏屿安……和他一比，那都不算个玩意儿！

这选女婿，还是要挑这种三观正、脑子好的。

陆时渊这时扭头看向苏永诚：“伯父，刚才听说您身体不舒服？”

“还好，可能是被气着了，有点儿胸闷。”

“那最好去通风的地方，这里某些人身上的味道实在难闻，搞得屋子里乌烟瘴气，您觉得胸闷也正常。”

苏永诚一乐，没想到他也会说刻薄话，不错不错！

丁洪国险些被气死。

一个打完人装病碰瓷，一个不如干脆点名说他脏，存在即污染空气。挨打还要被羞辱，哪儿有这么欺负人的？

丁洪国心有不甘，紧盯着他们离开的背影，目露凶光。

只是下一秒，好似有所感知一样，即将离开的陆时渊忽然扭头看他——

二人的目光猝不及防地撞在一起。

丁洪国来不及躲闪，就被他的眼神震慑住了。

方才还斯文儒雅的人，那眼神猛地变得完全不同，锋芒尽显，匪气外露。

丁洪国被吓得打了个寒战，陆时渊却忽然冲他勾唇一笑。

太离谱了！这还是同一个人吗？他第一次体会到了什么叫作眼神如刃能杀人！

丁洪国被陆时渊离开时的眼神吓得够呛，酒醒了大半，民警对他试图妨碍司法、包庇犯罪一事儿，也进行了警告批评。

律师都觉得自己的雇主脑子不灵光。若不是看在钱的分上，他都想辞职不干了。

丁洪国向民警提出，想见丁佳琪一面。

他看到满脸指印、抓痕，衣服被撕扯得破烂不堪的女儿，吓得瞠目结舌；而丁佳琪也看到了被打的父亲。

父女相望，尽皆狼狈。

律师了解完前因后果，给出的方案就是坦白从宽，争取宽大处理。

“就没有其他办法？”丁洪国还指望女儿飞上枝头，给丁家带来利益。

“您已经彻底得罪了苏家，现如今怕是……”律师一脸为难地道。

遇到个脑子不好的雇主，律师也很无奈。

丁佳琪走投无路，看向父亲：“爸，您去找屿安，只要他肯帮忙，一定能救我！”

“算了吧，他是指望不上了，我被苏永诚打了，想找他帮忙，结果有个医生来了，跟他说了两句话，那小子就吓得说话都结巴了，简直就是一㞞蛋。”

“陆时渊？”丁佳琪崩溃了。

“我不知道他叫什么，反正……和苏家是一伙儿的，临走时，还用眼神恐吓我！”

“完了，彻底完了……”丁佳琪跌坐在凳子上，双目失神。

丁洪国小声嘀咕着：“不就是个医生吗？到底能有多厉害？！”

离开咨询室，苏羡意原本还担心父亲的身体，生怕他真的高血压发作。

结果一离了警方视线，苏永诚立马昂首阔步，神采奕奕。

“爸？您……”苏羡意皱了皱眉，“身体好了？”

“就像时渊说的，房间乌烟瘴气所以才会胸闷，离开那里，我这口气儿就顺了，现在让我爬个十层楼都不带喘气的。”

苏羡意勉强笑了笑。

难怪苏呈会长成这样，原来是“上梁不正”。

“时渊，你怎么会来？”苏永诚看向陆时渊，眼神越发热切。

长得好，工作好，脑子好……总之，目前接触下来，陆时渊各方面表现都很好。

“之前酒吧出事儿时，我刚好也在，原本是想跟着一起来派出所的，只是警方办案，我能做的不多，想着意意还没吃晚饭，就去买了点儿吃的过来，没想到您也在。”

“意意，你还没吃饭？”苏永诚皱眉。

苏羡意闷声点头。

“这都几点了，你居然还没吃饭！”

“伯父，这事儿怪我，原本我们是约好一起吃晚饭的，是我工作太忙，耽误了时间，后来小呈又出事，所以……”陆时渊解释。

苏永诚点头，随口问道：“你们经常一起吃饭？”

作为父亲，他还是很会抓重点的。

苏羡意神经瞬间紧绷，却听陆时渊淡淡一笑："伯父，之前不是您把她托付给我，让我多照顾她吗？"

肖冬忆走在三人后面，手中还拎着餐盒，微微皱眉：把人托付给他？这又是什么时候发生的事儿？

据他了解，在这之前，他们也就端午节见过一次吧。

苏永诚听了这话，恍然想起，好像是有这么一回事。

"我就是随口一说，毕竟你工作忙。"

"长辈所托，不敢怠慢。"

"现在这社会，大家都怕麻烦，像你这样有担当和责任心的孩子不多啦！"

"您过奖了。"

……

肖冬忆咋舌：你丫心里早就乐开花了吧！装，你个大尾巴狼。

苏爸爸呀，看人不能光看外表。等他把你女儿照顾到自家户口本上，我怕你哭都来不及。

当他们再见到苏呈时，和他一起玩的那群孩子大部分被各自家人领走了。

除了包轶航，他父母目前都在外地，找了个律师来签字领人，形单影只，倒也可怜。

虽然陆时渊买了些吃的，但考虑他和肖冬忆也都还饿着，苏永诚便提议由他请客吃点儿夜宵，顺便把包轶航也捎上。

苏呈未成年进入酒吧，作为监护人，苏永诚虽不知情，但难辞其咎，被民警教育了一通。他赔着笑，再三保证不会再有下次。余光却时不时瞟向不远处的苏呈，恨得那叫一个咬牙切齿：你个小兔崽子，等我回去就扒了你的皮！

"那你签个字，就可以把人领回去了。"民警给他递了笔和单子，又说道，"对了，我们在酒吧包厢找到一张属于你的银行卡，你也一并签字领走吧。"

"我的卡？"苏永诚疑惑道。

"就是……"民警咳嗽了两声，犹豫了半天，还是把苏呈豪横怒甩银行卡的壮举告诉了苏永诚。

"他毕竟是个孩子，这种行为还是不可取的。作为家长，不能给了钱就撒手不管，你说呢？”

苏永诚伸手揉了揉胸口，难怪酒吧经理找他索赔。

“呈哥，你爸人还挺好的，如果是我爸来了，绝对会打死我。”包轶航看着苏呈，一脸羡慕地说道。

苏呈悻悻一笑，与父亲交锋十几年的经验告诉他：今晚，他的小命休矣！

处理完苏呈的事儿，一行人即将离开时，碰见了蔡家的律师。

律师给他们赔了礼道了歉，说会最大程度配合调查，积极补偿，改日蔡蕙敏的家人也会亲自登门致歉。

与丁家相比，蔡家态度倒是不错。

“怎么都没见到她家里人？”苏呈疑惑道。

“蔡家人好像并不关心她，只是给她钱，她整天在社会上胡混，和家里人关系也不好，经常吵架。”包轶航耸耸肩。

今晚的事儿，也让他见识到了人心险恶，被伤透了心。

包轶航转头看向苏呈和其他人，一脸抱歉道：“今晚的事儿，其实我也有责任，我不该带呈哥去酒吧，我不知道蔡蕙敏她们会……我原本是好心……”

“行了，我都懂！”苏呈拍了拍他的肩膀。

“可是呈哥……”

“都过去了，以后交朋友，自己多注意，不要再被人坑了就行。”

包轶航连连点头，觉得还是跟苏呈一起玩，比较有前途。

走出派出所，外面下起了小雨，原本堵在派出所门口的记者早已散了。

苏永诚这一路强忍怒火，笑着询问大家想吃什么。时间太晚，可选择的餐馆不多，最后找了家尚在营业的小馆子，炒了几个菜，终究是吃上了口热乎的东西。

这家还有烧烤、龙虾，虽说时间很晚了，生意却仍然不错。

原本外面还摆了几张桌子，由于下雨，客人们都挤在屋内。

他们喝着小酒，高谈阔论，小馆子里异常热闹。

饭菜送来后，苏羡意纠结着被毁的形象问题，低头吃东西。

苏呈则是生怕再惹毛父亲，话也不多，他今晚吃了烤肉，在派出所又吃了碗泡面，压根儿不饿，和包轶航就这么干看着。

苏永诚和陆时渊倒是聊得热络。

“……刚才听你和魏屿安打电话，他好像挺怕你？”

“我毕竟是他长辈。”

“这倒也是，今天时间太晚，又出了这么多事儿，改天来我家，我们好好喝一杯。”

“只怕会太叨扰你。”

“没关系，你只管来。”

即便反应迟钝的人也看得出来，苏永诚很中意陆时渊，这说着说着，就不自觉地扯到了婚姻大事：“之前听你说工作忙，没时间找女朋友，你喜欢什么样的啊？其实吧，我们家的情况有些特殊，我有两个女儿，也都还没对象……”

“喀——”苏羡意被父亲说的话吓得呛了一下。

“你怎么了？”苏永诚皱眉看她。

“没……没事儿。”

苏羡意刚准备去扯纸巾擦嘴，有人已经把面巾纸递到她面前。

“谢谢。”

“不客气。”陆时渊笑道。

苏永诚默默地看着两人互动，觉得陆时渊相当贴心。

他笑了笑，说：“你看这孩子，我又没说要给她介绍对象，看把她吓的。”

“她胆子小吧。”陆时渊看着苏羡意呛红的脸，忍不住笑出声，“女孩子嘛，都比较害羞。”

因着陆时渊和魏屿安的特殊关系，苏永诚原先没想过这事儿。如今越看越喜欢，难免会有私心：这么好的小伙子，如果是他的女婿该多好！

苏羡意敏锐地察觉到，自己父亲的眼神越发不对劲儿！

尤其是冲自己笑的时候，越发意味深长。

苏呈则托腮坐在一边看热闹：他的老父亲好像终于开窍了，看到了二哥和他姐之间的可能性。

苏羡意被自己父亲看得几近窒息，得亏一通电话拯救了她。

“都这么晚了，怎么还有人找你？派出所那边的？”苏永诚皱眉。

“不是，我妈打来的。”苏羡意回了一句拿着手机离开餐桌。

徐婕毕竟人在外地，消息没有那么灵通，也是刚听说苏羡意出事儿，这才打来电话询问。

“……妈，我真的没事儿。”

“我听说还动手了？你受伤没？我马上买机票，明天就回康城。”

“我爸在，事情他都处理好了。”

“你爸？”徐婕轻哼道，“算他还有点儿用处，你真的没有受伤？”

“真没有。”

苏羡意站在餐馆走廊的窗边接电话。

外面雨势渐大，风裹挟着雨水，噼里啪啦地砸在玻璃上，甚至淹没了前面用餐的鼎沸人声。

无论苏羡意怎么解释自己安然无恙，徐婕愣是不信。

没办法，苏羡意只能挂了电话，和她开视频。

今晚虽说苏永诚坚持要请客，但是陆时渊怎么可能真的让他付钱，他给肖冬忆递个眼色，让他陪着苏永诚说话，自己则借口去洗手间，离开了餐桌。

去前台结账后，陆时渊发现苏羡意还没回来。

今晚本就不太平，他心里不放心，便打算去找一下。

此时的苏羡意正在走廊处和母亲视频。

“您看到了吗？我真的一点儿事儿都没有。”

“给我看看你的胳膊、腿。”

徐婕知道消息后，只觉得心惊胆战，不把苏羡意周身看全乎了，她心里不踏实。

“好，给您看。”苏羡意无可奈何，拿着手机，用镜头扫着全身。

“你那里光线不好，你慢点儿，别晃！”徐婕皱眉道。

“好，我慢慢来！”

深夜，风疏雨骤，天空如同泼了墨般。

陆时渊穿过一条窄廊，碰见两个勾肩搭背的醉鬼，却没看到苏羡意，这让他不自觉眉心紧蹙，直至拐个弯，在一盏昏黄的廊灯下，才看到她。

拿着手机，屏幕亮着光，她弯着腰，也不知在腿上扫什么。

陆时渊皱了皱眉，缓步走近。

雨打玻璃，吞没了他的脚步声，苏羡意压根儿没察觉，直至感觉灯下有黑影倾覆，遮了光，她才扭头看去……

“意意。”

徐婕原本全部心思都在女儿身上，被这突然而至的优雅干净的男嗓惊着了。

苏羡意慌忙起身，由于她的身高及屏幕角度问题，镜头是自下而上扫过去的。

目光所及，徐婕视线里，就看到一个黑裤白衣，长相斯文的男人，细边眼镜在昏黄的灯光下被镀了层柔光。

即便是死亡角度，也能看得出俊朗疏阔，霁月优雅。

“你……你怎么来了？”苏羡意将手机捂在胸口，盖住镜头，这让徐婕皱眉不满。

“看你太久没回去，出来看看，你没事吧？”

“没有，在和我妈视频。”

“抱歉，我刚才没注意。”

如果知道她在视频，他不会贸然靠近。

听说是在和母亲视频，陆时渊不自觉地挺了挺背，又不动声色地理了理卷在手肘处的袖子。

“没事儿的，我妈就是比较担心我，害怕我受伤，我说了她不信，非要跟我视频。”苏羡意解释着，心脏却不受控制地扑通乱跳。

徐婕此时却忽然提高声音喊道：“意意！”

手机贴在胸口，这一声呼唤，惊得苏羡意呼吸又是一颤。

“妈？”苏羡意小心地将手机镜头从胸口挪开，避开陆时渊，防止他入镜。

陆时渊虽然做好了提前见岳母的准备，但无论苏羡意是在打电话还是视频，贸然打扰总是不礼貌，他给她做了个“离开”的手势，就打算走。

苏羡意收到手势，急忙点头。

“等会儿，意意，你让那小伙子等一下。”徐婕急忙说道。

陆时渊闻声停住脚步，苏羡意快吓疯了。

今晚是怎么回事，先是父亲眼神不对劲儿，现在母亲又搞事情？

“他不是你朋友？”

“是啊！”苏羡意紧抿着唇。

“你让那小伙子帮忙拿着手机，给我拍一下你的全身。”

“妈——”苏羡意彻底疯了，“没必要吧，我刚才不是都让您看了吗？真的没事儿。”

“我只能看到你的正面，还有后背什么的，你自己又拍不到，要不我连夜就回康城。”

苏羡意看了一眼陆时渊，有些为难。

自己今晚不答应，她妈怕是真能买机票飞过来。

陆时渊看她一脸为难，只笑着点头，趁着从她手中接过手机的间隙，抬手整了下领口。

不打招呼不礼貌，所以面对镜头时，他脸上摆出了最为温和有礼节的微笑。

“伯母好。”

正面看，更帅！

徐婕虽然不是看外貌的人，可长得好看的人，又冲你笑，她的嘴角都控制不止地往上翘：“你好，你是意意的朋友啊？”

陆时渊点头：“算是。”

这个回答，耐人寻味。

朋友就是朋友，什么叫算是？

徐婕活到这把年纪了，怎么会听不出其中的玄机，只是一笑：“今晚出事儿的时候，你和意意在一起？”

“并没有，我去的时候，已经晚了。”

“你能赶过去，也算有心，现在的人啊，都怕惹麻烦，像你这么热心肠的小伙子不多啦！”

“不过没能帮上忙。”

“你有这份心就不错了，以前没见过你啊，你和意意是怎么认识的朋友啊？”

“我们……”

……

苏羡意疯了，她妈这是聊上了？

窗外雨声狂乱，她的心里也是一片兵荒马乱，她急忙出声：“妈，您不是要看我有没有受伤吗？”

“差点儿忘了。”徐婕抱歉地笑道。

苏羡意暗自吐槽道：您真的有把我这个女儿放在心上？

陆时渊把镜头调成后置镜头，离了些距离，苏羡意在镜头里转了两个圈，就急忙道谢，从他手中拿过手机，示意他赶紧走。

“那我先走了，替我向伯母问好。”陆时渊倒不多纠缠。

确定他离开了，苏羡意才面对镜头，看向母亲：“妈，您今晚是想干吗啊？”

“他多大年纪啊？是做什么的？”

“这和我受伤有关系吗？您现在不是该关心您闺女？”

“你不是说自己没事儿吗？有什么好关心的。”

“……”

徐婕清了下嗓子：“还有啊，你今晚打扮成这样是准备和谁约会？”

“我……我没有！”

徐婕看她不愿意承认，也没点破。

方才视频时，徐婕就注意到苏羡意今天特意化了妆，且是全套妆容，不是见重要的人，她可不会如此精心打扮。

孩子都不太喜欢和父母聊感情的事儿，徐婕也不急着逼她，挂断视频时，却说了一句：“我不反对你谈恋爱，你喜欢就行。刚才那小伙子就挺不错，我看着还好。”

苏羡意哭笑不得，愣是不知该怎么接话。

陆时渊有多好，她自然是比谁都清楚。

自己喜欢的人，在自己眼中、心里自然是全世界最好的。

这边，陆时渊已经回到餐桌上，一脸的春风得意，惹得肖冬忆颇为好奇：他这是又有啥好事儿？

反倒是迟几分钟回来的苏羡意，略显局促尴尬。

肖冬忆在两人身上反复扫视，直觉告诉他：他俩有事儿！

“今天大家都辛苦了，时间也不早了，那今晚就先到这里吧。”苏永诚看一桌人都吃得差不多了，适时提出散场建议。

他又问苏羡意：“意意，你明天还回学校？”

“后天走，派出所那边可能还有点儿事。”

苏羡意原定明天返校，但出了这样的事儿，警方要求她在康城多留两天。

“都这么晚了，今晚跟我回家住？”

“不用，这里离帝景苑还近些。”

苏呈此时不断地给陆时渊使眼色，可某人愣是不搭理他，这让他有些着急。

眼神没用，两人之间还隔了点儿距离，明面儿上不能让父亲看出端倪，他只能桌下用力，抬脚去碰陆时渊的腿。

没反应？

苏呈咬牙，双手扒着桌子，用尽全身力气，用腿使劲蹭了两下。

陆时渊没反应，肖冬忆却眼神越发不对劲儿，但余光瞥了眼桌下，又扫了眼苏呈，靠近陆时渊低声说：“你家小舅子莫不是有什么毛病，老是蹭我腿干吗！”

陆时渊扭头，看向苏呈：“你肖叔叔让你别蹭他的腿。”

所有人：“……”

陆时渊此言一出，简直就是对苏呈的公开处刑。

苏呈最后是被苏永诚揪上车的，离开前还看了一眼陆时渊。

眼神哀戚，满脸怨念。

剩下的人均由陆时渊开车送回去，苏羡意要回帝景苑，自然同他一道，送完包铁航和肖冬忆，两人折返回小区时，已过零点。

苏羡意折腾了一天，困意来袭，打了几个哈欠，全靠意志力强撑着才没睡过去。

车子停好后，她看着窗外瓢泼的大雨，皱了皱眉。

由于两人都没带伞，下车后，只能小跑进单元楼，距离不算远，只是雨太大，身上不免淋湿了。

进入电梯后，苏羡意伸手掸着衣服上的雨水，又拿着纸巾擦了擦脸上的雨水。

余光却始终落在身侧的人身上。

陆时渊衣服半湿，头发却被雨水全部浸湿，有几缕发丝裹着水，湿湿地耷拉在额前，遮了一丝眉眼。

镜片上附着雨水，他摘了眼镜，拿着纸巾慢条斯理地擦拭镜片。

许是注意到苏羡意在看自己，陆时渊偏头看过去，嘴角轻翘：“怎么了？”

“没事。”苏羡意捏着纸巾，胡乱地擦了下脸。

陆时渊却在此时猝不及防地靠近。

苏羡意身子一僵，密不透风的电梯内，好似有热风袭来，心脏猛地狠狠跳了下，不知他要干吗。

“怎……怎么了？”

她声音很小，氤氲在嗓子眼，软得一塌糊涂。

“你的脸上……”陆时渊眯着眼，好似是因为近视，不得不凑近，仔细查看。

“嗯？”

苏羡意拿着纸巾，胡乱擦了两下，却惹得陆时渊忍不住低笑出声。

距离太近，温热的呼吸伴随着他的笑声忽轻忽重地落在她脸上，身上本就被雨水打湿，此时更觉得潮热黏糊。

陆时渊伸手，指着她眼睛的位置。

苏羡意本能地揉了下眼，却惹得陆时渊再度笑出声。

他的手指忽然伸过来，在她的眼睛下方轻擦了一下。

苏羡意只觉得全部的感官都集中在了那一处，他的指腹有些凉意，却轻易在她的皮肤上擦出火花，烧得她脸上那一小片皮肤酥酥麻麻，有些热。

她呼吸顿了下，眼睫毛不可控地轻颤两下。

“好像擦不掉。”

“什么？”

苏羡意以为脸上有什么脏东西，伸手不停地擦着。

而此时电梯抵达了十楼，陆时渊轻声问她：“你明天有安排吗？”

“如果派出所那边没有通知，就没什么事儿。”

“今晚算是我失约，明天中午我请你吃饭。”

苏羡意心里乐开了花，她佯装冷静地点头，完全忘了自己脸上是否有东西。

两人各自回家，苏羡意开心得不能自已，只是当她准备卸妆洗澡，看到镜子中的自己时，差点儿崩溃。

下雨，睫毛膏遇水脱妆，晕染到了眼睛下面，留了一排黑印。

自己刚才就顶着这样一张脸？

原来最尴尬的不是下雨天，而是你的睫毛膏，不防水！

苏羡意咬着牙，也顾不得此时已经半夜，打电话询问罪魁祸首：“你送我的睫毛膏，不是说三百六十度防水无死角，游泳都不脱妆？”

“你大半夜给我打电话，就为了跟我聊睫毛膏？”

“睫毛膏晕染，我现在就像顶着两个黑眼圈的大熊猫！还被他看到了！”

“哈哈——”对面的人乐不可支。

“你还有脸笑？”

“他说什么了？”

“就盯着我笑，还能说什么？”

“宝贝儿，他盯着你的时候，你该不会以为是自己今天美翻了，他被你的美貌所吸引？”对方笑得肆无忌惮，“他可能心里在想，这小熊猫真可爱，哈哈……”

“等我回去再找你算账。”苏羡意打开扬声器，把手机放在洗手台上，一脸颓丧地开始卸妆，“对了，我要迟一天回学校。”

“我懂，咱家闺女长大了。”

苏羡意挂断电话后还气得牙根痒痒。

陆时渊当时肯定觉得她丑爆了。

这一天下来，面子、里子全丢了，她的形象算是彻底没了。

刚卸完妆，苏永诚给她打来电话，询问她是否安全到家。

“刚到，您和小呈也到家了？”

“早就到了。”

“今晚的事儿您也别怪他，他毕竟是孩子，哪能想到那么多？”

“我知道，挺晚了，你早点儿休息。”

苏永诚挂了电话，又看了一眼不远处的苏呈，捡起地上的拖鞋，就朝他扔过去。

“爸，您怎么还来？”

刚下车回家，苏呈就被父亲追着满屋了跑。

消停了没一会儿，这小老头怎么又开始了。

“你小子今晚可真是出息。我给你钱，是让你拿去充大款的？”

“那是形势所迫！”

“我看你就是皮痒欠揍，要不是你，今晚能出这么多事儿？”

“怎么能怪我？分明是你看上的魏屿安，所有事情都是因为他。”

“什么叫我看上的？”

“你之前不是很喜欢他吗？非要让他做自己的女婿。我知道，你现在肯定后悔了，这人年纪大了，一时眼花看走眼很正常。”

苏永诚又被气得差点儿昏厥。

“妈，您救救我啊，我可是您唯一的儿子！”苏呈见形势不对，立马向母亲求助。

柳如岚坐在沙发上，看着父子俩满屋子乱窜，没什么表情，显然早就习以为常。她看了一眼时间，说：“别打了，他本来身上就有伤，你还真准备把他打到住院啊？”

“那是他活该。反正我有钱，住院我给他治！”

苏永诚说着，把从派出所领回的银行卡甩在桌上。

苏呈瞬间瑟瑟发抖。

柳如岚也愣了下，随即说道：“挺晚了，再这么闹下去，就该扰民了，邻居会投诉的……”

苏永诚听到这话，动作稍稍顿了一下。

苏呈心里大喜，以为逃过一劫，没想到母亲接下来的话让他的心凉了半截：“要打的话，等明天白天。”

苏呈：“……”

这种事儿还能中场休息？您可真是我亲妈！

被人恐吓威胁，爹不疼娘不爱，就连二哥都抛弃了自己，苏呈给苏羡意发信息，他觉得明天只有姐姐能救他。

结果得到的回复是：“我和二哥约好明天出门。”

几分钟后，苏羡意便在朋友圈刷到了苏呈发的动态：“今天的雨比依萍找她爸要钱那晚还大，我虽然没淋雨，但我被打得比依萍还惨。”

苏呈被打，原想故技重施，连夜收拾行李，携卡背包离家出走。

结果他刚走到门口，就听到身后传来声音：“这么早，你准备去哪儿？”

光是听声音，苏呈就吓得魂飞魄散，他扭头冲着苏永诚一笑：“爸，您怎么这么早就起床了？我出去给您和妈买早餐。”

“天没亮，鸡都没叫，出去买早餐？”苏永诚冷哼，“真孝顺。”

苏呈讪讪笑着：“心疼你们嘛。”

“给我拖着你的行李箱滚回房！”

苏永诚忽然发作，大喝一声。苏呈吓得抖了抖，抱着自己的行李箱，一路小跑，麻溜地钻回了卧室。

天亮时雨已经停了，小区里的大爷大妈们陆续出门，有晨练的，有遛狗的。

苏呈扒在窗口，看到那些狗虽然拴着绳，但是可以出去放风，脚步无比欢快。

他叹了口气，可怜自己一身傲骨，却活得不如一条狗。

早上七八点，他收到了苏羡意的慰问信息，问他昨晚被打得怎么样。

“姐，你就快要失去我这个弟弟了。”

苏羡意居然回了句：“下个弟弟更可爱。”

苏羡意此时正在洗漱，收到苏呈发来的“原来爱会消失”表情包，忍不住笑出声。

她和陆时渊约好一起吃午饭，不过在那之前要先把陆小胆送去洗澡。

陆小胆被装进猫包里时，大概是知道接下来会去哪里，表现得极度烦躁。

“它好像不太想去。”

“它已经有段时间没洗澡了，很脏。”

陆小胆趴在包里郁闷地想：洗澡这种事儿，真是半点儿由不得猫。

宠物店离帝景苑很近，到门口时，陆时渊绅士地推开门，让苏羡意先进去。伴随着门口自动感应器响起一声“欢迎光临”，几条狗从里面冲出来。

苏羡意喜欢猫猫狗狗，并不害怕，只是其中一条八哥犬欢脱地跳起扑向她的腿。

这小东西看起来不大，可是扑过来的一下力道很重！

因为单独出来约会，今天她还特意穿了条及膝的裙子，小腿完全暴露在外面，被狗一扑，有些疼。

苏羡意猝不及防地往后退了一步，撞在陆时渊胸口，肩膀随即被人稳住。

陆时渊皱了皱眉，看了一眼正打算再度扑过来的八哥犬。

那条狗使劲摇着尾巴，却愣是没敢再往前一步。

“怎么样？”陆时渊垂头，低声询问道。

两人挨得很近，他甚至可以清晰地感觉到苏羡意因为受到惊吓忽然急促的呼吸，还有她身上淡淡的馨香，十分好闻。

“我没事儿。”

苏羡意没想到这条狗力气如此大，居然险些把她扑倒，有些惊魂未定。

“没事儿就好。”

揽住她肩膀的手离开时，在她脑袋上轻轻地摩挲了一下。

苏羡意脑袋轰的一声，只觉得发丝好似都要烧起来，烫得头皮发麻。

他动作熟稔，亲昵得过分自然。

“八宝！”宠物店的老板娘闻声走出来，包括那条八哥犬，几条狗立即乖乖地退到一边。老板娘不知道自家的狗扑了人，看到两人有些诧异道，“陆医生，你来啦？”

“嗯，给猫洗澡。”显然陆时渊和她认识。

“让我看看小胆儿。”老板娘抱起陆小胆，欣慰道，“比刚捡回来的时候长了不少。那时候瘦瘦巴巴，我还想着你工作忙，如果照顾不了，就送来我这里寄养，没想到养得胖乎乎的。”

“是她养得好。”陆时渊看向苏羡意笑道。

“女朋友？”

两人一起养猫，又一块儿带猫来洗澡，模样又登对，老板娘自然以为他们是男女朋友。

苏羡意刚想解释，陆时渊就开口截断了她的话：“小胆儿是不是需要体外驱虫？”

“需要。”

此时那条叫八宝的八哥犬晃着尾巴，扭着略显肥嘟嘟的身子又凑到苏羡意脚边嗅了嗅。

“八宝！”老板娘呵斥道。

“这条狗多重啊？”苏羡意询问道。

“三十多斤，比较胖。”

这条狗……有三十多斤？

像它这类体型的泰迪也就十斤左右，这狗是真的胖。苏羡意在心里感叹。

“哎哟，你这腿——”老板娘正打算抱陆小胆去洗澡，突然注意到苏羡意腿上有几道鲜红的抓痕，问道，“八宝抓的？破皮了吗？”

苏羡意低头，才发现自己的小腿上有抓痕，她没什么感觉，只是红印看着明显。

“没事儿。”她皮肤薄，自己用指甲抓挠两下都能留下印子。

“陆医生，帮忙看一下吧，真的破皮了，就必须打针。”老板娘一只手抱着陆小胆，又高声呵斥将八宝等一众狗赶进笼子里。

“坐下吧，我帮你看看。”陆时渊指着宠物店内的一张椅子。

苏羡意嘴上说着没事儿，却拗不过陆时渊那坚决的眼神，只能坐到椅子上。

他蹲下身子查看，指腹从她小腿被抓挠的地方抚过时，有些热。

他动作温柔，半蹲在她身前，苏羡意觉得有些像偶像剧里的情节，前提是忽略周围此起彼伏的狗叫声……

“中午想吃什么？”陆时渊确定她的腿无碍，起身询问道。

“我都可以。”苏羡意不动声色地缩回腿。

“同事说万达那边有家餐厅不错。”

“那就去那边吧。”

康城的万达中心在南部新区，从这里开车过去，不堵车的情况下也得半个小时，独处时间长，苏羡意自然十分高兴。

“那我们吃完饭再回来接陆小胆。”

苏羡意点头同意，起身将裙摆往下扯了扯。

陆时渊跟老板娘打了声招呼，说他们晚些回来接猫，老板娘欣然点头。

正在洗澡的陆小胆看到主人，变得有些激动。

老板娘伸手安抚它："乖一点儿，你爸爸妈妈待会儿就会回来接你了。"

爸爸……妈妈？苏羡意的脸倏地涨红。

天气放晴后，热意再度席卷，苏羡意坐在副驾驶位！吹着空调，觉得分外舒爽，只是难得与陆时渊独处，又有些紧张雀跃。

她伸手扯了扯裙摆，双腿并拢，稍稍调整姿势。

在他面前，一言一行，她都想表现得完美。

"你明天什么时候回学校？"陆时渊双手搭在方向盘上，看似随意地开口。

"上午八点多的高铁，可以赶上回校吃午饭。"

"要在学校待多久？"

"可能要十天半个月，不好说。"

"一直忘记问了，你是学什么专业的？"

"数学。"

闻言，陆时渊似乎有些诧异，偏头看了她一眼："喜欢数学？"

"这是当时报考学校惹的祸。我当时有些死心眼，一心想报考我们学校，填报志愿时，我的分数就在边缘的位置，担心录不上，往年学校数学专业分数稍低，我就选了这个，没想到……"

报考学校，要么考虑学校，要么考虑专业，苏羡意当时就是冲着学校去的。

陆时渊低笑出声："那你们班女生多吗？"

"还好，有十几个，没有大家想象的那么少，不过我当时去报到的时间比较迟，和其他专业的同学分在了一个宿舍。"

这也是为什么她答辩结束了，室友还在熬夜改论文的原因。

专业不同，答辩时间不一样。

"平时学习感觉怎么样？"

"挺好的，就是考试时感觉要疯。"

"大学四年，都没有谈恋爱？"陆时渊问得漫不经心，好似在闲话家常。

苏羡意却忽然有些紧张，许是没想到他会谈及这个话题，难以置信地看了他一眼。

此时车子途经一个红灯路口，陆时渊也转头看她。

苏羡意急忙摇头："没有，我一直在专心学习。"

醉心学业，无心恋爱。

就在这时，陆时渊忽然稍稍倾身，伸手过来，苏羡意心底一惊，不知他想干吗。

他的手越过她，将副驾驶位前方的遮阳板翻下来，将她的脸遮挡在阴影之下。他冲她勾了下唇：“阳光照着，也不觉得热？”

“还好。”

苏羡意光顾着在意自己的各种举止形象问题，哪儿管阳光是否刺眼，方才并不觉得热，只是他这贴心的举动惹得她心头一燥。

车子停在地下车库，两人搭乘电梯直接抵达位于四楼的餐厅。

陆时渊绅士且贴心，给她递了湿纸巾擦手又帮忙倒水，点菜时也很照顾她的口味。

苏羡意心里感叹：这样的好男人，真的入股不亏。

吃完饭，结账时，苏羡意原打算自己请客，可当她和陆时渊同时把付款码递过去时，收银员直接略过了她。

“现在就回去，还是在这里转转？”结完账，陆时渊问道。

苏羡意哪里甘心现在就回家，说：“转转吧。”

她视线一扫，看到不远处的一家奶茶店，说：“那我请你喝奶茶。”

不待陆时渊开口，苏羡意就小跑到奶茶店，买了两杯不同口味的奶茶回来让他选。

陆时渊从来不喝奶茶，只是苏羡意一片心意，他笑着接过尝了口。

“怎么样？好喝吗？我不知道你爱喝什么，就按照我喜欢的点了。”

“你喜欢的？”

“不好喝？你是不是不爱喝这个？”苏羡意此时也觉得他穿着精英体面，拿着杯奶茶，怎么看都有些违和感。

“偶尔喝一次，感觉挺好，很好喝。”

两人没有目的地在商场内闲逛，苏羡意咬着奶茶吸管，总觉得这么漫无目的地走下去也不是办法，总要找点儿事情做。

玩密室，剧本杀，看电影……她的脑海里飞快地闪过了诸多游乐项目，又一一否决。

直至她看到了一家眼镜店。

“二哥，上次我把你的眼镜弄坏了，你请我吃饭，要不我帮你配副眼镜吧？”

“不用了。”

“就去看看吧，反正也没什么事儿。”

配眼镜这事儿，苏羡意惦记了很久，陆时渊看她一脸期待，便点头同意了。

眼镜店人不多，除了两三个工作人员，只有两个小女生在挑选太阳镜。看到两人进门，工作人员热情招呼，询问想买什么眼镜。

“配眼镜？那先选镜框，再选镜片，我们这里什么价位和款式的都有，看你需要什么样的。”

陆时渊看了一眼柜台里的镜框，似乎没什么兴致。

苏羡意上次在苏呈学校门口的眼镜店就选过一次，虽然当时没要到他的近视度数，但心里已经有了心仪的镜框款式。

她粗粗看了一眼店内的柜台，指着一副银边的镜框看向陆时渊：“二哥，这个怎么样？”

陆时渊还没开口，工作人员已经热情地把镜框取出来：“先生，试一下吧，挑眼镜不能光看，一定要上脸才能看出效果。”

“试试？”苏羡意试探着开口。

“好。”

陆时渊摘下自己的眼镜，稍稍低头，将苏羡意选好的镜框戴在鼻梁上，抬头看她：“怎么样？”

苏羡意原本在低头继续看镜框，闻声扭头看过去。

她没想到自己和陆时渊此时距离这么近。

颜值的正面暴击，这谁受得了？

“怎么样，好看吗？”

陆时渊手指扶了下镜框，嘴角带着一点儿笑。莫名地，她觉得这笑容有点儿邪乎。

这款镜框明明中规中矩的啊……怎么被他一戴，就有点儿斯文败类的感觉？

“挺……挺好。”苏羡意努力压着狂乱的心跳回答道。

之后，陆时渊又试了好几副镜框，款式风格都不同，苏羡意本想给他配副眼镜，结果自己却遭到了重击。

每种风格陆时渊都能轻松驾驭，就连略显死板的黑框，都能被他戴出不一样的味道。

每次陆时渊戴上眼镜，询问她意见时，于她来说，都是一种颜值暴击。

最后因为挑花了眼，苏羡意迟迟做不了决定。而此时陆时渊接到医院电话，两人只能匆匆往回赶。

大家看到陆时渊拿着奶茶出现在会议室时，瞠目结舌。

会议室里，大家面前摆放有陶瓷杯、保温杯或者咖啡杯，唯独陆时渊面前是杯奶茶。

奇奇怪怪又格格不入。

“你……你怎么突然喝奶茶？”肖冬忆疑惑道。

“我不能喝？”

“我不是这个意思……”

“国家提倡节俭不浪费，买了自然要把它喝完。”

肖冬忆皱眉：我不是在和你讨论节俭浪费的问题啊！

陆时渊在肖冬忆一副活见鬼的表情下喝了一口奶茶，浓郁香甜的味道充斥着味蕾，甜而不腻，忽然想起她发烧时的那个吻。

这奶茶的甜度，有点儿……像她的味道。

多年友情，旁人看不出来，肖冬忆却瞧出了他微表情里的一丝荡漾。

陆时渊，你丫今天春心萌动啊！

陆时渊一行人带来康城的医疗科研项目原本已经告一段落，这次临时被叫过来，是有个危重病患急需手术，所以院方紧急召集各科室骨干开会讨论手术方案。

“小陆，知道你难得放假休息，原本不该叫你的，只是这次病人情况特殊……”陈主任歉意地冲他笑了笑。

“没关系。”陆时渊低头翻看着病人的资料，“他不是我们院的病人？”

“对，外地的，正在转院途中，还有三个小时左右到我们医院。人一到，立马手术，时间紧急啊！”

接下来的时间格外紧张，陆时渊在进手术室之前给苏羡意打了个电话。

“我不知道要忙到几点，陆小胆就拜托你照顾了，如果明早你离开前我还没回去，你就直接把它送到我家里。”

苏羡意一一记着，挂断电话时，才发现自己被围观了。

苏永诚和苏呈坐在她对面，一个品着手中的茶，一个拿着钢勺，舀着怀中的半个西瓜。

“你们这么看着我干吗？”

由于明天要返校，苏羡意与陆时渊刚分开，就被父亲一通电话叫回家吃晚饭。

“你和他，私下关系很好？”苏永诚按捺不住激动又八卦的心问道。

“还好。”

“你都可以随意进出他家里了，这叫还好？”

苏羡意觉得父亲说话越发不着调了，坐到苏呈身边：“西瓜甜吗？”

“还不错。”

“我尝尝。”苏羡意拿起一个勺子，挖了勺冰镇西瓜放进嘴里。

苏呈靠在她耳边，低声说：“不过西瓜再甜，也没有你刚才接到二哥电话时笑得甜。”

“西瓜都堵不住你的嘴。”

“这世上没有任何东西可以堵住我的嘴。”

苏呈说得大言不惭，笑得也越发放肆。

“迟早会有那么一个女生，可以收拾得了你！”

“我的理想是星辰大海，岂能被小情小爱所束缚，我是要干大事的人……”苏呈小嘴说得信誓旦旦，“姐，你听过那句话没，智者不入爱河。”

“上学期间，就没喜欢过哪个女生？”

“我如此优秀，你觉得这世上有人配得上我？”

“……”

苏永诚方才全程目睹了苏羡意与陆时渊打电话，越发觉得陆时渊做他女婿这事儿很靠谱，吃了晚饭后，又特意让柳如岚打包了一个餐盒塞给苏羡意。

“爸，您这是……”苏羡意一脸蒙。

“今晚原本是打算把时渊叫过来一起吃饭的，只是听你打电话，知道他忙，肯定还没吃饭，这里面有肉有鱼，你送去医院给他。”

“我给他送饭？”

“昨天晚上，你和小呈出事，人家半夜都去了派出所，让你给他送个饭怎么了？反正医院离你住的地方近，也顺路。”

苏永诚看着她，语重心长地道：“意意啊，做人嘛，一定要懂得感恩。人与人交往啊，无非就是别人对你好，你也要对他好，只有互相疼爱，感情才会好。”

苏呈努力憋着笑：爸，您这助攻得也太明显了。

苏羡意皱了皱眉，总觉得父亲这话听着不太对劲儿。

借着送饭，苏羡意可以正大光明去找他，不用寻其他借口，她倒也高兴。

她到医院时，已过了下班时间，走廊空荡无人，陆时渊办公室的门也紧闭着。她找了值班医生打听，说是下午就进了手术室，现在还没出来，手术具体几点结束也不确定。

手术结束时，已是零点。

“喏，陈主任请的。”手术结束后，肖冬忆揉了揉后颈，递了杯黑咖啡给陆时渊，“手术是挺成功，不过病人情况不稳定，今晚肯定回不去，喝点儿咖啡提提神。”

陆时渊接过咖啡，啜了一口。

还不如奶茶好喝……至少奶茶甜。

“回办公室睡会儿？”肖冬忆还在揉搓酸胀的后颈，“你待会儿帮我按一下脖子，疼得要命。”

陆时渊点头。

两人走到办公室门口，楼层值班护士走过来，指了指不远处。

只见苏羡意怀中抱着一个帆布袋，坐在墙边长椅上，低垂着头，好似睡着了。

肖冬忆还没回过神，陆时渊就把咖啡塞到他手里，转身朝苏羡意走过去。

陆时渊脱下身上的白大褂，披在了她身上，动作小心，脸上露出肖冬忆从未见过的温柔。

当白大褂落在肩上时，苏羡意便醒了。

此时陆时渊俯身弯腰，站在她面前，双手捏在白大褂的领口，落在她肩头。

好似将她整个人都包裹在了衣服与身体里。

医院的冷气开得足，吹得人浑身尽是凉意，而他的衣服上还残留着体温，一点点地蚕食着她皮肤上的寒意，温度慢慢回升。

“来多久了？”

他开口，气息温热，吹得她脸上凉意尽散，只余他呼吸的余热。

“我……”

苏羡意睡得有些蒙，意识还有些混沌，更不知现在是几时几分。

“穿着吧，跟我进来。”陆时渊很自然地拿过她怀里的帆布包，示意她起身随自己进办公室。

苏羡意维持一个姿势太久，起身又猛，双腿发麻，险些要跌回去。她本能地伸手想扶个东西稳住身体，一把抓住了陆时渊的衣服。

一扯一拽，将他衬衣下方都拧得变了形。

“二哥，对不起！”

苏羡意手刚松，下一秒，手腕被托住，被他攥在了手心。

“腿麻了？”陆时渊低声道。

“嗯。”

“走几步，或者跳一跳，增强下肢血液循环。”

苏羡意不想在他面前跳来跳去，轻轻剁了两下脚，觉得舒服了许多，陆时渊却没松开手，好似她腿脚还不利落一样，牵着她进了办公室。

他手心微烫，贴着她的手腕，热度好似烫进动脉，一点点流入心脏，让她浑身都热了起来。

肖冬忆目睹了全程，有些怀疑：这还是他认识的那个陆时渊？

“今晚回家吃饭，我爸知道你很忙，估计没时间吃饭，让我给你带点儿吃的，不过都凉了。”苏羡意打开餐盒说道。

“医院有微波炉，热一下就行。”

陆时渊刚说完，肖冬忆就闻着饭香凑了上来：“小外甥女，真香啊！”

苏羡意看了他一眼：“肖叔叔，抱歉啊，我不知道你今晚也在，只带了一人份的。”

好嘛，吃完狗粮，连口饭都不给吃。

没事儿，我喝咖啡，可今晚的咖啡……真苦！

第十一章

最初的相识

得知陆时渊今晚不能回家，苏羡意也没久留。

直至第二天坐上返校的高铁，她也没再见到陆时渊。

而这一夜，医院也很忙碌，约莫凌晨四点，病人情况突变，众人进手术室后再出来时，已是上午十点多。

“我终于可以回去睡个觉了，你也能去找小外甥女了。”肖冬忆拍着陆时渊的肩膀调侃道。

“她今天回学校。”

“那你们岂不是要开始异地恋？”肖冬忆忽然一笑，“不对，你们还没开始谈恋爱。”

某人笑得嘚瑟，脱下手术衣时，还颠颠儿地唱着：“今天天气好晴朗，处处好风光呀好风光……”

陆时渊没理他，拿起手机，就看到来自苏羡意的几条未读信息。

陆时渊正回复信息时，肖冬忆洗完手凑了上来：“哎，担不担心？”

“担心什么？”

“大学里的那些小男生啊，热血沸腾，精力旺盛，身强体壮……最重要的是年轻。想想我们貌美如花的小外甥女进了这样的狼窝，就连我也会担心到睡不着觉。”

“其实我比较担心你。”

“担心我？”肖冬忆皱眉。

“自己还单身，却整天为了别人的爱情操碎了心，辗转反侧，夜不能寐，你的心可真大。”

“……”肖冬忆被噎得脸色铁青。

他一点儿都不明白，为什么这么多人喜欢陆时渊，甜甜的恋爱何时才能轮到他？

陆时渊回到家时，看了一眼隔壁房门，他心情不好，不是因为肖冬忆的话，而是苏羡意还没回他信息。

当他开了门准备进屋时，陆小胆伸着懒腰，踩着猫步朝他扭来，他敏锐地察觉家中有人。

难道她还没走？

连鞋子都没换，陆时渊快步进屋，刚走两步就看到一个穿着花色裤衩，趴在沙发边，正撅着屁股往沙发下摸东西的人。

光是看裤衩都知道是谁！

“二哥，你回来啦！”苏呈扭头看他，从沙发下面掏出毛线球扔给陆小胆，小家伙立刻扑上去，玩得不亦乐乎。

“你怎么来了？”

苏呈皱眉：二哥上次没有救他就算了，怎么现在对他如此冷淡？

以前那个会拿 PSP 游戏机给他玩，帮他削苹果的二哥多好啊，难道感情真的会随着时间一起消失？

“我姐早上走得急，让我来搬猫舍，我就多留了一会儿。”苏呈好不容易出来，宁愿逗猫也不愿回家。

“中午吃完饭再走？”

“好啊！”苏呈急忙点头，满口答应。

苏羡意昨夜从医院回家，洗漱完上床睡觉已接近凌晨两点，一大早起来收拾行李，打扫卫生。

苏永诚亲自开车送她去了高铁站，又给她拿了两大包零食，还有一些洗好的水果，拎着满满的父爱赶车，差点儿把她的手累断。

上车后，她就沉沉睡了过去，待醒来时车已快到站。

看到陆时渊的信息后，她匆匆回了条：“我准备下车了，晚些联系。”

刚出站，苏羡意就接到了室友的电话。

“我在出站口，你出来就能看到我了。”

果然，苏羡意一出站，就远远地看到高举遮阳伞冲她挥手的人。

周小楼扎着马尾，穿了一件白 T，搭配七分牛仔裤，抬臂冲她招手时，隐约露出一截细腰。她见到苏羡意就笑着冲过去：“你可算是出来了，我都热得快融化了。”

“就你一个人？”

“有男朋友的跑去约会了，还有个昨夜通宵追剧，这会儿仍在床上躺着，还让我回去帮她带午饭。你还指望她们来接你？”

说话时，她拉过苏羡意手中的行李箱。

“看到了没？只有我对你才是真爱。”

苏羡意住的是四人间，其他三人都是对外汉语专业的。

苏羡意很喜欢“周小楼”这个名字，带着点儿民国风的感觉，又是文学院的，她想那定然是个温柔知性的女生。

结果报到当天进来个瘦瘦高高、顶着一头短发的假小子。

周小楼直接爽利，两人床位又紧挨着，虽然专业不同，关系却特别好。

……

“不是说好昨天回来，怎么突然推迟了？”周小楼一只手拎着苏羡意的行李箱，另一只手撑着把遮阳伞。

“家里出了点儿事儿。”

“你那后妈和同父异母的弟弟欺负你了？”

“没有，其他的事儿。”

“你家陆医生啊？”周小楼冲她笑得不怀好意，“苏羡意，你和他还能再遇到，还那么巧是你相亲对象的舅舅。这种缘分，你不直接扑倒他，还在等什么？！”

“这么直接？不会吓到他？”

“我相信学医的人都拥有一颗强大的心脏。”

……

两人打车到学校，买饭带回宿舍吃，李思这才从被子里钻出头和苏羡意打招呼。她顶着两个黑眼圈看向周小楼：“我的米线呢？”

“这里，多辣多醋！”周小楼把打包的米线搁在她桌上。

“谢啦，待会儿转钱给你。”

苏羡意把行李放下，给父母分别打了电话报平安，然后洗了把脸，坐下吃午饭。结果周小楼和李思不吃饭，八卦热情高涨，你一言我一语，全在打听陆时渊的事儿。

“你们太八卦了。”

“那你告诉我，你去康城那么久，一没找到工作，二没把他泡到手，那你每天都在干吗？”周小楼瞅着她，一脸嫌弃。

“我有其他正事要做。”

“我的天哪，住在对门，近水楼台你却什么都没做，我该说你什么好？”周小楼说得痛心疾首，“你说你，人美屁股翘，稍微勾勾手，还怕男人不上套？”

闻言，苏羡意头疼得紧，李思则在一旁努力憋着笑。

她拿起手机给陆时渊发信息：“我到宿舍了，在吃饭，你在干吗？”

陆时渊回了条语音，苏羡意刚准备戴上耳机，就被周小楼发现了，强烈要求听一下他的声音。

苏羡意拗不过她，想着两人正常聊天，倒也没什么话不能听。

她点开语音，打开扬声器。

“我啊……”陆时渊声音顿了下，伴随着一丝沙沙的电流，有极短促的笑声传来，低沉且勾人，“一直在等你的信息。”

宿舍安静数秒后，周小楼激动地嗷嗷直叫：“苏羡意，冲着他的声音，这门婚事我准了！”

“……”

陆时渊此时正和苏呈在一起。

他回复完语音，苏呈就颇为警觉地看了他一眼：“二哥，你在和谁发语音？”

苏呈不知道对方是自家姐姐，他此番过来，一是为了搬猫舍，二是要帮姐姐盯人。苏永诚估计也有此意，所以当苏呈说留在陆时渊这里吃饭时，他没反对。

“怎么？想知道？”

苏呈讪讪笑道：“我就随口问问。”

“上次你说想去你姐学校玩，准备什么时候走？”

“我很想去，可是刚出了前几天的事儿，我爸连银行卡都不许我用了，肯定不会让我单独出门。”苏呈叹了口气。

“如果有人陪着，他就能让你去？”

“那也得是我爸信任，觉得可靠，能管住我的……”苏呈说着说着，目光往陆时渊身上瞄，“二哥，你最近忙吗？”

陆时渊挑眉：“我很忙。”

“之前就听你说康城这边的工作快结束了，应该会有假期吧……”苏呈一脸期待，“二哥，救救孩子吧。”

苏呈摆出最乖巧的姿态，看着陆时渊，微笑眯眼，满脸期待，就像一只温驯的大狗。

接着，他谄媚讨好、嗲声嗲气地喊了声："二哥——"

陆时渊神色未变，只是默默放下筷子，起身离开餐桌。

"二哥，你不吃了？"

"有点儿反胃。"

有些人撒娇让人觉得可爱，有些人撒娇……真的瞎眼睛辣耳朵。

苏呈吸了口气，再接再厉，跟在他屁股后面："你平时工作那么忙，休假就该好好放松，多出去转转，看看外面的世界。"

"天热，不适宜旅游。"陆时渊回了他一句，抱起陆小胆，给它顺毛。

"我姐在海城，依山靠海，这去海边啊，就得天热些，绝对好玩。"

"没兴趣。"

"二哥，旅游是其次。你也知道我们家的情况，我和我姐这种关系很特殊，这么多年都没见过，我真的很想多亲近了解她，出去玩都是借口……"苏呈说着叹了口气，"你可能不太明白我们这种重组家庭相处是很难的。第一次见到姐姐，我紧张又忐忑，生怕姐姐不喜欢我，只能强装镇定，摆酷装帅武装自己……"

苏呈把自己说得悲情又苦逼，一把鼻涕一把泪，试图博得陆时渊的同情。

陆时渊则拿起手机，查看苏羡意的回复。

苏羡意不知道这些，和陆时渊聊了几句，知道他熬了整整一宿，便让他好好休息。

周小楼还在为陆时渊的声音兴奋不已。

"小楼，你觉得陆医生的声音和你家老李比怎么样？"李思托腮看着她。

"那……"周小楼清了下嗓子，道，"还是不能比的，谁不知道世界第一甜，华锐李泽言啊！这毕竟是我氪过金的老公。"

周小楼还没追星时，痴迷过《恋与制 × 人》。

说话间，宿舍门被推开。

进来的女生披着一头长卷发，气质温柔，文静又秀气。

见到苏羡意，她笑着打了招呼，把手中的奶茶递给她："喏，给你带的。"

"就知道我家可可最好。"苏羡意笑着接过奶茶。

“郭可可，我们的呢？”周小楼伸手讨要。

“你和思思不是嚷嚷着要为了拍毕业照减肥，把奶茶戒了吗？”郭可可笑着说，她是她们宿舍唯一脱单的姑娘。

苏羡意看向她：“你不是跟男朋友出去了？这么早回来，吃午饭了吗？”

“吃了，我要出去打热水，帮你带一壶。”

“谢谢。”

室友四年，她们经常互相帮忙打热水，苏羡意倒也没客气，只是把自己的水卡递过去。

“不需要，用我的就行。”

等郭可可出去了，苏羡意才收起水卡，看了一眼周小楼：“她平时上午出去约会，都要下午或者晚上才回来，今天怎么回来得这么早？而且……我感觉她有点儿怪怪的。”

朝夕相处四年，彼此之间就算是些细枝末节的小情绪也能察觉到。

“好像最近在闹分手。”

“她和她男朋友是老乡，感情一直很稳定啊！”

“就毕业工作那点事儿呗。原本两人约好一起回老家，可可好不容易考上编制，这陈洪凯不知哪根筋搭错了，说想去北上广，还让可可跟他一起去。”周小楼解释着道。

李思接着说：“可可那么努力，好不容易考上编制，肯定不想放弃，可陈洪凯似乎很执着，还非得让可可陪他去。”

“说是担心异地会分手。”周小楼耸肩，“他如果早点儿说还好，可可连面试都过了，他忽然说想去外地发展，真自私。”

苏羡意默默地吸了两口奶茶。

郭可可是她们宿舍脾气最好，最温柔的姑娘。

虽然有些内向，平时说话也低声细语，但若是找她帮忙，无有不应的。她不但不喜欢麻烦别人，而且不太懂拒绝别人。

遇到这种事儿，她肯定是被动的一方。

周小楼忽然看向她：“意意，你毕业不是要去燕城？你家陆医生在康城，你们怎么办？”

“他在康城只是临时性的，以后应该要回燕城。”

“苏羡意，你俩要是不结婚很难收场！”

“……”

苏呈提及苏永诚这么多年对自己的管束，掐着大腿，硬生生挤出了一滴眼泪。

陆小胆似乎听困了，张嘴打着哈欠。

陆时渊看了他一眼："真的这么想去？"

"我的话是不是有点儿多？二哥，我不为难你，我只是觉得毕业对我姐来说应该很重要……她以前的人生我没来得及参与，她的未来我想陪在她左右。现在看来，这可能只是种奢望吧。"苏呈说完，低头摆弄着裤衩上的系带。

一副甚是无助的小可怜模样。

陆时渊瞥了他一眼，道："你如果真想去，我可以陪你，不过，你父亲那边，不一定会同意。"

苏呈立刻兴奋得像个小鸡崽："不会的，只要你和我父亲开口，他绝对会同意，相信我！"

父子斗法那么多年，苏永诚那点儿心思他早就摸透了。

"那我试试，不过要等我的工作告一段落后，还需要两三天。"

"没问题，看你的时间安排，我都有空。"

陆时渊起身："我昨天熬了一宿，现在要去睡觉。"

"你去睡吧，收拾餐桌，喂猫铲屎，打扫卫生全部交给我。你还有其他事儿吗？尽管吩咐。"苏呈此时就是个活脱脱的小狗腿。

待陆时渊回屋休息，苏呈才兴奋得在客厅上蹿下跳。

二哥还是心软的，姐姐如果看到自己把二哥忽悠过去，肯定很高兴。

他不但可以借此脱离父亲的掌控，又能给姐姐助攻，他可真是个天才！

苏呈吹着口哨，一边收拾餐桌、打扫卫生，还不忘揉一揉被掐得发红的大腿。

这一下没白掐，值了！

苏羡意不知道这些，在郭可可打水回来后，给室友们分发零食、水果。

都是苏永诚强塞给她的，她根本吃不完。

分完东西后，四人又围在一起讨论拍毕业照的事儿，摄影师是她们自己找的，约在三天后拍摄。几个小姐妹都很兴奋，已经去网上搜了攻略，对该穿什么衣服，如何摆造型也有了一定的了解。

陆时渊关上门，摘了眼镜，嘴角一勾，无声地笑了笑。

这孩子终究是孩子……

单纯，天真，什么心思都摆在脸上。

苏羡意返校后并没闲着，和小姐妹相聚总有聊不完的话题，处理毕业的一些琐事也需要时间，还要收拾四年来的个人物品，宿舍地面经常堆满杂物，甚至找不到落脚地。

“意意，我刚才去给辅导员交就业协议，看到你们班的团支书了。”周小楼刚从外面回来，热出一身汗。

“是吗？”苏羡意正在门口打包的准备邮寄东西，回答得漫不经心。

“他问我你回来没，还问你想去哪里工作。”周小楼笑得高深莫测。

李思接茬道：“这都四年了，还没放弃啊。意意，其实你们班团支书对你也挺痴情的。”

“别说你们数科院，就连我们文院都不少人知道他喜欢你，不过他怎么一直没跟你表白啊？他在学校也挺有名的，长得又很帅，没想到这么㞞。”周小楼说着，凑到苏羡意身边，“哎，有你家陆医生的照片吗？给我看看。”

“没有。”

“他应该不是中年油腻大叔吧。”

苏羡意瞪了她一眼：“我家二哥很帅！”

整个宿舍，除了苏羡意，至今没人见过陆时渊长什么样。

学医本就不容易，如果正常毕业后进医院工作，到可以独当一面，肯定要熬上许多年，苏羡意又说他是相亲对象的舅舅，便加深了几人对陆时渊的印象——年纪肯定不小了。

好在现在流行大叔，只要苏羡意喜欢，年龄都不是问题。

说话时，郭可可推门进来，红着一双眼。

苏羡意就在门口，见状蹙了蹙眉，上前询问：“可可，怎么了？”

周小楼和李思对视一眼，似乎明白了什么，刚要上前关心，郭可可就一把抱住苏羡意，哭得上气不接下气：“他要和我分手——”

“没事儿，别哭。”苏羡意伸手轻拍她的后背。

待郭可可心情稍微平复些，才哽咽着说出男友想要分手的原因。

“……他非要我放弃编制跟他出去，我不愿意，他就说我不爱他，说我不在乎两人之间的感情，要分手。”

苏羡意听得眉头直皱，周小楼脾气躁些，一拍桌子跳起来：“既然他这么在乎你俩之间的感情，为什么他不能陪你回老家？凭什么要你妥协？真是听得我火大！什么狗东西？倒不如分手得了。”

李思劝着：“你先冷静点儿。”

“我要怎么冷静，当初他们在一起的时候，我就觉得不靠谱，那陈洪凯就不是什么好东西！”

郭可可只垂头掉眼泪，苏羡意给她递过去纸巾。

两人交往时，所有人都很惊讶，觉得他们根本不是一个世界的人，一个温柔沉静，另一个则是出了名的爱玩，宿舍三人并不看好他们，与陈洪凯也只吃过几次饭，接触不多。

他们在一起后，陈洪凯对郭可可还不错，许多人说他是遇到对的人，浪子收心了……

感情一事儿，素来都是冷暖自知。只要郭可可开心，没受欺负，苏羡意三人自然不会管太多。

“这种自私的男人不值得你为他哭，分手也挺好。”李思早就看不过眼，此时也劝道。

“就是，天涯何处无芳草，下个男人更乖巧！”周小楼接道。

这话倒惹得郭可可破涕为笑。

“再说了，没有他，你还有我们啊……”李思搂着她的肩，道，“就算以后没男友，不结婚，咱们四人也能一起过一辈子。”

周小楼一听这话，随即说道：“就是，姐妹一生一起走，谁先脱单谁是狗。”

苏羡意：“……”

在三人的安慰下，郭可可心情平复下来，说等宿舍拍完毕业照再处理和男友的事儿，她可能已经预知到了结果，却又始终有些不甘心，不愿面对。

拍照当天，几人早早起来洗漱、化妆，带上需要更换的衣服、鞋子，找摄影师会合。

原本觉得拍照是件简单的事儿，结果折腾了大半天。

从教室、操场，一路辗转到学校天台，待天将黑才回到宿舍。苏羡意趴在床上，累得连胳膊都抬不起来了。

“都快晚上八点了，不吃晚饭啊？”周小楼仍旧热情高涨。

“我的腿都要断了，歇会儿再说。”李思连说话声音都小了许多。

“要不直接去吃烧烤？”周小楼提议。

苏羡意默默地举手表示赞同。

为了拍照好看，几人最近都在控制饮食，待店家将烧烤端上来后，几人就迫不及待地狼吞虎咽起来。周小楼见状连声咋舌：“太不优雅了！”

结果她撸串的动作比谁都豪放。喝着冰可乐，还高喊“老板再加两个大腰子”。

吃完烧烤已是晚上十点多，几人吹着风，一路逛回去。

路过一家 KTV 时，周小楼看向苏羡意：“还记得这家 KTV 吗？你喝醉酒在包厢大骂陆医生渣男，没想到你喝醉酒那么搞笑。”

“你若是不说，咱们还能做朋友。”苏羡意挑眉。

“要不要去唱歌？反正回宿舍也没事儿。”

“明天下午我们院要拍集体毕业照。”

“那也是明天下午的事儿，不耽误我们唱歌。”周小楼笑道。

“我不去！”苏羡意果断拒绝。

“要不去喝酒？”周小楼指指不远处的一家酒吧。

这是离学校最近的一家酒吧，来消费的基本是学生，大学四年，她们还从未进去过。几人对视了一眼，心里都想着即将毕业，可以放纵一次。

四人进入酒吧就看到有个姑娘正在台上唱歌，几盏射灯照在她身上，透出一种迷离的美感。

酒吧的卡座里三三两两地坐着人，大家喝着酒低声交谈着。

因为是面向学生，所以酒吧环境还算清幽干净。

服务生领着四人到了一个卡座，虽是第一次来，但也不能露怯，几人像熟客一样，点了几杯喝的。

结果酒水上桌，周小楼点的酒最烈，刚抿一口就被呛红了脸，惹得几人大笑不止。

四人举着酒杯，拍了张照。

苏羡意还在朋友圈发了条屏蔽父母长辈的动态。

此时一首歌结束，众人鼓掌，所有人的注意力集中到台中央的女孩儿身上。

苏羡意只抬头看了一眼，便低头回信息。

苏呈正问她是不是在酒吧喝酒。

此时坐在她边上的李思不停地用胳膊肘撞她。

“怎么了？”苏羡意以为她有什么事儿。

“咯——”李思轻咳一声，示意苏羡意看台上。

女生唱完后，有男生上台献花。

当女生一脸娇羞地接过花时，酒吧内响起了欢呼起哄声，甚至有些爱闹的，还高声嚷嚷着“亲一个”。

这原本是再寻常不过的事儿，可这个男生的背影怎么有点儿眼熟?

苏羡意忽然扭头看向郭可可。

她正死死地盯着台上，脸上血色尽褪，端着酒杯的手轻轻颤着，酒水洒了也浑然未觉。

苏呈发完信息，久得不到回复，无奈叹息：“二哥，我姐居然去喝酒了！还不回我信息，那我们怎么办？我还想给她一个惊喜的。”

“去哪里喝酒了？”陆时渊开着车，车载导航显示，他们现在所处的位置距离海城大学还有二十公里，大约需要半个小时。

“我姐发的朋友圈，定位的地址是后巷酒吧。”

陆时渊点了点头。

“二哥，你以前来过海城吗？”

“嗯。”

“来旅游？”

这里不仅是海滨城市，也是旅游胜地。

“工作。”

“你还来海城工作过？”

“救灾。”

苏呈突然记起几年前海城确实发生过一次特大台风灾害。因为这里不仅靠海，还依着山，先是台风侵袭，后又引发了洪水泥石流，造成了许多人员伤亡。那年夏天，新闻每天都在播报抢险救灾的最新情况。

“当医生可真不容易。”苏呈抿了抿嘴，“二哥，那次有没有发生什么让你印象深刻的事儿？”

陆时渊手指轻叩着方向盘，路灯飞快地掠过车窗，光影交织，忽明忽暗。

他低声说了一句：“我在这里……救治过一个小姑娘。”

今夜的海城，夏风热烈，灯影温柔。

一个姑娘？苏呈心里一惊，难不成我嗑的 CP 要分了？这绝对不行！

他低头玩着手机，状似无意地打听：“什么样的姑娘会让你印象深刻？是救治过程让你印象深刻，还是长得很漂亮啊？”

“她啊……”陆时渊低声一笑，莫名宠溺，“很特别。”

苏呈皱眉，暗叫不好。

一个男人夸女生漂亮、善良都无所谓，说她特别，那就是与众不同喽！

他低头，给苏羡意发信息："姐，史无前例大危机！"

可发过去的信息好似石沉大海，没有得到任何回复。

后巷酒吧。

周围的起哄声越发热烈，台上的女生怀抱一束花，玫瑰的热烈将她的小脸衬得越发娇俏，两人亲密地牵手走向不远处的一个包厢。

门一关，隔绝了外界所有的关注。

"那个……"周小楼看得目瞪口呆，扭头看向郭可可。

郭可可攥着酒杯的手指不停地轻颤，却还在强装镇定。

周小楼怀疑自己眼花了，又看向苏羡意和李思。

她从两人的表情看出，自己绝对没看错！刚才上台献花的，就是陈洪凯。

周小楼是个急脾气，她将酒杯撂在桌上就要往外冲："我要去打死他！"

"小楼！"郭可可急忙拽住她。

"我现在就召集人手，我好歹在篮球队待过，还认识几个体院的，找几个人不成问题，看我不弄死这个人渣。"周小楼一边怒骂道，一边掏出手机，准备发消息，"敢欺负我姐妹？谁给他的狗胆！"

"小楼……"郭可可死死攥着她的衣服，一脸恳求。

郭可可自小教养就好，又乖巧温柔，循规蹈矩，遇到这样的背叛，她明显慌了，却本能地选择先委屈自己。

"郭可可，这渣男都……"周小楼见不得好友受这种委屈，气得不行。

"我们先回去吧，今天拍照好累。"郭可可挤出一丝微笑，"那个……今晚这顿酒我请客。"

郭可可态度如此，苏羡意给周小楼递了个眼色，拽着她先离开了酒吧。刚从酒吧出来，周小楼就气得骂了几句脏话。

等郭可可和李思出来后，周小楼看着郭可可："他要和你分手，真的是因为你不愿意放弃工作？"

"我原本以为是……"郭可可双眼通红，声音哽咽到打战，"所以我一直觉得是我的错，才会造成现在这种局面！"

"可……可能刚才的事儿，是不是有什么误会呢？"郭可可这话，明显是在自欺欺人。

"那你现在给他打电话，问他在干什么。你们还没分手，问一下男友在干什么不过分吧。"周小楼叉着腰，气到呼吸不畅。

郭可可也想问个清楚，便拿出手机，拨通电话。

打了两次才接通，周小楼示意她开免提。

郭可可还没开口，对方已经不耐烦了："郭可可，我不是说了吗？要么你跟我走，要么我们就分手。"

"那如果我愿意放弃编制跟你走呢？你就不跟我分手了？"

苏羡意眉头紧皱。

陈洪凯在电话那头笑了笑："你愿意，你爸妈同意？别这么天真行吗？"

"如果我家人同意呢？我们还能继续在一起吗？"

对方似乎愣了下，才说："你爸妈不可能答应的，就这么分手吧，别黏黏糊糊的，免得以后连朋友都没得做，我和室友在打游戏，先挂了！"

事到如今，他还不肯说实话！

周小楼本就怒火攻心，听到陈洪凯在电话那头说话还如此嚣张，气不打一处来，急吼吼地又冲进了酒吧。

"小楼！"郭可可没拦住她。

"我进去看看。"苏羡意说着跟了进去。

陈洪凯出了包厢后才接听电话，一回来，一群人就起哄说他离开得太久，让他自罚三杯。

他看了一眼身侧放着玫瑰的女生，笑着端起酒杯，豪爽道："行啊，我喝！"

"凯哥霸气！"

话音刚落，"嘭"的一声，包厢门被人猛地踹开。

众人循声看去，尚未看清周小楼的模样，她已经冲了进来。

"你……你来干吗！"

郭可可的室友，陈洪凯自然是认识的，有些心虚。

周小楼冲他一笑，余光瞥了一眼方才唱歌的姑娘，一把从他手中抢过酒杯。

陈洪凯还没反应过来，一杯烈酒便扑面而来。

包厢内瞬时一片死寂。

澄黄的液体兜头浇下，陈洪凯整张脸挂着酒水，头发也黏黏糊糊，十分狼狈。

"怎么，这地方我不能来？"周小楼挑眉一笑，"有人还没分手，就在外面勾三搭四，你这种人渣都能来，我为什么不行？"

“周小楼！”陈洪凯叫着她的名字，咬牙切齿。

“平时伪装得真好，要不然我怎么今天才发现，你就是个披着人皮的畜生呢！”

“你……”

“我什么我，可可脾气好，你就真以为这世上的女生都好欺负？”

陈洪凯脸色铁青：“你是不是疯了！郭可可叫你来的？”

“和她没关系，是我看你不顺眼，决定替天行道，收拾你这个人渣！”

“周小楼！”

当着一众朋友和追求的女生的面被人泼酒，丢了面子，陈洪凯气急败坏，抬手就想打她。

周小楼不甘示弱，抬手抄起桌上一个空了的啤酒瓶。

气氛无比紧张，好似一点即燃。

“陈洪凯，你想干吗？”苏羡意紧跟着走了进来。

她的声音不温不火，不急不躁……偏生好似能轻松镇住全场。

“这是数科院的苏羡意？”包厢内有本校的学生，他们认识苏羡意——长得漂亮的女生在学校总是格外引人关注。

“她们好像是郭可可的室友，凯哥和她不是分手了吗？”

“不清楚，不过看情况好像不是这样。”

……

陈洪凯始终有些心虚，看到苏羡意来了，以为她是来劝架的，便将抬起的手臂放下：“赶紧把你的室友带走。”

“你还有脸让我走？”周小楼冷哼了一声。

“你冷静点儿！”苏羡意伸手夺过周小楼手中的酒瓶，搁在桌上。

“你还让我冷静，这种人渣，不收拾他留着过年啊？！”周小楼气愤道。

陈洪凯扯了张面巾纸擦脸，看向苏羡意：“苏大美女，我是看在你的面子上，今晚这事儿就不追究了……我和可可之间的事儿，跟你们没关系，不要多管闲事儿。”

他说着，又看了一眼周小楼：“我看你是女生才一再忍让，你也别太过分！”

“哼——”周小楼轻哼着，“恋爱两年多，就是养条狗也知道冲你摇摇尾巴。果然，这男人渣起来，还不如狗！”

陈洪凯骂不过她，气得脸都青了：“这事儿跟你有关系吗？少管闲事儿！”

“渣男，人人得而诛之！”

“行了，你少说两句。”苏羡意扯着周小楼的衣服，将她往自己身后拽。

“今天是苏大美女来了，我才……”

陈洪凯话未说完，苏羡意忽然抬脚，对着他的胸口狠踹了一脚。

陈洪凯毫无防备，整个人被踹翻、跌坐在地。

他摔倒时胳膊扫到一边的酒桌，酒瓶、酒杯被扫落几只，顿时一地玻璃碴儿和酒水，场面很是狼藉。

在场众人，都惊呆吓傻了。

苏羡意在同学眼里一直是个温和好脾气的人，谁有没见过她这般模样。

就连周小楼也傻了眼。

我的乖乖，苏羡意什么时候有这种身手了？深藏不露啊！

“苏羡意？！”陈洪凯难以置信地怒喊了一声。

苏羡意抬手掸了下裤腿，看了眼周小楼：“让你少说两句，这都劈腿实锤了，你还跟他废什么话……”

言外之意就是：能动手就别说话！

陈洪凯刚准备支撑着从地上爬起来，苏羡意倏地看向他。那陡然凌厉的眼神吓得他浑身一凉，险些又跌回地上。

她笑着说：“我这人呢，很少发火动气，除非真的忍不住，你欺负我没事儿，可我的姐妹不是你这种人渣能随意糟践的！”

周小楼站在苏羡意后面，恨不得给她鼓掌：不愧是我的好室友！就是霸气！

“我……我和她已经分手了！”至此，陈洪凯还在狡辩。

“是提出分手。”苏羡意纠正道，“其实谈恋爱分手很正常，但你不该又当又立。自己有错在先，还把责任推给可可，让她觉得分手是因为自己。这段时间她一直很内疚自责，而你呢……渣男我们都见过，就是没见过你这么无耻的。”

“没错，你就坦荡地说喜欢上别人，正经体面地分手不行吗？你还想把责任推给可可，你还算个男人？”周小楼质问道。

陈洪凯已经从地上爬起来，而刚才那个唱歌的姑娘，此时也拿着玫瑰走到他面前。

“我……”

话没说完，女生把玫瑰摔在他脸上。

“渣男！”女生怒目而视，然后她扭头看了一眼苏羡意，“我……我之前真的以为他单身，替我向你朋友道个歉。”

女生离开时，在门口遇到了刚赶来的郭可可和李思。

擦肩而过时，她嘴里还念叨着“晦气”。

包厢里都是相熟的同学朋友，陈洪凯算是彻底丢了脸。余光瞥见郭可可来了，他冷冷一笑：“你现在高兴了？我提分手，你不愿意，就让你朋友来替你出头，让我丢人？”

郭可可刚到，不知道发生了什么，只是看他一身狼狈，地上还有玻璃碴儿，想也知道是动了手。

“我以前真是小看你了。”陈洪凯说话阴阳怪气，吃定了郭可可从不闹脾气的好性子。

“陈洪凯，你做个人吧，自己出轨，还怪可可？真是渣出了新高度！”周小楼轻哼。

“你闭嘴，这是我们之间的事儿，跟你有个屁关系！”陈洪凯气急败坏地说道。

郭可可已经缓步走到他面前。

“我们彻底完了，带着你的朋友，赶紧滚……”

大抵两人平时相处，他都占据主导地位，此时说话还颐指气使。

郭可可眼睛猩红，狠狠地盯着他，她突然端起桌上的一杯酒，一饮而尽。

“可可？！”

周小楼不知她要干吗，刚想阻止，就被苏羡意拦住了。

许多事儿，做朋友的可以帮忙出头，但终究还要当事人自己能断得清！

郭可可寻常很少喝酒，这次喝得又急又快，呛了嗓子，她咳得眼泪都掉出来，这才抬眼看向陈洪凯：“你只要告诉我，你喜欢上别人，我就不会纠缠你的。”

“谈恋爱这么久，你知道我不喜欢争抢，因为我一直觉得……能被抢走的都是垃圾！”

这是陈洪凯第一次见郭可可发火，怔了两秒。

“我们刚在一起时，她们就提醒过我，说我们不合适，但我还是一意孤行。只怪我太年轻，是人是狗分不清，也是我活该。”

“你说我是狗？”陈洪凯皱眉。

“那都是侮辱狗了，狗子多可爱啊，哪有你这么贱的？”周小楼接话道。

今晚屡被挑衅，陈洪凯胸口早已蓄满怒火，他伸手指着周小楼：“你闭嘴！”

“该闭嘴的是你！”郭可可忽然发火，“你算个什么东西，有什么资格骂我朋友？”

“你……”陈洪凯傻了，素来乖巧得如同小绵羊一般的女朋友，居然……会发火？！

“你是不是疯了？”他有些难以置信地道。

陈洪凯余光瞥见周围的朋友已经开始低声议论，有些好事的甚至拿出手机拍摄。这种事毕竟不光彩，陈洪凯也怕被传到校园网上丢人，拽住郭可可的手腕：“我们出去说！”

不承想，素来不会反抗他的姑娘，忽然一甩手！

郭可可本意是想甩开他的手，不料动作幅度过大，“啪”的一声，狠狠抽在了他脸上。

全场哗然。

“可可，干得漂亮！”周小楼算是解气了。

虽然郭可可并非有意为之，可这举动彻底惹恼了陈洪凯。

她们一再挑衅，他这年纪又是最好面子的，哪里还顾得上其他？抬手就想去打郭可可。

苏羡意离得近，眼疾手快，一把将郭可可扯到自己身后。

“你个渣男，你还敢动手！”

“凯哥，你冷静点儿！”

陈洪凯的朋友赶紧上前，一左一右，急忙拽住他。

这男生和女生动手，太过难看！

就在这时，周小楼快步上前，抬起一脚。

她原本是觉得苏羡意刚才抬脚踹的那一下相当帅气，想模仿。

可惜她的脚抬不到苏羡意那个高度，没踢到肚子，却踹到了裆部。

陈洪凯此时又被朋友拽着，无法反抗。

宛若个人形靶子，结结实实挨了一脚。

众人只听一声闷哼，陈洪凯脸色忽青忽白。

朋友也被吓着了，拽着他的手一松，他整个人宛若一摊烂泥，捂着裆部，瘫软在地。

所有人：“……”

“周小楼，我去你大爷——”陈洪凯气若游丝地骂道。

“不好意思，我可没大爷。”

看陈洪凯痛苦的模样，也知道这一脚踹得多重。

所有男生都觉得后背一凉，有些胆子小的，甚至默默贴墙溜了出去——太吓人了！

苏羡意看向周小楼："你干得才漂亮。"

周小楼看到陈洪凯痛苦的模样，挑了挑眉头："我如果说自己不是故意的，你们信吗？"

此时酒吧的工作人员闻讯赶来，酒后闹事的情况经常发生，只是看到闹事的一方都是女生，而吃亏的居然是男生后，有些诧异。

"这什么情况？"

"为民除害。"苏羡意坦言道。

"那这……"损坏的东西呢？

"都是他弄坏的，自然是他赔。"周小楼指着陈洪凯，话说得理所当然。

陈洪凯还疼得说不出话。

郭可可看了他一眼："陈洪凯，是我要跟你分手，是我甩了你！"

周小楼一把搂住郭可可的肩膀，又抱住苏羡意："走吧，今儿个痛快，姐姐请你们喝酒。"

陈洪凯一脸痛苦，看着自己的朋友，说道："别……别让她们走了。"

在场的人目睹了刚才发生的一切，谁还敢惹这几个女生？

都怕断子绝孙！

再说了，是你脚踩两只船，挨揍也活该。

"凯哥，我忽然想起宿舍有点儿事儿，先走了。"

"我……我约了导师，咨询那个实习的问题。拜拜。"

"噢，我要赶紧去图书馆还书，要不就过期了。"

……

众人各自寻了借口，陆续离开。

寻常损毁东西，因为是学生，酒吧也不会故意为难，象征性赔点儿钱就算了。当了解到事发原因，得知陈洪凯是渣男后，工作人员也没客气，表示不赔偿不能离开。

陈洪凯只是个学生，一时拿不出那么多钱，说把学生证押在这里。对方看他是毕业生，怕他跑路，说要么给钱，要么就别走。

陈洪凯简直被气疯了，开始四处找人借钱。

但他脚踩两只船的事儿，已经在论坛传开了。一时间，竟没人肯借钱给他。他没了法子，只能撒谎找家里人要，此时已是晚上十一点多，少不得被父母一顿数落。

陈洪凯好不容易赔了钱离开酒吧，总觉得路人都在看他笑话，恨不能把脑袋埋进胸口，只想火速逃离这个是非之地。

走得太快，加之夜已深，天太黑，不小心撞了人。

他连声道歉都没说，快步离开。

“怎么回事？撞完人就走？有没有素质啊！”苏呈看着他的背影，皱着眉道。

“是这家酒吧？”陆时渊指着后巷酒吧的霓虹灯牌问道。

“应该是吧，你可以看一下我姐朋友圈的定位。”苏呈掸了掸衣服，“那人是喝了多少酒，撞了我一身酒气，这可是我新买的衣服。”

陆时渊扶了下眼镜。

驱车到达目的地后，他已经不止一次翻看朋友圈——苏羡意今日没有发布任何动态。

苏呈那里却有，唯一的可能就是：那则消息……她把自己屏蔽了！

他家小猫如今可真是野了，不但出去喝酒，还故意屏蔽他。

经过上次的事儿，苏呈不敢再进酒吧：“二哥，你进去找吧，我在外面守着，免得我姐出来，跟我们错过了。”

陆时渊点头，刚进入酒吧，就听人议论四个小姑娘狠虐出轨渣男的精彩事迹。

他听了，勾唇一笑：现在的小姑娘真厉害，被欺负了也知道还手。

根据苏呈给他看的照片，苏羡意拍摄的位置应该在酒吧的某个卡座上，可陆时渊环顾四周，并未看到熟悉的身影。

正当他准备找人询问时，手机振动起来，是肖冬忆打来的电话。

“怎么这么久没消息？到海城了吗？”

“刚到。”

“你那边好吵，连声音都听不清，你在干吗啊？”

“抓猫！”

抓……抓猫？不知道的，还以为你去蹦迪了。肖冬忆腹诽。

由于陆时渊这边太吵，听不真切，两人没说几句话就挂了电话。

肖冬忆瞥了一眼不远处的陆小胆。

得知陆时渊要和苏呈一起去苏羡意的学校，肖冬忆原本是想跟着去凑热闹的，结果某人说有更加重要的事儿交给他。

陆时渊的原话是：“这个任务，只有你能胜任，因为我只信任你，交给其他人我不放心。”

一瞬间，肖冬忆觉得自己的地位忽然得到了巨大的提升。

第一次听陆时渊说自己如此重要，他被恭维奉承得有些飘飘然，脑子一热，便满口答应下来。

之后陆时渊就把猫送了过来，连带着小袋的猫粮与猫砂。

你所谓的重要任务就是帮你养猫？你丫要脸吗？这是人能干出来的事儿？肖冬忆在心里愤愤道。

陆时渊还拍着他的肩膀，坦荡地说道：“这世上，还有什么比照顾一条小生命更重要的事儿？”

肖冬忆再想后悔也来不及了。

此时一人一猫，大眼瞪小眼。

陆时渊没找到人，猜想苏羡意或许已经离开酒吧。

“那怎么办？我本来还想给她一个惊喜的。”苏呈叹息着。

“她可能已经回宿舍休息了，我先带你去吃点儿东西，找地方住下，今晚好好休息，明天再和你姐碰面。”

陆时渊看了一眼腕表，已经接近晚上十一点。

时间太晚，他家小猫也该回去睡觉了。

“只能这样了。”苏呈摸摸肚子，“还真有些饿了。”

“那你看看想吃什么？”

学校附近有许多夜宵摊，宾馆酒店也不少，吃喝住宿都不愁。

酒吧边上的一条街上，两边都是夜市烧烤。

隔着一段距离就能闻见喷香的烤肉味儿，还有大锅熬制的龙虾、螺蛳，也有卤味小炒，苏呈看得眼花缭乱，一时竟不知该吃什么。

“要不我们多转转，你再决定吃什么？”陆时渊提议。

“也好。”

此时一个夜宵摊上，苏羡意宿舍四个人，正高举着啤酒在碰杯。

“来，庆祝可可远离渣男。”周小楼很是兴奋。

今晚这件事儿，已经可以做小说素材了。

经过这段时间的感情拉锯与消磨，郭可可早已身心俱疲。

虽然遭遇背叛、分手有些难受，但更多的是解脱、释然，更重要的是，她知道自己有这么几个爱她且非常可靠的朋友，足矣！

“干杯！”几人举起酒杯。

周小楼喝完一杯啤酒，笑着说道：“希望我们的感情一直这么好，就算以后各奔东西了，你们也是我心里永远的小可爱！”

“为了我们的友谊，”苏羡意举着杯子，“今晚不醉不归。”

毕业季本就太多感触，经过今晚的事儿，彼此的心似乎更近了，即便是扬言不喝酒的苏羡意，也叫着让老板多拿点儿啤酒来。

可往往口号喊得最响亮的，倒得也最快。

比如苏羡意！

“小楼，咱家意意这酒量也太差了。”李思都快笑疯了。

她们都觉得还没开始喝，某人就已经光荣倒下。就这酒量，还敢嚷嚷喝到天亮？

“你俩是不知道，苏羡意今天脚踹渣男的时候，有多酷飒。”周小楼绘声绘色地描述着当时的情形，“你们来得晚了一步，错过一场好戏，室友四年，我都不知道她会打架。”

“你说的是她吗？”李思一脸难以置信，扭头看向苏羡意。

苏羡意先前在酒吧就喝了一杯鸡尾酒，加上刚喝的啤酒，现在醉意蒙眬。她搂着郭可可：“……男人嘛，那都是大猪蹄子，哪有姐们儿可靠啊！流水的男人，铁打的姐妹。只要你需要，我永远在你身后。”

“嗯嗯，我知道。”郭可可真心说道。

平时一个宿舍的几个人打打闹闹，嘻嘻笑笑，没经历过这样的事儿，哪里会知道，当你受了委屈，会有人比你更着急上火，虽然口中埋怨你，却还竭力去替你出头？

……

此时正溜达到附近的苏呈眼尖地看见了苏羡意。

“二哥，那个是我姐吗？”

陆时渊顺着他手指的方向看过去，一桌四人，正围坐在某家烧烤摊的露天座位上。

这小猫，是真的野了，这个点居然还在外面喝酒？

看那模样，好像还醉了。

第十二章

他说：继续喜欢我，好不好？

“我们去打个招呼吧。”苏呈整理了一下衣服，迫不及待地想要给他姐一个惊喜。

“她怕是喝多了，即使你站在她面前，她也不认识你。”

陆时渊见识过苏羡意醉酒的状态，完全不认识人。

苏呈不信，特意跑过去，在苏羡意那桌附近溜达了一圈，她似乎是看到他了，却没有任何反应。

“帅哥，吃串儿啊？”店家以为他是在找位子，招呼道，“屋里没位子了，外面还有两张空桌，你随便坐。”

苏呈没想到他姐喝多了酒，居然六亲不认，连如此帅气逼人的亲弟弟都认不出了。

既然姐姐在这儿，苏呈也不再继续兜转。他寻了张离她较近的空桌，才冲着陆时渊招手。

“怎么不去打招呼？”陆时渊低声问。

“我就想看看，她究竟什么时候能认出我？”苏呈颇为孩子气地道。

千里来相会，居然相见不相识，太离谱了！

……

在同一家烧烤店坐下，两人的座位与苏羡意之间还隔了张桌子，不过两人的出现早已惹得周围不少人侧目。

原因无他，只怪陆时渊的气质与这里太不相符。

他穿了身比较正式的衬衫西裤，戴着一副金丝边眼镜，坐在烟火缭绕的烧烤摊前，举手投足间却透着一股优雅。

周小楼都默默地把跷起的二郎腿放下了。

“那边的两个人好帅。”

“有个一看就是孩子，你还想对他下手？”李思吐槽，“别祸害孩子行吗？”

“欣赏而已，他们一看就是那种养尊处优，家里条件很好的，只可远观不可亵玩。”周小楼笑道。

老板把烤好的肉串递过去，陆时渊笑着说了一句：“谢谢。”

“你们听到没，这声音真好听！”周小楼压着声音，和室友低声议论，“这声线，太撩了。”

“没听清。”郭可可皱眉。

“人帅，声音又好听，这是什么神仙标配？”

“可你觉不觉得，这声音有点儿耳熟？”李思比较敏锐，发现了一丝不对劲。

“有吗？”周小楼又偷偷瞄了一眼陆时渊。

恰好他也看过来，视线猛然相撞，搞得她尴尬不已。

难道是说话声太大，被他听到了？

虽然没说什么坏话，可背后议论别人，始终不礼貌，周小楼㞞了，不敢继续乱瞄。

陆时渊并未看她，只是在打量苏羡意。

她喝多了，靠在一个女生肩上，似乎在说什么，只是中间隔了人，听不真切。

十多分钟后，他们中间用餐的那桌人离开，苏羡意的声音才断断续续地传来。

“……反正男人啊，没有一个好东西，都是渣男！”

“那陆时渊呢？”郭可可笑道。

“嗯……”苏羡意沉思半晌，斩钉截铁地说道，“也挺渣！”

陆时渊没什么表情，可苏呈正吃着肉串，直接被呛到了。

“咯……咯咯——”他一阵猛烈咳嗽，呛得面红耳赤。

咳嗽声成功引起了苏羡意的注意，她眯着眼打量着他们，一脸困惑，似乎又觉得不太可能，摇了摇头，端着酒杯又喝口啤酒。

怎么突然提到二哥？姐，你完了！

你不是喜欢二哥吗？怎么能说他渣？这是要绝了自己的后路啊！

就这情况，连我都拯救不了你！

苏呈默默腹诽着，又喝了口冰可乐，小心翼翼地观察着陆时渊的神色。他脸上毫无波澜，难道是没听到？

“……反正男人就没一个好的！”苏羡意靠在郭可可肩上强调道。

“你别喝了。”

郭可可试图拿走她手里的酒杯，被她躲开了。

“可可？”苏羡意忽然看向她。

“嗯？”

“你真的特别好，我们都特别爱你，但我们比任何人都期待，将来有一天，会有人比我们更爱你……”

郭可可笑着笑着，就红了眼圈：“怎么突然开始煽情了？”

“我们高贵，男人不配！”

“对，他们不配，把酒杯给我行吗？”

郭可可快要疯了，用眼神向周小楼和李思求救，可这两人憋着笑，一个吃腰子，一个啃羊排，完全无视她。

“就是陆时渊……”苏羡意说得兴奋之余，高举酒杯，“他也不配！”

苏呈已经要疯了！

我的亲姐啊，你这醉酒都不是离谱了，而是彻底放飞自我啊！

早知如此，我就不叫二哥来了。

他原本还想借此机会助攻一下，如今倒好，偷鸡不成蚀把米。

苏呈懊恼不已，用余光偷偷打量坐在他对面的陆时渊，没想到他忽然起身，朝着苏羡意那桌走过去。

苏羡意此时还高举着酒杯。

玻璃杯内还剩少许啤酒，她喝多了，手腕虚晃，酒水在杯内摇来晃去，随时可能洒出来。

郭可可心惊肉跳，刚想伸手把酒杯抢夺下来时，有人动作比她更快。

那人生了双极漂亮的手。

指节纤长，根骨分明，捏着玻璃杯，阻止它继续晃动。

“嗯？”苏羡意仰头看他，小脸酡红，双眼迷离，俨然一副小醉鬼的模样。

周小楼等人也难以置信地看向陆时渊，这是什么情况？

“喝多了？”他站在苏羡意身后，声音轻柔，“把酒杯给我。”

苏羡意的反应和动作都有点儿迟钝，却还是乖乖松了手，由着陆时渊拿过酒杯搁在桌上。

在苏羡意三个室友震惊的目光中，陆时渊从一侧拿过一把椅子，直接坐到苏羡意身边。

这是怎么个意思？搭讪的？

也不问方不方便，就直接坐下了？这行为不太合适吧？

一看陆时渊的穿着气质，也知道并非学生，即便戴着眼镜，也能感觉到他强势迫人的气场。作为学生，几人多少是有点儿㞞的。

“那个……”周小楼胆子大些，她定了定神，放下手中的烤腰子，“先生，这是我们的桌子，你是不是坐错地方了？”

“没坐错。”

“可你这……”

陆时渊抬手，轻轻转动着面前的酒杯。

“我只是想来问问她……”他说着，看向苏羡意，淡淡地说道，“我究竟哪里渣？哪里不配？”

三人互看一眼，他该不会就是……

而此时，苏呈走过来说道：“二哥，我姐喝多了，醉话不能当真。”

二哥？这声称呼，彻底坐实了陆时渊的身份。

苏羡意返校后，提起陆时渊都是直呼二哥，只不过她们几人调侃时还称呼陆医生，觉得医患关系人设新鲜有趣。

现在几个小姐妹的眼神，活像是大半夜见了鬼。

我的妈！这是陆医生……本尊？！

周小楼死死地盯着苏羡意，一脸的怒其不争：你个死丫头，赶紧给我清醒点儿！

“你……你是……”周小楼试探着询问。

“陆时渊。”

完了！

“这怎么能证明你就是啊？也不能仅凭你的一面之词吧？”周小楼悻悻笑道。

陆时渊拿出身份证递给她。

身份证上面的名字、头像，还有地址，和她们所知道的信息完全吻合。

在她们的心目中，陆时渊即使不是一个中年油腻男，最起码也是个大叔！

几人都知道苏羡意父母在她小时候离异，她是跟着母亲生活的，三人还认真分析过：她找个大叔，可能是由于从小缺少父爱。

可眼前这个，压根儿不是大叔啊！看起来年纪也就比她们大几岁。

身份证在三人中传来传去，陆时渊观察着几人的反应，只觉得有些好笑，那表情怎么跟见了鬼一样。

“看完了吗？能证明我的身份了？”

“可以。”郭可可把身份证还回去。

三人和陆时渊完全不认识，双方唯一有联系的当事人还喝醉了，气氛一度有些尴尬。

幸亏还有苏呈在，他笑着说道：“三位姐姐，我能坐这里吗？”

“可以。”李思点头。

苏呈立刻把自己桌上的烧烤、可乐拿来，又挪了张椅子，拼桌完成。

“我叫苏呈，是她的弟弟，姐姐们好。”

苏呈长得帅气，笑起来模样又十分讨好，且她们听苏羡意提起过这个弟弟，便笑着与他打招呼。

“你们还想吃点儿什么？”陆时渊看向三人。

她们本就吃过一顿烧烤了，现在是特意来喝酒的，压根儿不饿，听到这话，急忙摇头。

这可怎么办啊？

这毕竟是苏羡意喜欢的人，就连周小楼也不敢咋咋呼呼了，三个小姑娘温顺得不像话。

“你们都是意意的室友？”陆时渊开口问道。

意意？三人又疯了！

苏羡意，你和他究竟发展到什么程度了？

“对，我叫周小楼……”周小楼说完，郭可可和李思也简单地做了下自我介绍。

她们生怕给陆时渊留下不好的印象，继而影响苏羡意与他的关系，心里无比紧张忐忑，简直比找工作面试时还焦灼难熬。

“小呈想来海城转转，顺便观摩意意的毕业典礼，我恰好休假，就陪他一起来了。不好意思，打扰你们姐妹小聚了。”陆时渊带着歉意说道。

三人忙说不打扰。

“姐姐们都不吃了吗？烧烤要凉了。”苏呈说道。

几人又低头，佯装撸串。

原本周小楼是直接拿着签儿撸的，此时却拿着筷子，将肉串从木签上撸下，小口咬着吃。大学四年，就没见过她如此优雅的一面。

意意啊，为了给你家陆医生留下好印象，我真的尽力了。

……

"嗯？"此时原本靠在郭可可肩上的苏羡意看着陆时渊，迟钝地慢慢转过身，打量着他，"你……有点儿眼熟。"

"是吗？"

苏羡意只觉得眼前模模糊糊，她努力想要看得更真切些。

她手撑着桌子，朝陆时渊靠近，可眼前好似总有三四层叠影在虚晃，晃得她头晕。

眼看着，她都要凑到陆时渊脸上了。

三个室友包括苏呈在内的四个"娘家人"都惊呆了。

这时，苏羡意原本撑着桌子的手虚软一滑，整个人像是没了骨头一样，软绵绵地撞进了陆时渊怀里。

陆时渊连忙伸手扶住她的肩膀，稳住她摇摇欲坠的身体。

小姑娘头抵在他颈侧，浑身被酒精熏得高热不断，小脸滚烫，呼吸急促热切，好似火星燎燃。

那股热度仿佛在他衣服上灼了个窟窿，分毫不差地烫到他的皮肤，紧挨着心脏……

她简直时在毫无顾忌地惹火。

"意意？"陆时渊低声唤她。

苏羡意为了稳住身子，手指撑在他胸口，她试图借力直起身子，却又浑身无力，哪知她居然搭上他的肩，肆无忌惮地勾住他的脖子。

"你……好像他啊！"

她声音细软，似夏风热烈，吹在他身上，带起一阵黏腻燥热。

"像谁？"他垂头，声线低沉沙哑。

"嗯……"苏羡意咯咯一笑，"不告诉你！"

其余四人："……"这算不算耍流氓？

苏呈伸手捂着脸：我不认识她，这绝对不是我姐！

我想原地爆炸，让这个世界一起毁灭吧！

入夜的海城，灯影微醺，夏风温柔。

周小楼等人看着前面背着苏羡意的陆时渊，脚步不自觉放慢。

几人离开烧烤摊时，苏羡意似乎醉得走不动路了。

周小楼等人本就想给两人制造机会，况且她们三人今晚也喝了不少酒，虽不似苏羡意一样到六亲不认的地步，但走路也都有些飘。

几个醉鬼，没办法互相搀扶支撑。

郭可可也试图扶着苏羡意回宿舍，只是她本就生得娇弱，个子还不如苏羡意高，根本支撑不住她。

苏呈更是悻悻一笑："二哥，你也知道我比较弱，背不动我姐。"

四人各有各的小心思。

最后，一甩手，就把苏羡意扔给了陆时渊。

"这里离你们宿舍还有多远？"陆时渊问道。

"走路还需要十多分钟，要不你背着她？"周小楼壮着胆子提议。

她还没有摸清两人的关系进度，直接让他抱，姿势似乎过于亲昵，加之路程较远，总担心被拒绝，便提了个折中的办法。

随后，周小楼给陆时渊指了个方向，陆时渊便背着苏羡意，走在前面。

宿舍二人原本还跟在他身后，后来互相递个眼色，有悄悄话要说，距离便越拉越远。

"我们把意意丢给他，会不会不太好？"郭可可有些担心，"她醉成那样，总觉得容易出事儿。"

"我觉得没什么，陆医生看着挺随和，不像坏人。"李思说道，"而且我们也看过他身份证，不是冒充的。"

郭可可皱眉："我还是不放心。"

"你担心她？你又不是没见过，她醉酒的状态，她不非礼陆时渊就不错了。"周小楼吐槽道。

郭可可抿了抿嘴，这话说得好像没毛病！

"我觉得他们之间的关系比我们想的还复杂，这陆医生和她弟弟关系好像特别好。"周小楼托腮沉思。

"他们之间肯定有我们不知道的事儿。"李思说道。

"这丫头，不老实啊……"周小楼咋舌，"不过这陆医生长得也太帅了！难怪意意这么多年对他念念不忘，学校这么多人追她，愣是不为所动。见过这样帅气的，哪里还能看上学校这些幼稚的小菜？"

李思和郭可可对视一眼：这都什么时候了，居然还有空花痴？

……

苏呈正和苏永诚打电话，他忘记给家里报平安，苏永诚等得心焦，就主动拨了电话。

此时的父子俩也在讨论苏羡意与陆时渊的事儿。

担心被听到，他走在最后面。

“……你姐喝多了？这么晚，她一个小姑娘还在外面喝酒？”苏永诚听了直皱眉，“她人没事儿吧？”

“没事儿啊，估计是快要毕业了，舍不得室友们，加上她的酒量实在太差……”

“那也不能喝醉，女孩子在外面，多危险！”

“她室友都在，还好。”

“那时渊什么表情？没嫌弃她吧？”

当陆时渊主动提起，说要去海城出差，顺道带苏呈出去玩时，苏永诚甚至没有片刻犹豫，大手一挥，就同意了。

他哪里知道，刚见面，自己女儿居然就喝多了。

如果给他留下不好的印象，那到嘴的女婿，岂不是要飞了？

“我看不透他。”

苏呈觉得陆时渊太高深莫测，难以捉摸。

“这都看不出来，我要你有什么用？”

“……”

陆时渊能感觉到后面的几人渐行渐远，此时已接近零点，路上几乎见不到人，只有两侧路灯落下昏黄的柔光。

四周一片静谧。

入耳所及的，只有他的脚步声，还有她的呼吸声。

她染了酒气的气息落在他耳边、颈侧，清浅温热，像是燃起一小簇野火，灼烧得他心尖发麻。

“意意……”陆时渊低声唤她。

“嗯？”苏羡意半睡半醒，还保留着一丝意识。

“为什么说陆时渊很渣？”

陆时渊当时听到这话，甚至有些蒙。

他到底是做了什么对不起她的事儿，能让这小姑娘醉酒的时候，还如此控诉他？

“他本来就渣……”苏羡意恍惚想起以前的事儿，觉得有些委屈，搂着他脖子的手指微微收紧，“他还特别坏。”

“哪里坏？”陆时渊低声诱哄道。

“我和他告白，他拒绝我。”

小姑娘说这话时，委屈极了。

从小到大，苏羡意就喜欢过这么一个人。

她越想越难受，情绪无比失落。

此时前方出现了岔路，陆时渊不知该往哪里走，回身却没看到她室友，只能弯腰先把她放下来。

苏羡意脚步趔趄着，无法踩实地面，险些摔倒，不待陆时渊伸手，她便抓住了他的衣服。

她整个人趴在陆时渊怀里……小姑娘身子又热又软，烫得他浑身发麻。

陆时渊身子瞬间僵直："意意？"

"我……我站不住。"

她恼怒自己站不稳，声音有些娇嗔，让人无端心悸。

陆时渊伸手，轻柔地扶住她的后背，低声哄着说："那就靠着我，嗯？"

那声音过分缠绵暧昧，让人无法拒绝。

以苏羡意目前的状态，哪里会和他客气？为了稳住身子，她柔软滚烫的小手甚至抓住了他腰侧的衣服。

她手指收紧，隔着衣服在他腰侧蹭着，呼吸落在他胸口，火烧火燎般让人心颤。

陆时渊喉结轻轻滚动着，他不知道苏羡意的室友什么时候会过来，不敢造次。他看得出来几人关系很好，他想在她室友面前留下好印象。

他便只能强忍着那股燥热感，无异于一种折磨。

"意意？"

"嗯？"

"他什么时候拒绝了你？"

"我……"苏羡意抬起脑袋，看着他，半晌后，突然生气起来，情绪也瞬间低落下去，"就是拒绝过，还笑话我！"

陆时渊哭笑不得，这都是什么时候的事儿，他这个当事人怎么不知道？！

"他怎么笑话你的？"

苏羡意一脸气恼委屈，不愿说，陆时渊见状，便换了个问题。

"那你为什么和他告白？"

"就……喜欢过。"

她声音压得很低，看着陆时渊，在他准备开口时，忽然伸出食指，挡在他唇边："嘘——这是个秘密。"

陆时渊点头，握住她的手，将其从自己唇边稍稍挪开："那你现在还喜欢他吗？”

“现在？”

苏羡意思想混沌着。

暗恋大抵就是夏日风至时，他眼角眉梢掀起的一点儿笑，好似蝴蝶轻振翅膀，在她心底刮起一阵飓风，只一瞬间的心跳，却足够自己喜欢他好多年。

那是一个人的兵荒马乱，欲言又止。

“意意？”陆时渊弯腰，灼热的呼吸从她脸上一寸寸滑过，心悸到让人麻痹，“现在还喜欢吗？”

四目相对，鼻息纠缠，今夜的风无比干燥。

“我……”苏羡意支吾着，似乎这是个很难开口问答的问题。

她的手还被他轻攥在手心，陆时渊嘴角轻扬，拉着她的手，抵在唇边。

苏羡意只觉得手背好似被火灼般，热热地烙下一个印。

他鼻端的呼吸萦绕在她的手背上，热气四溢。

陆时渊微微俯身，与她平视，两人近在咫尺。

他嘴里哈出的温热气息，都好似清晰可感般，远处的路灯在他镜框上落下一层柔光，眉眼低垂间，他的每一个眼神都好似带着蛊惑。

“意意——”他的声音无比温柔，好似要把人溺毙，“以后，将来……继续喜欢我，好不好？”

低哑诱哄的声音十分勾人，暧昧又缱绻。

对视下，苏羡意觉得心跳越来越快……

腿是软的，头皮也是麻的，似是缺了氧。

继续喜欢？

夜风好似残留着白日的余温，有些燥热。

苏羡意目之所及，眼前的人越来越近，几层叠影虚晃，在她漆黑的瞳孔里映出一个完整的陆时渊。

“你……你是？”

“终于认出我了？”陆时渊垂眼看她。

苏羡意抿嘴，认真地点了点头，伸手戳着他的胸口：“我……我知道，你……你是那个……”

“我是谁？”

“渣男！”

陆时渊无奈地叹了口气，伸手揉了揉她的发顶，嘴角轻扬，温柔且宠溺。

“别摸我的头。”苏羡意皱眉，试图挥开他的手。

“怎么就不能摸你的头了？”

这小姑娘喝多了酒，不但六亲不认，脾气还挺大。

“会弄乱我的发型，我明天下午还要拍毕业照。”苏羡意伸手扒拉着头发，一脸不满。

“还记得明天要拍毕业照，却认不出我？”

……

周小楼等人赶到时，苏羡意正蹲在地上，嘴里念念有词。

陆时渊则站在一旁看着，看到三人过来，忙解释道：“我不知道该走哪边，就在这里等你们。”

时间太晚，一路无人，要不然，陆时渊还能找人问个路。

“不好意思，我们走得太慢了。”周小楼悻悻笑着，转而看向苏羡意道，“意意，你在干吗？”

“画圈圈，诅咒这世上所有的渣男。”

“……”

走过岔路后，三个室友就在前面带路，虽与他们保持着一点儿距离，却会时不时回头查看两人的情况。

“陆先生，前面的路灯坏了，你注意安全。”周小楼转头提醒。

“好，谢谢。”

夜已深沉，没有路灯时，仅凭微弱的月光难以看清路况，陆时渊放慢了脚步，忽然听到趴在他背上的小姑娘自言自语地说道：“……继续喜欢？喜欢你？”

陆时渊无声低笑，果真是喝多了酒，反射弧太长，他嘴角一弯：“是啊，能不能继续喜欢我？”

“不行。”

“为什么？”

“你……你又不是……”

苏羡意小脸靠在他颈侧，声音贴在耳边，说得极小声。即便是喝多了酒，潜意识里有些人的名字和感情还是不敢宣之于口。

“那你就继续喜欢那个人，嗯？”陆时渊说道。

“不是继续喜欢……”苏羡意搂着他脖子的小臂微微收紧，小脸在他颈部蹭着，带着酒气的呼吸异常好闻，只是皮肤滚烫，风吹不散，身体在不断地往外散着热气。

柔软细腻，炙热滚烫，他喉咙干燥得像是着了火。

过了数秒，苏羡意忽然贴在他耳边，低声说了一句："我……一直喜欢他。"

她声音压得极低，细细软软，娇娇嗔嗔，嘴角无意地从他耳边擦过，酥麻了他半边身子。

陆时渊的心好似被什么狠狠撞了下，那声音有穿透力，化为一股热风融进他的心里，心跳剧烈，那是种无法言说的悸动。

"他是个渣男，又渣又坏——"苏羡意好似想起什么，情绪忽然激动起来。

动静大到引起前面室友的注意，几人回头看向两人。

"没什么事儿。"陆时渊解释。

"那你走路注意脚下。"李思提醒。

走过岔路后，离女生宿舍就很近了。

海城大学里，女生宿舍是不允许男生进入的，所以陆时渊在宿舍楼门口将苏羡意放下。其他三个室友立刻扶住了她。

她此时嘴里还念念有词地说着什么渣男。

陆时渊看向其他三个妹子："方便加一下联系方式吗？我是医生，如果她有什么情况，你们都可以问我。"

"好。"周小楼点头，拿出手机。

"我手机二十四小时开机，随时都能联系我。"陆时渊补充道。

几人笑着点头，扶着苏羡意进去。

进了宿舍，三人才敢放开聊天。

"陆医生可真是个好男人，遇到过这样的，以后择偶标准都会提高三分吧……"

"小点儿声，其他宿舍都睡了。"郭可可提醒道。

三人这才蹑手蹑脚地扶着苏羡意回宿舍。

加了微信好友，陆时渊目送四人离开，低头备注，却看到周小楼的朋友圈发了许多照片，里面似乎还有苏羡意。

他点开查看，却被周小楼的个性签名吸引：跟着楼姐混，三天饿九顿。

陆时渊轻笑出声。

苏羡意这群朋友，也是奇奇怪怪，可可爱爱。

手机振动起来，是苏呈打来的电话，陆时渊刚接通，就听到电话那头传来某人焦急的声音。

“二哥，你在哪里啊？”

“你姐的宿舍楼下，你在哪里？”

“我怎么走到他们学校澡堂子门口了？我好像……迷路了。”

陆时渊扶了下镜框，他怎么还是个路痴？

“那你沿着原路回来，我在路口等你。”

“好。”

苏呈原本是跟着周小楼等人走的，没想到把人跟丢了，只能凭直觉摸索，结果迷路了。

夜已深，四周悄寂无人，树影婆娑，还真有几分吓人。

苏呈独自走在学校里，恍惚想起苏羡意和他讲过的校园灵异事件，红衣学姐、诡异教室……越想越害怕。

直到看见陆时渊，他才好似见到亲人一样飞扑上去！

“二哥，你不觉得周围阴森森的？”

“还好。”

陆时渊觉得今晚的月色特别美。毕竟小姑娘喝多了酒还挺招人疼。

“你相信这个世上有鬼吗？”

“那是你没有半夜进过解剖室或者停尸房，你若是感兴趣，我可以带你在那里待一夜，你就会相信这世上没有鬼。”

苏呈咬牙：你这话，说得比撞鬼还恐怖。

“你害怕？”陆时渊没想到这小子平时大大咧咧，是个路痴也就算了，居然还是个胆小鬼。

“没有，我怎么会怕！”

苏呈故意提高音量，大抵是惊醒了树上的夏蝉，忽然一声蝉鸣，吓得他后背一凉。

“二哥？”

“嗯？”

“我能不能抱着你的胳膊走，或者拽着你的衣服？”

“……”

两人在学校附近的快捷酒店开了个标间，苏呈先洗漱完，待陆时渊从浴室出来，就看到他正蹲在地上翻找行李，各种裤衩摆了一床。

“你带这么多裤衩干吗？”

“这里不是靠海吗？我想有空去海边玩，所以带了两条泳裤，还有沙滩短裤、运动裤，加上平时穿的短裤……”

陆时渊有些无语，不知道的还以为他是来批发短裤的。

“二哥，我姐今晚喝多了，她说的话你千万不要放在心上，她连我也不认识，可能都不知道自己在干吗。”

苏呈觉得自己这个做弟弟的，为了姐姐的终身大事，简直比老父亲还操心。

“她今晚说了很多话，你具体指哪句？”

“就……”

苏呈哪敢重复他姐的话，这不是在二哥心上扎刀子吗？

苏呈无法理解他姐到底在想什么，二哥对她不好吗？她居然背地里骂人家是渣男，真是神仙也拯救不了他姐。

“就……反正你都别当真，其实我姐绝对不是讨厌你，真的，我发誓！”

“知道了。”陆时渊语气淡得很，听不出任何情绪波动。

“喝多了酒就容易胡言乱语，我们也不能跟一个醉鬼较真，对吧？”

“有句话叫酒后吐真言。”

苏呈咬牙：“反正我姐肯定不讨厌你，可能是脑子混乱，说话颠三倒四，她跟我一样……挺喜欢你的。”

喜欢我？陆时渊伸手扶了下鼻梁上的眼镜，关于这点……

他早就知道了！

陆时渊没再说什么，而是直接上床，并提醒苏呈早点儿休息，说完关掉了自己身侧的床头灯。

苏呈从他表情里读不出任何情绪，只能默默叹息：姐，我尽力了。

姐姐勇敢飞，有锅自己背吧。弟弟实在是干不动了！

苏羡意再度醒来，已经是第二天上午十点多。

她头疼得厉害，支撑着坐在床上，发现自己还穿着昨晚的衣服，身上酒气未散，有些难闻。

昨晚的回忆断断续续地涌上来。

她能记住的不多，基本和陈洪凯这个渣男有关。

几个室友早就醒了，注意到她的动静，立刻齐刷刷地看过去。

她还没开口，就被周小楼的大嗓门吓到了。

“苏羡意，你也太不够意思了。陆医生那么帅，你居然一直藏着掖着。那模样，身高，声音，还有那双手……简直太戳我了！”

苏羡意皱眉：这孩子……是不是疯了？

“跟他相比，那陈洪凯算个屁，长成那德行，还劈腿？什么东西！”

“不过他如今在学校算是彻底火了，昨晚的事儿被人发到学校论坛上，他都快被骂得爹妈都不认识了。活该，这种渣男就该被所有人唾弃！”

周小楼说得亢奋，可苏羡意脑仁儿嗡嗡作响：“你们……在哪儿见到的二哥？”

宿舍忽然安静下来。

郭可可：“就昨晚，你喝醉的时候。”

“你们确定是他？他怎么会来这里？”苏羡意怀疑道。

“我们查了他的身份证，是陆时渊没错。”

室友的表情，不似撒谎。

苏羡意呆坐在床上，脑袋放空。

查身份证？不愧是你们！

李思补充道：“和他一起来的还有你弟弟，叫苏呈，头发有点儿卷，高高瘦瘦，挺帅的，说话也有意思。”

“我昨晚有没有做什么？”苏羡意试探着开口。

周小楼咳嗽一声：“其实也没做什么，你不要担心。”

“那就好……”

苏羡意刚从上铺翻身下来，就听周小楼说了一句：“你只是说他渣，说你很高贵，他不配。”

苏羡意脚一滑，险些摔在地上。

手机正搁在下面的桌子上充电，苏羡意拿起查看，有两个来自父亲的未接电话，还有陆时渊、苏呈的信息，约她中午一起吃饭，说十一点半在她宿舍楼下等她。

苏羡意给苏永诚回了个电话，老父亲无非是告知她苏呈去找她玩了，又再三叮嘱，让她在外面别喝酒。

挂了电话，已接近十点半，她飞快地钻进宿舍洗手间。

室友知道她要和陆时渊碰面，纷纷出谋划策，帮她搭配衣服，设计造型，恨不能把她打扮成天仙。

“就是去吃个饭，没必要搞成这样吧。”

“你不懂我们这种“老母亲”的心情。”

待苏羡意收拾好，已接近约定时间。

“宝贝儿，用餐愉快啊！”周小楼冲她挤眉弄眼。

用餐？她怕是去赴死的。

苏羡意刚出宿舍楼，就看到陆时渊站在一处树荫下，苏呈则抬臂冲她挥手。他们在学校是生面孔，因为模样出众，早已惹来不少人的注意，甚至有女生透过窗户张望。

苏羡意深吸一口气，缓步朝两人走去。

周小楼、李思和郭可可此时正挤在宿舍窗口向下张望。

“你们觉不觉得咱家意意的背影有些苍凉？”李思笑道。

“何止苍凉，还很悲壮，哈哈——”周小楼笑得放肆。

郭可可：“你再笑得大声点儿，隔壁就要来敲门了。”

苏羡意此时已走到陆时渊和苏呈跟前。

“姐，surprise！”苏呈冲她笑得格外灿烂，“惊不惊喜，意不意外？”

“惊喜得快死掉了。”苏羡意勉强从嘴角挤出一点儿微笑，她看向陆时渊，轻声叫道，“二哥。”

“感觉怎么样？头疼吗？”

陆时渊今天穿得休闲随意，少了些精英气质，多了点儿慵懒随意。

“还好。”

苏羡意清了下嗓子，吞吞吐吐地道：“我昨晚喝多了，说的那些话你千万别放在心上……”

“你昨晚说了很多，你指的是哪个部分？”

苏羡意快疯了，她此时脑子还一团糨糊，反正她只要喝多了酒，基本没干过什么好事儿。

“反正，你都别当真。”

“我知道，小呈已经跟我解释过了。”

“是吗？”苏羡意看向弟弟：姐姐没有白疼你。

就在苏羡意稍稍松了口气时，陆时渊却看向她，说道：“他说酒后的话都不可信。”

“真的不能信。”

“说你绝不是讨厌我……”

“说得没错。”

“他还说，你挺喜欢我。”

“……”

苏羡意恨不能把苏呈的头按过来暴揍一顿：你都跟他说了什么？

苏呈清了下嗓子，抬头看一眼天空：“姐，海城有点儿热啊，我都出汗了。”

“今天最高温三十六摄氏度，你说热不热？”苏羡意说得咬牙切齿。

陆时渊伸手推下眼镜。

小猫怒了，这是要挠人啊！

作为东道主，午饭自然由苏羡意安排，只是她下午一点半需要去拍集体毕业照，没办法去较远的地方。

“带你们去学校外面的小吃街吧，那里有几家不错的小馆子。”

“既然你时间紧，就别去外面吃了，去你们学校食堂怎么样？”陆时渊看着她说道。

苏呈点头附和：“我和二哥刚才在你们学校转了转，发现有好几个食堂，其中有个三层楼的，看起来特别气派，东西肯定也不错。”

海城大学的食堂确实不错，美食也多。只是学校就这么大，太容易碰见熟人了。

三人打完饭，苏羡意特意找了个僻静的角落坐下。

“姐，你们学校食堂真大。”苏呈是第一次进入大学校园，看什么都觉得新奇。

“燕城大学的食堂估计比我们学校更好。”苏羡意看向对面的两人，“你们怎么突然过来了？”

“我不是早就跟你约好要来找你玩？你忘了？”苏呈一脸受伤的表情，“果然啊，真心只能换来伤心，最后只剩寒心。我本将心向明月，奈何明月照沟渠。”

他那模样，好似心凉到了极点，可吃东西的动作半点儿没停顿。

苏羡意恍惚想起，确实有这么一回事，可她从未想过苏呈会真的过来，还把陆时渊带来了。

既然来了，她也不能不管，正当她思考该带两人去哪里逛逛时，有人端着餐盘走过来。

“苏羡意？”

她抬头看过去：“江翰。”

“刚才远远看到，就觉得背影很像你。”

苏羡意只笑了笑。

这平时来食堂，八百年都见不到一次的人，怎么都遇着了？

陆时渊和苏呈同时抬头看过去，来人是个模样俊朗的男生，五官端正，穿着水洗蓝的牛仔裤搭一件白 T，干净清爽。

“上次见到周小楼，她就说你回来了，工作定了？”

“还没有。”

“这两位是……”

“我弟弟，还有……”苏羡意咳嗽一声，“我哥。”

她此时称呼陆时渊“二哥”，这么介绍也没错。

“家里人来观看你的毕业典礼啊！”男生说着，冲陆时渊与苏呈微笑着打了招呼，客气有礼貌，“那你们先吃饭，下午见。”

苏羡意点头笑了笑。

江翰说完，就转身与好友会合，三个男生坐在离他们不远的一张桌子前。

“姐，你同学？”苏呈问道。

他可是苏羡意和陆时渊两人坚定的粉丝，陌生男生的出现，自然立刻引起他的警惕。

“我们班团支书。”

“你们关系很好？”

“还可以吧，毕竟做了四年同学，他又是班干部。”

陆时渊却下意识地捏紧了手中的筷子。

这些小男生根本藏不住情绪，也可能是遇到情敌天生敏锐，他几乎可以笃定，这男生喜欢她！

苏羡意如何介绍自己，他倒是无所谓。

只是真应了肖冬忆的说法——你即便各方面条件再好，能和二十岁出头的小男生相比？年轻有朝气就是他们的资本，我们这种被岁月洗礼过的老男人啊，比不了！

肖冬忆不知道自己一语成谶，中午的时候还特意打电话问候陆时渊。

“小外甥女看到你，有没有兴奋到飞扑进你怀里？”

“你很闲？”

“无聊，在家撸猫。”

康城工作告一段落，只剩下些材料需要整理，肖冬忆倒也清闲，他只是没想过撸猫会上瘾。

“陆时渊，你跑去约会，我在这儿给你养猫，你准备怎么谢我？”

“为了感谢你的牺牲奉献，对别人的恋爱这么关心，也让我看出你对脱单的渴望，等回到燕城，我会叮嘱我妈，让她多给你介绍几个相亲对象。”

肖冬忆刚想骂人，电话就被挂断了！

这是人能干出来的事儿？

吃完饭，苏羡意匆匆回到宿舍，她换上学士服，又拿着学士帽在镜子前照了半天。

当她到集合地点时，同院的同学已经来了大半。

大家以班级为单位，都躲在树荫下聊天拍照。

纯黑的学士服虽然宽大，透气性却不好，苏羡意从宿舍走过来，已热出一身汗。

“你来了。”江翰正在统计已到人数，看到她，忙招呼道。

苏羡意点头，拿着学士帽扇风。

“天很热，你可以先找个凉快地方等着，我们班排得比较靠后，估计要到下午三点左右。”

“好。”

苏羡意倒想寻个凉快的地儿待着，不过几个女生过来拉着她拍合照，她只能把学士帽戴上。

正当她和女同学拍照时，江翰走过来，给她递了一瓶水。

“江翰，只给意意啊？”几个女生调侃道。

“刚才不是给过你们了吗？”江翰笑道，见苏羡意没接水，他才解释道，“水是我和班长买的，天气热，给你们消消暑。”

“谢谢。”

既然班上每人都有，苏羡意就伸手接了。

“班长呢？叫过来啊，大家一起拍个照。”此时距离拍摄集体照还有很长的空闲时间，同学们三三两两地围在一起自拍起来。

苏羡意的人缘一向不错，许多同学围上来，江翰就混在人群里。

四年同窗，大家都知道江翰的那点儿心思，便默默地把苏羡意身侧的位置留给了他。

有女生拿着自拍杆，一个镜头要容纳多人难免会拥挤。

“来，大家看镜头，别眨眼。”举着自拍杆的同学高声提醒。

江翰想亲近苏羡意，又不敢靠太近。他觉得能站在她身边，就很满足了。

江同学刚咧嘴一笑，就觉得身后有股凉意袭来——

他扭头看过去，是中午在食堂见过的两个男生！

戴着眼镜的那个男人换了身衣服，白衣黑裤，利落矜贵，之前碰面时，他还是一副斯文儒雅的模样，此时却眉峰凌厉，多了些锐利冷清。

男人抬手摘下眼镜，与边上的少年低声说着什么。

抬眼再看过来时，似乎只是个不经意的眼神，却锋芒尽显。

骤然袭来的压迫感让江翰只觉得后背凉飕飕的。

“江翰，看镜头啊！”拍照的同学不满地提醒道。

“哦，对不起。”江翰连声道歉，他看了一眼身侧的苏羡意，“你哥和你弟弟来了。”

“嗯？”

江翰指了指某个方向。

不仅是苏羡意，其他同学也扭头看过去。

陆时渊戴上眼镜的瞬间，冲她抬了下手，很简单的一个动作，他做得潇洒随意，惹得周围不少女同学低声议论。

至于苏呈……

因为天气太热，他穿着一件宽大的白 T 和一条花色裤衩就出来了，此时一只手拎着几瓶水，还不停地冲她挥手。

两人并未走近，隔着一段距离看她。

“你还有哥哥和弟弟？”同学追问道。

苏羡意讪讪一笑。

“你哥有女朋友吗？”

“他哥一看就很难搞，这种男人不是我们这些凡夫俗子可以驾驭的，我比较关心弟弟。”一个女同学挽住苏羡意的胳膊，“我做你弟妹怎么样？”

“收起你的口水，我弟弟还没成年。”苏羡意说着，就朝两人走过去。

这三人站在一起的画面太过养眼，有人甚至偷摸拿着手机拍了几张照。

“果然啊，苏羡意长得漂亮，这一家子都好看。”

“江翰，你不过去看看？这可能是你未来的大舅子和小舅子啊！”

“就是就是！”

……

同学们打趣着，江翰却只默默地看着三人互动。

他哪里敢说，自己被那个男人的眼神吓到了。

自己明明和他无冤无仇，他为什么要用那种眼神盯着他？

难道是看出自己对他妹妹的意图？他是个妹控？

“你们怎么来了？”苏羡意小跑到两人面前。

“无聊呗，待在宾馆也没事儿，就来看你拍毕业照。”苏呈回道。

“没什么好看的。”苏羡意说着，整理了一下衣服。

“原来学士服是这样的。”苏呈一脸艳羡，“为什么我看到有人穿的是深蓝色，还有黑红相间的？”

“那是硕士服和博士服。”

“什么时候结束？”陆时渊问道。

“下午三点多吧，领导还没来，估计要等。”苏羡意有些无奈地吐槽了两句，“说下午一点半集合，那是针对我们学生的，领导肯定要两点钟才到。”

“姐，你站好，我给你拍张照。”

学士服不是天天都能穿的，苏呈说着，已经拿出手机。

“不用了吧。”

陆时渊在这里，让她摆姿势都觉得尴尬。

“需要。而且爸知道你今天拍照，也想看，你快站好。”苏呈可不管她的扭捏，强行把她安排在一棵树下，“要不你扶着树来一张？”

扶着树？这是什么风格？

“或者跷个腿，比个手势？”

“姐，你不要这么僵硬死板，摆个造型啊！”苏呈半蹲在地上，论拍照。他还是比较专业的，“来，笑一个！”

苏羡意咬牙：陆时渊就站在对面看着她，她怎么笑得出来？

“二哥，你帮我们拍张合照吧。”苏呈把手机塞给陆时渊，小跑到苏羡意身边站好。

苏羡意都恨不能打死他。他倒是没心没肺，伸手比耶，笑得开心。

姐弟俩靠得近，苏羡意保持着假笑，从牙缝里挤出几个字：“苏呈，你可真能耐，居然把他带来了，也不提前和我打声招呼，害我丢脸。”

“我想给你个惊喜，谁知道你跑去喝酒，还菜到喝多了。”

“你还敢说！”

苏羡意面带微笑，挽住苏呈的胳膊，伸手掐了下他的小臂。

苏呈疼得龇牙咧嘴，却只能保持微笑。

“姐，我真的只想给你一个惊喜。”

作为一个粉丝，他能有什么坏心思？

“我知道，来，笑一个！”

“……”

我胳膊疼，还笑？坑弟啊！

苏呈好不容易脱离魔爪，伸手揉了揉小臂，看向陆时渊："二哥，你要不要跟我姐拍张照？"

苏羡意听了这话，心里一惊。

他俩还没拍过合照，她心里无比期待。

陆时渊只淡声说："不用，我不配。"

"……"

苏羡意咬牙：果然，还记仇呢。

她笑着看向陆时渊："二哥，昨晚是因为我室友的男朋友劈腿，又被我们当场撞见，所以我才有些激愤。我说的那些话，你别放在心上。你怎么会不配和我拍照呢？是我的错。小呈，帮我和二哥拍一张。"

她不但把人骂了，听室友说，还是陆时渊一路背她回宿舍的。她肯定要放低姿态，使劲讨好他。

苏羡意站在陆时渊身边，帽檐不小心撞在陆时渊肩上，她急忙伸手调整。

她面前没有镜子参照，难免有些歪。

"我帮你。"陆时渊伸手帮她调整。

苏呈眼疾手快，连续拍下好几张照片。

镜头内，苏羡意微微仰头看着陆时渊，陆时渊则低头给她调整学士帽，陆时渊的嘴角扬着一抹笑意，无论怎么看都格外养眼。

"好了，你们站好别动，靠得近一点儿。"

苏呈觉得，作为助攻，自己真的尽力了。

苏羡意朝陆时渊身边挪了半寸，只是她担心学士帽再被撞到，不敢挨得太近。

当苏呈按下快门的一瞬间，陆时渊忽然伸手揽住了她的肩膀。

盛夏，树荫，蝉鸣。

他的手只是轻轻地搭在她肩上，却足以让苏羡意面红心热。

学士服本就不透气，此时她觉得更热了，周围同学聊天的嬉笑声，树上喧嚣的蝉鸣声，此时都好似隔了一层水膜，听不真切。

她身子僵直着，不敢乱动，却听他低声说了一句："小呈让我们靠得近一点儿。"

他的声音好似在她耳边掀起一股热风，比暑天扑面的热意还容易让人心躁。

这天是真热！

“拍好了。”

苏呈把照片递给两人看了一眼。

“这张还挺好的，光线角度都不错。”苏羡意翻看着照片，觉得自家弟弟还是有些用处的。

“下面那张更好看。”苏呈对自己的摄影技术还是很满意的，“回头我再调一下滤镜，都可以当壁纸用了。”

“哎，苏羡意——”不远处有女生冲她挥手。

“同学叫我，你们先找个凉快的地方待着，我去去就来。”

苏呈拿着手机四处走走拍拍，陆时渊寻了个稍微凉爽的地方，余光却瞥见之前食堂遇到的男生朝他走来。

男生也穿着学士服，手中拿着两瓶矿泉水。

他笑着喊了声：“苏大哥，我叫江翰，我们之前在食堂见过，我是苏羡意的同学，给你两瓶水，这天比较热。”

陆时渊点头接过：“谢谢，不过……我不姓苏。”

江翰蒙了，因为说是哥哥，加之在食堂听到苏羡意称呼弟弟为“苏呈”，所以他就以为是同姓氏的兄弟姐妹，结果闹了个大笑话：“不好意思。”

“没关系，谢谢你的水。”

“你太客气了。”

陆时渊的气场，就连早已进入社会的魏屿安都害怕，更何况是江翰这种未出校园的愣头青。加之是喜欢的女生的家人，他就更忐忑了，腰杆挺得笔直。

苏羡意这哥哥，一看就知道不简单，面对他，江翰不敢有丝毫怠慢。

他想和对方搭话，却又不知该说什么，倒是把脸憋红了。

陆时渊见他还不走，多少也能猜出他的心思。

“今天还挺热的，多喝点儿水对身体好。”

说完这话，江翰就恨不能抽自己两个嘴巴子——他说的这是什么废话！

“嗯。”陆时渊点头。

“那你是第一次来海城？”

“不是。”

“海城有许多好玩的地方，可以多玩两天。”

“我不是来玩的。”

“来观看毕业典礼？”

“不完全是。”陆时渊笑着看他，“我家小姑娘在这儿。”

“你……女朋友？”这称呼过分亲昵，江翰不由得猜道，“原来是嫂子在这里啊！”

所以大哥是来看嫂子的？

陆时渊眉眼一挑，朝他示意了一个方向，淡声道：“嗯，就在那里！”

江翰不疑有他，下意识看过去……

那处，苏羡意正和一群女生说说笑笑。

所以，嫂子就是妹妹？

好似烈日晴空忽然下起太阳雨，江翰说不出是何种滋味。

“那……那个……”江翰舌头打结，脸都憋红了，竟不知该说什么。

“你也喜欢我们家意意？

“她很优秀，你喜欢她很正常，说明你眼光不错。

“看得出来你是个很优秀的男生，只是，出现得不是时候。”

一刀戳完，又是一刀。

完事儿了，还要送他一张好人卡。

可是同学四年，没听说苏羡意谈恋爱了啊！

“你……不是她哥？”江翰吞吞吐吐地问道。

“她愿意这么叫而已，我们没有血缘关系。”

特意强调无血缘，这句话，懂的都懂。

而且陆时渊的口吻宠溺又亲近。

潜台词就是：这是属于我们俩的小情趣。

“二哥，你快过来给我拍张照，这边风景特别好。”苏呈拿着手机冲他挥手。

“那我先走了，谢谢你的水。”

……

江翰看着他的背影，只觉得心酸又落寞。

他的感情，都还没开始，就被扼杀在了摇篮里。

再打量陆时渊，如果自己是女生，恐怕也会选择他。

如果是其他人，江翰或许觉得自己还有一搏之力，可是面对陆时渊，他忽然生出了一种挫败感，尤其是方才目睹了两人拍合照时的画面。

假如是兄妹，搭个肩也没什么，他当时心里甚至想着，他们兄妹感情还挺好。

可若不是……

除了男女朋友，互相喜欢，又怎会对异性做出这么亲昵的举动？

拍摄集体照时，知道江翰给陆时渊和苏呈拿了水，苏羡意还特意去和他说了声“谢谢”。

他笑着说：“不客气。”

可勉强从嘴角挤出来的笑容，简直比哭还难看。

“你……你没事儿吧？”作为同学，苏羡意看他有些不对劲儿，还关心地问道。

“没事儿，挺好的。”

其他同学也察觉到他不对劲儿，问他出什么事儿了。

江翰什么都不能说，只能苦笑着摇头。

陆时渊倒没想过，现在的小男生如此好忽悠，别人随便说什么都信。他余光瞥了一眼身侧的苏呈。

没进入社会的人，还真是一样的单纯！

拍完班级合照，苏羡意又跟几个老师拍了几张合照。

她摘下学士帽，便跑向一直等着自己的两人：“我要先把衣服放回宿舍，你们可以想想晚上吃什么。”

原定下午三点左右结束拍摄，这会儿已经过了四点。

陆时渊却说道：“你室友晚上请我吃饭，她很热情，我没法拒绝，已经答应了。”

“……”

苏羡意抱着学士服冲回宿舍时，郭可可正坐在床上玩手机，周小楼和李思已经在梳妆打扮。

隆重得好似要去出席什么晚宴。

第十三章

优雅中带着狠劲儿

“你们约了陆时渊吃饭？居然没通知我！”

“我们考虑到你在拍照，肯定顾不上看手机。”李思回道。

周小楼看她怒气冲冲，急忙拽着她坐到风扇前：“来，吹吹风，吃口西瓜，消消火。”

“你们什么时候加了联系方式？”

苏羡意觉得自己喝醉之后，整个世界都变了。

周小楼笑着说道：“就你喝醉的时候，没想到他的头像是只小猫，真可爱。”

“昨晚那顿烧烤是他请客，你也知道我们三个都不爱占人便宜，给钱他又不要。再说了，我们都是自己人，请自家人吃顿饭多正常啊！”

“而且是在我们的地盘，也该我们尽地主之谊。”

“可可，你也换衣服啊，待会儿要出门了。”周小楼见郭可可还坐在床上没动弹，催促道。

“马上。”

“那个渣男不会找你了吧？”

“没……没有。”郭可可从床上下来，吞吞吐吐道。

“他最近可是我们学校的红人，论坛上都爆了。有个匿名帖说他跟你在一起时还到处撩骚，和其他女生勾勾搭搭，还有聊天截图，这渣男真是绝了。”周小楼吐槽道。

李思：“据说他们班辅导员已经找他谈话了，感觉这事儿闹大了。”

“现在学校论坛上都是讨论他的，被辅导员看到也不稀奇，反正都是他活该，自己作的。”

对于渣男，周小楼是不会给予半分同情的。她此时只后悔，昨晚怎么没冲着他裆部再踹两脚，直接把他废掉得了！

郭可可笑笑没说话。

苏羡意头疼不已，看向三个室友：“你们这是在玩火。”

“你怕是忘了自己昨晚搂着人家脖子耍流氓了。”周小楼拍着她的小脑袋，“女人，玩火的是你！”

苏羡意捂着脸，自己真是疯了。

“今晚吃饭地点是你们定的吧？”苏羡意托着下巴，看着正让李思帮忙画眼线的周小楼，“晚上吃什么？”

“保密。”

周小楼刚要扭头，就被李思按住了：“你再动，眼线就歪了。”

“苏羡意，除了上次去看我偶像的演唱会，这是我人生第二次画眼线，足以看出我对你家陆医生的重视，你给我争气点儿！”

“你别动！”李思皱眉。

苏羡意崩溃，这都什么跟什么。

“我的脸都丢没了，你还让我怎么争气啊！”

她哪里知道自己喝多了酒，居然会对着陆时渊耍流氓，难怪他今天拍照都说自己不配。

人生不易，意意叹气。

“要不今晚我们把他灌醉，你来个霸王硬上弓，把生米煮成熟饭？”周小楼提议。

李思附和：“我觉得可行。”

“你俩住嘴吧。”苏羡意说完，歪头看向一侧的郭可可。

她似乎有些心不在焉，大抵是还没从失恋的阴影里走出来，毕竟谈了这么久，也不可能仅仅过了一晚就能把伤痛忘得彻底。

许多事，做姐妹的可以帮，但某些情绪还是需要自己走出来。

所以即使看见郭可可神色落寞，几人也没说什么。

四人下楼时，陆时渊与苏呈已经等在宿舍楼下了，当苏羡意跟着室友走到餐馆门口时，人瞬间傻了。

你们可真是我的亲姐妹！第一次和二哥吃饭，你们选了大排档？

“意意，真不怪我们，我原本想去市中心找家高档餐厅，可是你家陆医生说我们是学生，又是毕业季，花销也多，不需要特意选贵的地方，就挑经济实惠的。”周小楼靠在她耳边，低声解释，“我们真的选了好几家餐厅，都被他否了。他说去我们经常吃饭的地方就行，最后才定了这家。”

作为闺密，肯定要给苏羡意长脸，撑撑面子。她们早已做好今晚钱包大出血的准备，可陆时渊太过贴心，只说都是从学生时代过来的，没必要刻意去追求高消费。

光是选餐厅，就在三人之间刷了一波好感。

陆时渊一看就是不差钱的主儿，没想到为人还如此随和体贴，一点儿都不摆款。

不像某些男人好面儿，即便打肿脸也要充胖子，觉得这种路边大排档已经容不下他们尊贵的身体。

这家虽是大排档，但干净卫生，味道好，价格实惠。离学校又近，几乎是学生小聚的首选。

六人来得早，尚且还有餐桌位置可选，待点餐结束，早已坐满了人。

饭菜上桌，又要了些酒水饮料，周小楼她们今晚准备干票大的，只是苏羡意没想到陆时渊会真的上套喝酒。

“你要喝酒？”苏羡意皱了皱眉。

“平时由于工作不能喝，现在休假，也是难得，况且只是啤酒。”陆时渊笑道。

“那大家先共同举杯？”周小楼提议。

一桌子人都在喝酒，只有苏呈面前放了一罐可乐，这让他有些受挫。

“弟弟，你也想喝啤酒？”周小楼似乎看出了他的心思。

“他还小，还是喝可乐吧。”苏羡意笑道。

苏呈瘪瘪嘴，极不情愿的端起可乐，猛灌了一大口。

……

作为苏羡意的室友，矜持、淑女很有必要，几人说话都轻声细语。

李思本就规矩，郭可可又比较内向，她们表现还算正常。

只有周小楼，平时那咋咋呼呼的架势好似能打死一头牛，今天却表现得仿佛连瓶盖都拧不开，那矫揉造作的模样，就连苏羡意都觉得没眼看。

等几杯酒下肚，与陆时渊和苏呈稍微熟稔些，待气氛一上来，某人就原形毕露了。

周小楼今晚点了瓶白酒，原本是想用来灌醉陆时渊的，所以特意挑了瓶度数高的。

结果自己几杯下肚，已经上头。
“弟弟，以后你来海城，尽管找我，姐姐罩着你。”
“好啊。”苏呈笑着点头。
对这种事儿，他素来是来者不拒的。
“大腿”这玩意儿，谁会嫌多！能抱住一个是一个！
“东南西北四条街，你打听打听，就知道谁是老大了，姐姐可是个社会人。”
这话一出口，邻桌的人都闻声看过来。
就想看看这社会人长什么模样。
李思和郭可可纷纷垂头：假装不认识她！
苏呈：“姐姐这么厉害？”
“跟着楼姐混，保证你吃完这顿没下顿。”
苏羡意伸手捂着脸，也不敢看她。
苏呈接话很快：“姐，弟弟还是个孩子，正在发育，不能饥一顿饱一顿。”
“我怎么可能让你饿着？明天我就带你去市区吃更好的。”
“那我们是明天上午还是下午出门？”
“太阳不起我不起，还是晚上吧。”
“……”
“弟弟，有对象吗？”周小楼看着他。
“高中学习忙，不想处对象。”
“能有多忙啊，高考分数也出来了，考得怎么样？就算成绩不理想，也别气馁，人生嘛，总会有些小坎坷。”
苏呈点头：“我姐没告诉你，我被保送燕城大学了？”
周小楼噎了一下：“那你就更该去谈恋爱了，作为过来人，姐姐告诉你，遇到喜欢的人，该出手就出手，这机会不是天天都有的。”
“那你谈过恋爱吗？”
周小楼清了下嗓子：“女王不需要爱情！”
苏呈笑着道：“那你算哪门子的过来人？最多就是别人爱情路上的旁观者，姐姐还是多操心一下自己的事吧。”
“……”
周小楼平日输出全靠一张嘴，哪里想过有一天，会被人说得哑口无言。
一桌人笑喷，李思甚至默默地给苏羡意竖了个大拇指：你弟弟，是个人才！

周小楼深吸了一口气，恨不能打死他，在心里默念着：别生气，他只是个孩子！

喝点儿酒，降降火！

又一杯白酒下肚，周小楼扭头看着苏呈："弟弟，你知道自己这么说话很不可爱吗？"

"小楼姐，你别生气，你的眼线花了。"

"……"

"扑哧——"李思实在没忍住笑出了声来。

昨晚见到苏呈，这弟弟一副很乖巧懂事的模样，头发还卷卷的，阳光帅气，当时周小楼还说，挺想摸摸他的头，没想这小嘴也挺贫。

估计她这会儿，恨不能捶爆他的头吧。

周小楼原本是冲着陆时渊去的，结果注意力被苏呈吸引，气得不行，心里暗忖：今晚姐姐一定要教你，怎么样做个好弟弟！

餐桌上，两人你来我往，格外热闹。有他们在，肯定不会冷场。

"这个味道不错，你尝尝。"

陆时渊拿着公筷，给苏羡意夹了块鱼肉。

"谢谢，其实……"苏羡意往他身边靠了靠，"我室友平时不这样的，可能是醉了。"

她觉得，自己应该挽救下好姐妹的形象。

陆时渊端着酒杯，喝了口酒，笑而不语。

最终的结果就是：原本想把陆时渊灌醉的周小楼，自己先倒下了。

酒足饭饱，拍着苏呈的肩膀，说要和他拜把子。

"我已经很多姐姐了，不想再做弟弟。"苏呈说道。

"你姐是我闺女，要不我认你做干儿子？"

"……"

苏呈摇头拒绝。

苏羡意深吸一口气，拿着筷子戳着碗里的一块嫩豆腐。

周小楼啊，你可真会给自己长辈分，平时调侃就罢了，现如今喝多了酒，都不忘占我便宜。

陆时渊偏头看她："你的这群室友都挺好玩，很有趣。"

苏羡意笑了笑，低头继续戳豆腐。

苏羡意原本还担心，依着周小楼那闹腾的性子，喝多了酒，怕是会把自己老底都揭了，没想到她今晚的火力都集中在苏呈身上，也就没空管陆时渊了。

酒到浓时，她似乎早已忘记自己是个女的，搂着苏呈的脖子称兄道弟！

虽然闹腾了些，但让苏羡意长舒了一口气。

苏呈肠胃本就不好，天热，可乐又选的冰镇的，可能是喝得太急，说是头疼不舒服，想吐，整个人也蔫蔫的，趴在桌上有气无力。

聚餐不得不提前结束，九点左右就散场了。

陆时渊本想去结账，却被周小楼拦住了，她醉醺醺地盯着陆时渊，一副要跟他干架的模样："你不能去，说好我们请客，那就是我们请！"

和一个醉鬼是没法讲道理的，陆时渊便只能由着她，说下次他再请她们吃饭。

结完账准备离开时，苏羡意看着李思说："你和可可先带小楼回宿舍，我送我弟回宾馆。"

苏呈不舒服，作为姐姐，不可能将弟弟扔给陆时渊完全不管。

"我不回宿舍，我要去看星星！"周小楼指着天空，"我们去操场看星星吧。"

所有人看向天空，今晚无风无月，天空没有一颗星星。

"没有星星，我们回宿舍。"李思扶着她。

"有，好多星星，就在我眼前一直晃呀晃。"

周小楼走路踉踉跄跄，大抵是喝多出现了幻觉，指着天空开始胡言乱语。

"你们能行吗？"陆时渊看向李思与郭可可。

周小楼个子比两人都高，还咋咋呼呼，一会儿要看星星，一会儿要蹲地上数蚂蚁，两个小姑娘扶着她，肯定费劲儿。

"没事，我们能行，这里离宿舍很近，你们赶紧送弟弟先回去。"

"那行，如果有情况，你们随时联系我。"苏羡意叮嘱，"我先送小呈回去，然后就回宿舍。"

"回宿舍？"周小楼皱眉，"你今晚不回来也行！"

苏羡意扶额：你这到底是醉了，还是没醉？

告别时，周小楼还冲苏呈嚷嚷着："弟弟，我们选个好日子，把事儿办了吧。"

所有人一脸蒙：这又是在说什么胡话？

"你放心，干妈会给你准备一个大红包的，我，嗯……"

话没说完，周小楼就被李思捂住了嘴。李思和郭可可两人一左一右，强行拽着她离开了。

苏羡意尴尬地咳嗽两声："我室友平时真的不这样，她……还是挺淑女的。"

陆时渊只笑笑，没说话。

"我来扶他吧。"苏羡意边说，边搀住苏呈的胳膊。

"还是我来，你别看他瘦，也挺重。"

苏羡意点头，不再逞强，帮两人拿着手机等物品："你今晚也喝酒了，你感觉怎么样？"

"还好。"

"你酒量好像还不错。"

有了前两次的教训，苏羡意今晚就抿了几口啤酒，她早已在心里暗暗发誓，自己如果再在陆时渊面前醉酒，就是狗。

"还行，应该比你好些。"

"……"

原本陆时渊只是扶着苏呈，但他似乎太过难受，想吐，没走几步路就蹲在路边要休息。苏羡意想哄着他先回宾馆，他却像个小孩儿一样一个劲地只说难受，后来干脆坐到地上赖着不走了。

他们没了法子，又不能由着他这般，最后还是陆时渊背他回的宾馆。

背完姐姐背弟弟，苏羡意走在他身边，都觉得臊得慌。

宾馆就在学校附近，不远。

盛夏燥热，今夜又无风，这种天气就是去外面走一遭，也是一身汗，何况陆时渊身上还有个累赘。

进入宾馆电梯内，苏羡意询问完他们住在几楼，才发现需要刷对应的楼层房卡。

苏羡意看向陆时渊："你们的房卡在哪儿？"

"在我身上。"

陆时渊试图把苏呈放下，可这小子紧紧抱着他的脖子不肯松开，他手指刚松了松，苏呈就开始哼哼唧唧、要死要活，搞得他头疼不已。

"房卡放哪儿了？我来拿吧。"苏羡意说道。

"裤子口袋。"陆时渊用眼神示意，在右侧。

裤……裤子？苏羡意目光瞄向他的腿，他的腿笔直修长，穿什么都好看，她走过去，试探着把手伸进他的口袋。

颤颤巍巍，小心翼翼。

天热，陆时渊又背了个人，离得近些，都能清晰地感觉到从他身上散发的热意。

有些烫人！

陆时渊偏头看她，小姑娘紧抿着唇，一脸严肃。

只是拿张房卡，她怎么紧张成这个样子。太没出息了！

口袋似乎有些深，苏羡意几乎把整只手探进去才摸到房卡，饶是她小心翼翼，手指也难免蹭到他的腿——中间只隔了层薄薄的内衬。

刚从外面进入室内，苏羡意的手很烫，即便隔着一层料子，那股热度也难以忽视……

这算不算摸到他的腿了？

苏羡意想到这里，耳根儿有些泛红。

“还没拿到？”陆时渊低声询问，目光落在她烧红的耳朵上，眸子又深了深。

他背着苏呈本就直不起腰，弯着身子，这就导致两人视线几乎是齐平的，他说话时，落在她脸上的气息似乎还残留着高温的余热。

苏羡意被问得有些心虚，点头，拿出房卡，刷电梯上楼。

千难万难，好不容易回到房间，苏羡意又被眼前的景象惊呆了。

标间，两张床。

一张床上整洁得一丝不苟，床单被罩几乎看不到褶痕；另一张床上，被子被蹂躏得看不出原本的模样，床上还堆着充电线、两条裤衩和一件背心。

床边打开的行李箱里，衣服也胡乱地堆放在里面，床头还放着一瓶打开的可乐和一包拆了包装的薯片。

泾渭分明，俨然两个世界。

“这张是……”苏羡意指着那张杂乱得像猪窝的床。

“小呈的床。”

“想来也是。”苏羡意尴尬地笑道，“你先把他放下来，我把床收拾一下。”

“要不先让他睡我的床？”

“不了，他又没洗澡，一身酒气……”

苏羡意简单地把苏呈床上的杂物挪到一边，又把床单被子整理了一下，便转身从陆时渊手中扶住苏呈。

“真重，你怕是只猪！”苏呈全部的重量压在她的肩头，苏羡意眉头直皱。

“还是我来吧。”陆时渊看她一脸艰难，轻笑出声。

“不用，你休息一下，我来！”

劳累他背了一路，也不能事事都靠他。

“我不是……”苏呈突然说道，一脸愤懑，“我不是猪，我很聪明，我还被保送了！”

“对，你不是，就是睡在猪窝里，重得也像只猪。”

“我不是，你才是猪，你全家都是猪！”

“行行行，我全家都是猪可以了吧。”苏羡意懒得和他争辩。

陆时渊听着姐弟俩的对话，想到了自己的姐姐，嘴角不自觉地往上翘。

也不知她最近怎么样。

苏呈的体重对苏羡意来说实在太吃力，刚挨着床边，她就把这个累赘扔到床上，可能是用力过猛，苏呈身子刚挨了床，就觉得不舒服。

“怎么了？”苏羡意皱眉。

“难受……”苏呈双手艰难地撑着床，试图起身。

苏羡意伸手扶住他，拍了拍他的后背，给他稍稍顺顺气儿：“明知道自己肠胃不好，喝冰饮料还敢喝那么急，难受也是活该，你赶紧躺下，睡一觉就好了……”

“姐，我真的难……”

话没说完，苏呈喉间忽然泛酸。

他还有意识，想推开苏羡意往洗手间冲，可身体不听指挥。陆时渊见他神情扭曲，似乎猜到了什么，刚想把垃圾桶递过去，某人已经趴到苏羡意身上……

忽然涌出的秽物，吐了苏羡意半身。

“……”

苏呈虚弱地说道：“我不是故意的。”

吐出来，人就舒服了，苏呈说完，倒头就睡。

苏羡意垂头看着自己的裙子，强忍着怒意，看了一眼陆时渊：“二哥，如果我现在把他杀了，你会报警吗？”

陆时渊笑了笑：“我有医学方面的专业知识，放心，我会帮你毁尸灭迹。”

躺在床上的苏呈，眼皮狠狠跳了下。

他俩要是在一起，这不就是一对杀人如麻的贼夫妻？

洗手间内，苏羡意脚边的垃圾桶内堆满了刚擦拭完的纸巾，她此时正拿着毛巾蘸水，试图把一些残留的污渍吸附擦拭掉。

“我这里还有消毒纸巾。”陆时渊将刚从行李箱内翻找出来的湿巾递给她。

“谢谢。”

苏呈今晚吃的东西不多，吐出的秽物基本都是酸水。不但味道难闻，附着在衣服上还极难擦拭。

陆时渊倚在门边看着苏羡意，余光却还在观察苏呈。

某人已经鬼鬼祟祟地翻个身，背对着他。

这小子吐完就装睡？

“不好擦？”

“有点儿难。”

苏羡意真的要疯了，她今天特意打扮得美美的出门，这条裙子也只穿过两次。

父亲生的这个弟弟，怕是专程用来克她的。

虽说给她的生活增添了不少乐趣，却也实实在在惹了不少麻烦。

现在最痛苦的是，夏天衣服本就穿得少，吐出的酸水又滤过衣服沾到身上，这让本就出汗黏腻的皮肤更加难受。

陆时渊注意到她皮肤上黏附着一些秽物，光靠擦拭，估计弄完也不会舒服。

他提议道：“你要不要洗个澡？”

苏羡意手上动作僵住，扭头看向陆时渊。

身上被搞成这样，她也恨不能脱了衣服清洗一下，只是在两个男生的房间，她一个女孩子主动说这话不合时宜。

“这里离我宿舍不远，等我回去再洗也一样。”

“裙子脏成这样，你打算怎么回去？”

且不说被秽物着了色，她用湿毛巾擦拭，前面的裙子基本被水浸湿，紧贴着身子，甚至有些透肉，穿成这样，怕也没法出门。

陆时渊直起腰：“我去给你拿换洗衣服，这条裙子就别穿了。”

“你帮我拿小呈的衣服就行。”

既然要洗澡，苏羡意也就不再继续擦拭，低头扯了扯裙子。

她又在心里把苏呈骂了几遍，这小子真是成事不足，败事有余。

陆时渊给她递了衣服，道：“有事儿就叫我。”说完把垃圾桶带了出去，贴心地把门关上了。

苏羡意看了一眼手中的衣服，白衬衫，这个……是他的衣服？

还有一条裤衩。

裤衩上印着大大的海绵宝宝的图案，这种品位，只能是她弟弟的。

……

浴室传来水声，陆时渊打开房间通风系统，才伸手戳了戳苏呈的后背。

苏呈紧紧地闭着眼，大气都不敢喘，在心里默念：当我是个死人吧！

“我知道你没睡，起来。”陆时渊低声道。

某人不语。

“你确定要在一个医生面前装睡？”

苏呈崩溃，差点儿忘了，陆时渊是专业人士：“二哥，你知道有些人活着，他已经死了……你就不能当我死了吗？”

“你之前得过急性胃肠炎，房间没有蜂蜜，我找到些喝咖啡用的白砂糖，给你弄了点儿浓糖水，起来把它喝了，对你的胃有好处。”

苏呈这才敢睁眼爬起来，接过水，喝了几口，问：“我姐怎么样？”

“你说呢？”

“我真的不是故意的。”

“如果你还想要这条小命，在她出来后，我劝你装死。”

“……”

陆时渊给宾馆前台打了个电话，让他们送一床新的床单被罩，然后弯腰将宾馆地面稍微清洁了一下。

苏呈刚才不只是吐到了苏羡意身上，床单边缘、宾馆地面也残留了些秽物，幸亏这宾馆房间铺的是瓷砖，若是地毯，怕是要完。

“二哥，我来吧，很脏。”苏呈试图下床。

“你既然喊我一声哥，就躺着吧。”陆时渊动作利落，很快就把地面擦拭干净。

苏呈更加愧疚了。

在他心里，陆时渊的形象越发高大。

“二哥，你会不会嫌弃我？”

“就因为你吐了？”

苏呈点头。

陆时渊低着头清洁，道：“做医生的，再脏再血腥的场面也见过。这也不算什么，我所见过的某些东西，可能是你这辈子都不敢想的。”

“还有我的……”苏呈看了一眼自己的行李箱，和陆时渊的整洁自是不能比。

“你觉得舒服自在，又不影响我就没事儿。”

对于苏呈的邋遢，只要在可接受范围内，陆时渊便不会过多干涉。

“你为什么能这么自律？”

苏呈只要撒开了蹄子，就能把家拆了。

当他看到陆时渊起床叠被，就连衣服都叠得异常整齐时，他只能感慨：非人哉！

陆时渊：“如果你去部队待两年，你也会变成这样。”

“部……部队……”苏呈蒙了，“二哥，你还当过兵……”

此时有人敲门，打断了两人的对话，是宾馆的工作人员来送东西。

陆时渊和工作人员说明了呕吐的情况，表示如果需要赔偿愿意承担，毕竟弄得挺脏。

工作人员进房间看了一眼，瞧他态度极好，自己也把房间打扫干净了，便没说什么，帮他们换了床单被罩，又把垃圾带了出去。

苏呈第一次觉得，有个哥哥真好！为什么他只有两个姐姐？

正当他想再次追问部队的事儿时，浴室的水声停了。

苏呈快速喝完水，立马裹紧自己的小被子装死。

陆时渊无奈一笑。

浴室内传来吹风机的鼓噪声，等那声音停了，苏羡意却并未出来，某人更是紧张得瑟瑟发抖。

苏呈躺在床上，屏着呼吸……努力扮演一个死人。

反正都洗了澡，苏羡意就把头发一起洗了，刚吹了会儿头发，注意到放在洗手台的手机上有李思发来的信息：“去了这么久，你今晚是不是不回来了？可可说出去买东西，也还没回来，现在就我守着一个醉鬼，她正蹲在地上，说自己在修仙，你快回来，我一个人怕是不行了……”

“我很快就回去。”苏羡意回复道。

“这么久才回信息，你在干吗呢？”

“洗澡。”

“你不是送弟弟回宾馆？怎么还跑去洗澡了？”

“我弟吐在我身上了。”

李思给她回了个“自己什么都懂”的表情，她觉得这姑娘怕是误会什么了。

苏羡意走出浴室时，看向坐在椅子上的陆时渊："刚才是宾馆的工作人员来了？"

"让他们给小呈换了套床上用品。"

陆时渊抬头看她，自己的衬衫穿在她身上十分宽大，足以遮住部分大腿，而且她下面还穿着苏呈的短裤，直接遮住膝盖。

陆时渊对她的穿着很满意。

虽然他挺想看苏羡意只穿着他衬衫的模样，可房间里还有个"电灯泡"，这样的穿着，遮得严实，挺好。

"浴室有点儿湿，你待会儿再进去。"苏羡意将苏呈原本装零食的便利袋拿出来，将脏掉的裙子装进去，"小呈没有再吐吧？"

"没有，喂他喝了点水，舒服多了，已经睡着了。"

"要不要去给他买点药？"

"不用，这里我盯着，你放心。"

"那就好。"苏羡意走到床边，伸手捏了捏苏呈的脸，没反应。她更用力地捏了两下，到底是年轻，这皮肤就是好，还挺有弹性，"我上辈子可能是欠了你的。"

苏呈脸都被捏疼了，却不敢吱声，只能强忍着。他现在严重怀疑，他姐是故意报复他。

"他刚睡着，你别再把他吵醒了。"陆时渊开口，拯救了他。

"如果他今晚再吐，你就自己开个房间睡，不要管他了。"

"这是你对亲弟弟的态度？"

"他如果不是我弟弟，醉成这样，刚才我就会把他扔在大街上，谁爱要谁要去。"

苏呈默默流泪。

"那今晚就拜托你照顾他了，如果有什么情况，你再通知我。"

此时已过晚上十点，时间确实不早了。

"我知道。"

"明天我再找你算账。"苏羡意一边说着狠话，一边弯腰伸手，将苏呈身上的被子掖好。

她刚准备起身时，一条毛巾落在了她头上。

"把头发擦干再回去。"

陆时渊隔着一层毛巾，动作轻柔地帮她擦拭着。

头发上还带着热意，被毛巾笼着，那层热气好似散不出去，蒙在脸上，熏得人浑身燥热。

衬衫上本就有他的气息，此时此刻……苏羡意觉得空气里全是他的味道。

苏呈简直要疯了，他不敢睁眼，却能感觉到两人就站在身侧，也不知在干吗。

你们再不走，我可就要憋死了！

“二哥，我自己来吧。”

苏羡意手忙脚乱地从陆时渊手中接过毛巾，胡乱地擦着头发，结果扯开毛巾一看，头发杂乱得好似在头上扣了盆杂草。

“夏天在空调房，你这样容易着凉。”

“我知道了。”

“等你擦干头发，我送你回去。”

“很晚了，你留下照顾小呈吧。”

“你刚才捏他都不醒，睡得比猪还沉，哪里需要我照顾。你也知道时间很晚了，让你独自走夜路，我不放心。”陆时渊看着她说道。

那语气，带着苏羡意无法拒绝的温柔。

睡得比猪还沉？苏呈觉得二哥在骂他，可他没有证据。

苏羡意垂头看着身上的海绵宝宝大裤衩，她什么时候穿过这种衣服出门？好在天黑，估计也没人注意她。如果遇到熟人，她就把脸捂住！

“二哥，那我回头再把衣服还你。”

“没关系，我不急。”

待两人离开，苏呈才猛地睁开眼，长长地喘了口气，有种劫后余生的感觉。不过肠胃不舒服的滋味实在难受，他趴在床上，很快沉沉地睡了过去。

夏天，空气黏腻湿热。

即便刚洗完澡，出门走几步，苏羡意就觉得身上出了些汗。

“时间太晚了，我们抄近路吧？”她开口提议。

“听你的。”

苏羡意所说的近路，是从学校横穿过去，途经教学楼和操场，再穿过宿舍边上的一片绿植地。

校内人不多，操场上倒是有不少人。有结伴散步的，也有跑步健身的，倒也热闹。

“这么晚，还有这么多人？”陆时渊感慨道。他许久没踏入过校园，这里的气氛与医院截然不同。

“有不少女生是特意来减肥的，之前思思也拉着我出来夜跑过，后来就……”

“怎么了？”

“每次跑完，觉得太饿，又犒劳了自己一顿夜宵。那半个月，我没有瘦一两，反而胖了三斤，她胖了五斤。”

“从医生角度来说，其实大部分女生身材都是标准的，没必要刻意减肥，选择让自己快乐的生活方式就好。”

“那你喜欢瘦一点儿，还是胖一点儿的？”

陆时渊看了她一眼：“你这样就挺好。”

这句话，好似会心一击——

此时有人从她身边跑过，带起一阵风。这风里，掺了甜酒般，吹得人微醺。

原来不喝酒，人也会醉……

“操场上情侣也挺多。”陆时渊放眼看过去，成双结对轧操场的不在少数。

“你上学的时候，没有和女朋友逛过操场？”苏羡意很少打听他的私事，不知如何开口，如今话茬搁在这儿了，她佯装不经心地问了句。

“女朋友？”陆时渊轻哂，“我上学时很忙，没空恋爱。”

“是吗……”

“除了我姐，你是第一个跟我一起逛学校操场的，很久没来过学校，感觉有点儿怀念。”

“要不我再陪你逛一圈，反正回去也没什么事儿。”

陆时渊没拒绝。

苏羡意似乎忘了，自己还有个蹲在地上打坐修仙的室友。

从操场到宿舍区，要经过一侧的绿植地。

苏羡意以前只会白天走这里，毕竟平常，这么晚她也不会待在外面，却不知道，此处到了晚上，月黑风高，加之有不少树木遮挡，俨然成了情侣密会私语的圣地。

两人没走几步，就撞见一对抱在一起的小情侣。

人家继续旁若无人地抱在一起，苏羡意反而尴尬得恨不能脚趾抠地。

“二哥，我们快走吧。”苏羡意加快脚步。

走着走着，她脚步忽然放慢，若非陆时渊反应快，怕是要直接撞在她身上。

“怎么……嗯。”

陆时渊话没说完，就被人捂住了嘴。

她居然敢……

平时看见他跟只小猫儿一样，这是看见什么了？胆子这么大了。

陆时渊顺着她的目光看过去，光影昏暗处似有两个人影，模样看不真切，只能看出是一男一女。这一路，两人不知见了多少腻歪的小情侣，也没见她这般模样。

难道是熟人？陆时渊伸手戳了戳她还捂在自己嘴上的手。

苏羡意好似后知后觉，从他鼻端喷出的气息落在她手背上……好似火舌在她手上勾缠烧灼，炙热滚烫。

“嗯？”陆时渊声音从她指缝中溢出，居然还不松手？

苏羡意这才慌张地把手缩回去，示意他别出声。

“……和我无关，那篇爆料帖不是我发的！你到底要我说几遍？”

陆时渊蹙眉，这声音听着有几分耳熟。

“除了你能看我的手机，还有谁？那上面的聊天截图又是从哪里搞到的？”男生的声音似乎有些气急败坏。

“跟你暧昧的女生那么多，想看你手机不是很容易？你凭什么认为是我？”

“难道不是你故意报复我？”

“陈洪凯，你也太把自己当回事了，你以为自己是谁啊？”

“以前在一起时，我真没发现你是这样的人，没想到分手之后，说话都硬气了，是仗着有你们宿舍那几个人帮你撑腰？去校园论坛曝光我，现在辅导员隔三岔五找我，家里也知道了……”陈洪凯冷笑道，“郭可可，我可真是小瞧你了，得不到我，你居然想毁了我！”

陆时渊听到名字，才想起这熟悉的声音来自苏羡意的室友，郭可可。

见过两次，她的话一直不多，开口也总是轻声细语，不如周小楼会来事儿，也不若李思稳重，总是默默的，两人见面只打了声招呼，都没怎么说过话。

结合两人的对话，以及苏羡意和他提起的室友男朋友劈腿被抓，他可算是把事情串起来了……敢情在酒吧狠虐渣男的四人组，就是她们几个。

前男友既是渣男，又已分手，她干吗独自出来见他？还是晚上。

一个小姑娘，面对一个男生，很危险。

“毁了你？你是不是自恋过头了？”郭可可好似听到什么笑话，冷哼道，“我跟你说了，论坛上的所有爆料帖都与我无关。你与其盯着我，倒不如好好想想，自己到底祸害了多少女生？”

“你不承认也没关系，我们在一起这么久，我手里多少有点儿东西，照片之类的东西……”

陆时渊明显感觉，听到这话时，苏羡意整个人都颤了下。

“陈洪凯，你无耻！”

“爆料我和别人的聊天记录，你就不无耻？”

“我说了，不是我做的！”陈洪凯似乎已经认定是她做的，郭可可知道自己再怎么解释，都是徒劳。

“马上就毕业了，辅导员说事情处理不好，可能会暂扣我的毕业证，这不就是你想看到的？！我在宿舍被人排挤，只能去住宾馆，白天都不敢进校门，看我变成这样，你是不是很开心，很得意？”

郭可可咬了咬唇道：“总之我告诉你，如果你敢把任何关于我的东西放到网上，我立刻就报警，你信不信？”

陈洪凯冷冷一笑：“你觉得我还怕警察？大不了，大家一起死！”

“疯子！”眼见谈不拢，郭可可转身就走。

陈洪凯见威胁没用，更加恼怒。短短一天时间，他便声名狼藉，室友排挤他，同学嘲讽他，辅导员警告他，如今，连郭可可都敢对他甩脸子。

想想自己近来的遭遇，都是因为她和她那群多管闲事的室友！

压抑着的所有怒气似乎都聚集到一处，在郭可可即将离开时，陈洪凯伸手拽住她。

“把我搞臭了，你拍拍屁股就想走？”

“松手——”

郭可可本就生得娇弱，拼命挣脱，却怎么都甩不开。

“你再这样，我就喊人了！”

“那正好，我可以把你的照片拿给大家看看——”

苏羡意再也听不下去。

刚要抬脚过去时，手腕被人拽住。她回头看向陆时渊，微皱着眉。

陆时渊没说话，只默默地把她拽到身后，低声道：“这种事儿我来就行，犯不着脏了你一个小姑娘的手。”

苏羡意没想到陈洪凯会这般无耻，气得怒火攻心，被陆时渊拽住时还面带愠怒。

“你拉着我干吗？让我去打死这个人渣！”

“你不用动手，让我去就行。”

“可是……”苏羡意皱眉。

话没说完，陆时渊松开了紧握她的手，她此时的模样，像只奓了毛的小猫，他抬手，在小姑娘的脑袋上轻轻拍了两下：“交给我处理。”

突如其来的摸头杀搞得苏羡意呼吸一热。再抬头时，陆时渊已转身朝着那灯影昏暗处走去。

此时那边的两人还在争执。

“……陈洪凯，你这疯子，松开！”

“把我搞臭就想走？没这么容易。”

郭可可余光瞥见有人影走来，视线太暗，一时辨不出模样，心急如焚：“有人来了，你快放开我——”

“有人？”陈洪凯扭头。

灯影迷离，树影婆娑，那人从明暗交织的阴影处走来，身上好似裹了层夜的浓墨。

看不真切，却极具气场。

“赶紧给老子滚，别多管闲事！”

“救……救我——”郭可可向来人求助道。

陆时渊越走越近，这让陈洪凯也有些心慌，毕竟他现在干的可不是什么正当合法的事儿。

他扯着郭可可，试图把她拖走。

“你这神经病，放开我……”

郭可可想再度求助时，不承想那人动作极快，已走到两人身边。

陆时渊伸手就抓住了陈洪凯的手腕。

陈洪凯扭头看过去，男人戴了副细框眼镜，夜色中，镜框边缘缀着冷光。

视线相撞，他没说话，周身散发的气场却压迫性十足。

陈洪凯毕竟不是包轶航那群孩子，一个眼神就能被唬住。

他虽然心慌，却不至于被吓软了脚，强装镇定：“老子跟女朋友聊点儿事儿，关你屁事儿，你……”

话没说完，只觉得手腕一阵剧痛。

陆时渊力道极大，好似要将他骨头捏碎。

只听陈洪凯一声痛苦的哀号，原本还抓着郭可可的手已被彻底卸了力。

挣脱束缚的郭可可急忙退到边上，颤巍巍地拿出手机，正准备报警，可手心都是热汗，指纹怎么也解不开手机……

这时，忽然有人拍了下她的肩膀，吓得她差点儿哭出来，手机也掉在了地上。

回头看到是苏羡意，她这才倏地红了眼："意意？"

"没事儿了，你别怕，有二哥在。"

陈洪凯腕骨都要被捏碎了，还在高声叫嚣："你给我放开，你算个什么东西，老子的闲事你也要管！"

"我算什么，你不需要知道，但我清楚，分手还威胁女生，你是真不是个东西！"陆时渊声音很淡。

"你给我放开，有本事你跟我单挑，偷袭算什么本事。"

陆时渊闻声真的松开了手："单挑？"

陈洪凯也不蠢，他已经感受过陆时渊那几近可以捏断自己腕骨的力道，余光瞥见苏羡意也在，哪还敢和陆时渊硬碰？只想趁机溜走。

他的眼睛四处乱瞄，想着可以从哪个方向逃跑。

陆时渊抬手推了下鼻梁上的眼镜。

就在陈洪凯撒腿要跑时，苏羡意察觉到他的意图，刚想出声提醒。

只一瞬——

陆时渊忽然就出手了，抬脚冲着他胸口狠狠踹了下。

只听一声惨叫划破寂静的夜色……

他的身子好似离弦之箭一样，撞在后侧不远的树上。

树干猛颤，震落了几片枯叶，陈洪凯整个人更是宛若蝼蚁般，双手捂住胸口，蜷缩在地上，痛苦地哀号。

苏羡意都没想到陆时渊会动手，吓了一跳。

郭可可亦是吓得瞠目结舌。

她原本还想着，这陆医生一看就是个斯文人，又是医生，担心他吃亏，才想报警，哪里会想到，他居然是个狠人！

陈洪凯半蹲在地上，急促地喘息，余光瞥见陆时渊抬脚朝他走了过来。

陈洪凯此时才意识到自己惹到了什么人……他顾不得胸口的疼痛，摸爬着从地上爬起来。

再想跑时，后背又被人狠踹了一下！

"嘭"的一声，这下陈洪凯面部着地，摔得更重。

这男人力气怎么这么大，这是要把他骨头踹断？

每一脚都好似用了十成的力道，每一下都像想要取他的性命。

“二哥……”苏羡意开口，“你、你下手别太重。”

陆时渊回头看了她一眼，她兴奋的神情可不是这么说的。

苏羡意只是象征性地劝一下，她哪里会觉得陆时渊下手重，此时只觉得：不愧是她喜欢的男人，简直帅爆了！

嘴上虽然在劝架，她心里却叫嚣着：二哥，别留情，给我打他！

前后挨了两脚，陈洪凯连从地上爬起来的力气都没了，只是翻了个身，面向陆时渊，而他也已经朝自己走来……

居高临下，慢条斯理。

那种感觉，就好似死神在慢慢迫近。

这男人一看就不是学生，穿得又正式得体，一副精英斯文的模样，陈洪凯哪儿能想到他会如此凶残。

陆时渊走到陈洪凯身边，屈膝半蹲，摘下眼镜，好似那上面沾了什么脏东西，他眯眼看了看。

“你……你想干吗？”陈洪凯疼得说话都带着气腔。

陆时渊却抬头冲他勾唇一笑。

眼神如刃，尽露锋芒。

那一瞬间迸射出的威压与匪气差点儿把陈洪凯吓尿！

这……是同一个人？

陆时渊就像个从容收网的猎人，看着他，动作不紧不慢。

他如此慢的动作，落在陈洪凯的眼里，却好似酷刑：你有本事就给我来个痛快。

“听说你手里有人家姑娘的照片？”

郭可可闻言，身子剧烈一颤，脸都白了。

陈洪凯没想到他会突然提起这个，眼底滑过一丝慌乱，急忙摇头：“没……没有……”

陆时渊抬了下眼皮，看着他。

两人四目相对，陈洪凯紧张到心脏骤停。

“你刚才说什么？我好像没听清。”

“我……我说，我手里没有什么照片……”

陆时渊点头，重新戴上眼镜，直起身。

陈洪凯长舒了一口气，双手撑在地上，准备爬起来。

郭可可见状，以为陆时渊准备收手，急忙开口：“不是，他撒谎，他手里明明就有我的……”

谁都没想到，下一秒，再度传来陈洪凯的一声惨叫。

这声音比刚才喊得还惨烈，吓得郭可可都没敢继续说话。

“你……你……”陈洪凯疼得撕心裂肺。

这究竟是从哪儿冒出来的魔鬼？简直变态！

此时有不少原本在附近的同学闻声纷纷赶来，只是他们不清楚状况，陈洪凯又一副面目狰狞的样子，便都不敢靠近。

“二哥……”苏羡意瞧着周围人越来越多，出声提醒。

陆时渊只看了她一眼，给了她安抚性的微笑，便垂眸睨了陈洪凯一眼：“是这只手拍的吗？还是……那只？”

“我都说了，没有照片，没，嗷——”

话没说完，又是一声痛苦的惨叫。

“到底是哪只手？”陆时渊挑眉。

“我……”陈洪凯已疼得浑身冒冷汗。

陆时渊却如一个优雅从容的刽子手，无视他的挣扎哀号，神色冷漠。

“你知道人的一只手上有多少块骨头吗？光是指骨就有十四块，你说，如果我一根根把它们弄断掰折……”

冷汗陡然爬满他的后背：“你，你是疯子。”

“我只是觉得，这人若是管不住自己的手，倒不如直接废掉。”

他垂眼勾唇，锋芒如刃。

陈洪凯有种强烈的直觉，他不是在开玩笑。

他可能……真的会废了自己！

“我……我有照片，我有！”陈洪凯脱口道。

陈洪凯以为自己承认了，眼前的男人就能饶过自己。陆时渊屈膝蹲下。

“照片呢？”陆时渊询问道。

因为两人此时距离很近，他又压着声音说话，即便是距离最近的苏羡意与郭可可也没听见两人说了些什么。

“那个……”

陈洪凯不傻，知道把这个交出来意味着什么，支吾着不肯开口。

“嗯？”陆时渊脚上力道稍稍加重。

“啊——”又是一声惨叫！

陆时渊非常清楚该踩哪儿，能让人在疼得几近麻木时还能感觉到痛楚。

“照片给我。”

“在我手机里，你把脚拿开，我才能拿手机。”

“你还有另一只手。”

“……”

陈洪凯手指颤抖着摸出手机，解锁：“在相册里。”

陆时渊并没查看，他抬手，示意郭可可过来。

小姑娘估计被吓着了，半天没动，苏羡意推了推她，拽着她走了过去。

“照片在他相册里，你看看有没有。”陆时渊把手机递过去。

“谢谢。”郭可可道完谢，接过手机翻找起来。

苏羡意没有凑过去看，只是打量着郭可可，瞧她神色越发难看，也猜到肯定是有东西。

“有……有的，找到了，我已经把它们删了。”郭可可声音细细小小地说道，生怕被周围同学听到。

“你现在可以松开了吧。”

陈洪凯觉得自己的手再被他这么踩着，怕是要彻底废了。

“这些东西，应该有备份吧。”陆时渊忽然说道。

郭可可身子一僵，陈洪凯更是脸色铁青。

这究竟是什么魔鬼？

“说话！”陆时渊声音陡然凌厉，又把陈洪凯吓得不轻。

他声音打着战，说网盘里还有一份。

彻底删除照片，并再三确认再无备份，陆时渊才把脚从陈洪凯手上挪开，直起身子。

“嘶——”陈洪凯痛呼一声，手疼得都不敢乱摸。

陆时渊又抬脚踢了踢他的腿。

“大哥，你又要干吗？”陈洪凯欲哭无泪。

“给人家赔礼道歉。”

“我……”

陈洪凯现在只想赶紧离开这个是非之地，他低头和郭可可说了声“对不起”，并且保证以后不再纠缠她。

正当他以为自己可以走时，早已有同学通知保安报了警。

保安率先赶到，瞧见陈洪凯的手红肿不堪，又一身狼狈，以为发生了学生斗殴事件，自然不肯让他走。

这一拉扯耽误，警察也来了。

郭可可当即脸都白了，陆时渊看了她一眼：“你想放过他？”

这件事走警方程序，郭可可照片的事儿肯定会被牵扯出来……

“我想让他付出应得的代价。”郭可可态度决绝，“该坐牢就坐牢！”

“郭可可，你说什么！”陈洪凯一听这话，彻底慌了。

他即将大学毕业，开始新的生活……

坐牢？那他一辈子就完了！

“我们几年的感情，你真的想毁了我？”

“是你想毁了我！”

郭可可看着他，此时，她仍然气愤又紧张，害怕到身子发抖。

“你真不怕那些东西传出去……”

“即使那样，我也不想放过你这个人渣！”

苏羡意攥住她的手：“别怕，你的人生绝不会毁在一个人渣手中。”

郭可可冲苏羡意笑了笑，走到民警面前：“警察同志，我要报警——”

陈洪凯瞳孔震颤，死死地盯着郭可可，很难相信一向柔弱的她，一点儿都不怕！

郭可可看了陈洪凯一眼，道：“你之前不是说，大不了就一起死？”

疯了，彻底疯了！

谁要跟她一起死？

第十四章

毕业典礼，为她拒绝所有暧昧

派出所离学校很近，几人被带到派出所接受调查，民警得知事情的经过后，有些诧异。

虽然这种事近些年屡见不鲜，但他们作为警察也无能为力，只能警示现在的女生，即便是谈恋爱，关系再亲密，也要保护好自己。

“这些照片拍摄时，你都不知道？”民警询问。

郭可可摇头：“分手后才知道，他以为学校爆料的匿名帖是我发的，就拿照片威胁我，让我删帖道歉。”

“你别怕，既然事情到了我们这里，这东西就绝对不会流出去。”民警安抚她。

苏羡意一直陪在她身边，听到是偷拍，又气得恼火：“人渣！”

“你们先喝点儿水，待会儿在笔录上签个字，就可以先走了。”

“同志，这件事能不能……”郭可可咬唇，“不要告诉我家里人。”

“放心，不是所有案子都会通知家属，我们会酌情考量，而且你也成年了，具备完全民事行为能力，我们可以不告诉你家人。”

她是受害者，警方肯定会尽最大程度照顾她的情绪。

此时外面的走廊上，忽然传来陈洪凯的声音。

“我要报警，我要告他殴打我！”

“你们看看我的手，还有我身上的伤，全是他弄的，我要告他！”

……

外面动静有些大，苏羡意急忙起身出去查看。

屋内的民警也准备出去，被郭可可拦住了：“警察同志，那位先生是好人，你们别听陈洪凯胡说。”

“我们已经了解了事情的经过，你放心，我们绝不会冤枉一个好人，也不会放过任何一个坏人！”

苏羡意出去时，就看到两个民警正拽着陈洪凯，而他却冲着不远处正和民警交谈的陆时渊厉声叫嚣。那架势，好似要跟他同归于尽。

“他身上的伤，是你打的？”民警询问。

陆时渊点头。

“看到没，就是他，我也要报警，我也是受害者！”陈洪凯此时早就慌了神，反正他是走不了了，他不在乎多拖一个人下水。

总之，大家都别想好过。

“那你是……”民警看向陆时渊，询问道。

“原本只是偶然碰见他威胁前女友，后来看到他对女生用强，我觉得作为一个有正义感的公民，不可能坐视不理，就上前阻止了。”

“所以你是见义勇为，救了受害者？”民警分析。

“对！”

陆时渊刚说完，陈洪凯就大喊道：“你分明是在殴打我，什么劝架，简直胡扯！你和她本来就认识，你是故意的！”

民警看了一眼陈洪凯身上的伤，皱了皱眉：下手确实有点儿重。

陆时渊笑了笑：“其实原本救出了人，我也没打算继续对他做什么，是他主动提出要和我单挑……”

“所以是他先主动？”民警诧异地看向陈洪凯，“是你主动要和他打架？”

你到底哪儿来的勇气？

陈洪凯瞠目结舌，他当时就是随口一说。

陆时渊扶了下眼镜，道：“我这人素来不懂拒绝别人，既然他说要单挑，那我就同意了。我只是没想到他这么弱。”

“警察同志，这也不算殴打吧，他对我提出了要求，而我……满足了他！”

苏羡意站在一边快笑疯了，她以前怎么没发现二哥居然还会耍无赖。

分明是他单方面凌虐了渣男，还能把理由说得如此清新脱俗。

陈洪凯崩溃了，气得恨不能冲过去揍他：“你胡说，我要打死你！”

“警察同志，你们也看到了，他不但欺负柔弱女生，还一直冲我挑衅，作为一个正常人，很难忍得住。”

民警们面面相觑，这话的确没毛病。

确实挺欠揍。

“你把我的手弄成这样，你想不负责任，如果我的手废了，我绝不会放过你！”陈洪凯的手如今肿得像个血馒头，若是细看，真的狰狞可怖。

“这……要不要找个医生看看？”

虽是嫌疑人，但民警出于人道主义，也不可能真的看着他的手废掉。

“我要去医院，我手疼。”

陈洪凯好似突然想到了什么，嚷嚷着要去医院。

陆时渊抬起眼皮，淡淡地看了他一眼：“我是医生，我可以帮他看——”

陈洪凯瞳孔猛地放大：“我不要，我的手很好，不用看……”

他嘴里念念有词，那模样，癫狂不已。

苏羡意抿了抿嘴：完了，好像吓疯了！

陈洪凯本想讹陆时渊，让他也难脱罪则，没想到自己挨了揍，却变成了活该。

陆时渊看了他一眼，轻飘飘地说：“如果伤得过重，我可以赔偿医药费，或者亲自给你看病，至于其他的……我只是满足你的要求，所以如果让我道歉，那我拒绝。”

这事儿牵涉到海城大学，即便夜已深，陈洪凯与郭可可的辅导员，以及院方、校里的领导都陆续赶到。

而他的父母接到通知，也正从外地赶来。

作为学校，他们不想把事情闹大，郭可可也同意。即使事情被按了下去，对陈洪凯的惩处也不会少。

民警已经通过技术手段，找到了被删除的照片。

陈洪凯还在狡辩，说照片尺度不大！

确实不算大尺度照片，但是这东西涉及隐私，只要当事人不愿意，你就没有任何权利拍摄或者发布到其他地方。

非法拍摄，威胁逼迫，他的行为本身就罪不可恕。

毕业证是肯定拿不到了，还会面临牢狱之灾。

陈洪凯这辈子算是完了。

“你们两个怎么回去？”郭可可的辅导员看着她俩说道，“很晚了，我送你们吧。”

“谢谢老师，但我们还要等人。”苏羡意道。

“那位见义勇为的先生吗？”辅导员点头，“那我陪你们一起等吧。”

陆时渊下手太重，民警正把他单独带到一个房间进行口头教育，也算对这件事有个交代。

苏羡意站在门口有些担心，生怕这件事会对他造成什么影响。

她哪里知道，陆时渊此时正在办公室喝茶。

“当时他们跟我说，见义勇为的人叫陆时渊，我还以为是重名，没想到真的是你。”说话的男人穿着警服，四十多岁的模样，翻找着抽屉，“我这里还有其他好茶，要不要试试？”

“茶叶里含有茶碱、咖啡因，晚上喝多会失眠。”

“你瞧我……还是你们当医生的懂得多。”男人冲他一直笑，“那给你拿回去喝，反正我不爱喝这玩意儿，我记得你挺爱喝的。”

“我不爱喝茶，只是当时正在戒烟，喝茶可以清肺。”

“那也都给你。”

男人笑着寻了个袋子给他装了茶叶。

“刘局，真不用。”陆时渊无奈地拒绝道。

“我一个大老粗也不会品茶，留着也浪费。”刘局笑着看他，“你怎么来海城了，也不联系我？”

“私事儿。”

“结婚了？”

“没有，算是……在进行中。”

刘局皱眉，什么叫进行中。

“很晚了，如果没什么事儿，那我就先走了。”又聊了几句，陆时渊便起身告辞。

“改天来我们家吃饭，我让你嫂子烧几个拿手的硬菜！”刘局说道。

陆时渊点头，刚推开门，苏羡意就立刻冲了过去：“二哥，你没事儿吧？”

“没事儿。”陆时渊冲她笑了笑，“走吧。”

“陆先生，你真的没事儿吗？我可以去跟他们解释……”郭可可抱歉地说，生怕自己的事儿对他造成影响。

“真的没事儿。”

几人刚要离开，刘局追了出来：“陆时渊，你小子什么意思……”

刘局在大家震惊的目光中，硬是塞了两盒茶叶给陆时渊。

苏羡意等人傻了眼，就连派出所的民警都震惊了。

这位刘局是前两年刚提拔上来的，为人铁面无私，平时更是不苟言笑，这会儿冲着陆时渊笑呵呵的模样，反而有几分吓人。

“二哥，他们这是什么意思？”苏羡意一脸纳闷地问道。

“你说茶叶？”

“是啊！”

“可能是奖励我见义勇为吧。”

所有人：“……”

待他们一行人离开，便有八卦的民警看向刘局，好奇地问：“那位陆医生是有什么来头？你的熟人？”

“前几年咱们海城遭遇特大台风灾害，他来救灾时救过我的命，没有他啊，我这条腿就废了……”刘局说着，拍了拍自己的左腿，“要不然我早就退居二线了，哪儿能坐到现在的位置上？”

那年的台风灾害，海城人至今记忆犹新。局里的人都知道，刘局被提拔，就是因为在救灾中表现突出。

“是啊，没想到会在这种情况下再相见。”

“这次他又见义勇为，这有责任心、正义感的人啊，走到哪儿都会发光。”另一个民警感叹道。

“他身边的那个小姑娘，总觉得有点儿眼熟。”

刘局眯着眼，盯着苏羡意。直至她上车，也没想起在哪儿见过。

虽然夜已深，但大学里夜猫子多，陈洪凯与郭可可的事儿很快便在校园里传开了。

众人不知内情，也不知是谁说，是因为情感纠葛。

大家就猜测，可能是陈洪凯渣男行径败露，后悔求复合，被拒之后动手，又被人路见不平打了……

学校论坛里，都是怒斥渣男的帖子。

“大家可以声讨，可以给领导提意见，让学校进行严厉处罚，但是请不要带上学姐的姓名、学院，包括照片，这没什么可讨论的，我们只声讨渣男。”

有低年级的学弟学妹精力旺盛，大半夜，已经自发在论坛声讨渣男。

“谁带学姐出来，就别怪我口吐芬芳了。”

“同意，保护我方学姐。”

“保护学姐。”

“……”

管理员把涉及郭可可真实信息的帖子都屏蔽了。剩下的，全是要求校方给说法的帖子，闹得沸沸扬扬。

郭可可本就内向，出事之后，还有些忐忑。回学校的路上，苏羡意把手机递给她。看到学校论坛上除了声讨渣男的帖子，全是“保护我方学姐”，她的眼睛又红了。

“在看什么？”陆时渊瞧着两个小姑娘又哭又笑，好奇道。

“看这个……”

苏羡意把手机递过去时，颇为自豪。

陆时渊看了一眼，点了点头。

这年纪的孩子，有着单纯的一腔热血，有时方式可能会笨拙些，却能实实在在戳到人的心里去。

陆时渊送两人到宿舍门口时，楼管阿姨也在，好在没说什么。

待两人回到宿舍时，李思也收到了消息，见到她们，她没问任何事儿，直接冲过去怒斥苏羡意：“苏羡意，你真的太让我失望了！”

“我怎么了？”苏羡意一脸蒙。

“你自己看，说好马上回宿舍帮我，你看看这个……”

李思指着正坐在宿舍中间打坐的人。

估计是怕地上太冷，李思还把自己的坐垫搁在了周小楼的屁股下面。

“她……还在打坐啊？”

苏羡意彻底把周小楼的事儿忘了。

“我哄了半天，她就是不上床睡觉，还说我打扰她修仙，我是不管了，我太困了……”李思边说边打哈欠。

苏羡意蹲在周小楼面前看了半晌，李思原以为她会劝几句，结果她爬到周小楼床上，把周小楼的凉席、被子抱下来，又把地面弄干净，直接给她铺在了地上。

“意意？”李思皱眉道。

“就她现在这样子，爬到上铺睡觉，我都担心她摔下来，不如让她打地铺。”

“……”这话，也挺有道理。

郭可可一直站在门口没有进来，李思扭头看了她一眼道：“你愣着干吗啊？赶紧洗洗睡了，都这么晚了，你倒是一点儿都不困。”

“我……”郭可可想和她们说些什么，又不知怎么开口。

可能是打坐太累，周小楼一挨到枕头，就睡了过去。

夜已深，宿舍熄灯，却无人睡得着。

不知过了多久，郭可可低声说了一句："谢谢……能遇到你们，真好！"

回应她的，只有周小楼冷不丁的一句醉话："弟弟，姐姐罩着你……不会让你被任何人欺负的。"

宿舍里，几人轻笑出声。

第二天，周小楼醒来时，发现自己四仰八叉地睡在地上，感叹自己可真是遇到了一群好室友啊，正当她准备找人算账时……在宿舍群里，她看到了自己打坐的照片。

对陈洪凯的处罚通告，事发第二天一早，学校就下发到了各院。

为了保护郭可可，通报内只说他是由于感情纠葛做出了一些极端行为，目前已移交派出所处理。

他的家人凌晨赶到海城，天刚亮，就跟辅导员一起把他的东西搬离了宿舍。

校方还特意提醒大家，要树立正确的恋爱观。

每天的新鲜事层出不穷，这件事众人私底下讨论了一阵儿，过了新鲜劲儿便不再提及。

陆时渊也接到刘局电话，说事情告一段落。

"他的家人就心甘情愿接受这个结果？"陆时渊担心道。

刘局笑了笑，道："自然是不甘心的，已经找了律师，原本还想联系受害女同学，被我警告一番拦下了，他是独子，今年即将毕业，全家都对他寄予厚望。"

"那麻烦你多盯着点儿，不要再对那女孩造成二次伤害。"

"你放心，我会的。"

"那就拜托你了。"

"太客气了，那你什么时候有空来我家吃饭？"

"有点儿私事儿要处理。"

"吃顿饭的时间总是有的吧，你可别逼着我去抓人！"

……

陆时渊刚应付完刘局，苏呈可能是听到动静，醒了。

他一脸呆滞地从床上坐起。

"睡醒了？"

"嗯。"苏呈抓了抓鸡窝一样的头发，眼神空洞，过了半晌才猛地想起自己昨晚都干了些什么。

陆时渊看到他的表情由呆滞到震惊，直至抓狂。

苏呈跳下床，焦躁地踱步转圈，疯狂抓挠头发。

苏呈忽然扭头看向陆时渊："二哥，我昨晚好像做了个极其恐怖的噩梦。"

"梦到什么了？"

"我梦到自己吐在我姐身上了，她要杀我。"

对于昨晚发生的事儿，苏呈记得很清楚，只是此时还觉得恍恍惚惚。

"那我告诉你一件更恐怖的事儿。"

"什么？"

"你做的噩梦是真的。"

苏呈跌坐在地上，嘴里念叨着："完了，我再也不是她心里的绝世小可爱了，怎么办？我姐会不会杀了我？二哥，要不我们收拾行李，马上退房回去吧？"

"这么㞞？"

"这不叫㞞，这叫知道审时度势。"

苏呈纠正他的措辞，怎么可以说一个男人㞞？

"去洗个澡，中午还约了你姐吃午饭。"

苏呈耷拉着脑袋进了浴室，洗完后，又冲着外面喊道："二哥——"

"怎么了？"

"我忘记拿裤衩了。"

"……"

陆时渊头疼得紧，这小子是把他当保姆了？

午饭是在食堂吃饭。

苏羡意宿舍四人都在，苏呈手中拎着四杯奶茶，隔着一段距离，就谄媚地冲着几人挤眉弄眼。走近了，看见苏羡意，他一口一个"姐姐"，声音又乖又甜。

"姐，你想吃什么？我去帮你打饭。"

"你要不要喝汤？"

苏呈恨不能化身"二十四孝弟弟"，贴身伺候苏羡意。

周小楼看他这狗腿的样子，忍不住调侃："哎，什么时候抽空，我们正式认个亲？干妈肯定会好好疼你。"

苏呈皱眉，看着苏羡意："姐，你见过如此厚颜无耻的人吗？"

"不过我这么年轻，当妈不合适，要不还是认你当干弟弟吧？"周小楼觉得苏呈这孩子好玩极了，心里也喜欢，笑着道。

苏呈挑眉："你年轻吗？"

"姐姐二十岁出头，貌美如花！"

"不要紧，过两年你就老了。"

"……"

攻击女生的年龄，简直不能忍。

周小楼气疯了，在自己的地盘上，居然被一个小鬼呛了，那她以后还怎么在学校里混？

两人你来我往，唇枪舌剑，无比热闹。

苏羡意皱眉道："二位，这里是食堂，咱们能注意下形象吗？"

话刚说完，两人就消停了，而她口袋里手机振动起来，是徐婕打来的电话。

食堂喧闹，苏羡意找到一个僻静角落，按下接听键："妈？"

"吃过饭了？"这应该是大部分父母打电话的经典开场。

"正在吃。"

"你的毕业典礼是哪天？准备什么时候回来？"

"典礼在周五，拿到毕业证就回去。"

"钱够用吗？"

"够用。"

……

徐婕又絮叨地叮嘱半天，挂了电话后，偏头看向身侧的中年男人："你要不要跟我一起去学校接她？"

男人愣了下，忙不迭道："那自然好，我也很久没见到这丫头了。"

说话的是徐婕即将再婚的对象——谢荣生。

既然要和徐婕结婚，谢荣生也很想与苏羡意打好关系，只是她远在外地求学，加上他也没女儿，实在不懂得如何和小姑娘相处。

虽然两人见过几次面，但都是客客气气的。

谢荣生想讨好她，却又不知从何做起，如果能去接她，有机会和她相处，那自然很好。徐婕也是这个打算。

"那我是不是要准备些什么？"谢荣生问道。

"不需要准备什么，就是去帮她搬搬东西，你可能要下点儿苦力，接她回来而已。"徐婕看他一脸紧张，忍不住笑出声，"你们又不是没见过，怕什么？"

"这不一样。"

以前他只是徐婕的交往对象，如今要结婚，面对苏羡意，心态自然不同。

谢荣生说完，又看向不远处的男人："你要不要跟我们一块儿去接你妹妹？"

男人看了他一眼，只淡淡扔下一句："很忙，没空。"说完转身离开。

倒是把谢荣生气得半死："这不懂事的浑小子！年纪也不小了……"

"他本来就忙，再说了，接意意也不需要这么多人，我们去也是一样的。"徐婕知道这种事儿需要慢慢磨合，急不来。

"他忙个屁，他……"

意识到自己爆了粗口，谢荣生立即停了下来，气得涨红了脸。

他脾气素来不错，可面对这个儿子，每每都能被气到跳脚。

数分钟后，原本离开的人又折返了回来。

"你又回来干吗？"谢荣生气恼道，"你如果真的这么忙，干脆别回家住，免得我看着心烦。"

男人完全无视他，看向徐婕："阿姨，哪天出发？"

徐婕没反应过来，愣了半晌才笑道："还没确定，如果确定时间，我再通知你。"

"好。"

他说完，转身又走了。

谢荣生皱眉，看向徐婕："这小子什么意思？他到底去不去？"

"这还看不出来？他是个不错的孩子，你跟他说话别这么硬邦邦的，见面就跟炸了火药桶一样，他也没惹着你。"

"可他的态度……"

谢荣生对自己的这个儿子是半点儿法子都没有。尤其是儿子长大后，管不住，也看不透。

甚至于自己再婚，他都猜不透儿子到底是同意还是反对。

反正通知他的时候，他表现得很平静。平静到谢荣生都觉得诡异，甚至忍不住问他："我要再婚，你就没什么想说的？"

"你帮我问候一下徐阿姨，说要她辛苦了。"

"……"

他经常只要一句话，就能把谢荣生气得够呛。

他对徐婕说不上热情，倒也客气。

如果他能和他们一起去接苏羡意，这本是好事儿，可谢荣生是既高兴又担心：他与徐婕感情很好，自然希望一切顺遂，两个孩子和睦相处；却又担心这小子跟去是想故意使坏，如果惹得苏羡意不高兴，徐婕肯定心有微词，那自己该怎么办……

谢荣生思及此，不禁长吁短叹。

苏羡意不知道这些，她挂了电话，回到座位上，就听周小楼兴奋地说着什么沙滩、游泳。

“在聊什么？”

“就聊到你昨晚穿的海绵宝宝的大裤衩，弟弟说他这次过来还准备了泳裤，反正今天没什么事儿，我们打算去海边玩。”周小楼笑道。

苏羡意皱眉：“去海边？你们已经商量好了？”

“不是商量，我们已经决定了。”周小楼拍着她的肩膀，“现在只是通知你。”

“那我们什么时候出发？”既然带了泳裤，苏呈自然是满心期待。

“吃完饭之后，各自回去收拾东西，下午一点半在学校南门会合。”

周小楼做事素来雷厉风行，不待苏羡意同意，便敲定了行程。

离开食堂，回宿舍的路上，苏羡意抱怨周小楼擅作主张。

“现在这年代，当助攻还要被人嫌弃，真是太难了。”周小楼仗着个子高，揽住她的肩膀，“难道你就不想看陆医生穿着泳裤、露出腹肌的模样？”

苏羡意忽然想起之前她无意撞见的陆时渊洗完澡后的画面，脸噌的一下就红了。

“你怎么回事？脸这么红，肯定在脑补什么不好的画面。”周小楼调侃道。

“没有，是天气太热了。”

“我们四个待在一起的日子是越来越少了……”周小楼说着，又一把搂住郭可可，“毕业后都不知道什么时候才能再见面。”

李思无语，你这模样，哪里伤心了？左拥右抱，倒是挺快活。

周小楼提议去海边，不仅仅是想撮合苏羡意和陆时渊。

郭可可的事儿闹得太大，陈洪凯受到的处罚全校皆知，早已通报了各个学院、班级，大家想忽略都难。

苏呈提出海边玩，周小楼觉得正好也能让郭可可出去换个心情。

回到宿舍，她甚至翻出了压箱底的泳装。

这还是大一刚入学，某个周末去海边玩时买的。

出发时，几人信誓旦旦，扬言要去海边惊艳所有人。

然而到了海边，泳装太暴露，加上海边人多，她们都有些不好意思，又在泳装上面裹了一件外套，愣是没敢把泳衣露出来。

“意意，我觉得我买的这件很适合你！”周小楼拎着自己的泳装对苏羡意道。

苏羡意看了一眼，讪讪笑着：“以前都没发现，你这泳装……挺省布料。”

几人会合时，苏羡意被苏呈的打扮惊呆了！

背心、裤衩、夹脚凉拖……还有一顶帽子。

他甚至在包里准备了防晒喷雾。

装备倒是齐全。

陆时渊仍旧是一身白衣黑裤。

苏羡意抿了抿嘴，怕是看不到他的腹肌了。

从海城大学到海边需要一个小时左右，自己开车虽然很方便，但是陆时渊的车坐不下六个人，他们最终决定去校门口搭公交。

这是一趟旅游巴士，每隔十五分钟就有一班车，终点站就在海边，倒也方便。

六人一起上了车，车内有些拥挤。他们上车时，车上已经坐满了，只能找地方站着。

“不好意思，麻烦让一下。”周小楼走在最前面，为后面几人开路。

公交车走走停停，人又多，想要挪动并不容易。

“意意，可可，这边……”

找到一处人少的地儿，周小楼连忙招呼几人过去。

苏羡意刚准备走过去，司机忽然刹车，由于巨大的惯性，身体下意识往前倾，她想找东西稳住，可周围都是人，连一个扶手都抓不到。

苏呈就在她身侧，见状急忙伸手扶住她的胳膊。

下一秒，苏羡意突然感觉腰上一紧，后面的一把捞住了她。

掌心灼烫，贴在她腰侧，手臂结实有力，搂住她丝毫不费力……

“注意安全。”

他的声音近得好似紧紧贴在她的耳侧。

苏羡意呼吸一顿，稍稍转头，说了声：“谢谢。”

从这个角度看去，苏羡意能清晰地看到他修长好看的颈线，微微滚动的喉结，他说话时滚烫的气息，铺天盖地地从四面八方将她包裹住。

尤其是贴在腰上的手……温度极高！

隔着衣服，都觉得烫人。

苏呈的手悬在半空，他抿了抿嘴，忽然觉得，自己好像有些多余。

他悻悻地缩回手，佯装扶了下帽子，眼睛却一直在偷瞄两人。

经过肠胃不适事件后，他是认定陆时渊这个姐夫了，他如果在家吐了，就是他的亲爸，也会嫌弃到把他丢出门外，陆时渊却丝毫不嫌弃，还给他喂糖水。

这种好男人要去哪里找？他姐一定不能错过。

苏羡意的后背贴在陆时渊的胸前，这种距离亲昵到让人窒息。

只是陆时渊很快就撤回了手，他靠在她耳边，低声道："往前面走吧。"

苏羡意点头。

左右都是人，陆时渊让苏羡意走在他前面，而他的两只手悬在她肩膀两侧，既不会碰到她，又帮她隔开了人群，让她不至于被人蹭到撞到。又绅士又贴心。

护送苏羡意到周小楼身边后，陆时渊便抬臂抓住扶手，偏头和苏呈说话。

周小楼暗暗地戳了戳苏羡意的腰，不停地冲她使眼色，用嘴型说着：陆医生刚才帅爆了。

苏羡意抿嘴不语，用余光看了一眼陆时渊，想着他狠踹渣男的画面……那才叫帅！

陆时渊平时都是一副精英形象，没想到还会打架。看他抬脚的动作，像是练过的。

苏羡意有点儿怀疑，自己认识的陆时渊，可能只是冰山一角。

她恍惚想起以前陆瑞琴对他的态度，当时沉浸在重逢的喜悦中没有察觉，此时细细想来，十分耐人寻味。

魏家在康城首屈一指，陆瑞琴待谁何曾那般慎重讨好过？

……

公交车内，空调冷气很足，苏羡意伸手扯了扯腰侧的衣服，那上面似乎还残留着陆时渊手心的余温，像是温火萦绕在周围，有股酥酥麻麻的灼烧感。

想起方才的事儿，她又觉得有些耳热。

而陆时渊方才捞住她腰的手，也不自觉地紧了紧。

她的腰，软热得一塌糊涂。撞在他怀里时，似乎轻易就能勾起天雷地火。

甚至于，他此时还觉得身上有些燥热。

"二哥？"苏呈打量着他，一脸疑惑地喊了一声。

"嗯？"

“你很热吗？”

“还好。”

“可是你出汗了。”

“……”

“车里空调太足了，我都觉得有点儿冷。”苏呈只觉得浑身都被冷气吹透了，他稍稍弯腰，搓了搓冰凉的大腿和膝盖。

陆时渊点头：“昨晚照顾你，心力交瘁，熬了一宿没休息好，内火旺。”

内火？你确定？反正你是医生，你说什么都对。

“你还好吗？”

陆时渊皱眉，这小子扭来晃去的干吗？

“没事儿，我挺好的。”

苏呈冲他一笑，看着陆时渊身上穿的长裤，羡慕到流泪！

苏呈现在是真觉得冷，尤其是下半身，他特意选了条既防晒透气性又好，还超凉爽的裤衩。此时被冷风吹透，下半身就跟没穿一样，连屁股都觉得凉飕飕的！

真要命！

公交车到了终点站，几人下车，海风夹杂着热浪扑面吹来，身上便黏糊糊一片。

海城本就是旅游城市，加上高考结束，临近暑期，来旅游的人便更多了。

沙滩上几乎挤满了人，有玩沙的，躺在沙滩椅上小憩的，往水里跑的人更是多得宛若在下饺子。

苏呈倒是开心，撒开脚丫子就往水里冲，一副没见过世面的样子。苏羡意伸手捂着脸，假装不认识他。

他扑棱一身水上来后，才换上泳裤，又从包里掏出了一副泳镜。

苏呈站在沙滩上，又是热身，又是压腿拉伸，颇为专业的样子。

所有人都紧盯着他，原以为他是个水中高手，结果苏呈扭头看着苏羡意：“姐，海边的泳圈可以租吗？”

“……”

周小楼几人快笑疯了！原来以为你是“浪里白条”，结果你是只旱鸭子。

就这，你还要搞一大堆前戏！

“弟弟，你这个样子，在电视剧里熬不过前三集。”周小楼无语道。

苏呈一边压腿一边回道：“经典角色不在于活到多少集，重点是要有戏，要出彩。”

苏羡意也乐得不行，给他租了个水上充气浮床，可以坐在上面划水。哪知他又盯上了人家小孩子玩的水枪。

最后，苏呈一只手抱着浮床，一只手扛着水枪往海里冲去。

周小楼拍了拍苏羡意的肩膀：“你们确实不是一个妈生的，哈哈——”

苏呈玩得不亦乐乎，还和几个小朋友玩起水枪互射游戏，甚至冲苏羡意招手，让她一起来快活。

苏羡意恨不能用沙子塞住他的嘴。她看向身侧的陆时渊：“二哥，你不下水？”

“你们玩吧。”

沙子多，陆时渊便脱了鞋，寻了处阴凉地，拿着苏呈的帽子遮住脸，像是困极要睡觉。

昨晚的事儿折腾了半宿，他还要照顾苏呈，想来是真的累了。

苏羡意没有打扰他，和周小楼一起去换了泳衣，出来时还在泳衣上罩了一件长款的防晒衣。

“你怎么还穿外套？你看看海边那些女生，都是怎么好看怎么穿，你胸大屁股翘的，怕什么？”周小楼扯了扯她的外套，嗤之以鼻。

苏羡意反驳道：“那你怎么也穿外套？”

“胸平，没屁股。”

“……”

“你把外套脱了，我给你喷防晒。”周小楼调侃道完拿着防晒喷雾，摇了几下。

苏羡意瞥了一眼陆时渊，他似乎是睡着了，她犹豫着，还是把外套脱了。

殊不知，在周小楼说那段话时，陆时渊已经睁开了眼。

苏呈带来的是一顶网钩草织沙滩帽，织网空隙足以让他看清外面的景物。

苏羡意的泳衣虽然是比较保守的款式，但轻薄的面料紧贴在她身上，勾勒出她修长的双腿与纤细的腰线。周小楼在她腰上捏了下，她似乎怕痒，躲着不让她碰。

几个小姑娘闹作一团。

陆时渊看着被周小楼抱在怀里的人，眸色暗了暗。

陆时渊闭上眼的同时，喉结轻轻滚动了一下……他从未想过，自己有一天会嫉妒一个女人。

"嘘，小点儿声，别闹，二哥在睡觉。"苏羡意压低声音示意道。

"那我们去买水。"周小楼故意把另外两个电灯泡拽走，给两人制造独处的机会。

苏羡意穿上防晒衣，坐到陆时渊身侧，低低地喊了他一声，没反应。

想来是真的很困。

陆时渊后来是真的睡着了，甚至帽子从脸上滑落都浑然不知。苏呈太闹了，他这几天基本没睡过一个安稳觉。

日光浓烈，随着时间推移，原本他们所处的阴凉处已经有一半暴露在阳光下。

阳光直接倾泻在他脸上……

苏羡意小心翼翼地拿起从他脸上滑落的帽子，为他遮阳。

周小楼几人坐在不远处，边吃着冰棍边打量两人。

李思感慨道："意意也太贴心了，这两人看得我都着急，你们说意意这么暗恋，以后受伤怎么办？"

"陆先生是好人，意意不会受伤的。"郭可可说道。

"你就这么肯定？"

"感觉。"

经过昨晚的事儿，郭可可已经是两人恋情的坚定拥护者。

她以前一叶障目，总觉得陈洪凯这种满嘴甜言蜜语，会哄女孩子开心的就是好男人，直到昨晚看到陆时渊的表现，她才知道，找对象不要看对方说了什么，而是做了什么。

"如果陆医生不喜欢意意怎么办？"李思皱眉。

她们也看不透，陆时渊这人，不过看两人相处，分明也没做什么，就是觉得甜！

只要两人同框，她们就觉得塞了满嘴狗粮！

郭可可抿嘴："不喜欢意意？那就……"

"把人绑了，逼他就范。"

其余两人错愕得张大嘴巴：这孩子莫不是疯了？

平时她可是最乖的，才短短一夜，现在说话就这么吓人了？

海边半日游，陆时渊补了个觉，苏呈却是玩疯了。

待他抱着浮床从海里上来时，后面跟了一群小朋友，他还交了两个朋友——也是今年刚经历过高考的学生。

之后两个小男生提着一袋子饮料拿给苏羡意，说是请他们的。

“这……这怎么好意思。”苏羡意哭笑不得，这可都是些孩子，他们哪儿好意思让他们请客。

“你们都是呈哥的哥哥姐姐，请你们喝点儿水也没什么。”男生笑着说道。

周小楼等人面面相觑。

真是看不出来，苏呈这小子居然还是个平平无奇的社交小天才。

两个小男生是海城本地人，听说他们打算在附近吃晚饭，介绍了一家不错的海鲜烧烤店。

苏羡意喝了他们的水，便留他们一起吃晚饭，两个小男生原本是拒绝的，苏呈一把拉住他们，两人见推辞不过，就留了下来。

“你们大学都想学什么专业？以后出来想做什么？”吃饭的时候，苏羡意随口问道。

“我想考警官学院，就怕分数不够。”

“我以后想自己出来创业。”

两人说完，看向苏呈。

他只淡淡地说了一句：“我的理想是发射火箭。”

两人感慨：还是你牛！

周小楼快笑疯了，趴在苏羡意肩上：“意意，论吹牛，还是你弟弟最在行。”

“什么吹牛，保不齐哪天小呈就真的发射火箭了。”苏羡意强忍着笑意说道。

“……”

认识了这两个小男生后，陆时渊倒是轻松了许多，因为之后几天，苏呈整天和他们混在一起，他自然乐得清闲。

只是苏羡意忙着收拾行李，还要参加一些班级、社团的聚餐活动，两人也极少碰面。

直至毕业典礼的前一天，苏羡意打来电话，邀请他去观礼。

“你家陆医生会来吗？”宿舍里，周小楼歪头看着苏羡意问道。

“来啊！”

苏羡意一边回答一边将之前从陆时渊那里借穿的衬衣放在床上，铺平，一点儿一点儿抚平上面的褶痕，又认真细致地将其叠好，小心翼翼地搁在一个精致的包装袋内。

周小楼调侃道：“意意，你要不要在上面喷点儿你的香水，这样的话，你家陆医生再穿上这件衣服，就全是你的味道了……”

苏羡意皱眉："你好油腻！"

"我这是在教你怎么撩汉子，你居然说我油。"

"你那套撩汉宝典如果真的有用，你能在大学里单身四年？"

"……"

周小楼受伤了，趴在床上一脸怨念。

宾馆内。

苏呈回去后，知道明天要参加苏羡意的毕业典礼，就蹲在行李箱前，把带来的所有衣服都翻找了出来。

"你在干吗？"

"明天可不能给姐姐丢人，我想找一身正经衣服。"

"你还有正经的衣服？"

"好像……没有！"

苏呈懊恼地坐在床上："毕业典礼结束，我们就该回去了吧？"

"你还想在这里待多久？"

陆时渊医院那边也还有事儿，不可能待到苏羡意离校，不过解决了一个潜在的情敌，又和她的闺密建立了联系，倒也不虚此行。

"我爸前两天就打电话让我回去，我不肯，他还骂我，我就呛了他两句，最近给他发信息，小老头愣是不回我……"苏呈有些懊恼地扯了扯头发，"二哥，我爸是不是生气了？"

"你这张嘴，确实能把他气死。"

苏呈叹了口气："不过他也好哄，我给他买了纪念品，回去说几句好话就行。"

"小呈，你知道你父亲当年为什么会离婚吗？"

陆时渊想着，自己迟早要见意意的母亲，不知内情的话，可能不太好平衡两边的关系。

如果是出轨之类的原因，他还得好好考虑一番。

苏呈皱眉："之前我姐要回康城时，我爸叮嘱过我，如果见到姐姐，一定要客客气气，嘴甜一点儿。他当时隐约提起过他和姐姐母亲分开的原因……我爸年轻时性格跟我比较像。他说自己结婚后，因为公司的事很忙，忽视了家庭，嘴又比较欠，不知道说些掏心窝子的热乎话，想关心别人，话到嘴边也变成欠欠儿的那种，很伤人。"

再具体的，苏呈就不清楚了。

“不过二哥，我可以和你发誓保证。”许多人择偶会特别注重原生家庭，苏呈生怕陆时渊会因为这些对他姐姐有些微词。

“你要和我保证什么？”

“我爸虽然脾气不太好，但绝对不是渣男！”

陆时渊轻笑出声。

周五，毕业典礼当天。

天气预报通知，晚上有大到暴雨，所以白天时阴时晴，温度不高，但空气湿热到令人觉得憋闷窒息。

下午一点半，学生们以班级为单位在校体育馆前集合，再依次入场。

家长亲友的观礼席与学生并不在同个区域，所以集合前，苏羡意需要把陆时渊与苏呈安置妥当。

“二哥。”苏羡意先看到陆时渊，才瞥见他身边的人，“小呈？”

苏呈里面穿了件背心，外面套了一件敞开的红蓝图案短袖衬衣，下身穿一条黑色裤衩，头发卷卷翘翘，冲她咧嘴一笑，七月阳光都没他灿烂。

“你这是……”什么打扮？

学生着统一的学士服，来观礼的亲友也都穿得正式得体，女性亲友可能衣着颜色鲜亮些，男性多数是陆时渊这种穿着，白衬衣黑西裤，或是深色系衣服。

只有苏呈……穿得比女生还抢眼！

人群中，再没有比他更亮眼的存在。

“我怎么了？这身打扮不好看？”苏呈询问。

“就是有点儿惹眼。”

“我本来就没有正式的衣服，与其穿得和所有人一样，不如反其道而行，这样你在人群中就能一眼看到我。”

他搭好衣服后，还询问了陆时渊的意见，他只给了一个字：土！

苏呈也不在意，反正土到极致就是潮。谁还不是个时尚的弄潮儿啊！

“你昨晚熬夜了？”苏羡意看着苏呈红红的眼睛，关心道。

苏呈咳嗽一声：“现在的年轻人有几个不熬夜啊？再说了，不是我愿意熬夜，而是黑夜需要我这颗璀璨明亮的星星。”

苏羡意扶额。她是贫不过他的，也不知道二哥和他住一起，是怎么受得了的。

她看向陆时渊：“二哥，这几天，你受苦了。”

了一个“好”字。

距离约定时间还有一个小时左右。

陆时渊走出宾馆，在附近的一家花店买了一束花，当他抱着花离开时，外面的风刮得更大，卷着沙土，空气混浊。

天空呈现黑黄色，压得人透不过气，似乎在预示着一场暴雨的袭来。

他皱着眉，记得宾馆可以借伞，当他折返回去时，却在大堂遇到了熟人。

“刘局？”

刘局穿着便服，开着自己的车子，丝毫不引人注目。

“我如果不找你，你是真的不打算主动联系我啊？”

“你怎么来了？”

“我想找你还不容易吗？平常我是不敢喝酒的，明天周末，想叫你来我家喝两杯，不过……”刘局看了一眼他怀里的花，笑里多了几分揶揄，“看样子我来得不是时候啊！”

“抱歉，今晚有约了。”

“女朋友？”

“还不算。”

刘局算是蒙了，之前问他结没结婚，他说进行中……

他真恨不能说一句：连对象都没有，还结婚进行时？那你还进行个屁啊！

“海城人？”刘局不是个八卦的人，只是对陆时渊太好奇。

他可清楚记得，那年救灾，上面派了高级别的领导来督导救灾，慰问受灾群众，当时那位领导显然是认识陆时渊的，与他说话，看得出来很熟。

当时系统内不少人就知道，这位医生怕是背景显赫。

面对刘局的追问，陆时渊笑而不语。

“既然你不想说，我也不强人所难，准备什么时候走？”

“暂定明天。”

“那是没法请你喝酒了，你赶时间吗？喝杯茶？”

陆时渊看了一眼腕表，距离约定时间还有四十分钟，这里离学校近，走过去也就三五分钟，喝杯茶的工夫倒是有。

学校附近没有茶社，咖啡馆倒是有两家。

陆时渊注意到刘局的走路姿势有些别扭，问：“还是以前的伤？”

“是啊，就是上次被你救回来的那条腿，平时还好，只是阴雨天就不太舒服。”

两人进去后，点完咖啡，刘局抿了口，眉头紧皱。

“我还是喝不惯这玩意儿。”刘局放下咖啡，“你以前在部队、军总待过，应该很忙，怎么有空来海城？”

“已经不在那里了。”

“回老家了？”

陆时渊点头。

两人坐下也就七八分钟的工夫，狂风忽然夹杂着骤雨，好似天空被撕开了一条巨型口子，急雨倾倒而下。

“海城经常这样，不过别担心，雨来得快，去得也快。”刘局笑道，“不会耽误你约会的。”

陆时渊看着窗外。

雨势瓢泼而下，天上地下，瞬时被笼罩在雨幕之中。

噼里啪啦，砸得万物都作响。

十多分钟过去了，雨势却丝毫不减。

路面已经有些积水，风吹雨砸，溅起一地水花，陆时渊又垂头看了一眼腕表……

“这雨还真大，不过预报说半个小时后雨就停了，你要不和那姑娘说一声，迟一点儿出来。”刘局提议。

陆时渊点头，刚准备发信息，发现苏羡意已经提前发了消息过来，说等雨停了再联系。

他刚回复完，刘局电话响了：“喂，小周啊……你说什么！砸到人了？打 120 了吗？”

“救护车已经出发了，不过雨太大，离得又远，据说砸伤了好几个。”

陆时渊放下手机，认真看他。

“在同安路那边？我就在附近，马上过去看看……交警那边接到通知没……”刘局匆匆挂了电话。他看向陆时渊，又瞥见他位置上的花，欲言又止：“出了交通事故，有人受伤，我去看看。”

“我跟你一起。”陆时渊起身。

“你这……”

“没关系，不是说你离得近，救护车一时半会儿还赶不到那里？”

“行吧，你赶紧跟我走！”

两人匆匆上车，专业人员尚未赶过去，网上却已经有了一些照片，陆时渊翻看着。

根据群众拍摄的照片，一棵树倒地，压到行驶中的两辆车。

其中一辆轿车被压到尾部，状况还行；另一辆则刚好被砸到中间，车体已经扭曲变形，边上还有头破血流的人，看样子，情况不容乐观。

他们距离近，赶到现场时，发现情况比他们预想的更糟。

因为树下还压着一辆电瓶车，骑电瓶车的人已陷入昏迷，整个人趴在地上。雨势渐大，积水愈多，几乎要漫过他的脸。若是不能及时获得援助，这人即使没被树砸伤，也会由于积水窒息。

这棵树实在太大，光凭人力，根本无法撼动，刘局一边招呼群众帮忙，一边打电话叫吊车。

轿车内的人先被抢救出来。

陆时渊找了处地势高、积水较少的地方，让他们把人放平，随即查看那人的伤势。

男人在剧烈咳嗽，只说胸口疼。雨太大，戴着眼镜几乎看不清东西，陆时渊摘掉眼镜扔到一侧，伸手扯开男人的衣服。

腹部撞击到了重物，有大片瘀青，他伸手稍稍按压检查，男人便疼得直哼哼，只能断定有内出血……

可此时的情况，他手中没有任何工具，只能进行简单检查与包扎。

吊车与救护车几乎是同时到的，压在树下的人被救出来时，已经陷入昏迷。

他虽然被压在树下很久，情况却比车内的人好上许多，陆时渊对他进行了紧急的救治，那人很快就恢复了意识。

倒是之前从车内抢救出来的人，已经开始咯血。

那人被送上救护车时，陆时渊也跟着一起。

医院外，医生护士早已等在门口，伤员一到，就准备进行初步检查。

“患者腹部、肋骨遭到重击，右侧第四和第六截肋骨骨折，患者咯血，可能骨折已造成肺部出血，胸腔发生变形，不排除有其他内出血的情况，右侧小腿有轻微骨裂，建议尽快手术……”

他这话说完，在场众人全都看向他。

一个医生似乎认出了他，看向身侧的人：“赶紧安排手术室，通知麻醉科、胸外科……”

病人情况危急，医生护士片刻都不敢耽误。

只是陆时渊要走时，却被人拉住了。

“小陆医生？”

“嗯？”陆时渊眯眼，似乎没认出来是谁。

“我们以前见过的，病人马上进手术室了，你了解情况，一起去看看。”

陆时渊消毒后进入手术室时，病人血压在急速下降，只能直接将他推进手术室，病人内出血的情况严重，让在场所有人都措手不及……

“赶紧抽吸！”主刀医生开口。

可下一刻，盯着仪器的护士说道：

“病人心跳停了——”

学校里，苏羡意站在宿舍窗边，这场雨……

终于停了！

“赶紧约上你的陆医生出门吧。”周小楼等人已经迫不及待。

苏羡意发了信息，他许久没回；拨打电话，也是无人接听。

这让她觉得很不正常。她立马打电话给苏呈，他正和两个男生在网吧开黑打游戏，甚至不知外面下了一场暴雨，自然也联系不到陆时渊。

“二哥又不是小孩子，可能是手机没电了吧。”苏呈毕竟是孩子，此时还顾着打游戏。

苏羡意在两人约好的地点等了一会儿，便直接去了宾馆。

“你找陆先生？”

她之前来过，宾馆前台认识她。

“对，他在房间吗？”

“之前有位先生找他，两个人出去了。你联系不到他？”

“嗯。”苏羡意点头，“那他有说什么吗？”

“那倒没有，要不你先坐着等等？”

苏羡意此时也不知该去哪里找他，只能点头应着。

“可能是刚才雨太大，他被困在哪里了。你别急，喝点儿水。”宾馆前台拿着纸杯给她接了杯温水。

……

此时医院，手术室。众人一听心跳停了，气氛瞬时变得更为焦灼紧张。

“给氧，准备电除颤！”

主刀医生神色不慌有条不紊地指挥着众人。

护士快速将患者胸部的皮肤擦干，把专用导电胶涂在电极板上，一个医生将电极板放在胸骨外缘上部，右侧锁骨下方。

“200 焦耳。”

除颤开始，所有人都在观察病人的情况。

“300 焦耳。”

陆时渊站在一侧，盯着仪器，直至病人恢复心跳，所有人才长舒一口气。

此时主刀医生才拿着手术刀，继续进行手术。

由于剧烈的撞击，患者腹腔内已是血肉模糊，多脏器受损。

“右心室位置。”

陆时渊低声说了句。

他声音温润低沉，不疾不徐，在紧张的手术室中，好似能瞬间抚平所有人的焦躁。

即便所有人都穿着千篇一律的手术衣，他的身形也格外出众。

手术室里，众人面面相觑，俱是一脸困惑，虽然戴着口罩看不见脸，可听声音、看身形，这人并不是他们医院的大夫，只是此时大家没有心思去管他。

主刀医生看了他一眼，在指挥人继续抽吸时，伸手检查右心室：“止血钳。”

病人是直接被送入手术室的，什么情况都有可能发生，陆时渊是第一个接触他的专业医护人员。

在手术过程中，他多次在紧急情况下，给了最关键的建议。

主刀医生并不是他，他也不会做什么喧宾夺主的事。

作为医生，只要能挽救病人，即便他只是在一旁看着也是无所谓的。

此时，苏羡意已经在宾馆等了一个多小时，她走到宾馆前台：“如果他回来，麻烦让他联系我。”

“没问题。”